THE WRITER'S JOURNEY

MYTHIC STRUCTURE FOR WRITERS
25TH ANNIVERSARY
(FOURTH) EDITION

作家之路

【25週年紀念版】

從英雄旅程學習說一個好故事

作 者
克里斯多夫・佛格勒
CHRISTOPHER VOGLER

譯 者——蔡鵑如、蕭秀琴　導 讀——耿一偉

獻給

我的雙親

推薦與書評

每當我開展一部新作品，都會重新瀏覽《作家之路》，雖然都是已經知道的東西，卻能幫助我以極有效益的方式架構故事，而這正是重點。十八歲時第一次讀到它，從此以後，就一直奉爲圭臬。

——傑森・席格（Jason Segel）

電影《忘掉負心女》、《大明星小跟班》的演員和編劇

名副其實的編劇大神所賜予的禮物！傳授我一種榜樣，並形塑我每個劇本。無論你是即將跨越第一個劇本門檻，還是你第二十次重寫的劇本，或只是準備更深入理解如何講故事，這本書都是你不可或缺的指南。

——傑森・法區（Jason Fuchs）

電影《神力女超人》和《冰原歷險記4：板塊漂移》共同編劇

佛格勒巧妙地揭示了如何打造更深刻、更具象徵意義的角色，從而增強你的故事情節。一針見血！

——凱絲·芳·尤達（Kathie Fong Yoneda）

諮商顧問，著有《賣劇本遊戲》

經典之作，當之無愧。二十五週年紀念版遠遠超出了初版的核心論點，爲我們提供新的思考方式，較之以往更出乎意料，也更爲廣泛，而其大幅增補的內容也更具啓發性和實用性，這些都影響甚巨，在此強烈推薦！

——布蘭登·戴維斯（Brendan Davis）

《活屍美人》和《爲舞而生》製作人

能巧妙而言簡意賅地寫出引人入勝故事中的複雜人性是多麼困難，而克里斯是少數的箇中翹楚。相信布萊克·史奈德（Blake Snyder）也會對《作家之路》的深遠影響表示讚賞和尊重。

——BJ邁克爾（BJ Markel）和傑森·柯林斯基（Jason Kolinsky）

《先讓英雄救貓咪》的版權所有人

現在，我們比以往任何時候都更需要勝利和復甦的故事。佛格勒的寫作指南運用電影和小說中的具體實例，爲我們提供創作深度故事和塑造一位英雄的藍圖。

——茉琳・莫德克（Maureen Murdock）
《女英雄的旅程》作者

有史以來最好的寫作書籍之一。

——詹姆斯・克利爾（James Clear）
著有《原子習慣》

就像它二十五年前初登場時一樣，是一本非常寶貴的指南，爲每位說故事者提供了令人讚嘆的資源和靈感。佛格勒的書以當今廣受大眾喜愛的現代電影爲範本，剖析成功故事中的元素，只要遵循其中的指導方針和範例，便能確保每次都能寫出可靠的劇本。

——史蒂芬・布里茨（Stefan Blitz）
《極客原力》總編輯

本書是成千上萬作家書庫中的重要典藏，而第四版更龐大、更優、更有必要。從編劇到小說家，每個人都可以在書中挖掘到金石般的訊息。

——小佛里斯・戴（Forris Day Jr.）
Podcast《清醒一點吧：獨立製片》聯合主持人

它永遠不會過時，是所有精彩故事的基本藍圖。克里斯多夫·佛格勒的著作是眾多作家、導演、製作人、製片和學生的資產，他們運用《作家之路》，製作了最令人難忘的電影。必讀！

——羅娜·愛德華茲（Rona Edwards）
電視、電影製作人，《喜歡，不喜歡》作者

對於任何想要了解英雄旅程如何運用於影視中的電影製作人或編劇來說，這是一本必備的參考書，更是所有說故事的人必讀的經典之作。

——艾歷克斯·法拉利（Alex Ferrari）
劇作家、導演、作者，喧囂獨立製片創始人

爲了更加清晰且深入地了解故事的運作，我總是求助於《作家之路》。建議未來的學者和藝術家們把克里斯多夫·佛格勒這本精彩的作品置於手邊，它是一本清楚易懂、簡明扼要且能鼓舞人心的作品。

——艾略特·葛洛夫（Elliot Grove）
祈雨舞電影節創始人

一個改變你作家生涯的眞正寶藏，將約瑟夫・坎伯（Joseph Campbell）書中人類歷經的複雜神話思維，轉化爲更易於理解的描述、解釋和分析。

——羅伯・卡爾（Rob Kall）
www.opednews.com發行人、《羅伯・卡爾由下而上秀》主持人

非常寶貴的巨著，內容全面且趣味盎然。無論是《綠野仙蹤》，還是《黑色追緝令》，佛格勒揭露了隱藏在劇本表面下的魔法。向你保證，看完本書後，你會以不同的方式看電影。

——傑西・科斯特（Jesse Koester）
電影製片人暨攝影師

太好了！終於能用這本特別的二十五週年紀念版取代我心愛的、折角的《作家之路》，徹徹底底探索英雄的旅程。

——愛麗克斯伊絲・卡希洛夫斯基（Alexis Krasilovsky）
《偉大的改編：編劇和全球說書人》作者

要增修一本經典之作是很困難的，但此書做到了。新的版本爲說故事者增加了更多重要的必備資訊，每位作家都該擁有一本。

——馬克思・派爾（Marx Pyle）
《電視在狂野網路上》作者

開創性和全面性兼具。克里斯多夫．佛格勒點醒我們：爲什麼神話根源能歷久不衰？

——戴維．華森（Dave Watson）
《出走未完成式》作者和《電影情事》編輯

太傑出了！通過神話世界、原型和優秀故事的基礎提供有力而精湛的指南，是一本層次分明、內容豐富的書。

——康妮．博魯德奧（Corinne Bourdeau）
360度娛樂公司總裁暨創始人

佛格勒的《作家之路》是神話與故事二重奏的經典傑作，是各類型說故事者和學者們的必讀書籍，就像業界領先課程的特洛伊木馬，打開了通往神話的大門——無論如何都是。

——威爾．林（Will Linn）博士
電影《絕配冤家》、《西雅圖夜未眠》、《一日鍾情》、《接觸未來》製片

目錄

第二部

英雄旅程十二階段

尾聲

附錄

導讀

邁向作家之路

耿一偉
衛武營國家藝術文化中心戲劇顧問
台北藝術大學戲劇系兼任助理教授

《作家之路》最早出版於一九九二年，後來換到麥可・衛斯出版社（Michael Wiese Productions），重新編排了二版，並於一九九八年發行，之後二〇〇七年又印行了第三版，並擴充內容。《作家之路》在美國一直是暢銷書，銷售超過四十萬本。為了慶祝本書發行二十五週年，出版社於二〇二〇年發行了紀念版。在這第四版中，佛格勒又添加近三萬五千字的新內容。其中有些部分對東方讀者來說特別有意義，他把尾聲〈身體的智慧〉一章加以擴大，另撰〈一切都是能量，大哥〉，專述如何將瑜珈的七個脈輪運用在故事寫作上頭。佛格勒認為：「脈輪系統可以看作是能量發展愈來愈精妙的階段形式，大致能與『英雄旅程』相對應。」但是這個說法的新穎之處，在於脈輪是一種身體反應，我們可以藉此說明故事如何對創作者及觀眾產生情緒的連結。於是，「英雄旅程」就不只是在說一個外在客觀人物的過程，而是一個可以改變每個人生命感受與可能性的共鳴機制。

二〇〇一年出版的《當代電影編劇》[1]，其中有一節在介紹佛格勒所發展出來的神話編劇。就地位來說，佛格勒已被封為電影編劇大師（Screenwriting Guru）。這是他到倫敦講學時，媒體給他的稱號。佛格勒與《故事的解剖》作者羅伯特・麥基[2]、《實用電影編劇技巧》的作者費爾德[3]等人，都被並列於維基百科英文版的電影編劇大師名單上。

但是，《作家之路》的影響力並不限於好萊塢，韓國金牌製作人金泰源在二〇一九年出版的《爆款故事的誕生：一學就會的情節寫作說明書》，亦有一節專門在介紹佛格勒的編劇技巧，金泰源說：「克里斯多夫．佛格勒的理論『英雄旅程』，是好萊塢故事理論中又一個具有劃時代意義的理論。」金泰源並分析了奧斯卡金獎導演與編劇奉俊昊的電影《駭人怪物》，是如何符應「英雄旅程」的結構設定。

一般而言，傳統的好萊塢編劇分為兩派，一派重情節，另一派重角色。這反映了電影編劇多麼受到理論的影響。情節派的勢力最大，理論支撐可追溯於亞里斯多德的《詩學》（*Poetics*），他分析戲劇的六大要素，認為情節的地位大於角色。但是到了一九四六年，這個狀況有了改變，匈牙利裔的美籍編劇大師埃格里[4]出版了他的名著《編劇的藝術》，將角色的重要性提升至第一

---

1 *Screenwriting Updated: New (and Conventional) Ways of Writing for the Screen*，琳達．阿隆森（Linda Aronson）著。

2 Robert McKee，有好萊塢編劇教父之稱，著有《故事的解剖》（*Story: Substance, Structure, Style and the Principles of Screenwriting*）。

3 Syd Field，知名編劇，亦是好萊塢多家電影公司的編劇顧問，著有《實用電影編劇技巧》（*Screenplay: The Foundations of Screenwriting*）。

4 Lajos Egri，劇作家，致力於編劇與創意寫作教學，《編劇的藝術》（*The Art of Dramatic Writing*）為其知名作品。

位。這件事對電影工業來說，有了很大的啟發。電影的誘人之處，除了說故事外，還有大銀幕上的明星。觀眾對臉的著迷，是持續買票走進戲院的主要原因。《終極警探》（*Die Hard*）編劇史蒂芬．德蘇薩（Steven De Souza）強調《編劇的藝術》對他創作技巧的助益；《春風化雨》（*Dead Poets Society*）編劇湯姆．舒曼（Tom Schulman）表示，「亞里斯多德的《詩學》與埃格里《編劇的藝術》這兩本書對我幫助最大。」上述說法，不是沒有道理。

佛格勒是從神話學大師坎伯[5]的《千面英雄》得到靈感，將其改造成「英雄旅程」，他在本書正文一開始的〈實用指南〉中，完整交代坎伯與「英雄旅程」之間的關係。坎伯深受分析心理學大師榮格（Carl G. Jung）的影響，而佛格勒也踏上了這條道路。《作家之路》的特色，是先將坎伯的神話學改造成情節寫作的規範，再來是把榮格的原型概念（archetype）應用在角色塑造上，使得情節與角色的功能得以互相支持，強化故事的完整性。佛格勒在《作家之路》的一大貢獻，是找到一個方法，讓亞里斯多德與埃格里兩派可以握手言和。我們可以在本書的章節安排上看到這樣的設計。在第一部分的〈旅程地圖〉中，佛格勒把焦點先放在原型角色上，第二部分才介紹〈英雄旅程十二階段〉，並將原型角色的功能置入各個階段當中。比如第二階段歷險召喚的原型是使者，第四階段出現的原型是導師，負責第五階段的原型角色是門檻守衛等。

坎伯的《千面英雄》對盧卡斯[6]《星際大戰》（*Star Wars*）系列的影響，是許多讀者熟悉的軼聞，佛格勒在本書第三部分有一節在專門討論《星際大戰》系列與「英雄旅程」的關係。坎伯的《千面英雄》對當代電影編劇的影響，實在是不容小覷的現象。前面提到同被歸於電影編劇大師的羅伯特．麥基，他在《故事的解剖》的推薦閱讀，將《千面英雄》列在書目裡；另一本編劇暢銷書《電影的魔力》（*The Power of Film*），作者霍華．蘇伯（Howard Suber）於致謝函裡提到坎伯思想對他的意義，都證明坎伯神話學對好萊塢電影編劇理論的影響。為了凸顯「英雄旅程」的不隨時間與地域變化的普遍性，在這個二十五週年紀念版中，佛格勒又增加了一篇關於《水底情深》（*The Shape of Water*）的討論，分析全片如何展現「英雄旅程」十二個階段，並探討導師這個原型角色，其功能是如何分散在不同角色身上。坎伯的《千面英雄》雖受榮格理論的影響，但我們也不能忽略這個體系與俄國形式主義大師普羅普[7]《民間故事的型態學》的共通之處。普羅普的著作，一樣試圖尋找成為故事的普遍原則。他分析了一百部俄國童話所得到的結果，其實與《作家之路》所提出的「英雄旅程」非常接近，但更為豐富，值得在此略為補充。佛格勒雖然在本書只是蜻蜓點水式提到普羅普及其作品，但他於二〇一一年出版的《故事創作備忘錄：結構與角色的祕密》[8]，則完全以普羅普的體系來講電影編劇。

5 Joseph Campbell，是比較神話學、比較宗教學領域的知名學者，其巨著《千面英雄》（*The Hero with Thousand Faces*）中的「英雄旅程」理論深受許多作家和藝術家的廣泛運用。

6 George Walton Lucas Jr.，美國著名導演、編劇、製片人，其作品《星際大戰》系列為影史巨著。

7 Vladimir Propp，俄國著名文學學者，《民間故事的型態學》（*Morphology of the Folktale*）是他最重要的代表作。

8 *Memo from the Story Department: Secrets of Structure and Character*，由佛格勒與大衛．麥肯南（David Mckenna）合著。

普羅普認為所有的故事，都可以包含在以下三十一項功能內，而它的順序與本書「英雄旅程」的十二個階段有重疊之處：

普羅普《民間故事的型態學》	佛格勒《作家之路》
1. 一位家庭成員缺席	平凡世界
2. 對主角下一道禁令	
3. 違背禁令	
4. 對手試圖打探消息	
5. 對手獲得受害者消息	
6. 對手試圖欺騙受害者或取得財物	
7. 受害者被騙	
8. 對手給一名家庭成員造成傷害或缺少某樣東西	歷險的召喚
9. 災難或缺憾被告知，向主角提出請求	拒絕召喚
10. 主角同意反抗	遇上導師
11. 主角離家	
12. 主角受到考驗，因此獲得魔法或幫手的協助	跨越第一道門檻
13. 主角對幫手的行動做出反應	試煉、盟友、敵人
14. 寶物落入主角手中	
15. 主角被引導到尋找對象	進逼洞穴最深處
16. 主角與對手對決	
17. 主角蒙受污名	考驗磨難
18. 對手被打敗	
19. 最初的災難與不幸被消滅	獎賞
20. 主角歸來	回歸之路
21. 主角遭受追捕	
22. 主角在追捕中獲救	
23. 主角掩蓋身分回到家鄉或另一國度	
24. 假冒的主人提出無理的要求	
25. 給主角出難題	
26. 難題被解決	
27. 主角被認出	復甦
28. 假冒的主人或對手被揭露	
29. 主角獲得新形象	
30. 壞人受到懲罰	
31. 主角結婚，登上王位	帶著仙丹妙藥歸返

普羅普的三十一項功能，非常具有啟發性，例如第一項——家庭成員的缺席，其實是許多故事主角的重要背景，從白雪公主、蜘蛛人、哈利波特、張無忌到海角七號的阿嘉，這些主角都是父母不詳或沒有完整家庭的人（這暗示著，家庭完整的角色很難發展出故事）。這讓我們理解到，二十世紀以來在符號學與敘事學的研究進展，對故事創作很有幫助，有不少學者或教師將這些研究成果轉化成創作技巧。例如約翰・特魯比（John Truby）很受好評的《故事寫作大師班》一書，便把法國語言學家A・J・格雷馬（A. J. Greimas）的符號矩陣，用來設計角色關係。

二〇二一年十一月，為了慶祝《作家之路》二十五週年紀念的發行，麥可・衛斯出版社與專門培養影視編劇的screencraft.org合作，在疫情期間進行了一場線上論壇，包括神話學學者威爾・林恩（Will Linn）、拍攝《黑天鵝》（*Black Swan*）的金獎導演戴倫・艾洛諾夫斯基（Darren Aronofsky）、宗教哲學家傑佛瑞・克里普（Jeffrey J. Kripal）與影展總監柯琳・布爾多（Corinne Bourdeau），都參與了這次盛會。有趣的是，整場近八十分鐘的討論，大部分的焦點都不是在談故事寫作或編劇的技巧，而是討論《作家之路》的出現對這個世界的影響。其實這就是本書附錄所探討的重點，佛格勒在此花了近一百頁的篇幅，深入探論故事對人類存在的意義。在線上座談中，佛格勒坦言，這二十五年來，他不斷思考極性的對立轉化，發現這不僅僅是發生在故事當中，更是主導人生的潛規則，如同陰陽兩極一般，經常造化弄人。其實，佛格勒本書的前前言就提到：「這本書依照《易經》的格局編排。」他在〈極性〉一章更明確解釋：「當情勢極度對立，雙方都被拉扯到最極端的位置時，極性就會傾向自行反轉。中國《易經》提到：『變動之道，物極必反。』」

佛格勒在本書中，亦經常引用榮格的陰影理論來解釋極性。每個原型角色都有其陰影，而這些陰影推動了情節發展與創造戲劇張力。我們可以換個說法，來說明角色的陰影對故事的重要性。拍攝《大國民》（*Citizen Kane*）的二十世紀最偉大電影導演奧森．威爾斯（Orson Welles），講過一個小故事（這個小故事後來在獲奧斯卡最佳原著劇本的英國電影《亂世浮生》〔*The Crying Game*〕中又被說了一遍）。有一隻蠍子要過河，但牠不會游泳，恰好一旁有隻烏龜也要過河。蠍子請烏龜背牠過河，但是烏龜不肯，牠說：「我怎麼知道你不會螫我。」蠍子說：「我有那麼笨嗎？如果我螫你，你死了，我也會淹死。我幹麼做這種蠢事！」烏龜想想有道理，答應背蠍子過河。沒想到游到一半，忽然覺得屁股痛痛的，回頭一看，原來是蠍子螫了牠一下。全身麻痺的烏龜在沉下去之前，對即將淹死的蠍子喊道：「你不是說不會螫我嗎？」「對不起，我沒辦法，因為我是蠍子啊！」臨死前蠍子如此回答。奧森．威爾斯將這個例子延伸，強調像蠍子這種表面與內在衝突的角色，就是受歡迎電影所要尋找的故事素材。別的不說，想想香港類型電影所偏好的臥底警察，不就是表面（黑道）與內在（警察）衝突的最佳例子嗎？

《作家之路》說了最重要的事，卻沒有說完所有的事。在電影中，還有對白、主題、畫面與表演等，牽動著觀眾的欣賞，以上的每一部分，都有許多技巧可以磨練與學習。國外出版了這麼多編劇理論著作，說明了一件事，得獎或許靠天分，但是產業的出現卻需要有培訓的方法。

讀完《作家之路》不會讓你立刻寫出好作品，但是，你若持續寫，創作出受歡迎故事的速度，會比沒學過方法的人快。這些規則就像是棒球的基本動作，平常就要練好它，然後在上場揮棒時忘掉它。你就是作家之路上的英雄！

前言

二十五週年紀念版（第四版）

二十五年前，我遇到了出版商麥克．魏瑟（Michael Wiese），他有個瘋狂的想法，想出一本從神話學家坎伯的理論和我為好萊塢評估劇本或小說的經驗中精煉出來的書。魏瑟是一位身材高大、說話輕聲細語並有遠見的紀錄片製作人，最近成立了一家名為「電腦桌面出版」（Desktop Publishing）的企業，利用電腦時代的新工具，繞過傳統出版，企劃出版一系列幫助獨立製片實現夢想的書。那天，他聽了我異常緊張的演講，就被出書的想法所吸引，那是能讓坎伯理論更容易被各類編劇和說故事者理解的作品，他鼓勵我大膽一點，讓我敢於寫出這本多年來一直在思考和談論的書。

雖然我們對這個概念都感到興奮，並且確信這些想法對創意寫作有幫助，但都沒有預料到這本書可以發行超過一兩季，就像絕大多數的書一樣，幾千本就應該足以放滿全世界編劇的書架。

出乎意料，這本書流行起來，並年復一年地吸引新讀者，成為購書的生力軍。這本書講的是好萊塢說故事的故事，被世界各地的電影和創意寫作課程採用為教科書，主要的讀者群為編劇，並在小說家、動畫師、電腦遊戲設計師、劇作家、演員、舞者、詞曲作者、士兵、旅行社和社會工作者中找到了讀者。十二階段旅程模型被廣泛應用於行銷和產品設計等多種領域，作為一種指導系統，可以準確預測任何困難的起起落落，為人們提供語言和隱喻，幫助他們更能掌握自己的努力。此外，這已成為許多人生活的一部分，使他們能夠了解事物的宏偉設計，以及預測和應對挑戰的方式。

現在我們了解到《作家之路》是新知識領域的一部分，稱作「英雄主義科學」（Heroism Science），研究英雄模式及其在生物學、藝術和人類心理學中的表現。創始學者包括《路西法效應：在善惡的邊緣了解人性》（*The Lucifer Effect: Understanding How Good People Turn Evil*）作者菲利普．金巴多（Philip Zimbardo）博士、威斯康辛醫院研究創傷的茲諾．佛朗哥（Zeno Franco）博士、哲學博士暨《英雄主義科學》的主編奧莉薇．艾爾菲米烏（Olivia Efthimiou）、人格心理學教授並著有多本與英雄主義有關著作的史考特．艾里森（Scott T. Allison）和社會心理學家喬治．高達斯（George R. Goethals）等，正從各種學科領域探索並追蹤它的存在，可以追溯到最初、最原始的層次，有些人認為「英雄旅程」的循環週期正全面運作於生命的最初階段。這是一門樂觀的科學，將英雄週期視為人類進化的重要因素和個人生活中的寶貴工具。《作家之路》的十二階段敘事模式，以及坎伯的十七階段「英雄旅程」循環，是研究人員在英雄主義研究運用的幾個模式之一。

事情發生了什麼變化？

顯然地，在這二十五年中，說故事的環境氛圍發生了變化，無論好壞，如今英雄故事透過遊戲和大預算史詩級的超級英雄系列影片主宰著全球敘事娛樂產業。箇中原因其實不難理解，因為它們往往能和當地傳說與神話的某些元素產生共鳴，所以跨文化理解這些敘事很容易，但即便是熟悉的故事，仍得想方設法讓觀眾進場，並取悅他們。只要持續維持無懼死亡的人物形象，似乎就能滿足觀眾的深切期盼，而且永不嫌多。

藉由反思社會及其需求和願望，英雄故事也為我們的集體身心健康服務，在幾乎神聖的超級英雄的鬥爭和勝利中，我們可以看到自己的戰鬥被放大，並思考在人生遊戲中如何做得更好。英雄故事影響並幫助形成社會，將我們與共同的文化聯繫在一起，並為我們提供集體信仰體系、榮譽準則和榜樣。

然而，超級英雄電影面臨了糟糕的公式化危機，必須透過試驗，並企圖打破舊故事模式，不斷更新，才能保持觀眾的參與度。也就是說，說故事的人必須了解古老的模式，並且在每部作品中有意識地以某種方式打破它們。影集《權力遊戲》（*Game of Thrones*）為這種大膽嘗試設定了一個高標準，它打破了關於角色行為的潛規則，破除不言而喻的禁忌，讓傳統上會活到最後的心愛英雄突然死掉，以此震驚觀眾，並大大提升了收視率。忠實觀眾中，有些人感到震驚，有些人感到被背叛而轉身離去，但更多的人蜂擁而至，希望看到其他可能被打破的禁忌。我希望作者們透過此例找到一套靈活的方針，允許打破諸如此類的禁忌，而不是盲目地遵循僵化的框架、模型或公式。

當然，超級英雄和奇幻題材並不是唯一的戲劇故事，我希望讀者能在這裡找到指南和模式，昇華人類脆弱和鬥爭的熟悉故事，還有史詩般宏偉的傳說。

由於不斷革新的技術和新的娛樂傳播方式，使得播映時間變得愈來愈長。一方面，在當前由HBO、BBC、Showtime、歷史頻道和Disney+等公司製作的高質量長篇劇集浪潮中，觀眾對非常長的故事表現出了濃厚的興趣，或許我們可以推論，最終就像《星際大戰》和《星際爭霸戰》（*Star Trek*）迷航宇宙一樣，可能永遠不會結束。在敘事的另一個極端，人們似乎也喜歡在幾分鐘或更短時間內起訖的故事，並且可以在小型智慧型手機或智慧型手錶螢幕上觀看。

儘管，在本書中介紹的「英雄旅程」模型，主要是為了描述一部九十分鐘到兩小時的影片，但它仍然具有足夠的靈活性，亦適用於超長或超短的故事敘述，像是需要數十年才能展開的故事世界，可以透過追溯一個「英雄旅程」所有階段的新子故事，來維持觀眾的注意力，同時讓他們參與一個巨大的戲劇性問題，使整個作品成為一個家庭、一個國家或一種生活方式的「英雄旅程」。而在天平的另一端，極短篇小說仍然可以透過有效的戲劇化模式中的一兩個關鍵元素（例如英雄的考驗磨難、復活或回歸）來與「英雄旅程」產生共鳴。畢竟，在古代世界，人們堅信由雕像或花瓶上的彩繪人物所呈現的單一形象，就可以傳達神話故事的全部精髓。

回顧過去二十五年來探索《作家之路》，並追溯其對大眾娛樂的影響，我感到鼓舞和樂觀。故事是有彈性的，似乎在作家們的協力下適應了新時代和新現實，他們總是在尋找意想不到的方式來組合元素。而觀眾也在適應，對說故事和電影製作的機制變得更加自覺，這既是挑戰也是機會：挑戰是因為觀眾知道所有規則和劇情走向，很難再給他們驚喜或真正的刺激；而機會是因為你能用完全出乎意料的手法讓他們驚喜，讓他們體驗一波波洶湧的快樂和喜悅。此外，由於觀眾知道傳統的說故事方式，你可以運用縮時逼近，讓觀眾對一些轉折迅速點頭，或製造出乎意料的情節，讓觀眾覺得是在跟他們開玩笑。

正如你將在這本書中讀到的內容，英雄的旅程是對古老模式持久的更新，描繪的人物，無論是普通人還是神，國王或超級英雄，與死亡和毀滅的無情力量鬥爭，一次又一次，向前，進行永恆的戰鬥。在《復仇者聯盟》（*The Avengers*）中，大惡魔薩諾斯彈指間就消滅了宇宙中一半的生命。在《權力遊戲》中，夜王率領著復活的殭屍軍團，而死神終究會勝利，死神是一個可怕的對手，但故事卻揭示著人類也是凶猛的戰鬥者，有時可以瞬間逆轉毀滅力量，瞬時變得光明燦爛，並以英雄的身分屹立不倒。

作為一個在密蘇里州農場長大的男孩，我想知道故事是什麼，以及為什麼能夠如此深刻地激發了我的精神，並擴展了我的思維，讓我開始了一段回答這些問題的旅程，並偶然發現了一種意想不到的力量，引導我在好萊塢發展說故事生涯，引導我順利度過人生。我真誠地希望你能在這裡找到一些東西，照亮你的道路，讓你徜徉於故事的無限樂趣之中，療癒受傷的心靈，進而改變人生。

有什麼新內容？

所以，這本二十五週年紀念版有什麼新內容呢？

近年來，我致力研究一種運用故事提升觀眾意識的方法，或者，用一九六〇年代和一九七〇年代迷幻運動的語言來說，就是調整觀眾的振動頻率。在〈一切都是能量，大哥〉一章中，我們探討了古代精神傳統中的脈輪概念，這些無形的能量對說故事的人來說是有幫助的，可以作為故事中情感影響的目標。脈輪是身體各部位如何體驗情緒的地圖，展示了通往更高意識的途徑，我相信這也是故事試圖要做的事情。

在早期的版本中，沒有解決說故事的一個重要問題：什麼是場景？為了完備這個創作工具箱，我在附錄中增加一個章節闡述故事和角色的祕密，此文是與大衛．麥肯南（David Mckenna）合寫的，標題為「真正重要的交易是什麼？」。我還提出了一種思考場景的方法，可以幫助你確定它們何時完成了工作，以及什麼時候結束。你可以在〈成就好故事的額外技巧〉中找到相關內容。另外，我還蒐集了一些額外的工具，這些工具可以幫助說故事的人精通這門技藝。

關於角色原型模式的章節也有一些增補，詳見〈超越原型〉，更加強了角色問題的清單。

此外，在特定電影中追溯「英雄旅程」的章節中，增添了吉勒摩．戴托羅（Guillermo del Toro）的電影《水底情深》的魔幻之夢分析，因為它的人性和意象與近年來的幾部電影一樣，讓我印象深刻。最後，我徹底檢查了手稿，以消除尷尬的措辭和錯誤，當然，我想難免還是有一些，就有賴細心又熱心的讀者不吝指正了。

引言

準備上路

「召喚我的謬思女神，為我們呈現故事。我的女神，開始吧，從哪起頭都好。」

——荷馬，史詩《奧德賽》

讓我邀請你們一塊踏上作家之路，探索神話與現代故事在寫作之間難以掌握的模糊地帶。我們的指導原則很簡單：**所有故事都包含幾項在神話、童話、夢境與電影中都找得到的基本元素**。我們將這些基本元素統稱為「**英雄旅程**」。理解這些元素，以及它在現代寫作上的用途，就是本書追求的目標。只要妥善運用這些古老的寫作技巧，就能夠擁有撫慰人心、讓世界更美好的超凡能力。

我的寫作之路，源自我獨特的說故事能力。媽媽和祖母大聲讀童話故事及《*Little Golden Books*》系列童書給我聽，令我沉迷得不可自拔。一九五〇年代，電視上播放的大量卡通和電影，露天電影院播出的驚悚冒險片，還有情節聳人聽聞的漫畫，以及讓人絞盡腦汁想破頭的科幻小說，都讓我看得津津有味。當我扭傷腳踝臥床養傷時，老爸跑去附近圖書館帶回一堆諾爾斯與凱爾特北歐神話故事，讓我把腳痛拋到九霄雲外。

接著發生的一連串經歷，讓我以閱讀為生——我成為好萊塢電影公司的故事分析師。儘管我評估過好幾千部小說和劇本，雖然以千篇一律的模式去探索錯綜複雜的故事情節、形形色色的差異及其難以理解的疑問，但還是讓我樂此不疲。

這些故事怎麼來的？故事怎麼進行下去？故事給我們什麼啟示？其中意義為何？為何我們需要這些故事？如何運用這些故事，讓世界變得更好？

首先，作者要如何賦予故事含意？好的故事，讓你覺得體驗了一趟心滿意足且完美的歷程。你哭過、笑過，甚至笑淚交織。寫完故事，你覺得對人生或自己都有了新一層的體認。你會把故事中得到的覺悟、態度和人格特質，套用到自己的人生裡。而作者要怎麼做才能從故事中抽離？故事這種古老的技藝，祕訣何在？它的定律和設計原理到底是什麼？

近年來，我開始注意到冒險與神話故事中的共通元素——常見的有趣角色、眼熟的布景、地點，以及司空見慣的緊張場面。我隱約發現，故事的設計安排存在某種特定的模式或框架。當時，我腦中充滿了諸多謎團，無法拼湊出全貌。

後來，偶然機會中，我在南加大電影學院有幸拜讀神話學大師坎伯的大作。對我和其他人來說，機緣巧合讀到他的作品，堪稱是我人生的轉捩點。在探索那部錯綜複雜的經典作品《千面英雄》的短短幾天中，有如電光火石般地全盤改寫了我的人生和思維。深入探究後，發現這本書呈獻的就是我之前察覺到卻想不出所以然的特定模式。坎伯破解了故事的密碼。他的作品有如一道火光，瞬間照亮籠罩在陰影中的景物。

我照著坎伯的「英雄旅程」概念，比對那些深受觀眾喜歡的電影，諸如《星際大戰》、《第三類接觸》（*Close Encounters of the Third Kind*）。觀眾一而再、再而三觀賞這些電影，彷彿追尋宗教體驗。對我而言，這些電影吸引影迷的原因是呈現了坎伯在神話故事中發現的模式，一個令人心滿意足的體驗。「英雄旅程」有人們需要的元素。

我開始為大型電影公司擔任故事分析師時，《千面英雄》成了我的救命法寶。頭幾樁案子，這本書成為我判斷故事癥結、找出解決方案的參照工具。我十分感激坎伯的著作，如果沒有坎伯及古神話的引導，也許我會迷失其中。

對我來說，「英雄旅程」是振奮人心且實用的手法，它可以協助導演和電影公司高層，在構思影片故事時，免去不少猜測的工夫及開銷。這些年來，我碰上不少受到坎伯作品啟發的人。我們這些人好像祕密社團的死忠信徒，對「神話的力量」深信不疑。

擔任迪士尼電影故事分析師不久，我寫了一份七頁，名為「千面英雄實用指南」的備忘錄，詳述「英雄旅程」概念，並以經典和現代電影為例舉證。我把這份備忘錄分送給朋友、同事和幾位迪士尼高層，藉由他們的讀後感想測試這個概念的接受度，並予以修正。我漸漸把「指南」的內容擴充成篇幅較長的論文，並當作洛杉磯加州大學「寫作進修班」故事分析課的教材。

在全美各地的寫作討論會，我與劇作家、羅曼史小說家、童書作者及各種作家座談時，同樣把這概念拿出來測試。我發現其他人也探究出神話、故事及心理學之間的互通之處。

我發現，「英雄旅程」不只描述神話中蘊藏的模式，也是人生的有用指南，尤其是作家的人生。在寫作的艱難過程中，我發現「英雄旅程」出現的各個階段都可靠且實用，如同它對小說、神話和電影產生的效用一樣。感謝這份神奇的地圖，指引我探索人生方向，幫助我為接下來遇上的困境做好準備。

在洛杉磯加州大學大型研討會上，我第一次把「英雄旅程」當成人生指南發表時，這個概念卻救了我一命。研討會登場的兩週前，洛杉磯《前鋒觀察家報》（*Herald-Examiner*）刊登了兩篇文章，有位影評人抨擊導演喬治·盧卡斯和他所編的電影《風雲際會》（*Willow*，現在Disney+正開發為電視影集）。這位影評手頭上也有所謂的「實用指南」，他表示這本指南對好萊塢影響深遠，使好萊塢的故事寫手們向下沉淪。這位影評大爺把好萊塢所有失敗之作，從《伊斯達》（*Ishtar*）到《天降神兵》（*Howard the Duck*），甚至連大賣座的《回到未來》（*Back to the Future*），都怪到「實用指南」頭上。據他指出，怠惰、外行的電影公司高層迫不及待想找出快速撈錢的方法，狗急跳牆地把「實用指南」當作萬靈丹，不分青紅皂白地把自己都搞不清楚的指南塞進作家的腦袋裡，活生生地扼殺劇作家的創意。

儘管，有人看重我對好萊塢集體意識的影響力，真的令我受寵若驚，但我也因此心力交瘁。就在我努力構思新概念，甚至還沒跨過門檻，就已經差不多被人家一槍斃命了。

在概念之爭中身經百戰的朋友指出，我遇上的挑戰只不過是某種**原型**罷了，在「英雄旅程」中，稱之為「**門檻守衛**」的角色。

這個訊息幫我找到新的方向，指引我因應狀況的處理方法。坎伯在作品中，描述英雄經常面對「陌生但又格外熟悉的勢力」，其中部分勢力還會對他們構成強烈威脅」。這些守衛，在旅程中布下各種的**門檻**，換句話說，在你的人生旅途中，從某階段進到下一階段，行經窄小危險的通道時，他們就會出現。坎伯告訴我們，英雄面對門檻守衛的因應之道。旅人不會和這股不友善的勢力硬碰硬，反倒學著以智取勝，或和對方合作，吸收他們的能量，而不是被擊垮。

我這才明白，門檻守衛的攻訐可能是福不是禍。我原本想找那位影評人單挑，但重新思索一番後，只要稍稍改變態度，就可能把他的敵意轉為對我有利的優勢。我聯絡上那位影評人，邀請他到研討會，就意見相左之處一塊討論。他欣然接受，並加入小組討論，那次的唇槍舌戰變成一場刺激精彩而有趣的辯論大會，啟發了我前所未見的故事領域。這場研討會比預期的還棒，我的想法雖然受到質疑，卻更形充實。我不但沒有槓上門檻守衛，反倒把他的高見納入我的冒險旅程中。原本看似是致命一擊的衝擊，反倒轉為有實質作用且健全的助力。神話的觀點，證明了它在人生旅程與在故事上的價值。

此時我才理解到，「實用指南」與坎伯作品的概念對好萊塢的影響力。電影公司的故事部門開始向我索取「實用指南」。我聽說，另一家電影公司高層，把「實用指南」當成商業電影故事格式的統一標準，分送給編劇、導演和製片。顯然，好萊塢也發現「英雄旅程」很有用。

坎伯的主張，在公共電視莫比爾（Bill Moyers）的訪談節目《神話的力量》（*The Power of Myth*）中發揚光大，更廣為人知。這個節目風靡一時，超越了年齡、政治和宗教藩籬，真心和受訪者交心。節目中的訪談內容，讓坎伯登上《紐約時報》（*New York Times*）暢銷書排行榜超過一年[1]，坎伯備受推崇的經典舊作《千面英雄》，穩定長賣了四十年之後，突然回籠變成熱門的暢銷書。

1 這本由訪談實錄而來的書就叫做《神話的力量》。

公視的訪談節目，把坎伯的想法介紹給百萬觀眾，並闡述他的作品對喬治·盧卡斯、約翰·布爾曼[2]、史蒂芬·史匹柏[3]、喬治·米勒[4]等大導演的影響。突然間，好萊塢對坎伯主張的認知和接受度有增無減。愈來愈多電影公司高層和編劇對他的理念如數家珍，興致勃勃地把這些概念運用在拍片和寫劇本上。

「英雄旅程」模式，繼續惠我良多。靠著它的相助，我為六家電影公司試讀、評估了上萬部電影劇本。它猶如我的導覽圖，成為我寫作歷程的地圖集。它引導我落腳迪士尼電影的新職，在協助構思《小美人魚》（*The Little Mermaid*）和《美女與野獸》（*Beauty and the Beast*）的動畫電影部門擔任故事顧問。在我研究童話、神話、科幻小說及歷史冒險故事時，坎伯的概念簡直是無與倫比。

坎伯於一九八七年過世，我曾兩度在研討會上與他短暫會面。雖然他年過八旬，卻仍英挺俊帥，他身材高大、精力充沛、口才便給、妙趣橫生，渾身散發精力與熱忱，魅力無法擋。過世前，他曾告訴我：「堅持下去，這些素材將讓你受用無窮。」

我最近才發現，「實用指南」已經是迪士尼電影高層的必備讀物。每天都有人來向我索取這本冊子，我還收到無數來自小說家、編劇、製作人、作家、演員寫信或來電索討，在在顯示了「英雄旅程」的概念已經廣受運用。

因此，我才提筆寫這本書，也就是「實用指南」的衍生作品。這本書依照《易經》的格局編排，包括開場白，其後針對「英雄旅程」幾個階段做詳細評述。第一部，**旅程地圖**，是粗論旅程這個概念。第一章是「實用指南」的修訂版，簡要介紹「英雄旅程」的十二個階段。大家也許可以把這部分視為即將體驗故事世界旅程中必須隨身攜帶的指引圖。第二章是各種原型（也就是神話和故事中各個出場人物）的簡介。這部分描述故事中常見的八種角色特質或心理機能。

第二部，**英雄旅程十二階段**，進一步解讀「英雄旅程」十二大要素。每一章最後會提供後續研究的建議，也就是**旅程提問**。尾聲，也就是**回首旅程**，談的是寫作之路的特殊冒險經歷，以及途中易犯但應該避免的錯誤。包括以「英雄旅程」分析某些舉足輕重的電影，如《鐵達尼號》（*Titanic*）、《黑色追緝令》（*Pulp Fiction*）、《獅子王》（*The Lion King*）、《水底情深》和《星際大戰》。以《獅子王》為例，在故事構思期間，我剛好有機會以故事顧問的身分套用「英雄旅程」概念，目睹這些原則的實用性。

這本書從頭到尾都以老片和當前的電影為範本。也許你會想一睹這些電影，好瞧瞧「英雄旅程」概念如何實際運用在這些影片中。

在體驗作家之路時，也許可以挑一部電影或一個故事，把他們牢記在心裡。每段情節做筆記，你就會對自己選擇的影片或故事更熟悉，也更能弄懂這故事在戲劇中的運作方式。以錄放影

2 John Boorman，英國大導演，重要作品包括《希望與榮耀》、《神劍》。

3 Steven Spielberg，好萊塢最具權勢的大導演之一，重要作品包括《外星人》、《辛德勒名單》、《侏儸紀公園》與《法櫃奇兵》。

4 George Miller，澳洲導演，重要作品包括《衝鋒飛車隊》、《羅倫佐的油》，以及動畫《快樂腳》。

機來看電影最合適，因為你可以隨時停下來，掌握每個場景的寓意，以及這段情節和整個故事之間的關連，並記下相關內容。

建議你挑選一個故事或一部電影，把程序演練一次，並以此測試本書提到的概念。看看你的故事是否能和「英雄旅程」的各階段及原型相互輝映（你可以在附錄找到「英雄旅程」的練習題）。你可以研究一下，如何妥善改寫這些階段，以符合故事的需求，或符合故事的特定文化。放膽質疑這些概念，動手測試或修改，讓它符合你的需求，成為你的概念。使用這些觀念去檢驗你自己的故事，並激發靈感。

從有故事以來，「英雄旅程」就對說故事的人與聽故事的人助益良多，而且它完全沒有退流行的跡象。讓我們從《作家之路》開始，攜手探索這些概念。你會覺得它像神奇鑰匙一樣，打開故事世界，以及曲折人生。

致謝辭

這本書少不了眾多朋友和盟友的支持和鼓勵。我的妻子愛麗絲，總是以她的編輯技巧和保持真實的天賦來拯救我。我欠約瑟夫．坎伯的債永遠無法償還，因為他照亮了我，帶我穿過黑暗的森林，並為我的努力祝福。我永遠不會忘記，是我的朋友羅恩．多伊奇（Ron Deutsch），無意間向旁邊騎運動腳踏車的麥克．魏瑟提起了我要寫一本書的想法，自此開始了冒險之路。我的朋友和同行大衛．麥肯南仍然是我原初構想的檢測人，在設計英雄旅程十二階段地圖、定義八個主要原型，以及尋找經典電影範例來說明這些概念上，都提供了很大的幫助。已故的米歇爾．蒙特茲（Michele Montez）和她的伙伴費里茲．斯普林邁爾（Fritz Springmeyer），為本書繪製插圖與裝幀，我永遠感謝他們啟迪靈感的藝術和工藝。感謝許多鼓勵我的老師們，也感謝幫助我完備和驗證想法的學生們。特別感謝麥克．魏瑟製作的肯．李（Ken Lee），幾十年來一直耐心地忍受我的反覆無常，同時不斷集思廣益，思考如何提升我的作品和MWP出版品牌的影響力。最後，但並非最不重要的一點：我為麥克．魏瑟的友誼和明智的指導感到高興，他從一開始就是忠實的支持者，而他對出版、獨立製片和這個星球的精神發展方面都有正面而積極的影響，並將世世代代引起共鳴。

第一部

BOOK ONE

旅程地圖

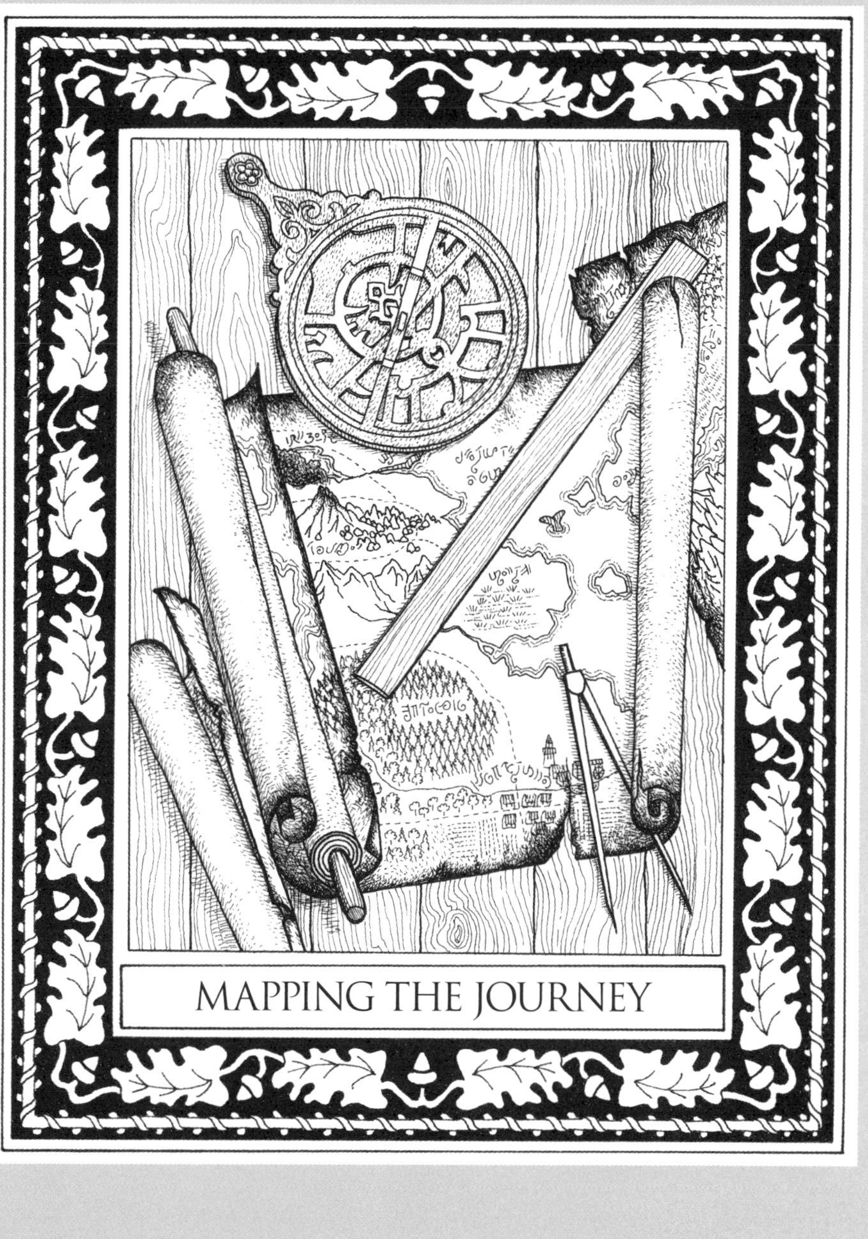

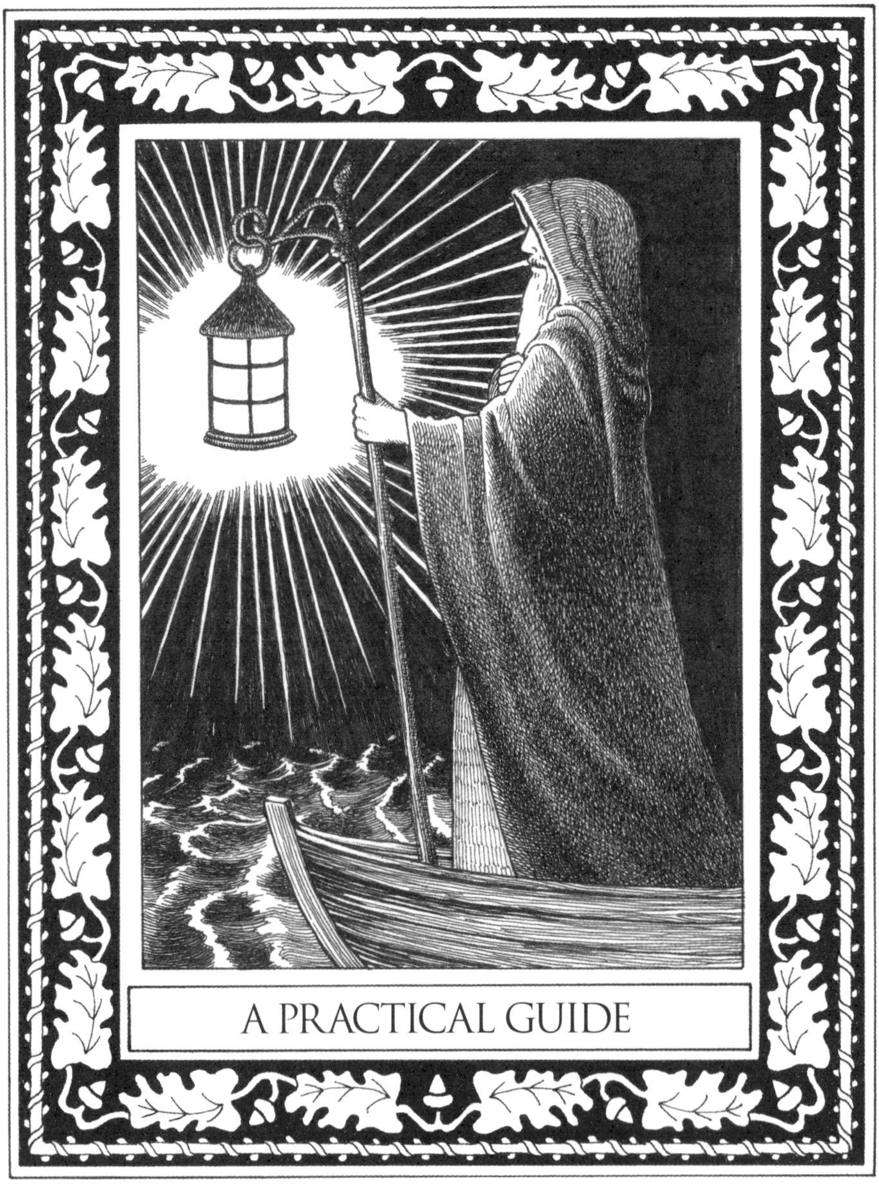
A PRACTICAL GUIDE

實用指南

「世上只有兩、三個人類故事，這些故事一次又一次上演，不斷重複，彷彿過去未曾發生過其他故事。」

——取自薇拉·卡瑟[1]的《啊，拓荒者！》[2]

從長遠來看，坎伯的《千面英雄》很可能是二十世紀影響最深遠的著作之一。坎伯在書中陳述的概念，對說／寫故事這件事產生重大的衝擊。作家對坎伯所發現的說故事模式愈來愈清楚，也以這些模式來充實他們的作品。

當然，好萊塢電影人也領悟到坎伯作品的實用性。喬治·盧卡斯和喬治·米勒等電影人很清楚他們欠坎伯人情，在史蒂芬·史匹柏、約翰·鮑曼[3]、柯波拉[4]與其他人的電影中，坎伯的影響力也隨處可見。

好萊塢開始採納坎伯書中陳述的觀點，其實不足為奇。對作家、製片、導演或設計者來說，坎伯的觀念是隨手可得的工具包，裡頭盡是各式堅固耐用的器具，對說／寫故事的技巧而言，再適用不過了。有了這些工具，你就可以建構出一個符合各種狀況的故事，一個具有戲劇張力、精彩絕倫、接近心理事實的故事。有了這套裝備，你可以把每段有問題的情節揪出來，酌予修正，讓故事展現絕佳的效果。

這些工具通過時光的考驗，比金字塔，比巨石柱群[5]，甚至比最古早的壁畫還久遠。坎伯對工具包的貢獻，就是匯集、確認了所有概念，把它們串連、列舉，並組織起來，他破天荒地把隱藏在故事後面的固定模式點出來。

他以《千面英雄》這本書，闡述了口述與文字記載的文學作品中，最永恆不變的主題：英雄的神話。在他對英雄神話的鑽研中，發現其實所有神話講的都是同一個故事，以各種不同的面貌一再傳頌。

他發現所有故事的敘述方式，無論有意無意，都依循古代神話的模式；從英雄旅程的角度來看，所有的故事，從最粗俗的笑話，到最高水準的文學作品，都說得通：「單一神話」（monomyth），也就是他在書中提出的原理。

英雄旅程這個模式四海皆通，在所有時空與文化都會發生。人類有著數不清的面貌，故事的模式也一樣，但基本的形式是不變的。英雄旅程源於人心最深處，是持續存在、影響深遠的元素；不同文化的旁枝末節也許不同，但基本上它們系出同源。

坎伯的看法與瑞士心理學家榮格不謀而合，榮格對「**原型**」（archetypes）的描述是：反覆重現於人類夢境，以及各類文化中的神話角色或精神力。榮格指出，這些原型反映出人類不同層面的思維——每個人的性格會自行分成各種角色，演出你自己的戲劇人生。他發現病人夢境中的人物與神話中常見的原型，有許多相似之處。他認為因為這兩者皆源於人類較深層的**集體無意識**。

世上神話反覆登場的角色，比如說少年英雄、睿智的長者、變形者及陰險的反派，都是我們幻夢中重複出現的人物。這就是為何在以神話模式為架構的神話和大多數的故事中，都存在著心理上的真實環節的原因。

這類故事精準地告訴我們，人類思維，也就是心理的真正運作情況。即使它們描述的是荒誕不經、幾乎不可能存在或虛幻的事件，但就心理觀點來看，這些故事還是說得通。

這類故事之所以所向披靡，完全是因為建構在英雄旅程上的故事對眾人有著無法抗拒的魅力，因為這些故事都源於集體無意識，同時與大家關切的事情相互呼應。

這些故事經常涉及再簡單不過的常見問題：我是誰？我從哪裡來？死後要到哪裡？什麼是善？什麼是惡？該如何面對善惡？明天會是什麼樣子？昨日到哪去了？有人活在昨日世界嗎？

這些深植在神話中，且由坎伯在《千面英雄》中列舉出來的概念，幾乎都可用來了解人類碰上的所有問題。這些不但是人生的重大關鍵，也是更能有效掌握廣大觀眾的重要工具。

如果你想了解英雄旅程背後蘊含的概念，唯一之道就是去讀坎伯的著作。讀過後經常會改變你對人生的態度。

---

1 Willa Cather，美國著名小說家，她的代表作包括《我的安東尼亞》。

2 *O Pioneers !*

3 John Boorman，英國大導演，作品包括《希望與榮耀》、《激流四勇士》。

4 Francis Coppola，執導過《教父》、《現代啟示錄》等巨作的大導演。

5 Stonehenge，位於英格蘭的史前遺跡。

閱讀大量神話是不錯的點子，但拜讀坎伯的作品效果也一樣，因為坎伯是個說故事大師，他喜歡從浩瀚的神話故事寶庫中舉例說明自己的論點。

坎伯在《千面英雄》第四章〈關鍵之鑰〉中，概述英雄旅程的大綱。我獲准稍微修改這份大綱，希望能以當代電影和幾部經典老片為例，找出電影中共通的原則。你可以仔細觀察下表，比較這兩份大綱的異同和用字。

我將以自己的方式重新詮釋英雄神話，而你也可以這麼做。每個說故事的人都可依自己的用意和特殊文化需求來調整神話模式。

比較兩份大綱和用字

作家之路	千面英雄
第一幕	啟程，隔離
平凡世界	平凡世界
歷險的召喚	歷險的召喚
拒絕召喚	拒絕召喚
遇上導師	超自然的助力
跨越第一道門檻	跨越第一道門檻
	鯨魚之腹
第二幕	下凡，啟蒙，深化
試煉、盟友、敵人	試煉之路
進逼洞穴最深處	
考驗磨難	與女神相會
	狐狸精女人
	向父親贖罪
	神化
獎賞	終極的恩賜
第三幕	回歸
回歸之路	拒絕回歸
	魔幻脫逃
	外來的救援
	跨越回歸的門檻
	歸返
復甦	兩個世界的主人
帶著仙丹妙藥歸返	自在的生活

所以英雄會有千種面貌。

附帶說明「英雄」一詞：本書中，這個詞就如同談及「醫生」或「詩人」般，男女適用。

英雄旅程

儘管英雄的故事有千百種，但實際上永遠都是一場旅程。英雄離開自在平凡的環境，冒險踏入充滿挑戰、人生地不熟的世界。也許這是一場邁向實際的出外之旅，前往迷宮、森林、洞穴、陌生城市或國家等未曾踏上的新土地，抑或前往與之唱反調、挑釁勢力發生衝突的地點。

不過，很多故事把英雄送往內省之旅，探索精神、內在及心靈。在精彩的故事中，英雄成長、改變、經歷旅程後，徹底變了一個人：由絕望轉為希望、從脆弱變得堅強、從愚蠢變為英明、由恨轉愛，然後周而復始。這些情緒轉折的旅程，讓讀者愛不釋卷，增加故事的可讀性。

英雄旅程的各階段，不單出現在充滿「英雄色彩」的動作冒險故事中，其實在各種故事中都能找到它的蛛絲馬跡。每個故事主角就是旅程中的英雄，即使他經歷的路徑只通往他自己的想像，或是一段愛恨情仇，都無所謂。

儘管有時作者不自覺，英雄旅程途中行經的小站都會自然浮現。熟知最古老的說故事指南，就能夠點出問題，寫出更精彩的故事。我們把這十二階段當作英雄旅程中的指引圖，這是從起點到終點的門道之一，而且是最靈活、最歷久不衰、最可靠的一個。

英雄旅程十二階段

1. 平凡世界
2. 歷險的召喚
3. 拒絕召喚
4. 遇上導師
5. 跨越第一道門檻
6. 試煉、盟友、敵人
7. 進逼洞穴最深處
8. 考驗磨難
9. 獎賞（掌握寶劍）
10. 回歸之路
11. 復甦
12. 帶著仙丹妙藥歸返

1．平凡世界

在大多數故事中，英雄從平凡無奇的世界，前往陌生、不曾見識過的「非常世界」。這種耳熟能詳的「如魚離水」[6]概念，衍生出無數電影和電視影集，如《絕命追殺令》（*The Fugitive*）、《豪門新人類》（*The Beverly Hillbillies*）、《史密斯遊美京》（*Mr. Smith Goes to Washington*）、《亞瑟王廷之康乃迪克佬》（*A Connecticut Yankee in King Arthur's Court*）、《綠野仙蹤》（*The Wizard of Oz*）、《證人》（*Witness*）、《四十八小時》（*48 Hours*）、《你整我，我整你》（*Trading Places*）、《比佛利山超級警探》（*Beverly Hills Cop*）等。

如果你要讓一條魚跳出牠習慣的環境，首先你要讓牠置身於**平凡世界**，讓牠知道牠即將踏入

英雄旅程模式

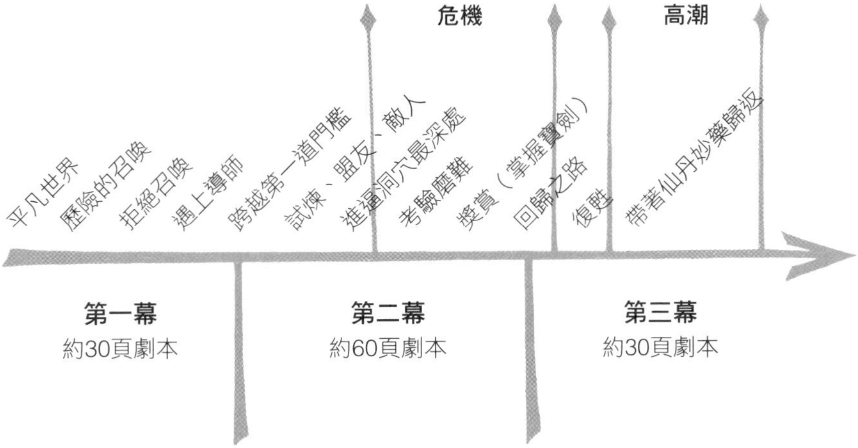
危機
高潮
平凡世界
歷險的召喚
拒絕召喚
遇上導師
跨越第一道門檻
試煉、盟友、敵人
進逼洞穴最深處
考驗磨難
獎賞（掌握寶劍）
回歸之路
復甦
帶著仙丹妙藥歸返
第一幕
約30頁劇本
第二幕
約60頁劇本
第三幕
約30頁劇本

英雄旅程

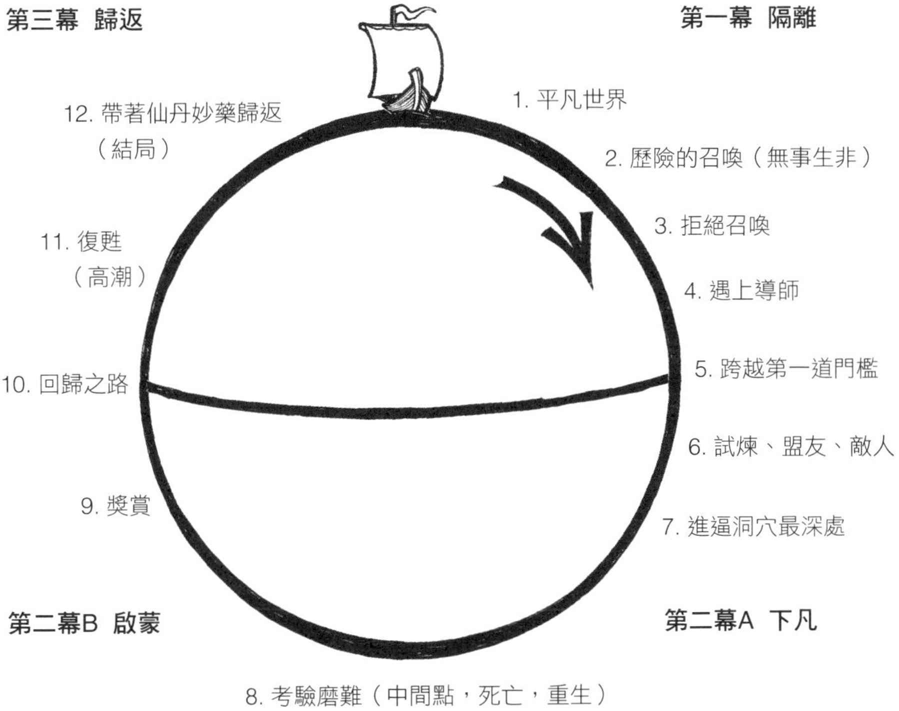
第三幕 歸返
第一幕 隔離
1. 平凡世界
2. 歷險的召喚（無事生非）
3. 拒絕召喚
4. 遇上導師
5. 跨越第一道門檻
6. 試煉、盟友、敵人
7. 進逼洞穴最深處
8. 考驗磨難（中間點，死亡，重生）
9. 獎賞
10. 回歸之路
11. 復甦
（高潮）
12. 帶著仙丹妙藥歸返
（結局）
第二幕B 啟蒙
第二幕A 下凡

的陌生新世界和原本的環境是多麼天差地遠。

在《證人》中，你看到城裡來的警察和阿米許族（Amish）母子，在被推向完全生疏的環境之前，原本過著平淡無奇的生活：阿米許母子在城裡不知所措，城市來的警察過著阿米許人十九世紀的生活。第一次看到《星際大戰》的英雄天行者路克時，他是個覺得生活窮極無聊的農村小孩，之後他卻要在宇宙中奮戰。

《綠野仙蹤》的情況也很類似，在桃樂絲突然闖入奧茲國（Oz）神奇世界之前，故事花了很多篇幅著墨於桃樂絲在堪薩斯州單調的日子。為了強調二者的差別，堪薩斯的場景都是黑白的影像，而奧茲國的場景都以彩色印片法呈現鮮豔的色澤。

《軍官與紳士》（*An Officer and a Gentleman*）則鮮明地刻畫出英雄的平凡世界（剛加入海軍的臭小子有個酗酒、召妓惡習的老爸），以及英雄就學的非常世界（秩序井然、光鮮整齊的海軍飛行學校）之間的鮮明對比。

2．歷險的召喚

係指英雄遭遇困難、挑戰或冒險。一旦英雄接到**歷險的召喚**，他就無法再留在平凡世界。他也許會碰上大地瀕死的狀況，就像亞瑟王故事中，英雄必須尋找聖盃，因為這是唯一能夠療癒苦難大地的寶物。《星際大戰》中，歷險的召喚就是莉亞公主孤注一擲，傳口信給智叟歐比王肯諾比，要求路克來救她。莉亞被邪惡的黑武士達斯維達綁架，就像希臘春之女神波瑟芬妮（Persephone），被冥界之王普路同（Pluto，即希臘神話中的黑帝斯）擄走一樣。拯救她，對恢復平凡世界的平衡至關重要。

許多偵探故事中，歷險的召喚指的是私家偵探被要求展開新任務，解決讓天下大亂的犯罪。厲害的偵探解決犯罪，一如匡正不義。

復仇故事裡，歷險的召喚一定是公理不彰、是非顛倒。在《基度山恩仇記》（*The Count of Monte Cristo*）中，艾德蒙·丹提斯蒙冤下獄，他報仇心切，因此逃獄。《比佛利山超級警探》裡，歷險的召喚源於英雄的摯友遭人謀殺。《第一滴血》（*First Blood*）中，藍波因為遭偏狹的警長不公待遇，因此起而反擊。

浪漫喜劇中，歷險的召喚也許是男／女英雄第一次碰面就看不順眼，之後跟對方打打鬧鬧，或成為追趕跑跳碰的冤家。

有了歷險的召喚，就能確立這場遊戲的代價，英雄的目標明朗化：搶到寶藏或贏得對方青睞，復仇成功或痛改前非，一圓美夢，克服挑戰，改變人生。

這趟旅程要付出的代價，透過歷險的召喚所提出的問題來表達。外星人或《綠野仙蹤》的桃樂絲能不能回家呢？路克能不能打敗黑武士，救出莉亞公主？在《軍官與紳士》中，英雄會因為一己之私遭到無情教官的數落，被迫離開海軍飛行學校嗎？他是否有受封軍官與紳士的資格呢？男孩與女孩有緣相逢，但他能贏得她的芳心嗎？

---

6 指對周遭環境、人物感到陌生，格格不入。

3・拒絕召喚（不情願當英雄的英雄）

這一點和恐懼有關。在跨出冒險門檻時，英雄會停下腳步，**拒絕召喚**或表現得心不甘情不願。畢竟他對未知世界充滿了無窮恐懼和驚嚇。英雄還沒決定踏上這段旅程，他也許還想回頭。因此其他有影響力的因素就此登場——情況有變，也許是遭到進一步的威脅，或有來自恩師的鼓勵——幫助他撐過恐懼的關卡。

在浪漫喜劇中，英雄可能會表態，說自己不想涉入男女感情（也許是因為前一段感情創傷）。在偵探故事中，私家偵探一開始也許會拒絕接下任務，後來他知道這樣不對，還是接下了案子。

《星際大戰》的路克拒絕歐比王召喚他上路冒險的要求，回到叔叔、嬸嬸的農莊，沒想到他們竟然慘遭帝國風暴兵的殺害。這時路克不再優柔寡斷，而且無法置身事外。他挺身參與歷險。對他來說，帝國的惡行已經成為切身私事，他蓄勢待發。

4・遇上導師（智叟）

許多故事講到這裡，通常像梅林[7]般的英雄導師角色就會出場。英雄與**導師**的關係，是神話中最常見的橋段之一，也是象徵意義最強的情節。它代表父母與孩子、老師與學生、醫生與病人、神祇與凡人的聯繫。

這位導師也許會以睿智老巫師（如《星際大戰》）、嚴格的教官（如《軍官與紳士》）或頭髮灰白的老拳擊教練（如《洛基》，*Rocky*）等身分亮相。在《瑪麗泰勒摩爾秀》（*The Mary Tyler Moore Show*）的神話中，這個人是路．葛蘭特[8]。在《大白鯊》（*Jaws*）中，這個人是暴躁易怒、對鯊魚知之甚詳的勞勃．蕭[9]。

導師的功能，是要讓英雄做好面對未知世界的準備。他們也許會提供建議、指引或神奇寶物。《星際大戰》的歐比王，把父親的光劍給路克，讓他在與原力黑暗面交手時派上用場。在《綠野仙蹤》中，好女巫葛琳達指點桃樂絲，並把最後能讓她重新回家的紅寶石鞋送給她。

不過，導師只能為英雄做這麼多。到頭來英雄還是得獨自面對未知的世界。有時候導師會給英雄臨門一腳，讓他繼續冒險之路。

5．跨越第一道門檻

現在，英雄終於決定踏上冒險之旅，**跨越第一道門檻**，首度邁入故事中的非常世界。他同意面對「歷險召喚」中的任何問題與挑戰，以及衍生出來的所有後果。故事在此正式展開，英雄的

7 Merlin，曾以魔法幫助亞瑟王，以未卜先知聞名。

8 Lou Grant，在影集裡，他是瑪麗泰勒摩爾難搞的上司。

9 Robert Shaw，英國舞台劇、電影演員，在《大白鯊》中飾演與鯊魚纏鬥的漁夫而知名度大增。

歷險真正起步了。氣球升空，船隻遠颺，羅曼史揭開序幕，飛機或太空船直上雲霄，篷車車隊揚塵而去。

電影情節通常建構在三幕中，分別呈現一、英雄決定出馬；二、行動本身；三、行動產生的結果。第一道門檻代表的是第一幕與第二幕間的轉折點。克服恐懼的英雄下定決心要與困境對抗，採取行動。現在，他已經表態踏上征途，眼前已無退路。

在《綠野仙蹤》故事裡，桃樂絲要從黃磚路啟程。《比佛利山超級警探》的英雄佛里，決定違抗長官命令，離開底特律街頭的平凡世界，前往比佛利山的非常世界，調查朋友的命案。

6・試煉、盟友、敵人

英雄一旦跨越第一道門檻，通常都會再遇上新的挑戰及**試煉**，結交**盟友**，樹立**敵人**，開始學習非常世界的規矩。

酒館和烏煙瘴氣的酒吧是非常適合處理這類情節的地點。為數眾多的西部片都在酒館考驗英雄的男子氣概和毅力，朋友和反派人物也都是在這裡出場。酒吧也是英雄收集八卦、學到非常世界新規矩的好地方。

在《北非諜影》（*Casablanca*）中，瑞克的小酒館是盟友和仇家一塊廝混的地方，英雄的道德勇氣也在這裡不斷遭到試煉。在《星際大戰》，小酒店是英雄與韓索羅船長結盟之處，也是和赫特族賈霸結下梁子的地點，這段情節在兩部星戰系列電影後的《星際大戰六部曲：絕地大反攻》（*Star Wars Episode VI: Return of the Jedi*）中得到很好的效果。在這充斥奇形怪狀外星人，龍罩著令人暈眩、離奇和暴烈氣氛的小酒店，路克也體會到，他剛跨入的非常世界既刺激又危險。

像這類的場景能發揮角色的性格，讓我們看到英雄與同伴承受壓力時的反應。在《星際大戰》的小酒店裡，路克親眼見到韓索羅船長應付緊張局勢的方法，知道歐比王是個身懷超凡力量的武士兼巫師。

關於這個轉折點，《軍官與紳士》也有類似的情節，英雄在這裡交上朋友，跟敵人結怨，也遇見他「心儀的對象」。在這幾個場景中，英雄性格的幾個層面——好鬥和敵意，擅長街頭鬥毆，以及他對女性的態度——全都顯現出來，沒錯，其中之一就在酒吧發生。

當然，不是所有的試煉、盟友、敵人都會和英雄在酒吧碰上。許多故事裡，比如《綠野仙蹤》，這些人都是沿途出現的。在黃磚路上，桃樂絲和稻草人、錫樵夫、膽小獅交上朋友，但也跟「魔法果樹園」中那群性格乖張、會說話的大樹為敵。一路上，她通過諸多試煉，比如她救了田中的稻草人，為錫樵夫上潤滑油，幫助膽小獅解決他的恐懼。

在《星際大戰》裡，試煉在小酒店之後接踵而至。歐比王讓路克蒙面戰鬥，教會他什麼叫做原力。以光劍和帝國軍戰鬥，是路克闖過的另一項試煉。

7．進逼洞穴最深處

英雄終於抵達險地邊緣，有時候這些地方位於深不見底的地下，英雄要解救的對象就被藏在那裡。這裡通常就是英雄最大敵人的總部，也是非常世界最危險之處——**洞穴最深處**。當英雄進入這駭人的地方，他得跨越第二道大門檻。英雄經常得在入口處稍事打住，做足心理準備，好好盤算，並鬥智矇騙壞蛋的看門狗。這個階段就是**節節進逼**。

在神話中，洞穴最深處也許代表冥界。英雄可能得墜入地獄，解救摯愛，例如奧菲斯（Orpheus）去拯救愛妻；深入洞穴與惡龍纏鬥，奪取寶藏，例如北歐神話的西格德（Sigurd）；或者進入迷宮和怪物正面衝突，例如特修斯和米諾陶洛斯[10]。

在亞瑟王的故事裡，洞穴最深處就是危險的教堂（Chapel Perilous），也是藏匿聖杯的地方。

在現代神話《星際大戰》中，進逼洞穴最深處，就是天行者路克和他的同伴被捲進死星，他們將面對黑武士，並把莉亞公主救出來。在《綠野仙蹤》中，桃樂絲被擄到壞女巫的邪惡城堡，她的朋友們紛紛溜進來救她。《魔宮傳奇》（*Indiana Jones and the Temple of Doom*）片名則透露出洞穴最深處的確切地點。

這裡所指的節節進逼，包含進入洞穴最深處的所有準備工作，以及對抗死亡或至大的險境。

8．考驗磨難

故事走到這裡，英雄與自己內心進行最大的恐懼交戰，英雄的運氣背到谷底，他面對可能的死亡威脅，且敵對勢力一觸即發。**考驗磨難**是「黑暗時刻」，大家彷彿陷入忐忑不安和緊張的煩躁中，不知道英雄是死是活。英雄，像約拿[11]一樣，「落入野獸之腹」。

在《星際大戰》中，這一段指的就是路克、莉亞和朋友們被困在死星深淵的巨大垃圾攪碎機裡，所經歷的痛苦時刻。路克被住在污水裡、長著觸角的怪物拖進水裡好久好久，觀眾開始擔心，他是不是會沒命了。在《外星人》（*E.T.*）電影裡，討人喜歡的外星人一度看似死在手術台上。在《綠野仙蹤》裡，桃樂絲和她的夥伴被壞女巫絆住，幾乎無路可逃。而在《比佛利山超級警探》中，佛里被壞蛋抓住，他們拿槍抵著他腦袋。

電影《軍官與紳士》中，男主角柴克．梅友在海軍陸戰隊的教官，毫不留情地向他進攻，折磨他，羞辱他，逼他退出訓練課。這是（心理上）生死攸關的時刻，如果他投降，他成為軍官與紳士的機會將成泡影。他拒絕退出，成功戰勝磨難，這段痛苦的經驗也改變了他。那個教官是個狡猾的智叟，他強迫英雄承認自己也必須依賴其他人，英雄從此變得更合群，不再那麼自私。

在浪漫喜劇中，英雄所面對的死亡，或許只是愛情的暫時消逝，就像老套的通俗劇情節「男孩與女孩相遇，男孩跟女孩分手，男孩得到女孩芳心」第二階段演的那樣。英雄和心儀對象來電的機會，看來似乎渺茫至極。

每個故事中，這都是關鍵的時刻，經歷考驗磨難的英雄一定得死，或看起來活不成，這樣他才能重生。這也是英雄神話神奇之處。前面幾個階段的經歷，帶領觀眾認同英雄及他的命運。英雄的命運，就是我們的命運。受到慫恿，大家和英雄一同體驗瀕死的時刻。我們的心情一度低落，但也因為這個緣故，當英雄置之死地而後生，觀眾才會跟著活過來。復甦的結果，就是大家

---

10 Theseus and Minotaur。特修斯是瑞典民族英雄；米諾陶洛斯是個半牛半人的怪物，住在迷宮裡。特修斯在克里特王的女兒阿里阿德涅（Ariadne）幫助下逃出迷宮，並殺死米諾陶洛斯。

11 Jonah，指的是《聖經》中的先知約拿，他落入鯨魚之腹三天。

欣喜若狂。

設計遊樂園驚險遊樂設施的人，很清楚並善用了這種原理。雲霄飛車先讓乘客覺得自己好像快掛了，但和死亡擦身並活下來，因此讓人激動莫名。當你面對死亡時，情緒會非常激動。

這也是兄弟會和祕密會社的入會儀式上最關鍵的元素。新入會的人被迫品嘗死亡的恐怖滋味，然後才能獲准體驗復活的感覺，彷彿重生一般，然後成為團體的新成員。所有故事的英雄，都是體驗生死之謎的新人。

每個故事都需要這類生死交關，需要這種令英雄或其目標陷入險境的時刻。

9．獎賞（掌握寶劍）

英雄逃過死亡，打死巨龍，殺死米諾陶洛斯，他和觀眾總算有理由好好慶祝一番。現在英雄掌握他所尋覓追求的寶貝，也就是他的**獎賞**。它也許是特殊的武器，如魔劍、聖杯等神物，也或許是可以治癒飽受苦難大地的萬能仙丹。

有時所謂的「寶劍」，指的是英雄掌握的知識和經驗，它能引導英雄進一步了解敵方勢力，並與對方握手言和。

在《星際大戰》中，路克救出莉亞公主，破獲死星的陰謀，這是他擊垮黑武士的關鍵。桃樂絲從壞女巫的城堡逃脫，帶走女巫的掃把及紅寶石鞋，這是讓她重返家園的重要寶物。

這個時機，英雄也許能解開與父母間的衝突。在《絕地大反攻》中，路克與突然變成其父親的達斯維達和解，畢竟達斯維達並不是那麼壞的傢伙。

英雄也可能會和異性和好，就像浪漫喜劇裡的劇情一樣。在許多故事裡，摯愛就是英雄要出馬搶救的寶貝，演到這裡通常都會有感情戲，以慶祝勝利到來。

從英雄的觀點來看，異性也許是**變形者**（變幻無常的一種原型）。他們的形狀或年紀似乎變來變去，反映出異性難解與易變的特質。吸血鬼、狼人和其他變形者的故事，在在都呼應了男女認為對方三心二意的看法。

英雄的考驗磨難可能讓他們更了解異性，看出對方表象善變的意義，進而和異性言歸於好。從考驗磨難中倖存的英雄也許更添魅力，因為他甘願為大家涉險，最終贏得「英雄」封號。

10・回歸之路

英雄還沒離開樹林。英雄開始迎擊黑暗勢力折磨所帶來的後果，故事進入第三幕。如果他仍無法與父母、眾神或敵對勢力言和，他們也許會火冒三丈地追著他跑。故事裡的最佳追逐場景都發生在這個時候，在**回歸之路**途中，寶劍（仙丹妙藥或寶物）被英雄取走，心神不寧的敵對勢力意圖報復，在英雄後頭死追猛打。

路克和莉亞公主逃離死星，黑武士達斯維達一路在後狂追。在《外星人》中，回歸之路是艾略特和外星人在月光下騎單車冉冉升空，逃離糾纏不休的政府官員凱斯（彼得・柯尤特〔Peter Coyote〕飾演）的那一幕。

這個階段昭示著英雄回歸平凡世界的決心。英雄明白，他應該把非常世界拋到腦後，前方仍有險阻、誘惑與試煉。

11・復甦

在古代，獵人與戰士在歸返部族前必須淨身，因為他們手上沾染了血腥。在冥界走一回的英雄一定會重生，同時遭受最後一次死亡和**復活**的考驗，然後洗滌身心，回到生者的平凡世界。

這個階段，通常是第二個生死交關的重要時刻，幾乎是把考驗磨難時所遭遇的死亡與重生過程重演一遍。在死亡和黑暗勢力被消滅前，還得做最後一搏。對英雄來說，這就像期末考，他必須再接受一次測試，才知道他是否能從考驗磨難中學得教訓。

經歷死亡和重生的英雄，不但脫胎換骨，同時帶著新的視野重生，回歸平凡人生。

《星際大戰》系列電影一直在玩這個梗。星戰系列前三部曲，都有一場最終之役，路克幾乎快被殺死，眼看就要沒命了，卻奇蹟似地生還。每經歷一次考驗磨難，路克就變得更強，就更能駕馭原力。經歷磨難後，路克判若兩人。

在《比佛利山超級警探》中，劇情最高潮是佛里因為惡徒作祟，再次面臨死亡，但比佛利山警方出面救人。從這次經驗，他學會與人合作的重要性，變成更完美的人。

在《軍官與紳士》，最後的考驗磨難更是錯綜複雜，英雄在許多方面都面臨了死亡威脅。柴克為了幫助另一個軍校生越過障礙，放棄個人運動獎項，他自私自利的特質消失了。他和女朋友的感情看似結束，而且他得在摯友自殺的重大打擊中重新站起來。如果這樣還不夠慘的話，他還要跟他的教官來一場攸關生死的徒手戰，但他最終闖過所有磨難，變成名副其實、英武勇敢的「軍官與紳士」。

12・帶著仙丹妙藥歸返

英雄回到了平凡世界，除非他從非常世界帶回了**仙丹妙藥**、寶藏或學到寶貴經驗，否則這趟旅程毫無意義。仙丹妙藥，是一種有治癒能力的魔水。也許代表聖杯這類能治癒大地創傷的神物，但也可能只是有朝一日能為社群所用的知識或經驗。

桃樂絲回到堪薩斯，了解有人疼她，了解「家是最溫暖的地方」。外星人ET帶著人類溫暖的友誼回到家。天行者路克打敗了黑武士（在那個當下），恢復銀河的和平與秩序。

柴克・梅友獲得軍職，帶著全新的觀點，離開訓練基地這個非常世界。他穿上拉風的軍官新制服（配上與官階相符的態度），凌空抱起女朋友，揚長而去。

有時候，仙丹妙藥是旅途中贏得的寶藏，但它也可能是愛情、自由、智慧，或是支撐非常世界得以存在的認知。有時候，它只代表回家時能傳頌千古的精彩故事。

在探入洞穴最深處，經歷磨難之後，除非英雄有所收穫，否則他注定得再次展開冒險之旅。許多喜劇拿這個梗收尾，有個蠢蛋角色總是學不會教訓，一而再、再而三地犯下相同的蠢事。

我們重新簡述英雄旅程：

1. 英雄們在**平凡世界**出場，
2. 接到了**歷險的召喚**。
3. 他們一開始**不情願**或**拒絕召喚**，但是
4. **導師**鼓勵他們

5. **跨越第一道門檻**，並進入非常世界，他們在那裡
6. 遭逢**試煉**，遇上了盟友與敵人。
7. 他們**進逼洞穴最深處**，跨過第二道門檻，
8. 經歷**考驗磨難**。
9. 他們得到**獎賞**，但經
10. **回歸之路**歸返平凡世界的途中，遭到追逐。
11. 他們跨過第三道門檻，體驗到**復甦**，這經歷幫助他們變身。
12. 他們帶著**仙丹妙藥**，也就是有用的東西或寶物，歸返平凡世界。

英雄旅程只是個骨架，必須配上細節和眾多意想不到的情節，故事才會有血有肉。這個結構不應該喧賓奪主，但無須太過拘泥。我們提到的這十二階段順序，只是其中一種可能的排序，你可以刪除、增加或變換次序，但不會影響這些階段的影響力。

英雄旅程的價值在於它的重要性。英雄旅程浮現出的基本畫面——年輕英雄找上老巫師尋覓魔劍，少女冒死拯救她的愛人，騎士出征直搗不見天日的洞穴和邪魔交戰。這些影像都象徵著常見的人生經驗，可以隨意更動，以符合正在構思的故事及社會常態的需求。

英雄旅程可以輕易轉換成當代戲劇、喜劇、愛情故事或冒險動作片，只要在英雄故事中把象徵性的角色和道具增添點現代感即可。智叟或明察秋毫的老嫗，也許是正牌的黃教巫醫或巫師，

但心靈導師也可能以各種面貌出現，諸如教師、醫生或治療師、暴躁但善良的老闆、難搞但公正無私的士官長、父母、祖父母，以及任何能指引你、助你一臂之力的角色。

現代英雄可能不會闖入洞穴或迷宮，和神祕怪物大戰八回合，但他們仍因從事太空探險、深入海底，潛進現代都市最底層，或是探究個人的內心深處，進入非常世界與洞穴深處。

神話的模式可以講述最簡單的漫畫故事，或最複雜的戲劇。隨著各種新嘗試，英雄旅程的框架也更茁壯成熟。改變原型的傳統性別和年齡，只會讓故事更趣味盎然，並且在各種原型之間架構出更複雜、能共存的連結網。基本的角色可以合而為一，或分割成好幾個角色，讓具備同樣概念的角色展現不同觀點。

英雄旅程彈性無窮，千變萬化，卻不會賠上故事的精彩性，還能歷久不衰。

現在，我們仔細端詳這張指引圖，將會見到故事界的子民——各種**原型**。

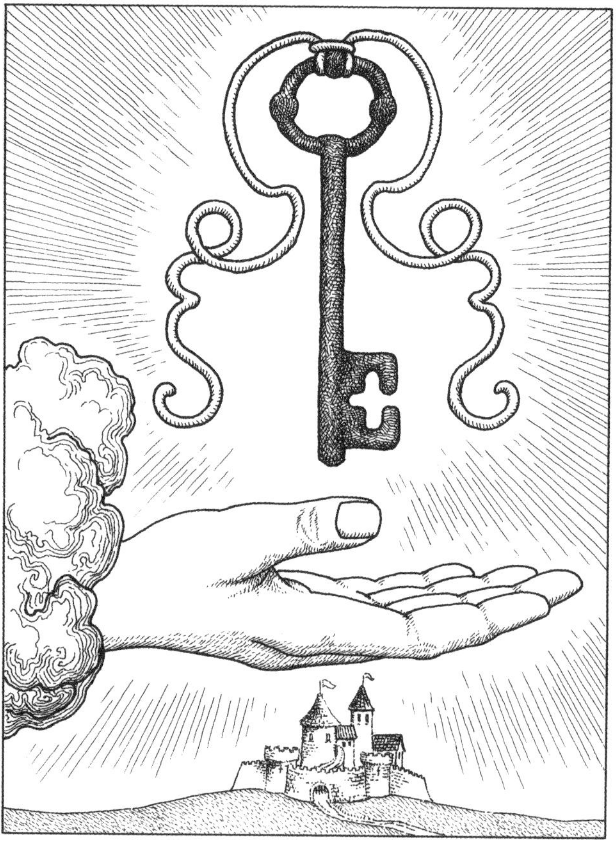

THE ARCHETYPES

原型

「無論是否受到召喚，神仍舊會出現。」

——寫在榮格家門頂的銘言

只要一進入童話與神話世界，你很快就會看到一些不斷出現的角色類型及其之間的關連：質疑英雄並召喚英雄踏上冒險征途的使者、把神奇禮物交給英雄的智叟、明察秋毫的老嫗、擋住英雄去路的門檻守衛、一路上動搖迷惑英雄心神的其他變形旅人、想要消滅英雄的陰險壞蛋，或是對現狀不滿、有時會搞笑讓大家放鬆一下的搗蛋鬼。瑞士心理學家榮格在描述這些常見的角色特性、象徵意義及其關連時，用了「原型」一詞，也就是亙古以來就有的性格模式，是人類藉由遺傳所共通的心理機能。

榮格指出，和個人無意識相似，集體無意識也許也存在。童話故事與神話，就像整個文化的夢境，源於集體無意識。相同的角色類型，似乎在全體人類及個人身上都看得見。歷經時代變遷和不同的文化，原型依然神奇的存在於夢裡、個體性格，以及全世界的神話幻境中。熟知原型的力量，是現代作家最有力的法寶之一。

想要弄懂故事中角色的意圖和作用，原型是不可或缺的工具。如果掌握某個特定角色的原型用意，就能幫助你判斷角色在故事中的分量。原型是寫故事的共通語言，對作家來說，掌握原型的能力就和呼吸一樣重要。

坎伯把原型視為一種生命過程：就像身體器官會流露感情一樣，早就深深嵌入每個人的體內。這種普遍的模式，讓說／寫故事成為共通的經驗。說故事的人本能地選擇角色，建構角色之間的關係，藉以和原型的精神力相互呼應，然後創造大家都可以輕易辨識的戲劇體驗。熟知這些原型，就能增強你對作品的掌握力。

功能性的原型

剛開始構思這些概念時，我把原型視為某個角色從故事開始到結束都獨具的性格。一旦把某個角色定位為心靈導師，我就希望他一直扮演心靈導師，他也只能當心靈導師。但是當我擔任迪士尼動畫故事顧問，鑽研神話故事主旨時，我見識到另一種看待原型的方式——不把它視為死板的角色特質，而是角色偶然展現的特質，把它作用在故事中，讓故事擦出火花。這種看法源自俄國童話專家普羅普的研究，他在《民間故事的型態學》中剖析了好幾百個俄國民間故事的主題，及其不斷重複的模式。

以另一種方式來看待原型，也就是讓原型可以變動、有功能性，而非死板的角色特質，能夠

原型即是英雄的流射

在說故事時擺脫束縛，也可以解釋故事中某個角色展現多種原型的原因。為了讓故事繼續說下去，原型被當成角色必要時暫時戴上的面具。一個角色剛出場時，也許肩負使者的功用，之後可能換上另一副面具，變成搗蛋鬼、導師或陰影。

英雄的個性面

另一種觀察典型原型的方法就是它們是英雄（或作者）的個性面。其他角色代表英雄可能的性格，無論好壞皆然。有時候，英雄在故事進行中，會收集、吸收其他角色的能量及特性，從其他角色身上學習，把途中遇上的人融合成一個個體。

原型也可以被視為各種人性擬人化的象徵。就像塔羅牌的大祕儀一樣，原型代表一個人性格的各層面。每個精彩的故事都反映出人類故事的全貌，反映出人類活在世上所碰到的普遍情況，反映出要成為個體所經歷的成長、學習、努力和掙扎，還有凋零的過程。故事喻指為人生處境，其中角色代表的是無論團體或個人都能理解的普遍及典型的特性。

最常見且派上用場的原型

對說／寫故事的人而言，角色的原型是從事這一行不可或缺的工具。要創作出好故事，絕對不能不了解。故事中最常出現、對作者最實用的原型如下：

英雄
導師（智叟或明察秋毫的老嫗）
門檻守衛
使者
變形者
陰影
盟友
搗蛋鬼

原型當然有很多，其中很多都是加強故事戲劇性的人類特質。童話故事就充斥著以下各種典型的角色：狼、獵人、慈愛的母親、壞心腸的繼母、神仙教母、巫師、王子或公主，以及貪心的客棧老闆等等，他們的存在都別有用意。榮格和其他學者點出許多心理學原型，比如說「永遠的少年」（puer aeternus）這種原型，在神話中（永遠年輕的邱比特）、故事裡（小飛俠彼得潘）及一般人（拒絕長大的男人）身上都可以找得到。

類型獨樹一格的現代故事，有著特殊的角色類型，諸如西部故事裡「心地善良的妓女」或「驕傲自大的西點軍校陸軍中尉」；描寫兄弟之情的故事則是「好警察」對上「黑心條子」；戰爭故事中，則有「難搞的善心中士」。

不過，這些例子都只是變體或改良版，後面幾章要討論的原型是最基本的原型範例，其他原型則是為了特定故事及類型而從中衍生出來的。

接下來這兩個問題，將有助於作家釐清原型的本質：一、這個原型到底代表什麼心理作用或性格？二、它在故事裡有什麼戲劇功用？

在我們一窺這八種基本原型，也就是英雄旅程途中最可能遭遇的八種人或精神力，請牢記上述兩個問題。

HERO

英雄

「吾人奉上帝差遣。」

——丹・艾克洛德和約翰・蘭迪斯[1]撰寫的電影《福祿雙霸天》[2]劇本

「Hero」（英雄）一詞是希臘文，字源的意思是「保護並為他人奉獻」（剛好也是洛杉磯警局的訓言）。英雄，是願意為他人犧牲自我私欲的人，就像願意犧牲奉獻、保護羊群，並服侍牠們的牧羊犬一樣。英雄這個概念與自我犧牲有密切的關係（請注意，「英雄」一詞是指故事的中心角色或主角，男女都通用）。

心理上的作用

在心理學用語中，英雄的原型等同於佛洛伊德[3]所稱的「自我意識」（ego）——部分性格得自母親，這也是他之所以和其他人不同的地方。基本上英雄是能超脫「自我」束縛及幻象的人，但一開始英雄只有自我意識：獨一無二、唯一的我。在他的自我認同裡，他認為自己與眾不同。許多英雄旅程，其實是與家庭、部族分離的故事，就像小孩離開母親時的感受。

英雄的原型，是自我認同與整體的追求。在邁向完整一體的過程中，每個人都是英雄，我們會面對內在的守護者、怪物及幫手。在探索心靈的旅途中，我們會碰上導師、領路人、惡鬼、眾神、夥伴、奴僕、代罪羔羊、大師、使壞者、叛將和盟友等，這些在夢境中會出現的性格和角色。我們在自己內心中，都能找到壞蛋、搗蛋鬼、英雄的愛人、朋友和敵人。我們要面對的心理課題，就是把這些個別的部分整合成一個完整且平衡的實體。在英雄心目中，自我意識和自身的其他部分各自獨立，但自我一定得併入其他部分，才能成為真我。

戲劇上的作用

觀眾認同

在戲劇上，英雄這角色的用途就是要引導觀眾走入故事。聽故事或看表演的所有觀眾進入故事裡，一開始是對英雄產生認同感而和他合為一體，透過他的眼睛來了解故事的世界，作者賦予英雄一些特質，普遍或獨一無二的個性。

英雄身上有我們感同身受、能在自己身上找到的特質。這些特質受到一般人常見的需求所驅策：想要被愛或被了解、想要成功、想要活下去、想要自由、想要報仇、想要導正錯誤，或者尋求自我表達。

體驗故事的期間，故事吸引我們把個人的特性加諸在英雄身上。就某種意義而言，我們都暫時變成了英雄，把自己投射到英雄的內心，透過他的雙眼來看世界。英雄必須具備某些討人喜歡的特質，我們才會想跟他們一樣。我們想要感受凱薩琳・赫本[4]的自信、舞王佛雷・亞斯坦[5]的優雅風範、卡萊・葛倫[6]的機智風趣，以及女神瑪麗蓮・夢露[7]的性感風情。

英雄同樣應具備常見的情感特質，還有每個人偶爾會經歷到的情緒刺激：復仇心、怒火、色慾、好勝心、地域性格、愛國心、理想主義、憤世嫉俗或絕望。英雄必須是獨一無二，他不是刻板形象或徒具虛名的人物，他有缺陷，不會一成不變。英雄一如讓人印象深刻的藝術品，需要具備多面性和原創性。沒有人會對主角特質不清不楚的故事或電影有興趣。

---

1 Dan Aykroyd與John Landis。

2 *The Blues Brothers*。

3 Sigmund Freud，奧地利心理學大師，精神分析創始人。

4 Katharine Hepburn，四屆奧斯卡影后。

5 Fred Astaire，與琴吉・羅傑斯（Ginger Rogers）的舞蹈搭檔曾轟動好萊塢。

6 Cary Grant，好萊塢著名男星，ＡＦＩ百年百大明星男影星排名第二名，代表作包括《北西北》、《捉賊記》。

7 Marilyn Monroe，二十世紀性感女神及流行文化的代表人物，作品有《願嫁金龜婿》、《大江東去》、《七年之癢》等。

觀眾要的故事主角是有血有肉的人，是個活生生和真人無異的角色，不能只有單一特徵，而要具備諸多特質和欲望（其中部分還互相矛盾）的綜合體。他的特質愈衝突，故事就愈精彩。一個在愛情與職責中天人交戰的角色就能吸引觀眾。集合衝突個性於一身的角色（諸如信任與猜忌，或者希望與絕望），似乎比單一性格的角色更寫實、更人性化。

一個面貌多元的英雄，可能同時是個堅強果決、猶豫不決、魅力無窮、忘東忘西、沒有耐性、外在強健卻內心脆弱的人。就是因為集合各種特質於一身，觀眾才會感受到英雄是個獨一無二、活生生而非某種典型的人。

成長

英雄的另一種故事效果，就是學習或成長。在評估劇本時，有時很難分辨誰是或誰應該是主角。通常最好的答案是：在故事中學到最多、成長最多的角色就是主角。英雄克服障礙，達到目標，同時他們也增見聞、長智慧。許多故事的主旨都是一個教學相長的過程，介於英雄和導師之間、英雄和愛人之間，甚至英雄和反派之間。三人行必有我師，每個人都可能是別人的老師。

採取行動

英雄的另一個功用是採取行動、有所作為。英雄經常是劇本裡最活躍的角色。大多數故事都要靠英雄的決心與衝勁才能進展下去。劇本裡常見的漏洞，就是故事從頭到尾英雄都非常活躍積極，不過最關鍵時刻卻變得被動退縮，還好有外來勢力適時拉他一把。這個關鍵時刻，英雄更應該主動出擊，掌控自己的命運才對。故事裡的英雄負責執行決定性的關鍵行動，負最大責任，冒最大風險。

犧牲

一般人都認為英雄堅強、勇敢，但相較於**犧牲小我**，這些都是次要特質：犧牲小我，才是英雄的標誌。犧牲小我，是指為了某種理想或某個群體，英雄願意放棄某些價值觀，甚至是生命。犧牲小我，意味著「成聖」。

在古代人獻出祭品，甚至奉上人類性命，好向心靈世界、神祇或老天爺表達感激之情，為了滿足這些強大的力量，並把「成聖」納入日常生活中。因為它是神聖之舉，即使是死亡，也變得正當化了。

與死亡打交道

與死亡抗爭，是每個故事的中心主題。英雄若沒有面臨實質的死亡，也會遇上死亡威脅，或是象徵死亡的高風險競賽、愛情或冒險歷程，英雄也許會成功地闖過（存活），也許會失敗（死亡）。

英雄讓大家看見他們如何與死亡周旋。他們也許可以過關斬將，證明死亡並不那般嚴峻無法應付。他們也許會死（象徵性死亡也算在內），然後重生，向大家證明死亡並非無法超越。他們也許會壯烈犧牲，卻是為了某種志業、理想或某個團體，而奉獻出自己的生命，超脫死亡。

當英雄為了機緣奉獻自己，心甘情願地踏上可能招致危險、損失，甚至死亡的冒險歷程時，就會展現出真正的英雄氣概。就像軍人，只要國家召喚，他們就會披掛上陣，奉獻生命。對於犧牲小我，英雄都甘願接受。

經歷自我犧牲的英雄最令人刻骨銘心。旅程中他們可能放下摯愛或好友。為了跨入全新的人生，也許要放棄惡習或怪癖當作代價。他們可能要退還從非常世界贏來的戰利品或分得的東西。英雄把旅程中取得的有用之物、仙丹妙藥、食物或智識帶回部族或村落，卻得和所有人共享。文化上，了不起的英雄人物，諸如美國民權領袖馬丁·路德·金恩博士、印度聖雄甘地，在追求理想的過程中都犧牲了自己的生命。

其他原型的英雄氣概

有時英雄的原型不單只有在對抗惡人、獲得勝利的正派主角身上才看得到。這種原型也可能出現在其他展現大無畏精神的角色上。一個本來沒有英雄特質的人物，也可能變成不畏艱險的角色。《古廟戰笳聲》（*Gunga Din*）中，與英文片名同名的角色——印度小兵「甘卡丁」，一開始根本是另一種搗蛋鬼或丑角的原型，但他卻力爭上游成了英雄，因為他在關鍵時刻為朋友犧牲，讓他贏得英雄的美名。在《星際大戰》中，歐比王在故事大部分片段中，展現的都是導師的原型，當他犧牲自己讓路克逃出死星時，卻表現出大無畏的英雄氣概，暫時套上英雄面具。

故事中的壞蛋或反派角色出乎意料地展現英雄特質，會讓人印象深刻。情境喜劇裡，若有個角色像丹尼・狄維托[8]在電影《計程車司機》（*Taxi*）中飾演的討人厭的調度員「路易」一樣，突然間大發善心，或做出高尚的舉動，那這集鐵定會贏得艾美獎[9]。一個在某方面展現英雄氣概，其他方面卻令人髮指的「勇敢的壞蛋」，這種角色可能非常吸引人。就理想狀況來說，每一個具有多重面貌的角色大多都具備每一種原型，因為這些原型正是讓角色性格得以完整的要素。

角色缺陷

饒富興味的缺陷，賦予角色人性化的色彩。從英雄遭受衝擊、克服內在疑慮、錯誤見解、過去的罪惡創傷，或對未來的恐懼，我們都可以看見自己的影子。弱點、瑕疵、怪毛病和惡習，很快就讓英雄或任何角色更真實、更有吸引力。看樣子，角色愈神經質，觀眾就愈愛，就愈能認同他們。

---

8 Danny DeVito，五短身材的好萊塢影星兼大牌製作人，經常飾演遊走正反派間的小人物。

9 Emmy Awards，美國電視界一年一度的最高榮譽。

這些缺陷讓角色有不同的發展空間——就是所謂的「角色弧線」（character arc），角色在經歷一連串階段後，從狀況A逐步進化到狀況Z。缺陷，就是從瑕疵與不完美開始成長的。所謂的缺陷，可能是某個角色的缺點。例如某個英雄或許沒有戀愛對象，他正在尋覓「失落的一角」，讓自己的生命圓滿。這一點童話故事裡就經常以失去家人或親人死亡來代表。許多童話都是以父母其中一人過世，或者哥哥、姊姊被綁架當開頭。家中人丁減少，為故事灌注不安的氣氛，故事就此展開，直到成立新家庭，或者原來的家人破鏡重圓，才恢復平靜，讓不安的情緒畫下句點。

大多數現代故事都是改造或修補英雄的性格，使其臻於完整。這不足的缺憾可能是性格中某種重要元素，例如，信任或愛人的能力。觀眾喜歡看英雄跟自己的性格搏鬥，然後戰勝它們，比方英雄克服了諸如缺乏耐性或優柔寡斷等毛病。《麻雀變鳳凰》（*Pretty Woman*）中，有錢但冷血的企業家愛德華，在熱愛生命的薇薇安影響下，性格變得熱情溫暖，但他會成為薇薇安的白馬王子嗎？薇薇安會受自尊心驅使而脫離阻街女郎生涯嗎？《凡夫俗子》（*Ordinary People*）中，滿心愧疚的少年康拉德，能重拾接受愛與親密關係的能力嗎？

英雄的類型

英雄有許多種類，包括自願和迫於無奈的英雄，還有與群體共處和單槍匹馬的英雄，反英雄、悲劇英雄及催化劑型的英雄。英雄跟其他原型一樣，也是一種多變、能夠展現多種精神力的概念。英雄可能和其他原型合而為一，產生諸如搗蛋鬼英雄等混合體，或者暫時套上其他原型的面具，成為變形者、導師，或是陰影。

雖然英雄通常都是正派角色，但英雄也會展現出陰沉或負面的自我。英雄的原型通常代表人心進行正派舉止時的表現，不過英雄的原型也可能展露出軟弱、優柔寡斷的特性。

自願挺身而出與迫於無奈的英雄

英雄看起來有兩種：第一種是自願挺身而出、積極進取、勇敢熱誠，毫不猶豫就投入冒險旅程，他總是勇往直前、自動自發；另一種是迫於無奈、滿腹疑慮、躊躇猶豫、被動，需要有外力推他一把，才會投入冒險，這兩種英雄都能讓人創作出精彩的故事。不過也許從頭到尾都被動消極的英雄，反倒能讓大家經歷前所未有的戲劇體驗。這些不願跳出來的英雄需要某些必要的刺激，在某個轉折點改變，他們才願意投身冒險歷程。

反英雄（另類英雄）

反英雄是個不明確、可能混淆的字眼。簡而言之，反英雄不是英雄的相反，而是某一種特殊的英雄，以社會的觀點來看，他可能是亡命之徒或惡棍，但觀眾反倒都支持他們。大家之所以會認同這些與周遭格格不入的外人，是因為有時我們也會覺得自己像是局外人。

反英雄也有兩種類型：一種行為舉止比較像傳統英雄，卻常出言諷刺，或受過心傷，像亨佛萊．鮑嘉[10]在《沉睡》（*The Big Sleep*）和《北非諜影》中的角色。另一種是悲劇英雄，是故事的重要角色，雖然不討人喜歡，不受人讚美，他們的行為卻讓人痛惜，如馬克白（Macbeth）、

《疤面煞星》（*Scarface*）或《親愛的媽媽》[11]中的瓊・克勞馥。

心靈殘缺的反英雄，可能是穿著黯淡盔甲的英勇騎士，可能是拒人於千里之外或曾遭社會排擠的獨行俠。最後，這些角色也許會熬出頭，受到觀眾支持，但在社會大眾眼裡，他們依舊不見容於世，像羅賓漢、耍無賴的海盜或土匪變身的英雄，或亨佛萊・鮑嘉飾演的許多角色都是這種類型。他們通常是出身警界或軍旅的正直之士，因為理想幻滅，不願意同流合污，乾脆以私家偵探、走私販子、賭徒或傭兵等面貌，在法律的灰色地帶大展手腳。觀眾喜歡這類角色，因為他們是造反分子，不把社會放在眼裡，他們表現出我們內心很想卻辦不到的事。這類英雄的另一種原型，就是《養子不教誰之過》（*Rebel Without a Cause*）與《天倫夢覺》（*East of Eden*）中，詹姆斯・狄恩[12]的化身，或是在年輕時的馬龍・白蘭度[13]身上也看得到，他在《飛車黨》（*The Wild One*）中，就以令人耳目一新的方式演出對老一輩的不滿。米基・洛克[14]、麥特・狄倫[15]和西恩・潘[16]等演員也都走上這條路。

第二種反英雄，比較像典型的悲劇英雄。這些滿身缺點的英雄無法戰勝心魔，反倒被心魔摧毀。這些角色也許魅力十足、討人喜歡，但終究敗給自己的缺陷。有些悲劇反英雄並不得人緣，但觀眾仍津津有味地看著他們一步步走向毀滅，想著「若非上帝恩典，我恐將無法倖免」。就像古希臘人眼睜睜地望著伊底帕斯（Oedipus）墮落，我們的情感接受此番洗禮。一邊看著《疤面煞星》中的艾爾・帕西諾[17]、《迷霧森林十八年》（*Gorillas in the Mist*）中雪歌妮・薇佛[18]飾演的戴安弗西，以及黛安・基頓[19]在《尋找顧巴先生》（*Looking for Mr. Goodbar*）中的角色走上滅亡，我們學會避免犯下相同的錯誤。

與群體共處的英雄

英雄的另一種特性和他們的社會取向有關。就像最早的說書人和最遠古的人類一樣，都要出外打獵，聚居在非洲平原上，大多數英雄都與群體共處：故事一開始，他們都是社群的成員，英雄旅程把他們帶到遠離家園的未知世界。第一次見到英雄，他是某個家族、部落、村莊、城鎮或家庭的一部分。英雄故事的第一幕是逐漸與群體脫勾；第二幕是遠離團體，單槍匹馬的冒險；最後第三幕通常是與群體重新團聚。

---

10 Humphrey DeForest Bogart，奧斯卡影帝，作品有《北非諜影》、《非洲女王號》等，美國電影學院將其譽為電影百年以來最偉大男演員。

11 *Mommie Dearest*，這部電影是根據奧斯卡影后瓊．克勞馥（Joan Crawford）的義女，在瓊．克勞馥過世後出版的同名著作改編，對這位傳奇女星批判甚多。

12 James Dean，以詮釋叛逆小子性格著稱的好萊塢明星，二十四歲拍完第四部電影後就因飆車英年早逝。

13 Marlon Brando，奧斯卡影帝，著名作品包括《教父》、《現代啟示錄》、《慾望街車》和《岸上風雲》。

14 Mickey Rourke，作品多為動作片、驚悚片，以《力挽狂瀾》一片獲金球獎影帝。

15 Matt Dillon，曾是一九八〇年代YA電影（young adult movies）代表人物，重要作品包括《小教父》、《鬥魚》。

16 Sean Penn，演技全面的兩屆奧斯卡影帝。

17 Al Pacino，奧斯卡、金球獎影帝，佳作不斷，包括《教父》、《女人香》、《魔鬼代言人》等。

18 Sigourney Weaver，以《異形》系列聞名國際的美國女星。

19 Diane Keaton，奧斯卡影后。

與群體共處的英雄經常面臨抉擇，是要回到第一幕的平凡世界，或留在第二幕的非常世界。西方文化中很少見到選擇留在非常世界的英雄，但在亞洲和印度的故事中倒是司空見慣。

獨行俠型的英雄

與群居型英雄恰好相反的，就是獨來獨往的西部英雄，諸如《原野奇俠》（*Shane*）、克林・伊斯威特[20]的《鏢客三部曲》[21]、約翰・韋恩[22]在《搜索者》（*The Searchers*）飾演的伊森，或《遊俠傳奇》（*The Lone Ranger*）都是。這類英雄故事都是從英雄與社會決裂開始講起。他們都住在荒郊野外，離群索居。英雄旅程的第一幕是重返群體；第二幕要在群體的勢力範圍內展開冒險旅程；最後第三幕，再回到與世隔絕的荒野。對他們而言，第二幕的非常世界是他們短暫停留卻總覺得格格不入的部落或村莊。電影《搜索者》尾聲的約翰・韋恩就是一例，鏡頭巧妙地概述這類型英雄的精神力。韋恩佇立在小屋門口，就像永遠無緣體會家庭歡樂與舒適的局外人。這種英雄倒不必侷限在西部故事裡，他們仍適用於戲劇或動作片，獨來獨往的警探回來搏命涉險；隱居或早已退休的人被召喚重回社會；一個感情封閉隔絕的人，被逼著重新投入感情世界。

獨行俠和群居型的英雄一樣，都要面臨回歸原地（離群索居）或留在第二幕非常世界的抉擇。有些英雄起初獨來獨往，最後卻變成群居型英雄，選擇和團體共存。

催化劑型的英雄

「故事中，英雄通常是改變最多的角色」的定律仍有例外，那就是催化劑型的英雄。他們是舉止英勇的重要角色，過程中沒有太大改變，因為他們的主要功能是刺激他人轉變。他們就像化學的催化劑，致使周遭世界改變，自己卻沒有變化。

艾迪．墨菲[23]在《比佛利山超級警探》中的角色佛里就是很好的例子。故事一開頭，這個角色性格早已成形，且非常鮮明。他沒有太多角色弧線，也沒有發展下去的空間。故事中，他沒有什麼長進，也沒有太多變化，但是他在比佛利山的警察弟兄塔加和羅斯伍，卻因他而有所改變。拜佛里之賜，他們倆都有相當強的角色弧線，從拘謹、一板一眼，變得時髦、精明幹練。事實上，佛里才是主角，是壞蛋的敵人，他出口成章，亮相時間也最長，但他並不算是真正的英雄，而是英雄的導師。年輕的羅斯伍（賈基．雷何德〔Judge Reinhold〕飾演）才是英雄，因為故事中他最有長進。

---

20 Clint Eastwood，美國人最愛的銀幕硬漢之一。

21 *Man with No Name*，又稱「無名客三部曲」，是指義大利導演李昂尼與克林．伊斯威特合作的三部電影——《荒野大鏢客》、《黃昏雙鏢客》，以及《黃昏三鏢客》。這三部電影奠定了克林．伊斯威特的巨星地位。

22 John Wayne，好萊塢最偉大的西部英雄。

23 Eddie Murphy，非裔美籍喜劇演員，作品包括《隨身變》、《怪醫杜立德》等。

在電視影集及續集電影這類劇情連續的故事中，催化劑型的英雄尤其有用。比如遊俠和超人，這些英雄沒有經歷太多內在變化，主要是協助其他人，或在他人成長中指引明路。為了讓英雄們維持新鮮感與可信度，偶爾讓這些角色體驗成長與改變，倒是個不錯的點子。

英雄之路

英雄不但是心靈的象徵，也是所有人人生旅途的象徵。英雄旅程就是這段進程的各時期，也就是人生與成長的階段。英雄的原型，是作家與追求心靈的人能夠盡情探索的豐饒天地。皮爾森（Carol S. Pearson）的作品《影響你生命的十二原型》（*Awakening the Heroes Within*），把英雄的概念進一步分成許多實用的原型（清白之身、孤兒、烈士、漫遊者、勇士、看護人、追尋者、愛人、破壞狂、造物者、統治者、魔術師、聖賢、傻瓜），並個別描繪他們的情感波動。本書可以讓人從多方面更深入地了解英雄的心理。茉德多（Maureen Murdock）的《女英雄的旅程》（*The Heroine's Journey: Woman's Quest for Wholeness*），則特別詳述女英雄經歷的旅程。

MENTOR

導師：智叟或明察秋毫的老嫗

「願原力與你同在。」

——喬治·盧卡斯的《星際大戰》

導師是一種時常出現在戲劇、神話與故事中的原型，是在一旁協助英雄的正派角色，坎伯把這類人稱為**智叟或明察秋毫的老嫗**。這種原型在所有角色身上都看得到，他們教導並保護英雄，有時還會送寶物給他。無論是伊甸園中與亞當並肩漫步的上帝，還是指引亞瑟王的善良巫師梅林，或是幫助灰姑娘的神仙教母，或為菜鳥警察指點迷津的資深小隊長，英雄和導師之間的關係，一直是文學作品與電影中最引人入勝的素材之一。

「導師」這個字眼源自《奧德賽》。一個名為「門托」的角色，他從旁協助年輕的英雄特勒馬科斯（Telemachus）踏上英雄旅程。事實上，幫助特勒馬科斯的是化身為門托的雅典娜女神（關於門托更完整的討論詳見第二部第四章）。導師經常傳達神諭，或受到神性智慧啟示。導師都**滿腔熱忱**（enthused），從這個字的起源來看，「熱忱」（enthusiasm）來自希臘文的

「en theos」，意指受到神感召，心中有神，或與神同在。

心理上的作用

若剖析人類心理，導師代表自我，代表我們心中的神，是某種連結了所有事物的個性層面。大我（the higher self）是我們比較睿智、高貴、神聖的一面，就像迪士尼《木偶奇遇記》（*Pinocchio*）中的甘草角色小蟋蟀吉米尼，即使沒有藍仙子或善良的老木匠保護，或者教導我們明辨是非時，這個大我就是指引我們走在人生道路上的良知。

無論導師角色在夢境、童話、神話或劇本中與英雄相逢，他們都代表英雄最崇高的志向。如果英雄堅守英雄之路就可能成為導師。導師大多是經歷過人生試煉的英雄，如今他們要把學識和智慧傳遞下去。

導師原型和父母的形象關係密切。在類似《灰姑娘》（*Cinderella*）的故事中，神仙教母可以解讀成女孩亡母的守護靈。對喪父的亞瑟王來說，梅林算是代理父親。許多英雄都在尋找導師，因為他們的父母沒有樹立好的榜樣。

戲劇上的作用

教誨

學習，是英雄的重要工作；教誨或訓練，則是導師的關鍵職責。訓練士、教官、教授、把牛群趕到市場或車站的人、父母、祖父母、脾氣暴躁的拳擊老教練，以及把竅門傳授給英雄的角色都具備這種原型。當然，教誨可以雙向進行。有教人經驗的都知道，老師和學生可以教學相長。

送禮物

送禮物，是這類原型的另一個重要功用。普羅普在分析俄國童話故事的著作《民間故事的型態學》中，把贈送禮物視為「贈與人」或「提供者」的職責：贈與人通常藉由送禮物，即時地幫英雄一把。禮物也許是有魔法的武器、重要的關鍵或線索、靈藥或神奇的食物，或是可解救性命的忠告。在童話中，贈與人可能是巫師的貓，因為對好心的小女孩心存感激，所以送給小女孩一條毛巾和一把梳子。之後，當小女孩遭巫師追逐時，毛巾變成湍急的河流，梳子變成一座森林，擋住巫師的去路。

在電影中，這類例子更是不勝枚舉，從《人民公敵》（*The Public Enemy*）中幫派小混混「大鼻子」送給詹姆斯．卡格尼[1]第一把槍，到《星際大戰》中歐比王把父親的光劍送給路克天行者，都是範例。現在，電影中的禮物比較可能是破解龍穴的電腦密碼。

1 James Cagney，美國演技派男星，奧斯卡影帝。

神話中的禮物

在神話中，導師的贈禮功能扮演相當重要的地位，許多英雄都從導師和眾神手中取得禮物。「潘朵拉」，本意就是「所有的贈與」（all-gifted），她獲得許多禮物，其中一份禮物是宙斯不懷好意送的盒子，雖然被告誡不可以打開。像海克力士（Hercules）等英雄都接受過導師致贈的禮物，但希臘神話中，收到最多禮物的英雄莫過於珀爾修斯（Perseus）。

珀爾修斯

「怪獸殺手」珀爾修斯，是希臘神話英雄的典型。他是個與眾不同、配備最多的英雄，神奇的是，他身上扛著神奇的禮物，負重再重仍能行走。過了一段時間，在荷米斯[2]和雅典娜等導師幫助下，獲得一雙有翅涼鞋、一把魔劍、一頂能隱身的仙帽、一把寶刀、一面魔鏡、蛇髮女妖美杜莎（Medusa）的頭顱（只要看她一眼就會變成石頭），還有一個用來裝這顆頭顱的魔袋。這些家當似乎仍不嫌多，在珀爾修斯故事的電影版《諸神恩仇錄》[3]中，珀爾修斯還有一匹會飛的坐騎佩如索斯（Pegasus）。

在大多數故事中，這樣的鋪陳似乎有點超過。但珀爾修斯注定要成為英雄的典範，所以在他的探索旅程中，他的導師，也就是眾神們，竭盡所能地為他打點裝備。

禮物應該靠自己掙來

普羅普在對俄國童話的解析中指出，贈與者會把具有神力的禮物送給英雄，但是英雄經常要通過某種試煉，這是很好的原則。**贈與者提供的禮物與幫助，應該要靠學習、犧牲或承諾去爭取**。童話世界的英雄，因為善待小動物和其他有神力的生物，分享食物或保護他們免受傷害，最後得到他們的幫助。

身爲發明家的導師

有時，導師身兼科學家或發明家，他們送出的禮物就是他們的裝備、設計或發明。古代神話的偉大發明家非希臘的神匠代達洛斯[4]莫屬，他為克里特島的統治者設計出迷宮及其他新奇的玩意。在工藝大師特修斯與米諾陶洛斯的故事中，說到米諾陶洛斯變成怪物，代達洛斯也有出力，他還設計了一座迷宮把牠關起來。但扮演導師的代達洛斯送給阿里阿德涅和特修斯一團線球，讓他們活著走出迷宮。

2 Hermes，是希臘神話中諸神的使者。

3 *Clash of the Titans*，另一個中文片名譯為《世紀封神榜》。

4 Daedalus，他被稱為古希臘工匠的守護神。

代達洛斯因為幫助特修斯，被關進自己設計的迷宮中，以示處罰，不過他發明了大名鼎鼎、由蠟和羽毛製成的蜂蠟翅膀，讓自己和兒子伊卡洛斯（Icarus）逃出來。他告誡兒子，飛行時千萬不要太靠近太陽，但從小在陰暗迷宮中長大的伊卡洛斯，完全無法抵擋太陽的吸引力，把父親的忠告忘得一乾二淨，等蜂蠟受熱融化，他便落入海中死亡。不聽勸誡，再中肯的建言也一文不值。

英雄的良知

有些導師具有扮演英雄良知的特殊職責。《木偶奇遇記》中的小蟋蟀，或《紅河谷》（*Red River*）中由華特．布瑞南[5]飾演的葛魯特等角色，都試圖讓誤入歧途的英雄回想起道德規範。不過，英雄也會反抗這些囉哩囉唆的良知，即將成為導師的人應該切記。柯洛帝（Carlo Collodi）的原著中，小木偶皮諾丘為了

導師可以充當英雄的良知。

讓小蟋蟀閉嘴，而把牠打爛。英雄肩上的天使提出的忠言，永遠不如惡魔舌燦蓮花的話動聽。

動機

導師的另一項功能，就是激勵英雄，幫助他戰勝恐懼。有時導師贈送的禮物就足以讓英雄安心，達到激勵的效果。例如導師會給英雄看某些東西或費心安排某些事，以刺激英雄採取行動，答應踏上冒險旅途。

有些案例，英雄不想當英雄或害怕自己會被趕鴨子上架。這時導師也許就得當個推手，踢他一腳，讓冒險旅程繼續下去。

擺設

導師原型的另一種功能，是要安插訊息或稍來很重要的小道具。在007電影中，有一場戲鐵定會出現，那就是每集必定亮相的武器大師——龐德的導師「Q」，他總是對煩悶的龐德詳述如何操作公事包裡的新型配備。此等資訊相當於是一種**道具**，用意在提醒觀眾留意，直到電影最後高潮，它們變成救命法寶之前，通常都沒人記得這些小玩意。把故事頭尾相互連結，讓觀眾了

---

5 Walter Brennan，三度奧斯卡最佳男配角得主。

解導師提供的訊息，某種程度上正好派上用場。

性啟蒙

在愛情世界中，導師的功用也許是帶領我們領略神祕的愛情或性愛滋味。在印度，他們提到的性力女神（Shakti）——也就是性愛啟蒙老師，是一個能幫助你體驗性愛力量、洞悉高層意識的人。性力女神是上帝顯現的一種形式，是引領愛侶們體驗神性的導師。

誘惑者（狐狸精）與盜走童貞的賊，讓英雄在痛苦中學到教訓。引領英雄沉溺於愛河、無愛境界或操控式性愛中不可自拔的導師，本身就有陰暗面。這點從許多地方都看得出來。

導師的類型

導師跟英雄一樣，也可能是自願或被迫上陣。有時，他們不由自主地去教導英雄，但有些情況他們會以自身的反面例子當教材。一個江河日下、渾身都是可悲弱點的導師，能讓英雄知道避免落入哪些圈套。在與英雄共處時，這類角色可能展現出陰沉或消極的那一面。

陰沉的導師

在某些故事裡，導師原型可以用來誤導觀眾。驚悚故事裡，戴著導師假面具的壞人，經常誘使英雄落入危險中。在《人民公敵》或《四海好傢伙》（*Goodfellas*）之類的反英雄式黑幫電影，顛覆了傳統的英雄觀念，另類導師會帶領另類英雄邁向犯罪和毀滅的道路。

這類原型的另一種顛覆體，就是特有的**門檻守衛**（下一章會討論）。電影《綠寶石》（*Romancing the Stone*）就找得到這樣的例子，瓊華德[6]那位怪異、尖牙利嘴的經紀人，就是以導師的面貌現身，帶領女主角闖蕩事業，幫她出主意解決男人問題。不過當瓊華德即將跨越門檻，踏上冒險之旅，經紀人卻想阻止她，警告她危險將至，讓她心生疑慮。這位經紀人不但不像真正的導師激勵她，反倒成為英雄之路上的絆腳石。以心理學觀點來看，人生路上確實會有這種遭遇，我們必須戰勝或比導師更長進，才能更上層樓。

沉淪的導師

有些導師還在自己的英雄旅程上奮鬥。在受到召喚時，他們也許正經歷信心危機，或正為趨近死亡的高齡所苦，或從英雄之路墜落。英雄需要導師拉他一把，讓他重振旗鼓，但導師卻不相信自己辦得到。湯姆．漢克[7]在《紅粉聯盟》[8]中，飾演一位因傷病退出棒壇的前明星球員，他在

6 由女星凱薩琳．透娜（Kathleen Turner）飾演的女主角。

7 Tom Hanks，二度奧斯卡影帝，知名作品包括《費城》、《阿甘正傳》。

8 *A League of Their Own*，描述二次大戰期間女子棒球聯盟的故事。

轉換身分成為導師的過程中跌跌撞撞。他的光環不再、狼狽不堪，觀眾為他打氣，希望他挺直腰桿，稱職地幫助英雄。這類導師也要經歷英雄旅途的所有階段才能完成救贖。

持續出現的導師

導師的原型可用來分派任務，讓故事鋪陳下去。在連貫性的故事中，導師的角色經常被寫進去。重複出現的導師，包括影集《打擊魔鬼》（*The Man from U.N.C.L.E.*）中的韋佛利先生、007系列電影的「M夫人」、《糊塗情報員》[9]的「老大」、影集《華頓家族》（*The Waltons*）中的祖父母威爾和艾倫、《蝙蝠俠》（*Batman*）系列的管家阿福、詹姆斯・厄爾・瓊斯[10]在《愛國者遊戲》（*Patriot Games*）和《獵殺紅色十月》（*The Hunt for Red October*）裡的中情局官員等等。

多樣性導師

英雄可能受教於一群教導他特殊技能的導師。海克力士無庸置疑是受過最精良訓練的英雄之一，他師承一群摔角、射箭、馬術、舞刀弄槍、拳擊、知識、道德、歌唱與音樂專家。他甚至跟某位導師學習駕駛戰車的技能。一般人也受教於許多導師，包括父母、兄姊、朋友、愛人、老師、老闆、同事、治療師，以及其他堪為表率的模範。

多樣性導師會被要求展現出不同的功能。在007系列電影中，龐德回到基地等待間諜首腦

「M」交付任務、提供建言和警訊。但贈與禮物的職責則是落在武器與小器械的發明大師「Q」身上。至於老愛跟007打情罵俏的女祕書錢潘妮小姐，則是另一種不同風格的導師，她給予龐德感情上的支持，提供重要情報和忠告。

搞笑的導師

浪漫喜劇中會出現另一種特殊的導師。這個人通常跟英雄同性，是英雄的朋友或同事。他是英雄的愛情軍師，幫忙獻策：多去外頭玩，好忘掉失戀的痛苦；假裝搞外遇，讓老公吃醋；對另一半的嗜好裝出興致勃勃的樣子；展開禮物鮮花攻勢，多講甜言蜜語，讓對方心動；還有要追得更積極等等。有時這些主意看起來愈幫愈忙，但最後都能奏效。這些角色是浪漫喜劇的特色，尤其是一九五〇年代，諸如《枕邊細語》（*Pillow Talk*）和《嬌鳳癡鸞》（*Lover Come Back*）等電影，這類愛說俏皮話、挖苦人的另類導師角色，讓蒂瑪・瑞特（Thelma Ritter）和湯尼・蘭道（Tony Randall）把演技發揮得淋漓盡致。

---

9 *Get Smart*，一九六〇年代轟動全美的影集。

10 James Earl Jones，活躍於大銀幕、百老匯、配音界的知名黑人硬裡子演員。

化身導師的巫醫

故事中，導師型的人物和**巫醫**的概念很接近：在部落文化中，他有治療人的能力，精通醫學（男女皆可）。就像導師引領英雄走過非常世界，巫醫則指引人們穿過人生路。他們透過夢境和幻象跋涉到其他世界，帶回一個個故事，撫慰部落人心。引領英雄尋覓願景，邁向另一個世界，也是導師的功能。

變化多端的導師原型

跟其他原型一樣，導師或贈與者都不是拘泥的角色類型，但不死板並不是指導師的角色功能不同，而是由好幾個不同角色來展現導師的原型。一個角色基本上展現一種原型——英雄、變形者、搗蛋鬼或壞蛋——這些角色隨時都能暫時套上導師的面具，以便教導或把東西送給英雄。

在俄國童話中，有個神奇的角色——女巫「巴巴亞加」[11]，是個時而戴著導師面具的陰影。表面上，她是個恐怖、會吃人肉的巫婆，代表吞噬人類的森林黑暗勢力。但她跟森林一樣，也有討喜的另一面，她會大方地送禮物給旅人。如果伊凡王子待她好或稱讚她，巴巴亞加就會送他營救娃西麗莎公主所需的神奇寶物。

坎伯雖然把導師這類人物稱為智叟或明察秋毫的老嫗，但有時他們年紀並不老，也不夠睿智。純真熱血的年輕人有時反而更聰明，有能力教導上了年紀的人。故事裡最蠢的角色，可能就是我們向他學到最多東西的那一位。和其他原型一樣，導師的職責比外表更重要。角色的所作所為，經常是會展現哪一種原型的決定因素。

許多故事沒有導師的角色，沒有留著白鬍子、會魔法、到處閒幌像智叟的角色。儘管如此，所有故事幾乎都會出現具備這種精神力的原型。

內在化的導師

在某些西部故事或黑色電影故事中，英雄老練堅強，是不需要導師或他人指引的角色。他把這種原型內化深植內心，成為他內在的行為準則。導師可能是槍手心照不宣的規範，或神探史派德[12]與馬羅[13]暗藏心中的榮譽感。倫理道德標準，也是導師引導英雄的身教。對英雄來說，早年把等同於天地的導師當榜樣，算是極為尋常的事，即使故事裡沒有導師這角色也一樣。英雄會記得「我母親／父親／祖父／教官以前曾說……」，接著他學到的明訓成為解決故事難題的重大關鍵。導師原型的精神力可以用在道具上，比如一本書，或其他能在英雄上路時引領他前進的手工藝品。

---

11 Baba Yaga，俄國民間故事的巫婆，專掌死亡與再生，還會吃小孩。

12 Sam Spade，小說《梟巢喋血戰》與同名電影的經典角色。

13 Philip Marlowe，作家錢德樂（R. Chandler）筆下著名的私家偵探。

安排導師現身

把導師寫進故事裡是基於實用考量，在英雄的旅途上，導師通常在第一幕就會現身。故事在某些段落需要一個知道訊息的角色，他擁有未知國度的地圖，或適時可以提供英雄重要資訊。有的導師在故事前段就出現，有些隨時等候著，直到第二或第三幕的關鍵時刻才現身。

導師能激勵、鼓舞英雄，在旅程中指點、訓練或贈送禮物給他們。每位英雄都會受到某樣東西指引，故事如果少了這項元素就不完整。導師的原型無論是以實際角色或內在化的行為準則出現，它都是作者筆下重要而有力的工具。

THRESHOLD GUARDIAN

門檻守衛

「我覺得，他絕對無法踏上這趟旅程……」

——荷馬史詩《奧德賽》

所有英雄在冒險歷程中都會遇上障礙。通往新世界的入口處總是會有威力強大的守衛，把沒有資格過關的人擋在門檻外。他們會擺出威脅的姿態，但如果了解對方，英雄就能戰勝守衛，通過門檻，彼此甚至成為盟友。許多英雄（和作者）都會碰上**門檻守衛**，了解他們的特性有助於處理狀況。

門檻守衛，通常並非故事最重要的壞蛋或反派，大多只是壞人的嘍囉、能力較低的惡棍，或是受雇看守入口的傭兵，也可能是單單點綴非常世界的中立角色。極少數暗中相助的守衛角色，被派置在英雄行經的路線上，用來測試他冒險的意願與技能。

惡人和門檻守衛間存在象徵性的關係。在大自然的世界中，熊這類威猛的動物反倒能容忍小型的動物（如狐狸）在巢穴門口築窩。熊大爺睡覺時，嗅覺驚人、牙齒銳利的狐狸會阻擋其他動物跑進熊的巢穴。狐狸擔起熊大爺的警示系統，門口若有異狀，狐狸就會大聲喧嘩。同理，當英雄逼近壞蛋大本營門檻時，壞人仰仗門房、保鏢、看守或傭兵等守衛來發出警訊。

心理上的作用：精神耗弱

這些守衛代表我們在周遭遇上的一般障礙：糟糕的天氣、偏見、壓迫或敵人，例如《浪蕩子》（*Five Easy Pieces*）中，女侍拒絕傑克．尼克遜[1]小小請求的情況。更深層的心理層面，這些守衛代表內在的惡魔：焦慮、情感上的傷痕、惡行、依賴性及自我設限，這些障礙阻擋了我們成長和前進的腳步。每次開始認真思考改變自己的人生時，這些心魔就會大張旗鼓出現，不一定為了阻止你，而是測試你是否下定決心準備接受挑戰，是否大刀闊斧地改變。

戲劇上的作用：試煉

門檻守衛主要的戲劇作用，就是試煉英雄。當英雄面對這些人物，必須解開謎團或通過測驗。像斯芬克斯[2]就問了伊底帕斯一個謎語，答案正確才能繼續旅程。在路途上，門檻守衛會出些難題給英雄，並試煉他們。

要如何面對這些明顯的障礙？英雄有諸多選擇，他們可以掉頭跑掉、正面迎擊對手、靠手段和騙術過關、賄賂、取悅守衛，或與看似敵者**交朋友**（英雄受到諸多角色幫助，這些原型角色總稱盟友，會在另一章中詳述）。

對付門檻守衛最有效的一招是「披上對手的外衣」，就像獵人揣測獵物的舉動。平原印地安人披上水牛皮，潛進弓箭射程內的野牛群裡。英雄如果能攻進核心或偽裝成對方，就能闖過門檻守衛這關。《綠野仙蹤》第二幕就是絕佳範例，錫樵夫、膽小獅、稻草人來到壞女巫的城堡，想要拯救被挾持的桃樂絲，但似乎希望渺茫。桃樂絲被關在一幢堅固的城堡中，城堡外有一群面貌凶惡的軍人看守，一面行進一面唱著：「歐～耶～歐。」桃樂絲的三個朋友無法打退這一大群人。

這三名英雄儘管遭到警衛伏擊，仍舊制伏對方，取走制服和武器。他們假扮成軍人，混進軍隊最後一列進入城堡。披上敵人外衣的他們，將遭遇攻擊轉化成優勢。他們沒有浪費力氣去對抗更強大的敵人，而是暫時**變成**敵軍。

對英雄來說，辨認或識別這些角色是否為門檻守衛非常重要。日常生活中，希望積極改變人生時，大多會碰上阻力。身邊的朋友，甚至關愛你的人，都不太能接受你的改變，他們習慣你的焦慮情緒，並深知如何從中獲益，你想改變的念頭可能會殃及他們，因此他們阻撓你，其實只是在行使門檻守衛的職責，測試你是否真正下定決心。

---

1 Jack Nicholson，兩度贏得奧斯卡影帝的戲精。

2 Sphinx，希臘神話中，會出謎題問旅人的怪物，旅人若答不出來，他會把對方吃掉。

新生力量來臨的指標

成功的英雄會了解：不要把門檻守衛視為險惡的敵人，而是把他們當作有用的盟友、新力量或成功即將來臨的指標。愈有攻擊性的門檻守衛，愈能有效地幫助英雄。

英雄學到的另一個課題是：把阻力視為力量的泉源。如同健身，抗力愈強，力量愈大。英雄學會不跟門檻守衛正面衝突，善加利用對方，讓自己不至於受到傷害。事實上，這樣反倒能讓英雄更為壯大。武術中就教人要「以其人之道，還治其人之身」。門檻守衛，基本上不是要擊敗的對手，而是要讓英雄**收編**（跟英雄合一）。英雄學習吸收門檻守衛的技倆，繼續向前行。大變身的英雄最後會同情這些敵人，只會通過門檻，不是把對方趕盡殺絕。

英雄必須懂得門檻守衛所釋放出來的訊號。坎伯在《神話的力量》（*The Power of Myth*）中以日本為例，生動地描繪出這個概念。外表嚇人的惡魔雕像，是把守日本寺廟入口的守護者，它高舉的一隻手，起初會讓你誤以為警察示意你：「站住！」但仔細觀察後，你會發現它的另一隻手作勢邀請你入內，其傳達的訊息是：因為守衛的外在形貌就裹足不前的人，不能進入非常世界，只有超脫表面、探究內在真相的人，才能過關。

門檻守衛，在故事中呈現出多種古怪的面貌。他們可能擔任邊界守衛、哨兵、巡夜人、監視者、貼身護衛、強盜、編輯、門房、保鏢、主考官，或任何阻擋英雄去路並測試其能耐的人。門檻守衛的精神力，可能不會以角色方式呈現，而是以道具、建築物、動物或大自然等力量阻撓、試煉英雄的形象出現。學會對付門檻守衛，是英雄旅途上最重要的考驗之一。

HERALD

使者

「如果你蓋好它，他們就會來。」

——電影《夢幻成真》中的謎之聲
羅賓森根據金賽拉的小說《無鞋喬》改編的劇本[1]

新勢力常在第一幕出現，為英雄帶來艱鉅的任務，這是**使者**原型的精神力。使者角色和中世紀騎士的傳令官一樣，他們必須率先下戰書，宣布接續的重大變化。

騎士時代的傳令官負責記錄各家族的世系和紋章，在戰鬥、比武競技及盛大場合（如婚禮）中，扮演指認眾人及聯繫關係的重要角色，他們猶如禮儀官。在戰爭開始之際，使者會被派遣去宣讀開戰的緣由，也就是提出開戰動機。莎士比亞的劇作《亨利五世》（*Henry V*）中，法國王儲道芬的使者扮演傳令官角色，送網球給年輕的英王，故意羞辱亨利五世毫無專長，只會玩網球這種難登大雅之堂的遊戲。使者亮相，就是要引燃戰火。在英法百年戰爭的「阿琴科特戰役」期間，法國王儲道芬的使者蒙喬伊，就負責在英王亨利與他主子間傳遞口信。

故事剛開始，英雄已經在「勉強度日」。經過一連串心理和因應機制，英雄必須妥善面對這失衡的人生。突然間，有一股新能量注入故事中，讓英雄無法輕鬆過日子。新角色登場、遭遇新狀況或得知新訊息會破壞英雄的平衡，物件無法呈現與之前相同的模樣。英雄必須做出抉擇，採取行動，面對衝突。歷險的召喚已經由使者這個角色原型傳達出來。

在神話中，使者是必須存在的角色，希臘神話的荷米斯神（Hermes，羅馬神話的墨丘利[2]）就身負使者的職責。荷米斯是諸神的使節或信差，四處跑腿，或為宙斯傳達旨意。史詩《奧德賽》的開端，荷米斯在雅典娜催促下，帶著宙斯的口信去找卡呂普索（Calypso）女神，要求她釋放奧德修斯（Odysseus）。使節身分的荷米斯現身，讓故事繼續進行下去。

心理上的作用：需要改變

使者對心理的重要作用就是告訴我們需要改變。我們內心深處隱隱明白，自己在何時會做好迎接變化的準備，而且有人會派信差通知我們。這角色可能是一個虛幻或真實的人物，或是偶爾突發奇想的點子。《夢幻成真》中的使者是英雄聽見的謎之聲，那個聲音告訴他：「如果你蓋好它，他們就會來。」使者的召喚可能來自一本書或一部我們看過的電影，但心底某個部分如洪鐘般的共鳴，貫穿我們的生命，直到改變已不可避免。

戲劇上的作用：動機

使者提供動機，為英雄帶來艱鉅挑戰，讓故事繼續進行下去。英雄（與觀眾）意識到改變與冒險即將來臨。

欲知使者原型在電影中的動機功能，懸疑大師希區考克[3]的作品《美人計》（*Notorious*）便是一例。飾演特務的卡萊．葛倫[4]，想要召募納粹間諜的浪蕩女兒英格麗．褒曼[5]，加入他的偉大志業。同時提供了挑戰和機會給她：如果願意為卡萊的遠大抱負奉獻，她便能平反自己的壞名聲及家族恥辱（但這個志業後來沒那麼偉大，不過那又是另一件事）。

英格麗．褒曼的反應跟大多數英雄一樣，她害怕改變，不願意接受挑戰，但卡萊．葛倫就如中世紀的傳令官，喚醒她的過去，讓她產生行動的動力。他播放英格麗．褒曼與父親爭執的錄音帶給她聽，她希望父親退出情報工作，並表示要效忠美國。面對自己的愛國情操，她受到激勵，接受了這項歷險的召喚。

---

1 電影《夢幻成真》（*Field of Dreams*）之編劇為Phil Alden Robinson，原著作者為金賽拉（W.P. Kinsella），小說名《*Shoeless Joe*》。

2 Mercury，墨丘利是羅馬神話中主司商業的神，他和荷米斯同為一體。

3 Alfred Hitchcock，以擅長拍攝驚悚懸疑片聞名於世的電影藝術大師，作品有《驚魂記》、《北西北》、《鳥》等五十餘部。

4 Gary Grant，作品包括《金玉盟》、《謎中謎》等，多次與奧斯卡獎、金球獎擦身而過。

5 Ingrid Bergman，瑞典女星，兩屆奧斯卡影后。

傳令官可能是一個人，也可能是一股力量。在《大海嘯》（*Hurricane*）或《大地震》（*Earthquake*）電影中，風暴降臨或地牛輕微翻身都是歷險的先兆。宣戰或股市崩盤，也會讓故事急轉直下。

使者通常只是捎訊息的工具，隨之而來的新能量打破英雄原本的平衡。使者也可能是一份電報、一通電話。電影《日正當中》（*High Noon*）的使者是個電報員，他通報賈利．古柏，死對頭已經出獄，即將進城殺他。《綠寶石》瓊華德的使者是一幅以信件方式寄來的藏寶圖，還有成為人質的姊姊在哥倫比亞打來的電話。

使者的類型

使者可能是正派、反派或中立的人物。在某些故事的使者是惡棍或其密使，他可以直接向英雄挑戰，或試圖拐騙英雄加入他的陣營。驚悚片《諜海密碼戰爭》（*Arabesque*），使者擔任反派的私人祕書，利用某個誘人的工作，吸引穩重端莊、擔任大學教授的英雄涉險。在某些狀況下，卑鄙的使者會對觀眾出難題，而非對英雄。在《星際大戰》中，抓住莉亞公主而初次現身的達斯維達，比英雄天行者路克更早出場，昭告觀眾世界陷入失衡。

有些故事中的使者，是正派勢力的代理人，召喚英雄加入充滿建設性的歷險。某個代表其他原型的角色，可能暫時套上使者面具。導師經常充當使者，把艱鉅任務告知英雄。使者可能是英雄喜歡的人或盟友，或對英雄抱持中立態度的人，諸如搗蛋鬼或門檻守衛。

使者原型在故事的任何轉折點都能發揮效用，最常出現在第一幕，從旁協助英雄投入歷險。無論是內在的召喚、外在的局勢演變，或某個角色捎來改變的訊息，使者的原型在所有故事中都是不可或缺的。

SHAPESHIFTER

變形者

「讓你大出意外，期所未期。」

——電影《謎中謎》[1]的宣傳稿

一般人通常很難領會**變形者**這種難以理解的原型，它本質上也許飄忽不定、變化無常，當你正準備把它看個仔細，它的外在和性格卻說變就變。儘管如此，變形者仍是重要的原型，了解它的特色，對說／寫故事和人生都有很大的助益。

英雄常碰上某些人物，這些人多半是異性，就英雄的觀點而言，他們主要的特點一變再變。英雄心儀的人或愛侶經常展現變形者的特色。在感情中，我們都碰過用情不專、表裡不一或喜怒無常的另一半。在《致命的吸引力》（*Fatal Attraction*）中，英雄就碰上一個翻臉比翻書還快的女人，她從熱情如火的愛人變成瘋狂凶殘的潑婦。

變形者的外表和心情都變幻莫測，讓英雄和觀眾難以捉摸。他們會誤導英雄，令人猜來猜去，他們的忠誠度也有待商榷。在哥兒們喜劇及熱血兄弟的冒險電影中，盟友或與英雄同性的朋友有時也會變成變形者。神話世界中，巫師、女巫和怪物就是傳統的變形者。

心理上的作用

變形者原型最重要的心理作用，就是要表現出兩性的潛意識。**阿尼瑪斯**和**阿尼瑪**（animus and anima），這個詞彙來自榮格學說，即集體無意識的性格原型。榮格認為，阿尼瑪斯是存在於女性無意識中的男性，存在於女性夢境與幻想中，正面與負面兼具的陽剛形象；而阿尼瑪則是存在於男性無意識中的女性。這個理論中，為求生存，人們必須保持內在平衡，同時具備男性與女性的特質。

傳統上，存在於男性身上的女性特質，以及存在於女性身上的男性特質，都會遭到社會的強力打壓。男性從小就要學會只能展現陽剛、感情不外露的一面；而女性則受到社會規範，要壓抑自己的陽剛特質，導致心理，甚至是身體上的問題。現在男人努力恢復被壓抑的女性特質——比如敏感、直覺和感受，以及表達情緒的能力。成年後，有時女性也會想重拾過去不被社會准許的男性精神力，比如說支配力及堅定的信心。

這些受壓抑的特質都深植在我們心中，在夢境與幻想中，以阿尼瑪斯和阿尼瑪的方式展現。他們會以夢中的角色形式現身（如異性的老師、家人、同學、神或怪物，讓我們抒發內心的無意識，且其中蘊含了強大的力量），在夢境或幻想中與阿尼瑪斯和阿尼瑪交流，是心理成長的重要階段。

投射

在現實生活中，我們還是可能遇上阿尼瑪斯和阿尼瑪。尋覓心底的異性影像，通常會伴隨相似的阿尼瑪斯和阿尼瑪，本能地把某些欲念**投射**到毫無戒心的人身上。我們也許會跟認識不清的對象發展感情，把阿尼瑪斯或阿尼瑪（也就是內心的理想伴侶）投射到對方身上。因此在感情世界中，人們常想強迫另一半符合我們**投射**出來的樣子。希區考克在《迷魂記》（*Vertigo*）中把這種現象表達得淋漓盡致。詹姆斯．史都華[2]強迫金．露華[3]改變髮型和穿著，以符合他心目中理想女性「卡洛塔」的形象，但諷刺的是這女人根本不存在。

對男性與女性而言，異性多變、神祕是相當正常的。許多人對自己的性別和想法都懵懵懂懂的，更別說異性了。我們都覺得異性反覆無常，態度、外表和情緒經常無來由地說變就變。

女人發牢騷，說男人少根筋、猶豫不決、無法承諾；男人則抱怨女人，說她們情緒化、愛幻想、變化無常。怒火讓翩翩君子變成野獸。女人每個月隨著月圓月缺大幅改變。懷孕期間，她們的身材變形、情緒波動。多數人都曾被他人認為是「表裡不一」的變形者。

---

1 *Charade*。

2 James Stewart，暱稱吉米．史都華，奧斯卡獎與金球獎影帝，作品有《史密斯遊美京》、《費城故事》等。

3 Kim Novak，美國一九五〇年代最受歡迎的女演員之一。

阿尼瑪斯和阿尼瑪可能是幫助英雄的正派人物，也可能是扯英雄後腿的反派人物。在某些故事中，英雄的重要任務，就是要弄清楚打交道的對象究竟是正派還是反派。

在變形者原型中，也存在促成改變的催化劑，也就是心理上迫切想要改變的象徵。和變形者打交道，也許會讓英雄改變對異性的看法，或是被迫遷就這種原型，激起受壓抑的精神力。

變形者原型就是內心對反面的投射，由性別與戀愛關係的形象和想法組成。

戲劇上的作用

變形者在戲劇上的作用，就是把疑慮和懸念引入故事裡。當英雄反覆問道：「他對我忠貞如一嗎？他會背叛我嗎？他真的愛我嗎？他到底是敵是友？」的時候，變形者通常都在場。

在黑色電影和驚悚片中，變形者出現頻率很高。在《沉睡》、《梟巢喋血戰》（*The Maltese Falcon*）和《唐人街》（*Chinatown*）等電影中，警探遇上忠誠度與動機啟人疑竇的女性變形者。在其他故事，比方希區考克的《深閨疑雲》（*Suspicion*）或《辣手摧花》（*Shadow of a Doubt*）裡，好女人一定得搞清楚說變就變的男人是否值得信賴。

最常見的變形者，堪稱**蛇蠍美人**（femme fatale），也就是妖婦或禍水。這個概念歷史久遠，可追溯至《聖經》中伊甸園夏娃的故事、耍陰謀的耶洗別[4]、割掉參孫頭髮害他失去力量的大利拉[5]都是。蛇蠍女出現在許多故事裡，扮演背叛警察或探員的女王蜂，比如《第六感追緝令》（*Basic Instinct*）的莎朗．史東[6]或《體熱》（*Body Heat*）片中的凱薩琳．透娜[7]。《黑寡婦》（*Black Widow*）和《雙面女郎》（*Single White Female*）等電影則是有趣的變體，故事中的女性英雄槓上會害死人的蛇蠍美人。

變形者就跟其他原型一樣，可男可女。在神話、文學與電影中，相較於狐狸精，**男顏禍水**（hommes fatales）也是不遑多讓。希臘神話中，宙斯就是天字第一號變形者，他一天到晚變來變去，好跟凡間美女廝混，但這些女性最後都痛不欲生。電影《尋找顧巴先生》，就是描寫一名女子尋覓百分百愛人，卻發現他是個會置她於死地、變來變去的男人。電影《陌生人》（*The Stranger*）敘述善良的女性（洛麗泰．楊[8]），即將嫁給奧森．威爾斯[9]飾演的可怕變形者——納粹黨地下成員。

---

4 Jezebel，以色列亞哈國王的王后，自稱先知，迫害耶和華信徒，誘使以色列離棄神。

5 參孫（Samson）迷戀大利拉（Delilah），大利拉藉此誘騙參孫，洩漏他擁有強大力氣的祕密，也就是從未剃過髮，她剃掉他的頭髮後，使他的力量從此消失。

6 Sharon Stone，以《第六感追緝令》一片聞名全球，曾獲金球獎和艾美獎。

7 Kathleen Turner，作品有《玫瑰戰爭》、《綠寶石》等。

8 Loretta Young，奧斯卡影后。

9 Orson Welles，集編、導、演才華於一身的傳奇人物，坎城影帝與奧斯卡最佳編劇得主，代表作為《大國民》。

致人於死，並不是這種原型的基本要素。變形者只會把英雄迷得神魂顛倒，但不會想殺他。變形，是愛情的一部分。因愛情而盲目，在對方層層遮掩下，無法看清真實的面貌。電影《綠寶石》中，對英雄凱薩琳．透娜來說，麥克．道格拉斯[10]就是個變形者，因為她不斷揣測他是否專一，而通常答案最後一刻才會揭曉。

變形，可能以改變外表來呈現。在許多電影中，女性變換服裝或髮型意味著身分改變，她的忠誠度也會令人質疑。這類原型同時藉由言行改變表現出來，比如裝出不同的口音或不斷撒謊。在驚悚片《諜海密碼戰》中，變形者蘇菲亞．羅蘭[11]，對不情不願的英雄葛里哥萊．畢克[12]講了好幾個自己出身的故事，但這些故事全都是虛構的。許多英雄得跟以偽裝與謊言迷惑他的變形者（男女都有）打交道。

《奧德賽》中鼎鼎大名的變形者，就是海神普羅透斯（Proteus）。參與過特洛伊戰爭凱旋歸來的英雄之一，也就是「海上老人」墨涅拉俄斯[13]，設下圈套抓住了普羅透斯，想從他的口中套出話來。普羅透斯企圖逃走，一下變成獅子、蛇、豹，接著又變成一頭熊、流水和一棵樹。不過，墨涅拉俄斯和手下還是把普羅透斯緊緊抓住，直到他變回原形，並回答出他們的問題。這個故事告訴我們，英雄絕對要耐著性子，真相終究會水落石出。「易變」（protean）這個形容詞，就是從普羅透斯的故事而來。

變形者的面具

跟其他原型一樣，任何角色都會變形或藉由變形來偽裝。在愛情故事中，英雄就會戴上這張面具。電影《軍官與紳士》裡，李察．吉爾[14]端起架子，謊話連篇，就是為了要打動黛博拉．溫姬[15]。儘管他在這故事中是英雄，但他還是暫時變身成變形者。

有時候，英雄為了逃脫陷阱或闖過門檻守衛的關卡，就得變成變形者。在《修女也瘋狂》（*Sister Act*）中，琥碧．戈珀[16]飾演的賭城駐唱歌手，因為目睹幫派命案，為了避免遭人滅口，只好假扮成修女。

惡棍或其同夥也可能戴上變形者的面具，以引誘或迷惑英雄。《白雪公主》（*Snow White*）中的邪惡皇后，假扮成瘦癟癟的老太婆，騙英雄吃下毒蘋果。

變形也是其他原型（如導師與搗蛋鬼）的特質。亞瑟王的導師梅林，經常變換外表模樣，好幫助亞瑟王。在《奧德賽》中，雅典娜女神也假扮成好幾個凡人，藉以幫助奧德修斯父子。

---

10 Michael Douglas，好萊塢製片、導演與演員，曾獲奧斯卡影帝。

11 Sophia Loren，義大利性感女星，奧斯卡影后。

12 Gregory Peck，曾以《梅岡城故事》奪得奧斯卡影帝。

13 Menelaus，斯巴達國王，他的妻子便是引發特洛伊戰爭的傾城美女海倫。

14 Richard Gere，金球獎影帝，作品包括《麻雀變鳳凰》、《芝加哥》等。

15 Debra Winger，美國女星，作品有《忘情巴黎》、《影子大地》等。

16 Whoopi Goldberg，因《第六感生死戀》中靈媒一角獲得奧斯卡最佳女配角。

在所謂「哥兒們電影」（故事以共同擔任英雄角色的兩男或兩女為主軸）中，也找得到變形者。通常其中一個角色比較有英雄氣概，讓觀眾產生認同感。而第二個角色雖然跟主要的英雄同性，但多半是忠誠度與天性有疑慮的變形者。在喜劇《妙親家與俏冤家》[17]裡，「正直」的英雄亞倫・艾金[18]，幾乎快被變來變去的死黨——中情局探員彼得・福克[19]給搞到抓狂。

在現代故事中，變形者是最具彈性的原型之一，它兼具多種變幻莫測的用途，最常出現在男女愛情故事中，其他情境同樣也派得上用場，用來描述外觀或舉止改變的角色，以符合故事的需求。

17 *The In-Laws*，這部一九七九年的電影，在二〇〇三年被重拍為《特務辦囍事》。
18 Alan Arkin，金球獎影帝，二〇〇七年以《小太陽的願望》奪得奧斯卡最佳男配角獎。
19 Peter Falk，演出美國影集《神探可倫坡》，生平五度榮獲艾美獎肯定，二度提名奧斯卡獎。

SHADOW

陰影

「你制服不了厲害的怪物！」

——電影《科學怪人之魂》[1]宣傳稿

陰影這種原型，代表黑暗面，某種沒有展現、讓人察覺不到或遭到排斥的特性。在內心世界，通常代表被壓抑的妖魔鬼怪。陰影可能是自己最厭惡自己的部分，是連自己都無法坦白的陰森祕密，是一種被我們背棄、徹底根除的特質，卻仍潛藏在無意識的陰影世界裡蠢蠢欲動。陰影能保護隱藏中或我們基於某種原因拒不接受的某些正面特質。

在故事中，陰影的負面特質被投射在惡棍、對手或敵人等角色上。惡棍與敵人通常會殺死、毀滅或擊垮英雄。對手沒有太強烈的敵意：可能是跟英雄追求相同目標，但策略卻相左的盟友。爭執不下的對手和英雄像雙頭馬車；而互有衝突的惡棍和英雄，卻是迎面相撞的兩列火車。

心理上的作用

陰影代表的是受壓抑的感受。在遁入無意識黑暗世界後，深刻的創傷或罪惡感只會更加惡化。隱藏或拒絕承認的情感可能會成為毀滅自己的駭人力量。如果門檻守衛代表焦慮，那麼陰影原型則象徵精神上的情緒障礙，它不但牽制我們，還揚言要摧毀我們。陰影也許只是我們見不得人的那一面，是奮力抵抗的壞習慣和陳年的恐懼。這種精神力是一股強大的內在力，有自己的經歷、有感興趣的事和輕重緩急的順序。同樣是毀滅性的力量，尤其外人對它一無所知、未曾見識過，亦未曾喚醒過，因此它的摧毀力量更為驚人。

戲劇中的陰影也會以怪物、魔鬼、惡魔、邪惡外星人、吸血鬼，或其他嚇人的敵人身分出現。請注意：許多陰影角色也是變形者，例如吸血鬼和狼人。

戲劇上的作用

陰影在戲劇中的作用，是向英雄挑戰，讓他棋逢敵手，或遇上難纏的死對頭。陰影掀起衝突，英雄生命遭受威脅，進而引出英雄最優秀的一面。只有壞人惡到骨子裡，才能成就好故事，強大的敵人會迫使英雄克服困難、迎接挑戰。

陰影原型令人難以招架的精神力可由單一角色表達，但同時也是個讓其他角色隨時都可戴上的面具。英雄本身也可能展現出陰影的一面。主角因猜忌或內疚而產生的行為，並不是自我犧牲，而是陰影開始影響他，致使主角開始自殘、表達想死的念頭、因成就而激動莫名、濫用己身的力量或自私自利。

陰影的面具

陰影和其他原型都能以各種極富張力的形式結合。陰影和其他原型是任何角色都能使用的**功能**或**面具**。原本的導師有時可能披上陰影面具。《軍官與紳士》中，小路易斯．格塞特[2]飾演的教官就戴著導師和陰影兩張面具。他是李察．吉爾的導師和第二個父親，引導他通過海軍魔鬼訓練。在攸關生死的故事核心，格塞特也是個極力摧毀李察．吉爾、把對方攆出集訓課程的陰影。不過，當他把這年輕人逼到絕境，卻希冀測試這少年的極限，看看是否真有幾把刷子。逼出李察．吉爾最強一面的過程中，格塞特差點殺了他。

另一種原型的組合是之前討論過的致命變形者。在某些故事中，角色一開始是英雄的愛慕對象，之後卻變身成陰影，一心把英雄毀掉。蛇蠍美人被稱為「聲名狼藉的壞女人」，這稱號代表這個人可能在男性與女性特質間苦苦掙扎，或對異性意亂情迷而發狂。奧森．威爾斯的經典之作

---

1 *Ghost of Frankenstein*。

2 Louis Gossett Jr.，以《軍官與紳士》獲得奧斯卡最佳男配角獎。

《上海小姐》（*The Lady from Shanghai*）中，麗泰．海華絲[3]先把威爾斯的角色迷得神魂顛倒，接著情勢大逆轉，竟然想毀掉他。

陰影同樣可能披著其他原型的面具。安東尼．霍普金斯[4]在《沉默的羔羊》（*The Silence of the Lambs*）中飾演的食人魔漢尼拔醫師，其實是個陰影，是人類黑暗面的投射，也是茱蒂．佛斯特[5]飾演的聯邦調查局幹員的導師，他提供有用的資訊，幫助她把另一個瘋狂殺人魔繩之於法。

陰影同時能成為讓英雄進入險境的誘惑型變形者。他們具備搗蛋鬼和使者的作用，甚至展現英雄的特質。惡棍勇敢為目標奮鬥或洗心革面，甚至會彌補過錯而改頭換面成為英雄，像《美女與野獸》中的野獸即是。

把陰影人性化

陰影不全是萬惡不赦，他們若能具備某些優點或討人喜歡的特質，會變得人性化，那就更適合了。迪士尼動畫片之所以令人難忘，就是因為片中的反派角色，比如《小飛俠》（*Peter Pan*）的虎克船長、《幻想曲》（*Fantasia*）的惡魔、《白雪公主》中美麗但壞心眼的皇后、《睡美人》（*The Sleeping Beauty*）中迷人的瑪列費森女巫，以及《一〇一忠狗》（*One Hundred and One Dalmatians*）的壞女人蒂瓦莉等。這些角色因風姿綽約、魔力無邊、美若天仙、優雅迷人，反倒更壞到骨子裡。

陰影暴露自己的缺點，因而更加人性化。英國小說家葛拉罕．葛林[6]，以生花妙筆將反派角色描繪成真實脆弱的人。他小說的英雄在即將殺掉反派角色的千鈞一刻，發現這可憐的傢伙染上感冒，或正在看小女兒寫來的信，這時壞蛋突然間不再只是非打死不可的害蟲，而是個有弱點、有感情、活生生的人。殺掉這樣的角色成為道義的抉擇，不再是不加思索的反射動作。

為故事布局時，要切記多數的陰影角色並不認為自己是反派或敵人。他的觀點是：他（反派）是他自己的神話英雄，而觀眾眼中的英雄才是他心目中的反派。招致危難的反派是「正義之士」，是個對目標堅定不移的人，不達目的絕不罷休。我們必須知道，這個人相信只要目的正當，可以不擇手段。希特勒就深信自己是對的、是英雄人物，因此才下令做出令人髮指的暴行，以達到目標。

陰影對英雄來說，可能是外來的角色或力量，或是英雄內心深處被壓抑的部分。《化身博士》（*Dr. Jekyll and Mr. Hyde*）便是將黑暗面栩栩如生地刻畫在好人性格上。

外來的陰影必定會遭到英雄克服或摧毀。如果是內在的陰影，像是吸血鬼，只要把他們帶離黑暗，跨入意識之光，就能削弱其力量。有些陰影會彌補自己犯下的過錯，棄暗投明。

---

3 Rita Hayworth，一九四〇年代美國影壇的性感女神。

4 Anthony Hopkins，以《沉默的羔羊》中食人魔一角榮獲奧斯卡影帝。

5 Jodie Foster，童星出身的兩屆奧斯卡影后。

6 Graham Greene，著名作品包括《沉靜的美國人》、《愛情的盡頭》。

電影史上最出色的陰影角色是《星際大戰》系列的達斯維達，他在《絕地大反攻》中身分大白，原來就是英雄的父親。之前幹下的邪惡勾當皆獲得原諒，自此變成一個慈愛、守護兒子的角色。在《魔鬼終結者》中，一心要摧毀英雄的殺人機器，到了《魔鬼終結者2》成為保護英雄的導師。

陰影和其他的原型一樣，皆能展現出正反兩種層面。人們心中的陰影也許會被壓抑、忽略或遺忘。陰影遮蔽一些合理、出於本能但不該展露出來的感受。然而，若合理的怒火或傷痛一直被壓制在陰影中，就很可能意外地爆發，成為讓人受創的有害精神力。陰影也可以是未被發掘的潛在力量，諸如沒有表現出來的愛慕之情、創造力或通靈能力。所謂的「未履之途」，是指人生各階段因抉擇而被忽略、消滅的可能性，也許會彙集在陰影裡等待時機，直到被引入意識之光中。

陰影原型的心理概念是了解故事中壞人與反派的強烈象徵，也能掌握未曾表達、被忽略或深藏在英雄內心深處的層面。

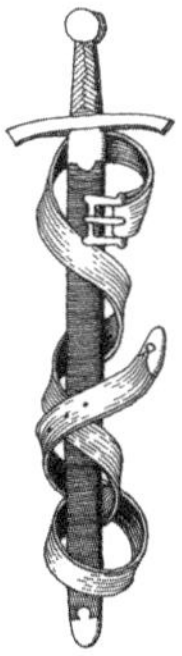

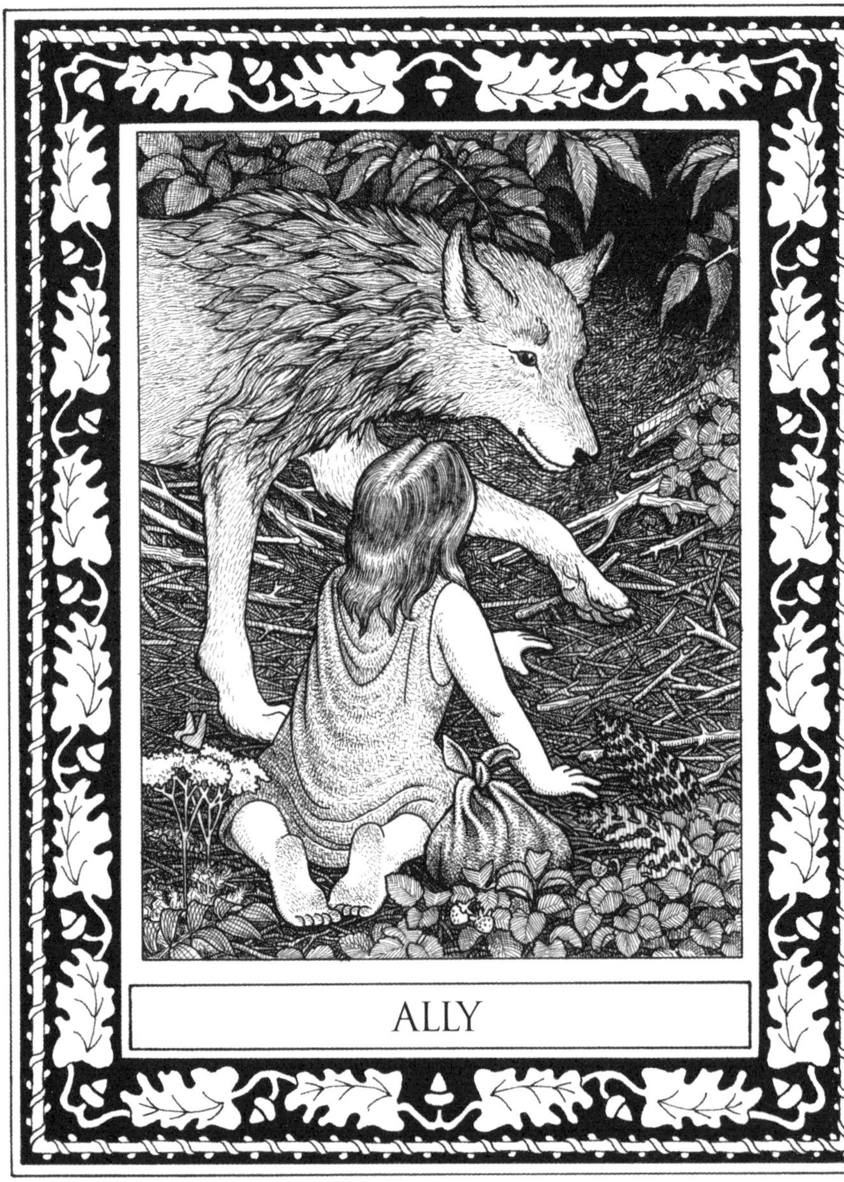

ALLY

盟友

「從靜謐的家鄉與起始點，邁向未知的盡頭，
價值連城的並非勝利之情，而是笑語與朋友之愛。」

——英國作家貝洛克[1]作品《*Dedicatory Ode*》

途中的英雄要有夥伴一起同行，**盟友**肩負了多種職責，諸如陪伴、鬥嘴、良知或耍寶。如果有人跑腿打雜、傳達口信、物色地點，真的很有幫助，盟友是很合宜的安排，英雄有講話的對象，故事就更有感情，或藉著談話洩漏故事的重大疑點。雖然盟友的差事平凡無奇，但他們重要的功能是讓英雄更具人性，讓英雄的性格增添更多特色，或激發英雄敞開胸懷、行事更穩重。

從故事的開端，相伴的友善角色，為英雄兩肋插刀、提供建議、提醒告知，有時甚至提出異議。《吉爾伽美什史詩》（*Gilgamesh*）是史上記載年代最久遠的偉大故事之一，巴比倫的英雄國王吉爾伽美什，藉著森林中力大無窮的野人恩基都（Enkidu）與諸神搭上線。恩基都一開始並不信任他，甚至跟他唱反調，不久後，恩基都贏得國王的尊敬，成為他最信賴的盟友。幫海克力士駕戰車的伊奧勞斯（Iolaus），是他最看重的盟友，伊奧勞斯是古希臘的奧林匹克競技會冠軍，在

海克力士以棍棒把九頭蛇許德拉（Hydra）殺死後，他以火燒灼許德拉的頸子，讓新頭沒辦法再長出來。

一群盟友

邁上艱苦旅程的英雄可能有一整船的盟友，組成一支歷險大軍，成員各個身懷絕技。奧德修斯的船上有不少夥伴，傑森也有阿爾戈號快船上的英雄陪伴[2]。在英倫三島，亞瑟王一開始只有結拜兄弟凱爵士同行，後來吸引了一群同盟軍，也就是圓桌武士。在法國，查理曼國王從帝國轄下各國召集了一支類似的騎士團（通稱為聖騎士）。《綠野仙蹤》的桃樂絲在旅程中，得到好幾個朋友相助，第一個是她的小動物盟友——小黑狗托托。

文學作品中了不起的盟友

有些精彩絕倫的故事是從英雄與其盟友的關係編撰出來的。唐吉訶德與他那不屈不撓的侍從桑丘潘薩堪稱天造地設，他們倆代表社會的兩種極端，也是看待世界的相異方式。莎士比亞的作品中，經常運用到盟友，例如李爾王的弄臣、哈爾王子[3]那狂放不羈的夥伴浮士塔法，藉以更深入地探究他們的英雄，為英雄添點笑料，或要英雄更深刻地檢視自己的靈魂。福爾摩斯和華生大夫是另一個例子，透過盟友華生對福爾摩斯的景仰和口白，讀者得以一窺神探足智多謀的精彩故事。

引領進入非常世界

華生大夫表現出盟友最實用的職責，那就是引領觀眾進入不熟悉的陌生世界。他們都像華生一樣，我們可能想問的問題，他們都會開口問。當英雄守口如瓶或覺得解釋這些司空見慣的事（但觀眾可能覺得新奇、沒聽過）很討厭也不切實際時，盟友就會幫腔講清楚。盟友有時算是「觀眾的化身」，會以充滿驚奇的眼神（換成我們也會如此）打量故事中的非常世界。

小說家歐布萊恩（Patrick O'Brian）在描寫拿破崙戰爭中英國海軍故事的長篇系列《怒海爭鋒》（*Master and Commander*）[4]裡，就利用了這種手法。他的英雄傑克．歐布里船長，和佛雷斯特（C.S. Forester）小說《七海蛟龍》（*Horatio Hornblower*）中的航海英雄很像，但歐布萊恩的作品獨特之處在於，這位雄才大略的船長身旁有一位堅強、友誼終身不渝的盟友馬杜林，他是醫生、博物學家，也是密探，儘管他跟好友出海幾十年，對海上那一套還是很陌生。馬杜林醫師老是弄不懂水手的黑話，為歐布萊恩的作品增添不少笑料，但這也讓火冒三丈的傑克船長有機會向馬杜林醫師說明（讀者也很想知道）戰爭與航海的詳情。

---

1 Hilaire Belloc。

2 這群人是要出海尋找金羊毛。

3 Prince Hal，就是後來的亨利五世。

4 其中部分故事被改編成電影《怒海爭鋒：極地征伐》。

西部電影中的盟友：同夥

在好萊塢別具傳統的西部片與電視影集裡，盟友稱為「同夥」（sidekick），這個詞源自十九世紀初期扒手們的行話，指的是褲子側邊的口袋。換句話說，同夥跟你的關係很密切，就像側邊褲袋一樣。每齣西部電視影集的英雄都有自己的盟友。從《遊俠傳奇》的「忠實印地安夥伴」通托，到西部拓荒傳奇人物——野比爾希考克的「搞笑同夥」叮噹[5]。《西斯可小子》（*The Cisco Kid*）系列故事中，有個搞笑的嘍囉龐邱陪襯，蒙面俠蘇洛身旁則有話不多但能幹的同夥伯納多。華特・布瑞南常演同夥的角色，其中最著稱的就是在約翰・韋恩的作品《紅河谷》中飾演男配角。片中他超脫盟友角色的窠臼，不但在英雄身邊搞笑、讓英雄有說話的對象，他還肩負良心的職責，每當約翰・韋恩的角色即將犯下道德錯誤時，他就會在旁邊叨唸；當韋恩的義子挺身面對英雄，他也為他們開心。

英雄和盟友的關係也可能非常複雜，有時變得極富戲劇性。不少故事大力著墨自以為是的西部執法悍將厄普，以及他身邊那個不守規矩、嗜酒如命、一臉病夫樣卻是個危險人物的盟友——好樂迪醫生[6]。在老牌導演約翰・司圖加[7]的驚世鉅作《OK鎮大決鬥》（*Gunfight at the O.K. Corral*）中，這兩人分量幾乎一樣重，他們同心對抗外來的黑幫勢力「克蘭特幫」，在美國文化中，他們倆是辯論會中大鳴大放、互相對抗的兩股勢力，其一是死板嚴苛、道德至上的清教徒，代表人物就是守法的厄普，另一種狂野叛逆，代表人物就是來自「老南方」的賭徒好樂迪。

非人類的盟友

盟友不必一定是人類。某些宗教認為，每個人都有個心靈守護者、一輩子的同夥或盟友。也許是關照人類的天使，或是某種地位沒那麼崇高的小神，讓英雄不致誤入歧途。埃及有個頭上長著羊角的建造之神克尼穆神（Khnemu），以陶輪的黏土捏出人形，同時也捏出同樣大小的精神人格守護者「卡」（ka）。卡會陪伴每個人度完一生，等到過世，只要遺體保存妥當，「卡」也會跟著跨入來生。「卡」的職責，就是要鼓勵人過著愉快有益的人生。

羅馬人相信，每個男人都有個守護神或盟友，也就是他的精靈（genius），他們還認為，每個女性都有個「朱諾」（juno）。它們本來是家族中尊貴先人的鬼魂，之後變成個人的守護神。所有人在出生之時，都要獻禮給精靈或朱諾，以回饋他們的指引、保護，還有賜予多一點聰明才智。不只是個人，就連家族、家庭、元老院、都市、行省及整個帝國，可能都有這類超自然、能提供保護的盟友。

---

5 由經常演出特定角色的個性演員安迪．迪凡（Andy Devine）飾演，在許多西部片中，迪凡都演過盟友角色，最早可追溯到《驛馬車》。

6 Doc Holliday，好樂迪不是醫生，他因為面色蒼白，一副病夫樣，所以被戲稱為醫生。

7 John Sturges，美國一九四〇年代至一九七〇年代著名西部片、動作片導演。

舞台劇和電影《迷離世界》（*Harvey*）中，有個男人非常依賴他幻想中的朋友，這朋友有通靈能力，是個幫助他面對現實的盟友。伍迪．艾倫在電影《呆頭鵝》（*Play It Again, Sam*）[8]中的角色，馬上就讓人聯想到亨佛萊．鮑嘉的電影，那個引導他領略愛情微妙的角色。《風雲人物》（*It's a Wonderful Life*）描述一個絕望的男人，接受天使相助的故事。

動物盟友

動物盟友在寫作史上很常見。女神更是靠著動物盟友相伴來幫助活人，比如雅典娜和她的夥伴貓頭鷹，或者阿提米絲（Artemis）與她身邊那頭奔跑的鹿。

歐洲民間故事中的小丑「提爾．歐伊倫施皮格爾」（Till Eulenspiegel），永遠跟貓頭鷹和鏡子連在一塊。他的名字「歐伊倫施皮格爾」，意思就是「貓頭鷹—鏡子」，這名字暗指他像貓頭鷹般精明，他手上的照妖鏡讓社會上的虛虛假假無所遁形。在同名動畫片中，貓頭鷹成為提爾身邊不屈不撓的盟友。西部片英雄通常都有動物力挺，比如洛伊．羅傑斯[9]的駿馬「扳機」和牧羊犬「子彈」就是。

冥界來的盟友

古代民間傳說中，還有死人當盟友的故事。搖滾樂團「死之華」（The Grateful Dead）的名字，就是源於民間故事用語，意指死人為了報答活人讓他們含笑九泉（譬如為他們清償債務，讓他們入土為安）的恩情，因此幫助對方。羅沙・林艾倫（Sheila Rosalind Allen）寫過一本名為《熱心鬼》（*The Helpful Ghost*）的羅曼史小說，故事裡的鬼，在一間老屋裡，費心地為愛人們解決大小事。

能幫上忙的僕人

另一個民間故事中，盟友的基調是「能幫上忙的僕人」，這是羅曼史小說中常見的角色，專門幫助英雄達到他的目標，諸如幫忙送情書、捎口信，或為英雄變裝、找地方藏身、提供逃亡路線，還有編造藉口。迪阿塔格南那堅忍不拔的貼身男僕普蘭契，就是《三劍客》[10]中最能幹的僕人之一，《二八佳人花公子》（*Arthur*）中，男主角杜德利・摩爾儀表堂堂的管家古爾古德肩負了一樣的任務。蝙蝠俠的管家阿福則肩負多種角色。值得注意的是，盟友的功能很容易與導師重複，但盟友的作用經常進階到更高境界，在心靈或感情上引導英雄。

8 伍迪・艾倫的作品，名字取自鮑嘉在經典電影《北非諜影》的台詞：「山姆，再為我彈奏這首歌吧（Play it again, Sam）！」要黑人琴師山姆再為他彈一遍主題曲。

9 Roy Rogers，美國著名牛仔演員兼歌手。

10 *The Three Musketeers*，法國文豪大仲馬的作品。

心理上的作用

夢中與小說中的盟友，也許代表性格中未曾表現出來或未曾被使用，但若要達成任務，一定會派上用場的部分。故事中的盟友，讓我們想起這些未充分利用的部分，並聯想到現實的人生中那些或許有所助益的朋友或人際關係。盟友也可能代表遇上心靈危機時剛好能幫上忙的強大內在力量。

現代故事中的盟友

在現代故事寫作中，盟友例子更是比比皆是。小說中的盟友，意味著解決問題的替代途徑，盟友能豐富英雄的性格，盡情釋放恐懼、幽默或愚昧等跟英雄不相配的特質。007龐德依賴他忠實的盟友錢潘妮小姐，偶爾也需要他的美國盟友，也就是中情局探員萊特的相助。漫畫家為了擴大作品對年輕族群的吸引力，經常為漫畫中的超級英雄添加少年盟友，比如說蝙蝠俠的護衛羅賓。《獅子王》中的幼齒獅王，也有專門搞笑的盟友丁滿和彭彭。電影《星際大戰》中的宇宙，為我們提供未來世界的願景，機器、動物、外星生物、往生者的靈魂都能扮演盟友角色。隨著邁向太空新旅程及其他無人涉足的陌生領域，愈來愈多電腦智慧和機器人都被視為我們的盟友。

TRICKSTER

搗蛋鬼

「那完全講不通嘛，跟我一樣。」

——迪士尼卡通人物達菲鴨

搗蛋鬼原型，代表惡搞及想要改變的渴望。故事裡的小丑或搞怪的同夥，都展現出這種原型。在許多神話故事中，搗蛋鬼英雄都扮演吃重的角色，在民間傳說和童話中也很受歡迎。

心理上的作用

搗蛋鬼有多種重要的心理功能。他們降低自我，讓英雄和觀眾從幻想中回到現實，逗得大家哄堂大笑，讓大家了解彼此的共同關係，還會揪出愚蠢和虛偽。最重要的是，他們經常關注低迷心理狀態中的失調或荒唐，帶來健全的變革與轉折。他們是墨守成規的最大敵手。搗蛋鬼藉著故意惡搞或說溜嘴，提醒我們必須改變了。當我們律己過嚴，個性中搗蛋鬼的那一面就會跳出來，重新找回必要的觀點。

戲劇上的作用：帶來歡樂的開心果

在戲劇中，搗蛋鬼肩負所有心理功能，外加一項戲劇功能——**穿插歡樂場面的開心果**。無法抒解的緊張、焦慮與衝突，都可能令情感飽受折磨。即使最沉悶的戲劇，大笑一下也能重振觀眾的興致。戲劇的基本原則就指出了平衡一下的重要性：**讓他們哭得稀里嘩啦；讓他們稍微開懷笑一下**。

搗蛋鬼可以是英雄或陰影的僕人或盟友，他們也可能是自有一套偏頗定見的獨立體。

神話中有不少搗蛋鬼的例子可以解說這種原型。北歐神話中，愛惡作劇、騙人的洛基（Loki）就是其中最活靈活現的一個。洛基是個貨真價實的搗蛋鬼，他擔任眾神的法律顧問和參謀，但他也在他們背後密謀搞破壞，慢慢摧毀現狀。他性情火熱、人來瘋、難以捉摸，激發僵化、冷淡的眾神，讓他們採取行動，進而改變。這個人物也為陰沉的北歐神話帶來不可或缺的歡樂氣氛。

在以歐丁或索爾[1]為英雄的故事裡，有時候洛基會扮演搞笑的同夥。在其他故事裡，他則成為類似英雄的角色，**搗蛋鬼英雄**靠著機智，以小搏大，戰勝塊頭比他大的神或巨人。最後，他變成可怕的敵手或陰影，率領眾亡魂在最終戰役對抗眾神。

搗蛋鬼英雄

在民間故事和神話的世界，惡作劇英雄像兔子一樣多不勝數。沒錯，最受歡迎的搗蛋鬼就是兔子英雄：諸如美國南方的兔弟弟、非洲故事中的野兔哈雷，還有東南亞、波斯、印度等地的許多兔子故事都是。這些故事描述手無縛雞之力卻腦筋動得快的兔子，如何與體型更龐大、更危險的敵手（民間故事常見的陰影角色，諸如狼、獵人、老虎和熊）過招。到頭來小兔子總是能智取肚子餓扁的敵人，把敵人搞得生不如死。

現代版的惡作劇兔子代表，當然就是兔寶寶了。華納兄弟電影公司的動畫家們借用民間故事的情節，讓這隻兔子對抗腦袋不如牠聰明的獵人和肉食動物。其他卡通中的搗蛋鬼，包括華納兄弟的達菲鴨、飛毛鼠、嗶嗶鳥，還有金絲雀；動畫大師蘭茲（Walter Lantz）創造的伍迪啄木鳥、小企鵝奇麗威利；米高梅電影那隻無所不在的笨狗德菲，每次都把糊里糊塗的野狼耍得團團轉。米老鼠一開始也是完美的搞笑動物，之後牠轉變為台風穩重的節目主持人，以及企業代言人。

美洲印地安人特別鍾愛諸如土狼和烏鴉等搗蛋鬼。美國西南部的丑神卡奇納（Kachina），不但具有神力，同時也具有搞笑能力。

1 Odin與Thor都是北歐神話的神，歐丁專門管藝術、文化、戰爭和死亡；索爾司打雷、戰爭和農業。

偶爾，風水輪流轉，看到搗蛋鬼被騙倒，其實還滿歡樂的。有時野兔哈雷想占弱烏龜先生的便宜。在「龜兔賽跑」這類民間傳說和寓言故事中，因為堅持到底，或跟其他同類合作，動作最遲緩的動物反倒能戰勝反應較機靈的動物。

搗蛋鬼為了自己的利益，經常興風作浪。坎伯說過一個奈及利亞故事，惡作劇之神愛得秀（Edshu）戴著一頂紅藍相間的帽子走在路上。路人議論紛紛：「那戴紅帽子的是誰？」街道另一邊的人則堅持他戴的是藍色帽子，結果大家打成一團。這場混戰全拜此神之賜，他說：「惹是生非，是我最大的喜悅。」

搗蛋鬼經常是**催化劑型**的角色，他們影響他人，自己卻文風不動。《比佛利山超級警探》中的艾迪．墨菲就展現了搗蛋鬼的精神，他把現有的警察體制攪得天翻地覆，但是自己完全沒有改變。

從卓別林[2]到馬克斯兄弟[3]，再到喜劇影集《*In Living Color*》的演員群，這些喜劇中的英雄都是惡作劇專家，他們破壞現狀，讓我們笑自己蠢。其他類型的英雄，為了騙過陰影，或逃過門檻守衛，經常會套上搗蛋鬼的面具。

原型是非常靈活的角色語言。他們提供一種讓人理解角色在故事特定時刻展現出其作用的方式。認識原型，能夠讓作家筆下的角色在心理上更真實、更有深度，並幫助作家免於陷入窠臼。運用原型，能把獨一無二的個體、具備普遍特質的角色塑造成一個完整的人。原型能助我們的角色與故事在心理上更真實，並忠於古代神話的智慧。

現在，我們已經見過故事世界的所有百姓，讓我們回到英雄之路，把十二個階段看個仔細，並看清楚這些原型在英雄旅程中如何扮演他們的角色。

---

2 Charlie Chaplin，英國喜劇演員、導演，其造型和表演方式對無聲電影影響甚巨，奠定了現在喜劇電影的基礎。

3 Marx Brothers，由五位親兄弟組成的美國喜劇團體，經常在電視、電影、舞台劇中演出。

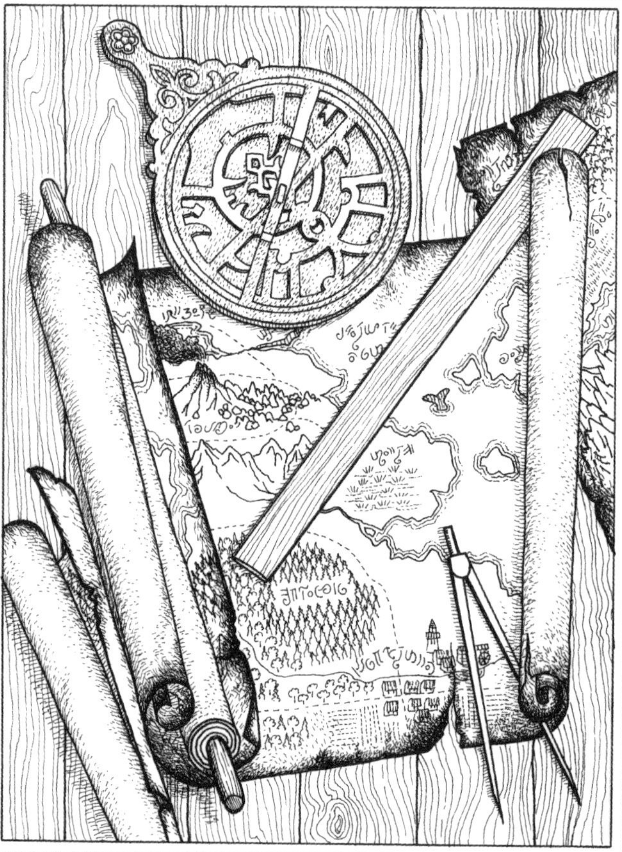

BEYOND ARCHETYPES

超越原型

雖然原型可以帶領你進入更長遠的創作，並理解故事中的角色，但創造可信且引人注目的角色當然還有很多其他的事要做，以下是製作完整而逼真角色所需的一些要素。

角色基本元素

創造角色時，請使用以下清單確認是否已經考慮到所有的角度，讓角色更真實且令人印象深刻。

- **動機十足**：我們必須知道他們想要什麼、他們期待什麼、驅使他們的是什麼；在更深層次上，他們需要什麼來完成或治癒他們。
- **引起共鳴**：我們應該為他們感到難過，或者欣賞他們的態度或行為。
- **具有傷痕**：他們帶著舊有的傷痕，或者有個陰影籠罩著他們，導致他們產生了內疚或懷疑。
- **性格缺陷**：他們有一些壞性格或弱點，造成某方面會失敗或犯錯，卻讓他們變得有可信度和人性化。

- **身分認同**：這些小錯誤加上激起角色的強烈欲望，幫助我們**認同**他們。我們都會犯錯，對失敗的英雄有同理心，覺得他們和我們一樣，他們的感受就是我們的感受。
- **風格德行**：他們有一些迷人或有趣的特殊性格特質。
- **獨樹一格**：每個角色都有獨特的性格，沒有人是完全相同的樣子。
- **性格轉變**：創造一個難關，讓角色行為改變，觀眾喜歡看到這種壓力，喜歡看到角色開始改變的那一刻。
- **角色弧線**：在逼真的故事中，人物一點一滴變化，他們可能仍然忠於本性，但想法或行為模式略有改變。
- **內在和外在的問題**：每個角色都應該有一個外在問題要解決，不論是身體上的或外在原因；他們也應該有一個內在的問題，像是成為一個更好的團隊成員、原諒別人、學會更有責任感、改掉壞習慣等。
- **電視喜劇影集**：角色變化不大。即使有變化，也只是短時間的行為，通常會在節目結束時恢復原來的行為模式。
- **大逆轉**：觀眾喜歡看到一個堅毅的角色展現敏感的一面，也喜歡看到一個軟弱或膽怯的角色表現出堅強的一面。
- **人物介紹**：給他們一場強有力的戲，透過這場戲所展示的行為傳達角色的基本性格特質，從而告訴觀眾這些角色是誰。
- **選擇**：角色做出的選擇定義了角色，我們透過他們做出的選擇來了解角色的真實身分（想想《權力遊戲》中的龍母丹妮莉絲．坦格利安，透過摧毀君臨城的無辜民眾來揭示她的真實本性）。

- **揭示性格**：可以透過行動、對話、服裝、道具、肢體語言、環境、人們對他們的評價等來揭示角色性格，但主要是透過行為。他們在緊張或尷尬的情況下如何反應？如何對待其他人？
- **情感宣洩**：觀眾喜歡看到行為極端的角色，有時會因此出現情緒崩潰或潰堤——哭泣、尖叫、對某事感到非常興奮。這種突破稱為宣洩，觀眾也可以通過對角色的同情來體驗它。

一些角色性格問題

你的角色必須對你真實，然後才能對觀眾真實，不妨來一場真實的模擬來認識他們，例如，想像一下採訪你的角色，甚至可以讓角色互相描述，詢問他們對其他角色的看法，可能會很有啟發性。

- 我的角色想要什麼？他／她真正需要什麼？是什麼讓角色發笑或哭泣？
- 角色最恐懼的是什麼？
- 他／她不會做的一件事是什麼？
- 當你的角色向星星許願時，他／她許了什麼願望？當你的角色做夢時，做了什麼樣的夢？
- 到目前為止，你的角色最深的傷口是什麼？
- 角色早上的例行公事是什麼？晚睡早起？他／她有什麼睡前儀式嗎？
- 角色是否依賴任何迷信？

- 你的角色最欣賞誰？他／她最討厭誰？他／她可以信任誰？其他角色對他／她有什麼想法或猜想？
- 他／她最好的品格是什麼？最差的特質是什麼？還有哪些可能令人驚訝或迷人的特質？至少需要三個，才能使角色看起來逼真且具有立體感。
- 他／她的祕密願望是什麼？
- 他／她在隱藏什麼？
- 他／她的「苦惱」是什麼——令他／她不得不戰鬥的一件事是什麼？

第二部

BOOK TWO

英雄旅程十二階段

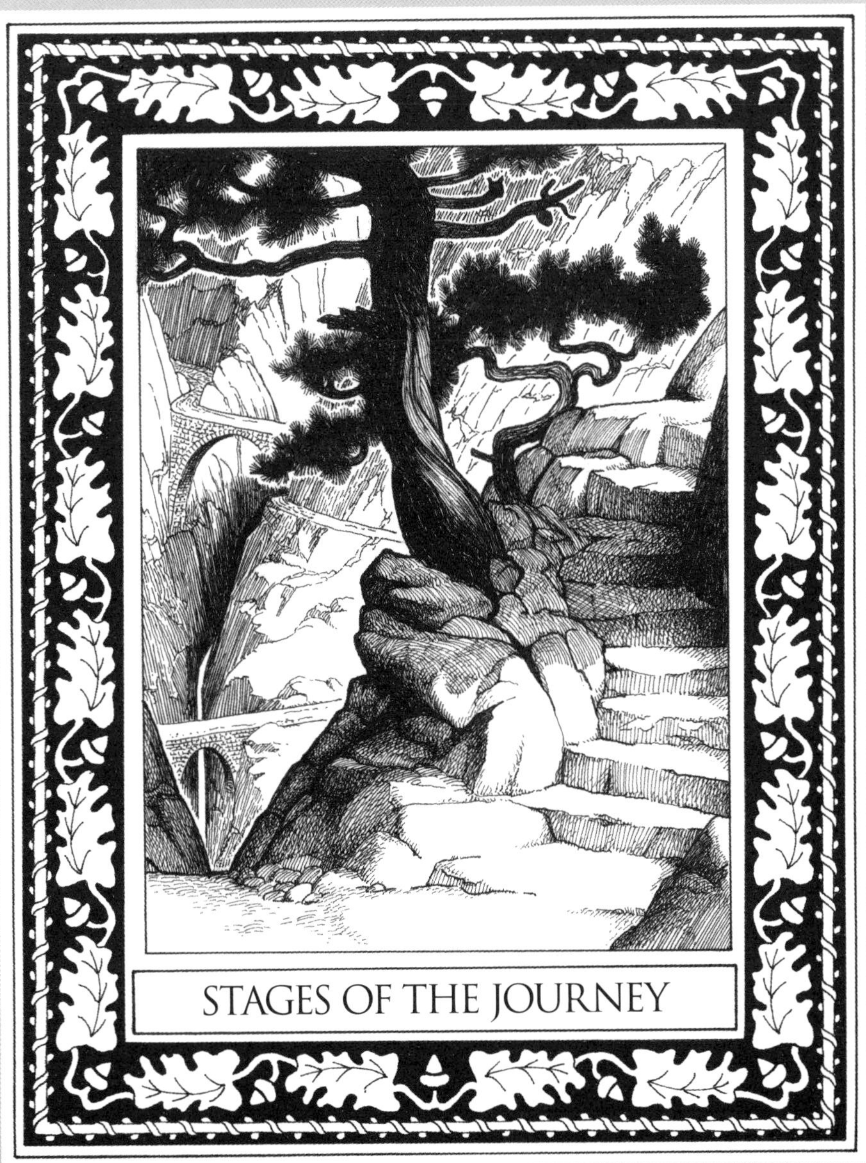

STAGES OF THE JOURNEY

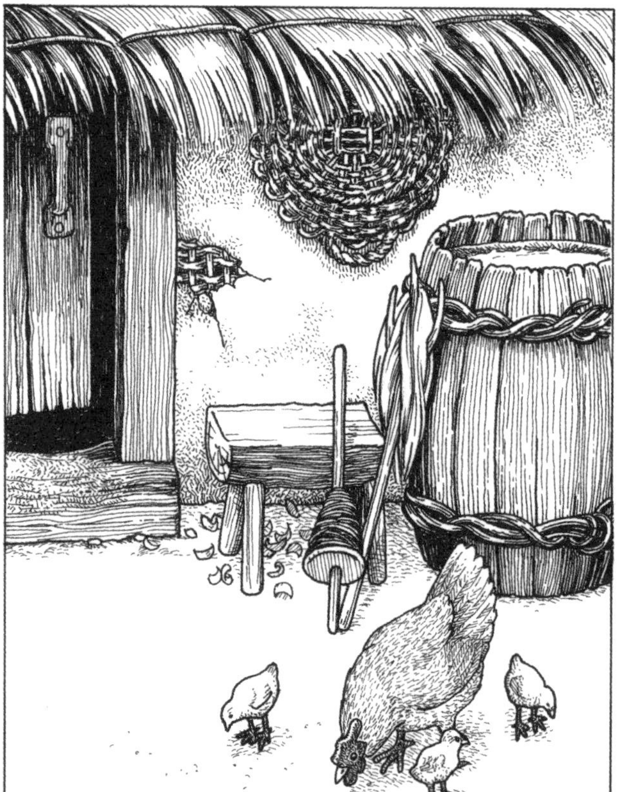

THE ORDINARY WORLD

第一階段：平凡世界

「起點，是個極其微妙的時間點。」

——取自大衛．林區[1]改編自赫伯特[2]小說的《沙丘魔堡》電影劇本

坎伯在《千面英雄》中，曾如此描述英雄旅程的典型開端：「英雄從平凡的尋常世界，闖入一個神奇而令人驚嘆的未知領域……」本章將探索「平凡的尋常世界」，也就是**平凡世界**，以及它如何建構英雄，讓現代故事得以鋪陳下去。

無論神話、童話、劇本、小說、短篇故事或漫畫書，任何故事的開端，都有特別的重責大任，一定要引起讀者或觀眾興趣，為故事定調——暗示故事的走向，在不影響節奏的前提下，把一籮筐的訊息傳達給觀眾、讀者。故事的開端，的確很棘手。

起點之前

在故事開始之前，作者得面臨創作上的選擇。讀者、觀眾首先體驗到的是什麼？標題？對白的第一行？映入眼簾的影像是什麼？故事開始是故事人物生命中的哪個階段？你需要來個開場白或引言？還是直接跳到重點？故事開場設定的觀點，是讓人印象深刻的大好機會。你可以像變戲法般地引出感情、影像或隱喻，提供讀者參照的準則，讓他們更能體會故事的意涵。**以神話觀點來寫故事，關鍵就在於要善用隱喻或對比，傳達你對人生的感受**。

偉大的德國舞台劇兼電影導演萊因哈特（Max Reinhardt）認為，在觀眾就座或開演的幕簾升起前，你就可以營造戲院裡的氣氛。精挑細選的劇名讓人意識到其中的暗喻，激起觀眾好奇心，讓他們融入接下來的劇情。以一流的促銷手法吸引觀眾，影像和廣告標語就像故事打造出來的世界。當觀眾魚貫進入戲院，藉由音樂、燈光，加上內場的細節（領位員的服務態度與裝束），都能夠營造出特殊的情境。無論創造何種效果，喜劇、愛情故事、恐怖片或劇情片，都必須讓觀眾有身歷其境的感覺。

說書人以儀式化的用語（例如「很久很久以前」），加上具有個人特色的肢體動作，為故事揭開序幕，吸引聽眾注意。這些訊號是要示意觀眾，要準備好，迎接有趣、悲傷或諷刺的故事氣氛。

讀者、觀眾購買書或電影票前，先入為主的印象不外乎書名（片名）、封面、廣告公關或行銷、海報與預告等。精心調配多種象徵或比喻的故事開場，讓觀眾更容易置身恰當的情緒。

標題

書名（片名）是故事的本質，以及了解作者態度的重要線索。好的標題，對英雄的處境或身處的世界，可以營造出多層次的暗喻效果。譬如《教父》這個標題，暗示了唐·柯里昂是他子民的神與父親。這本小說及電影的平面設計圖又暗藏了另一個隱喻，一隻木偶操縱者的手，以細繩操控著一只看不見的木偶。唐·柯里昂到底是木偶操縱者，或是被更高權力操弄的木偶？我們都是上帝手中的木偶，或是大家都擁有自由意志呢？這個充滿隱喻意味的標題及意象，有多種讓故事合乎邏輯的解讀方式。

開場畫面

開場畫面是營造氣氛、暗示故事走向的有力工具，也許只有一個鏡頭，或一場視覺隱喻的戲，卻讓觀眾腦海浮現第二幕的非常世界和即將登場的衝突對峙。它使觀眾聯想到故事主題，提

1 David Lynch，美國電視和電影導演、編劇、製片人，作品有《沙丘魔堡》、《藍絲絨》、《史崔特先生的故事》、《穆荷蘭大道》等。

2 Frank Herbert，美國科幻小說作家，最重要的作品為《沙丘魔堡》，不但後來又出了五本續集，還被改編成影集和電影。

醒觀眾注意劇中角色所面對的問題。克林．伊斯威特的《殺無赦》（*Unforgiven*），第一個畫面是一個男人在農莊外，為剛過世的妻子挖土造墳。他和妻子的關係，還有她改變他的過程，就是這部電影的主題。這個在住家外頭造墳的男人影像，可以解讀為符合劇情的隱喻：英雄離家前往死亡之地，他在那裡目睹了死亡，他不但殺了人，自己也差點失去性命。導演克林．伊斯威特在片末以同樣的畫面收尾——銀幕上，男人離開妻子的新墳，回到家中。

開場白

有些故事以開場白（甚至在主要角色與其所處的世界都尚未出現之前）揭開故事序幕。童話故事《長髮公主》（*Rapunzel*）從英雄出生前講起，迪士尼的《美女與野獸》則以一段繪在彩色玻璃畫窗的序言開場，告訴觀眾野獸中了魔法的背景故事。神話故事發生的時空背景，可以追溯到創世時代，你可能得先花篇幅講述主要角色出場的事件。莎士比亞和希臘人的戲劇經常以獨白的方式開場，由說書人或歌隊負責，讓觀眾知道這齣戲的來龍去脈。莎士比亞的劇作《亨利五世》，始於一段傳神的過程，歌隊某個角色引領觀眾憑著想像力，為自己的故事創造出國王、駿馬和敵對勢力。「請容我充當這齣史劇的致辭者，」他央求道：「要說的無非就是那幾句開場白，有請諸君多加包涵，靜靜地聽，誠懇批判我們這齣戲。」

開場白有諸多功能。它提供了背景故事最重要的部分，就是提點觀眾等一下要看的是何種電影，或以一聲巨響揭開序幕，讓觀眾趕快入座。《第三類接觸》的開場白告訴大家，一批二次大戰期間的神祕飛機在沙漠被人們發現，這些飛機外型居然完好無缺，飛機中隊比英雄洛伊和他身處的世界更早出現，這段開場以一連串的離奇事件激起觀眾的好奇心，讓大家體驗刺激的滋味，對往後的劇情抱持期待。

電影《終極尖兵》（*The Last Boy Scout*）的開場描述一個職業美式足球選手，因為吸毒加上賭癮等壓力，抓狂般地射殺隊友。英雄在這段情節之後才出場，不但吊足觀眾胃口，更昭告觀眾這是一部攸關生死的刺激動作片。

這段開場，跟《第三類接觸》的開場，都有點讓人一頭霧水，暗示這兩部電影主題可能都是異端事件。祕密會社中，入門儀式的老規矩是**讓人迷失方向的暗示**。新入團的人通常要被蒙面，由前輩帶領在黑暗中繞圈圈，透過組織安排的儀式，新人敞開心胸接受暗示。在說／寫故事上，偶爾給觀眾來個出其不意，顛覆他們一般的認知，讓觀眾在心境上接受眼前的一切，暫時把猜疑擺兩旁，跨入非常世界的幻想天地。

有些開場在英雄出場前，先安排故事的反派或壞蛋亮相。《星際大戰》中，英雄天行者路克在正式現身之前，大家先看到邪惡的達斯維達綁架了莉亞公主。某些警匪片是以命案開場，之後英雄才出現在辦公室。這類開場提醒觀眾：社會和諧遭到擾亂。一連串事件即將發生，必須撥亂反正，社會秩序才得以恢復，讓阻撓故事前進的動力終止。

並非所有故事都需要或非要有開場白不可。**故事本身的需求永遠是決定故事結構的最佳途徑**。你可以利用許多故事的開端手法，先介紹尋常環境中（也就是平凡世界）的英雄。

平凡世界

許多故事僅利用一趟旅程就把英雄和觀眾帶往非常世界，故事以平凡世界開始，作為比較的基準。只有對照過平凡俗世的日常大小事，讓人看出其中的不同，非常世界的故事才顯得特別。平凡世界代表了英雄的背景，包括他的家鄉和出身。

以某個角度來說，平凡世界是你的過去。在人生中，我們都會接二連三碰上非常世界，等習以為常後，非常世界漸漸變得平凡無奇。非常世界從奇特、陌生的領域逐漸變為大家熟悉的地盤，它將成為邁向下一個非常世界的起點。

對比

對作者而言，把平凡世界和非常世界塑造得南轅北轍，是個很棒的構思，當英雄通過門檻時，他將體驗劇烈的變化。電影《綠野仙蹤》把平凡世界描繪成黑白色，與上色的奧茲國（非常世界）產生強烈對比。驚悚片《再續前世情》（*Dead Again*）描述兩段隔世情緣，代表平凡世界的現代以彩色呈現，穿插期間、夢魘般的一九四〇年代（非常世界）則變為黑白色調，形成極端的反差。《城市鄉巴佬》（*City Slickers*）則以死氣沉沉、處處受限的城市，對照於生氣蓬勃的西部（故事主線）。

相較於非常世界，平凡世界也許無聊單調，卻是找到刺激與挑戰的開端。英雄面臨的問題與衝突出現在平凡世界，等待有人採取行動。

伏筆：非常世界的模型

平凡世界經常被營造成非常世界的縮型，**預告**那裡發生的掙扎，以及面臨的道德兩難困境。《綠野仙蹤》裡，桃樂絲和壞脾氣的葛區小姐發生衝突，被三位農場工人救走。這幾場戲提前預告了桃樂絲往後的情節：對抗壞女巫，還有錫樵夫、膽小獅和稻草人出手救她。

《綠寶石》以洗鍊的預示技巧揭開序幕。觀眾首先看到一段精彩的奇幻故事情節，高貴的英雌力抗卑鄙小人，最後放下一切，和詼諧的理想英雄談情說愛。這場戲就是瓊華德（女主角）在第二幕遇上的非常世界原型。這段奇幻情節原本是瓊華德在雜亂無章的紐約公寓中撰寫的愛情小說結局。電影以奇幻故事開場有兩個用意：告訴我們瓊華德的故事，以及她不切實際的愛情觀，同時預測第二幕非常世界即將遇到的問題與困境，到時她會碰上真正的惡棍，還有一個不太完美的男人。「伏筆」能統合故事，讓故事更有節奏與詩意。

抛出戲劇性問題

平凡世界的另一項重要功能，就是提出與故事相關的問題。**每個精彩的故事都會針對英雄提出一連串問題**。英雄能否克服自己的缺點，學到該學的教訓？基本上，有些問題都和情節有關。桃樂絲能否從奧茲國平安返家？外星人ＥＴ能不能回到自己的星球？英雄能否拿到金子，贏得比賽，打敗壞蛋？

有些問題充滿戲劇效果，與英雄的感情及人格特質息息相關。《第六感生死戀》（*Ghost*）

中的派屈克．史威茲[3]，學到如何對女主角表達愛意了嗎？《麻雀變鳳凰》那個拘謹的大亨愛德華，從阻街女郎薇薇安身上學會放輕鬆、享受人生了嗎？動作性的問題也許能加速劇情節奏，但戲劇性的問題則可撩動觀眾心弦，讓他們隨著劇中角色一起入戲。

內在與外部問題

每個英雄都會面臨內在和外部問題。我為迪士尼動畫構想故事時，經常發現作者會為英雄設下精彩的外部問題：公主能否破解把父親變成石頭的魔咒？英雄能否登上玻璃山頂，與公主共結連理？《糖果屋》（*Hansel and Gretel*）的葛麗特能否把哥哥韓塞爾從巫婆魔掌中救出來？不過，有時候作者卻忘了為筆下角色設定令人信服的內在問題。

缺乏內心掙扎的角色，儘管有英勇之舉，卻仍嫌單調乏味，沒血沒肉。他們需要有待解決的內在問題、個性缺陷或道德兩難。隨著故事進展，他們要記取教訓：學習與他人相處、信任自己，學會把眼光放遠，不要只看外表。觀眾喜歡看到劇中角色學習成長，面對人生內在與外部的挑戰。

登場

作者應該善加掌控英雄和觀眾首度見面的方式。觀眾第一次看到他時，他正在做什麼？他何時登場？穿什麼？身邊有誰？那些人跟他的互動如何？他當時的態度、情緒和目標怎麼樣？他是一個人出場，還是混在一群人之中？故事一開始，他就亮相了嗎？他是故事的說書人，或是透過其他角色旁觀，還是藉由傳統說書人來告訴大家？

演員都喜歡「一登場，就給人深刻印象」，這是建立演員與觀眾互動的重要元素。在作者筆下，某個角色即使在燈亮時就站在舞台上，他仍得經由角色的外表與行為，在首度與觀眾碰面時，讓觀眾留下深刻印象。身為作者的我們必須想像，觀眾初次體驗英雄有什麼感受，再安排英雄登場。這些角色在做什麼？說什麼？有何感受？跟角色初見面時，他們經歷過哪些遭遇？他們心情是平靜的，或者心亂如麻？他們是全然釋放情緒，或暫時忍住，稍後才會爆發？

最重要的一點是：角色登場時，他在做什麼？角色的第一個動作是清楚表達英雄的態度、情緒狀態、背景、意志力和困境的絕佳機會。第一個動作描述英雄特有的態度，將是未來面對或解決問題的範例。眼前呈現的第一個行為必須切合角色的特質、展現角色的特色，除非你想誤導觀眾，隱匿這個角色的本質。

《湯姆歷險記》的湯姆，初次亮相的情景仍活靈活現地印記在我們腦海，作者山謬·克萊蒙斯[4]把他筆下的密蘇里小男孩的性格特徵刻畫得淋漓盡致。初次見到湯姆，他正展現出符合他

3 Patrick Swayze，二〇〇九年九月因為胰臟癌過世的好萊塢著名男星，其他代表作品還有《熱舞十七》、《驚爆點》。

4 Samuel Clemens，《湯姆歷險記》作者馬克·吐溫（Mark Twain）的本名。

性格的行為，把粉刷圍牆這種苦差事變成誘人的遊戲。湯姆是個厲害的小騙子，但被他騙的苦主都樂在其中。湯姆的行為把他的性格展露無遺，展現最清楚的時刻是他初登場時，那正是他對人生態度的最佳寫照。

演員跨上舞台，作家介紹某個角色，大都是讓觀眾登場，或讓觀眾猶如被催眠般，陷入認同與認可的狀態。寫作的魔力之一，在於它能哄騙所有觀眾，把自己投射到書上、銀幕上或舞台上的角色中。

在重要角色現身前，作家藉由其他角色來談論他，打造出期待的氣氛，或提供相關訊息。踏進故事的第一個動作——初登場，才是更重要、也更讓人難忘的時刻。

向觀眾引見英雄

平凡世界的另一項重要功能，就是把英雄**介紹**給觀眾認識。就像在社交場合正式引見一樣，平凡世界在人與人之間建立關連，點出眾人的共同興趣，讓大家展開對談。從某種程度來說，我們會意識到英雄和我們很相像。毫無疑問地，故事誘導觀眾體驗英雄的處境，透過他的雙眼看世界。彷彿有一股神奇的力量，我們會把自己的感覺投射在英雄身上。為了讓這股神奇力量發揮作用，必須在英雄與觀眾之間建立同理心和共同興趣。

英雄倒不一定得是好人或讓人心生好感，甚至不必是討喜的人物，但英雄一定要「讓人能夠與之聯繫」，電影圈高層以此來形容觀眾要對英雄產生的同情與體諒。即使英雄是個奸巧之徒或卑劣小人，我們還是能諒解他的處境，想像自己與他有著相同的背景，碰上一樣的狀況，受到一樣的刺激，也會表現出一樣的行為。

認同

開頭幾場戲必須在觀眾與英雄間營造出**認同感**，在某種程度上，觀眾必須有他們都是同等人的感覺。

要怎麼做呢？作者必須賦予英雄一些適用於所有人的目標、動力、欲念或需求，就能創造出認同感。想要被認可、被愛、被接受或理解，都是人的本能。編劇華道．索爾[5]談到他撰寫的《午夜牛郎》（*Midnight Cowboy*）劇本時說，他筆下的英雄喬．巴克最大的渴望，就是有人抱抱他、觸摸他。儘管喬．巴克做了不少齷齪勾當，但我們對他的渴求都寄予同情，因為我們在某段時間都有過相同的體驗。認同感加上適用於所有人的需要，在觀眾與英雄之間建立起關係。

5 Waldo Salt，好萊塢重量級編劇，曾經在麥卡錫主義期間被各片廠列入黑名單，解禁後以《午夜牛郎》及《返鄉》榮獲奧斯卡獎。

英雄的缺憾

童話故事中的英雄都有共同的特徵，這種特質超越文化和時空的藩籬，那就是英雄都有**缺憾**，或被剝奪了某些東西。最常見的是失去家人，父親或母親過世，或者兄弟姊妹被綁架。童話故事的主軸就是追尋圓滿，為完整的人生奮鬥，失去親人讓故事情節開始往下走。想要填補失落一角的意念，是驅使故事走向「從此過著幸福快樂日子」圓滿大結局的動力。

很多電影一開始，觀眾就看到了不完整的英雄或家庭。《綠寶石》的瓊華德、《北西北》的索恩希爾都不完整，他們都需要理想伴侶，以平衡失衡的人生。《金剛》（*King Kong*）中菲蕊[6]飾演的角色，則是一個只知道自己「應該有個叔叔」的孤兒。

這類缺憾能為英雄招來同情，吸引觀眾和他一塊追求圓滿，觀眾討厭沒有缺憾的角色。

其他的故事中，英雄原本很完整，直到他的至交或親戚在第一幕被綁架或遭殺害，營救或復仇成為這故事的主軸。約翰．福特[7]的《搜索者》一開場，就有個妙齡女子遭到印地安人綁架，開啟了這個經典的尋人和救援故事。

有時候，英雄的家人都安在，但英雄在性格上卻有所缺憾——缺乏同情心、不能寬恕人或沒有表達愛意的能力。《第六感生死戀》的英雄，在電影一開始無法把「我愛妳」說出口。直到他走一遭死亡，最後才說出那神奇的三個字。

如果故事一開始就讓英雄做不到某些輕而易舉的小事，故事反而讓人印象更深刻。《凡夫俗子》中，年輕的英雄康拉德沒辦法吃下母親為他準備的法式土司。就象徵性的語言來說，這意味他無法接受被愛、被關懷，因為他對兄長意外身亡仍然抱著罪惡感。一直到他踏上情感的英雄旅程，透過治療再次體會生命，超脫死亡，接受愛。故事尾聲，康拉德的女友做早餐給他吃，這時他有食欲了。以象徵性的語言來說，這時他找回了人生的渴望。

悲劇性缺陷

二千四百年前的希臘悲劇理論中，亞里斯多德陳述了描寫悲劇英雄常見的過錯。他們可能有許多討人喜歡的特質，但其中必定有一種悲劇性缺陷，讓英雄無法與命運、同胞或神祇相處，最終導致了他們的覆滅。

最普遍的悲劇性缺陷，是一種稱之為bubris（意即傲慢）的傲慢或自負性格。悲劇英雄通常擁有無上能力、高人一等，但他們常自以為與神不相上下，甚至自負擁有比神更強大的能力。他們不接受任何警示，甚至公然反抗道德準則，他們自認高於眾神及凡人的戒律。這種要命的傲慢，無可避免地將會引爆復仇（nemesis）的勢力，nemesis這個字的原意是希臘神話中專司復仇的女神。她的職責就是恢復天地均衡，結局通常是導致悲劇英雄毀滅。

---

6 Fay Wray，一九三三年，影史首部金剛電影的女主角。

7 John Ford，美國導演、演員，其作品充分表現出勇敢的美國開拓精神，多次榮獲奧斯卡最佳導演獎殊榮。

所有全才的英雄都有一絲悲劇性的缺陷，這小小的弱點或毛病反倒使他更有人味，也更真實。完美無缺的英雄毫無吸引力，也很難讓觀眾感同身受。即使超人也有弱點——氪晶石會傷害他，他的目光無法穿透鉛，還有他的祕密身分經常有曝光危險——這些都讓他更像人，更有悲憫之心。

遭遇心痛的英雄

有時候，英雄看起來頗能適應環境，甚至處之泰然，但在他安之若素的外表下，卻藏著深沉的**傷痛**。每個人都有一些舊傷痛，雖然不會念茲在茲，但偶爾意識到仍覺得很受傷。被拒絕、遭背叛，或失望沮喪的個人遭遇，都和普天下所有人承受的痛苦一樣：例如孩子與母親分離時身心受創。廣義上，我們都承受與神或子宮（我們出世且死時將回歸之地）分離的苦痛。就像亞當與夏娃被逐出伊甸園，我們永遠與自己的根源分開，孤孤單單，遍體鱗傷。

作家經常利用顯而易見的外傷或深刻的內心傷痛，讓英雄更像凡夫俗子。《致命武器》（*Lethal Weapon*）的英雄（由梅爾·吉勃遜[8]飾演）讓人產生惻隱之心，因為他失去了摯愛。這種傷痛令他神經質，有自殺傾向，性情變化莫測，而且很有吸引力。你必須為筆下英雄小心處理傷痛與瘡疤所涵蓋之處，他小心謹慎、防衛心強、脆弱、容易受傷。為了防衛自己的傷處，英雄可能變得格外堅強。

電影《奇幻城市》（*The Fisher King*），從頭到尾就是講兩個男人與他們的內心傷痕。故事是以亞瑟王的聖杯傳奇故事及漁人王（Fisher King）（身體的傷痛象徵心靈上的創傷）為靈感而

英雄拒絕了心裡的歷險召喚，招致悲慘的後果。

來。這個傳奇故事告訴我們，國王因為大腿受傷，無法統治國家，也找不到人生的樂趣。國王了無生氣，在他統治之下，國家奄奄一息，只有崇高無上的聖杯擁有神奇魔力，可以讓大地重現生機。圓桌武士親自找到聖杯，恢復國王健康，並讓受創過重、幾近滅亡的國家重新臻於圓滿。榮格學派的心理學家羅伯・強森（Robert A. Johnson），在他的雄性心理學著作《他》（*He*）中，就深入探討漁人王心靈受傷的內涵。

在經典西部片《紅河谷》中，約翰・韋恩飾演的湯姆・唐森，是另一個傷痕累累的悲劇英雄。唐森早年當牧牛人時，犯下嚴重的道德錯失，他認為工作重於摯愛，努力追隨自己的理智而非感情。然而，他的抉擇導致愛人死亡，之後他內心的傷痛一直如影隨形。他強自壓抑的罪惡感，讓他變得更殘酷、專橫與武斷，幾乎讓他自己和養子萬劫不復。直到他重新接受愛，他的心病才告痊癒。

英雄的傷痛也可能看不見。人們努力保護並隱藏自己的弱點。但在完全定型的角色身上，弱點都變得顯而易見，他會易怒、自我防衛或信心過強。英雄的傷痛也許不會公開讓觀眾知道——這可能是作者和角色間的祕密。但傷痛可賦予英雄一些曾有的經歷，也更貼近現實，因為我們都有遭羞辱、被拒絕、被拋棄，甚至有失望和失敗的過往，因而心靈受創。有許多故事講的都是心靈療傷止痛的過程。

建構危機的定義

對即將參與冒險旅程、關切英雄遭遇的讀者和觀眾來說，一開始他們就了解風險何在，也就是明白英雄在冒險旅程中會得到或失去什麼？一旦英雄成功或失敗，對英雄、對整個社會與全世界會有什麼影響？

神話和童話故事是建構「危機定義」的好範本。它們經常安排險象環生的局面，清楚讓你知道那些插曲就是冒險故事的風險。也許英雄一定要經過一連串的考驗，否則就無法保住生命。電影《諸神恩仇錄》中描繪的希臘神話英雄珀爾修斯，一定得經歷嚴酷的磨難考驗，否則他摯愛的安朵美達（Andromeda）公主就會被海怪吞噬。有的故事則會讓英雄的家人陷入危局，比如《美女與野獸》中遭受威脅的父親。貝兒救父心切，願意讓自己落入險境，任由野獸擺布。除非她乖乖聽野獸的命令，否則她父親將飽受折磨，甚至沒有活路。這個賭注很大，也很清楚。

有些劇本被打回票的原因是它的風險不夠高。這類故事，英雄若沒成功，頂多只是有點尷尬，或造成些許煩擾，而讀者還會有「那又怎樣？」的想法。切記，賭注一定要夠大——像是生與死、一大筆錢或英雄的靈魂。

背景故事與解說

平凡世界是用來解說、交待**故事背景**的地方。背景故事是指某個角色所有過往和出身等相關訊息——故事一開始，交待他為何身處當下的情況。**解說**則是一種技巧，慢慢透露背景故事與其他劇情相關資訊：英雄的社會階層、教養、習慣、經歷，以及可能影響英雄的社會情勢和對立的勢力。觀眾要了解英雄與故事，就一定要知道背景故事。背景故事和解說是最難掌握的寫作技巧之一。瘸腳的解說，讓故事變得乏味；平鋪直敘的解說，讓人只注意到解說本身，反倒讓背景故事只剩下旁白功能；而單純轉達作者想讓觀眾知道的訊息，則淪為「講解員哈利」的角色。比較好的方式，是讓觀眾參與其中，讓他們隨著故事進展推敲出故事的面貌。

觀眾得依賴看到的線索，以及某個角色在極其沮喪或逃避追捕時脫口說出的解說，把背景故事拼湊出來，如此一來，他們會更有參與感。背景故事隨著故事進行漸漸披露，或被人不小心洩漏出來。但大半背景故事反倒是藉由角色「不做」或「不說」的部分彰顯出來。

8 Mel Gibson，澳洲著名男星兼導演，其他代表作品包括《衝鋒飛車隊》、《梅爾吉勃遜之英雄本色》、《受難記》等。

許多戲劇都是以一點一滴揭露令人痛苦的祕密為主題。這個令人傷痛的祕密防護罩，在抽絲剝繭中，一層一層被扯破，讓觀眾參與這個「偵探」故事，一起解開這道情感之謎。

故事主題

平凡世界是用來宣示故事主題的地方。這故事到底在講什麼？如果要以一個字或一個詞彙說明故事的精髓，那是什麼？故事的主要概念是什麼？愛？信任？背叛？虛榮？偏見？貪婪？瘋狂？野心？友誼？你想從中傳達什麼？你的主題是「愛能戰勝一切」、「不能欺騙老好人」、「團結才能求生」，還是「金錢是萬惡之源」？

Theme（主題）這個字源於希臘文，和拉丁文的**premise（前提）**意義接近。兩個字的意思都是「之前已經就緒的東西」，預先安排好、能確立未來走向的事物。故事的主題，是對人生各層面的基本看法或假設，通常在第一幕的平凡世界中就會定調，也許是某個角色不假思索說出的話，或是故事中會不斷遭遇嚴苛考驗的信念。故事真正的主題必須等到撰寫故事一陣子後才會顯現或自我宣告，觀眾遲早會察覺到它的存在。弄清楚故事的主題，完成對話、情節及布景，這是使故事合理清楚的關鍵。一個好故事，每件事都和主題脫不了關係，而平凡世界是首度陳述主要概念的最佳位置。

綠野仙蹤

我經常提到《綠野仙蹤》，這是一部許多人看過的經典好片，清晰描繪了各個階段，是典型的英雄旅程，同時也有令人驚嘆的心理深度，不僅被視為「小女孩想要回家」的童話，也可當成「某個人格希望變得圓滿」的隱喻故事。

隨著故事的開展，英雄桃樂絲有個明顯的外部問題——她的小狗托托把葛區小姐的花壇挖得亂七八糟，桃樂絲麻煩大了。她想以自己的困境博得叔叔、嬸嬸的同情，但他們忙著爲即將到來的風暴做準備。桃樂絲和神話中的英雄及傳奇人物一樣，坐立不安，悽悽惶惶，不知如何是好。

桃樂絲還有明確的內在問題。她跟這裡格格不入，她不覺得自己「在家裡」。她和童話中不圓滿的英雄一樣，她的生命有缺憾——父母雙亡。她現在還不曉得，但她即將動身去追尋她的完整：不是藉由結婚來建立理想的新家庭，而是碰上一連串代表完整與完美性格的神奇力量。

爲了預示桃樂絲與神奇力量的相逢，她面臨非常世界歷險的縮影，她努力抓穩豬舍的細欄杆，卻掉了進去。三位農場工人把她從險境中救出來，預先告訴我們：在非常世界中，相同的這三位演員將擔任何種角色。以象徵語言來說，這一幕昭告桃樂絲將遊走在互相對立的性格兩端，爲了熬過這場無可避免的衝突，她的身心終究需要幫忙。

英雄也可能沒有明顯的缺憾、缺點或傷痕。他們可能只是煩躁不安，和所處的環境或文化格格不入。他們只能勉強過活，寄情於情感或藥物等應變機制，努力適應有害的生活條件。他們自欺欺人，說一切都很好。然而，遲早會有新勢力加入這故事，讓他們明白，再也不能原地踏步。這股新的精神力，就是歷險的召喚。

旅程提問

1. 《絕地救援》（*The Martian*）、《黑天鵝》、《冰雪奇緣》（*Frozen*）、《薩利機長：哈德遜奇蹟》（*Sully*）的平凡世界是什麼？挑選一部電影、一齣舞台劇或一個故事，看看作者如何介紹英雄出場？如何揭示故事的角色？如何解說、暗示故事主題？作者是否利用某種影像預示或暗示故事接下來的走向？
2. 在你的作品中，你對筆下的英雄熟稔嗎？概略談一下英雄的生平，詳述他的經歷、外型、受教育過程、家庭背景、工作經驗、戀愛史，以及他對食物、服裝、車輛有何厭惡、偏見或偏好等。
3. 製作一個時間表，具體說明某個角色當時在做什麼，每個人生階段在哪裡度過。找出同時間世界上發生的重大事件。哪些觀念、哪件事或哪個人對你的角色有最深遠的影響？
4. 你故事中的英雄有多不完整？具體說出他的需求、欲念、目標、傷痕、幻想、願望、缺點、怪癖、遺憾、防衛心、弱點及恐懼。哪種人格特質可能會導致你筆下的英雄毀滅或垮台？哪種人格特質能夠挽救他？你的角色有遇到內在或外部的問題嗎？這位英雄有任何人都共有的需求嗎？他會努力滿足這份需求嗎？

5. 列出觀眾在故事開始時所需要知道的背景故事和解說。這些資訊是要以畫面婉轉地透漏出來，還是在英雄落跑時透過衝突揭露出來？

6. 不一樣的文化一定會產生不一樣的故事嗎？男、女需要不同的故事嗎？男性與女性的英雄旅程有何不同？

THE CALL TO ADVENTURE

第二階段：歷險的召喚

「事關冒險和名利！是一輩子最興奮的時刻……是一場明晨六點展開的漫長海上航程！」

——取自克里曼與蘿絲夫妻檔合作的劇本《金剛》

在平凡世界中，大多數英雄都處於平靜但不安的狀態。改變與成長的種子已經種下，只要一點兒新動力加持，就能讓它發芽茁壯。在神話與童話中，這股新動力以數不清的象徵方式現身，就是坎伯所稱的**歷險的召喚**。

讓故事得以走下去

很多劇本的寫作理論都強調「歷險的召喚」的重要性，不過大多數的名詞用法都不一樣，諸如「引爆點」、「刺激誘因」、「催化劑」或「刺激物」。所有理論都同意，介紹主要人物後，要有某些事件發生，故事才走得下去。

歷險的召喚可能以口信或信差的形式出現。它也許是一樁新事件，如宣戰，或一封剛送到的電報，通報罪犯獲釋出獄，會搭中午那班火車到鎮上宰了警長。還有送上書面令狀或搜索票、發出傳票，以法定程序發出歷險召喚的方式。

歷險的召喚也可能是英雄內心的動念，來自潛意識的信差告訴英雄：是改變的時刻了。有時，這些訊號會以夢境、想像或幻象的形式出現。《第三類接觸》中，尼瑞接到的召喚，便是以魔鬼塔影像不斷飄盪在他的潛意識中。預知未來或令人不安的夢境，賦予隱喻，預告情感與心靈的變革將至，幫助我們做好準備，迎接成長的新階段。

英雄或許受夠了自己。令人不快的處境日益惡化，直到壓垮駱駝的最後一根稻草出現，把他逼上歷險之路。《午夜牛郎》的喬．巴克在小餐館面對一堆永遠洗不完的鍋碗瓢盆，感受到內心愈來愈強的召喚，最後踏上冒險之旅。以更深層的意涵來說，是基本需求不斷驅策他前進，而小餐館最後一天的悲慘遭遇才是把他逼到抓狂的關鍵。

同時性

一連串的意外或巧合，也是召喚英雄展開歷險的訊息。這股神祕的力量，就是榮格著作中探討的**同時性**（synchronicity）。在講話同時，碰巧想到的概念或發生的事件，都別具意義，同時引出採取行動、做出改變的需求。不少驚悚片，如希區考克的《火車怪客》（*Strangers on a Train*），就是一樁意外讓兩個人偶然相逢，彷彿是命運的安排，讓故事繼續下去。

誘惑

歷險的召喚也許會以**誘惑**的方式登場，利用誘惑要求英雄上路，比方以充滿異國風情的海報或碰見可能的愛侶相誘。誘惑可能是閃閃發亮的金子、傳聞中的寶藏、聽起來誘人但虛空的雄心壯志。在亞瑟王傳奇的帕西法爾（Percival，另一說是Parsifal）故事中，年輕純真的英雄看見五個全副盔甲、虎虎生風的騎士，騎著馬去探險，因此接受歷險召喚。帕西法爾從沒見過這種人，動念決定追隨他們。他認為自己必須查出這五位騎士的身分，但他不知道自己很快就會成為那群人之一，這是他的命運。

預示改變來臨的使者

歷險的召喚通常由故事中展現使者原型的角色負責傳達。具備使者功用的角色也許是好人，也許是反派，也許是中立，但他總會慫恿或提議英雄面對未知的挑戰。在某些故事裡，使者同樣是英雄的導師，是個打從心底為英雄設想的明智嚮導；有些故事裡的使者是敵人，來勢洶洶地對英雄下戰帖，或引誘英雄涉險。

一開始，英雄經常分不太清楚使者面具背後到底是敵是友。許多英雄把導師用心良苦的召喚當成敵人的陷阱，或誤以為惡棍的建議是出於善意，鼓勵他踏上愉快的冒險旅程。在驚悚片和黑色喜劇中，作者常蓄意混淆召喚的真實性。陰沉的角色主動提出似是而非的建議，英雄必須盡其所能才能正確解讀。

英雄通常沒意識到平凡世界不太對勁，他們看不出這世界需要改變。也許他們還抱著駝鳥心態，只能依賴癮頭和心理的防衛機制勉強苟活。使者的職責，就是要消除英雄仰仗的支撐物，告訴英雄世界已經搖搖欲墜，必須採取行動，放膽冒險，動身踏上歷險之路，好讓世界重新興旺起來。

探勘

研究俄國民間故事的學者普羅普指出，故事在早期階段有個共通點，那就是**探勘**。壞蛋先到英雄的地盤探路，跟左鄰右舍打聽有沒有小孩住那裡，或是到處跟人打探英雄的消息。這種收集資料的舉動就是歷險的召喚，提醒觀眾和英雄，有事情正在醞釀，麻煩即將降臨。

失去判斷力與心神不寧

歷險的召喚經常會讓英雄心神不寧，失去判斷力。使者有時候會神不知鬼不覺地靠近英雄，假裝博取英雄的信任，然後變身把歷險的召喚傳達給英雄，希區考克的《美人計》就下了這一招。故事的英雄是英格麗．褒曼飾演的浪蕩女，她的父親因為擔任納粹間諜而被判刑。卡萊．葛倫以使者的角色現身，他飾演美國密探，希望尋求她的幫助，滲入納粹的間諜網。

一開始他施展魅力，喬裝成一個只喜歡飲酒作樂、愛開快車的花花公子，假裝被她迷倒，走進她的生活。但意外被發現原來他是個「條子」後，他便換上使者的面貌，把這個深具挑戰性的歷險召喚傳達給她。

英格麗．褒曼經過一夜狂歡宿醉，次日在床上醒來，卡萊．葛倫站在門邊，命她喝下一杯冒著泡泡的溴化物，好讓胃舒服點。那杯玩意很難喝，但他還是要她喝下去。它象徵歷險的新精神力，和她過去灌下的美酒相比，這飲料猶如毒藥，但對她而言，卻是苦口良藥。

在這場戲中，卡萊．葛倫斜倚在門上，他的側影活像黑天使。以英格麗．褒曼的角度來看，這使者可能是天使，也可能是魔鬼。劇情走到這裡，「達夫林」（Devlin，跟惡魔devil拼法相近）這名字頭一次出現，他的名字暗示他可能是惡人。當他走進房裡，傳達歷險的召喚，希區考克以令觀眾頭暈眼花的運鏡手法，呈現出躺在床上的英格麗．褒曼因宿醉而腦筋一片空白，卡萊．葛倫彷彿走在天花板上。就電影的象徵性語言來說，這鏡頭顯現出他的地位已經從花花公子轉換成使者，他讓英雄完全失去判斷力。卡萊．葛倫送上歷險的召喚，要她展現愛國情操，混進納粹間諜網。卡萊．葛倫傳遞召喚時，觀眾第一次清楚看見他的正面，代表召喚點悟了英格麗．褒曼的角色。

談話時，英格麗．褒曼像皇冠般的假髮突然滑落，意味著她在童話故事世界裡自欺欺人、沉溺不良嗜好的日子終究要劃下句點。觀眾同時在電影配樂中聽到遠方火車駛離鎮上的汽笛聲，暗示漫長旅程已經展開。在這段戲中，希區考克把所有象徵性的元素都派上用場，告訴我們改變的重要關鍵已然逼近。歷險的召喚令英雄不安與迷惘，但對她的成長卻是不可或缺的。

缺憾或需要

在平凡世界裡，歷險的召喚是英雄生活失去或減少的東西。電影《人類創世》（*Quest for Fire*）一開始，某石器時代部落存放在篝火籠裡的最後一絲餘火熄滅了。失去火，部落的族人開始凍死餓死。某位女子把篝火籠放在英雄面前，英雄接受了歷險的召喚，無須多說，觀眾知道有人必須展開歷險旅程，才能彌補這個重大損失。

歷險的召喚，也可能是摯愛被綁架，或失去心愛的東西，諸如健康、安全或愛。

別無選擇

某些故事的歷險召喚純粹是英雄別無選擇。所有的因應機制不再有用，其他人受夠了英雄，或是英雄走投無路，必須展開冒險才能脫身。《修女也瘋狂》中，琥碧．戈珀目睹一樁黑幫命案，她假扮成修女躲起來。她的選擇不多——假扮修女或喪命。有些英雄甚至連選擇的機會都沒有，只能「被迫」踏上歷險之路——英雄腦袋被人敲昏，醒來時已經身在浩瀚的大海上，不管他們喜不喜歡，都得乖乖上路。

對悲劇英雄的警示

倒不是所有的召喚都是傳喚英雄歷險的正面召喚，也可能是警告英雄悲劇的厄運將至。莎士比亞的《凱薩大帝》（*Julius Caesar*）中，有個角色大喊：「提防三月十五日。」《白鯨記》（*Moby Dick*）中，有個瘋瘋癲癲的老頭警告船員，他們的冒險將演變成不可收拾的災難。

不止一個召喚：等待回應的召喚

由於許多故事牽涉的層面超過一個層級，所以故事的歷險召喚可能不止一個。《紅河谷》這種情節複雜的史詩作品，就屬於這一類。由約翰．韋恩飾演的湯姆．唐森接受心的召喚，他的愛人要求：除非一起留下來，否則就帶她一起上路。唐森自己也發出另一道有形的歷險召喚：南北戰爭後，慫恿他的牛仔跟他一起參加第一場趕牛之旅。

《綠寶石》則對英雄瓊華德發出一連串歷險的召喚，她先接到在哥倫比亞被暴徒綁架的姊姊來電。原本只是個營救姊姊的簡單歷險召喚，戲中卻延伸出另一個更深層的召喚。瓊打開姊夫寄給她的信封，裡頭有一張通往「心之寶石」的寶藏地圖。「心之寶石」傳達了暗示，瓊接到召喚，即將踏上心之歷險。

綠野仙蹤

葛區小姐到來，惡狠狠地帶走托托，桃樂絲心中那股隱約不安的感受突然清晰起來。為了掌控桃樂絲的靈魂，兩股勢力衝突拉扯，專制嚴苛的陰影想要壓倒天性善良的那一面。不過，托托逃走了。桃樂絲直覺地對自己發出歷險的召喚，她聽從自己的直覺，逃離家中。收養桃樂絲的愛瑪嬸嬸斥責她。嬸嬸缺乏同情心，讓桃樂絲陷入困境。在風雲變色的氣氛下，她回應了召喚。

歷險的旅程是抉擇的過程。社會不安的情勢升高，有人自願或被選出來承擔責任。不甘願的英雄為了免除責任，被召喚了好多次。也有很多自願的英雄不用三催四請，就能回應內心的召喚，他們身先士卒，選派自己去歷險。這種熱心勇敢的英雄很少，大多數英雄都得受到刺激、勸說、哄騙、引誘或強迫才願意歷險。經過一番天人交戰，英雄想盡辦法逃過歷險的召喚，讓觀眾看得津津有味。這種掙扎是不甘願成為英雄的行徑，或者是坎伯所謂拒絕召喚的舉動。

旅程提問

1. 在《大國民》、《日正當中》、《意外》（*Three Billboards Outside Ebbing, Missouri*）、《致命的吸引力》、《瘋狂亞洲富豪》（*Crazy Rich Asians*）等片中，歷險的召喚是什麼？是誰或哪件事傳遞了歷險的召喚？傳達者是哪種原型？
2. 你接受過哪些歷險的召喚？你如何回應？你曾經傳達歷險的召喚給他人嗎？
3. 少了某種歷險的召喚，故事還能存在嗎？你想得出少了召喚的故事嗎？
4. 在你筆下的故事裡，召喚如果被擺到劇本的其他地方，會有什麼不同嗎？你能把召喚往後延多久？這麼做有必要嗎？
5. 召喚最理想的地點在哪裡？沒有這地方也可以嗎？
6. 為了避免情節太俗氣，你必須找出呈現歷險召喚的有趣方式或故弄玄虛嗎？
7. 你的故事可能需要一連串的召喚，是屬於哪種歷險？有誰會接到召喚？

REFUSAL OF THE CALL

第三階段：拒絕召喚

「瓊，妳心裡很清楚，妳不是這塊料。」

——取自黛安・湯瑪斯[1]編寫的《綠寶石》電影劇本

現在，英雄的問題是如何回應歷險的召喚。只要設身處地為英雄想想，你就會明白，這是一條艱險之路。你被要求答應去面對未知的事物，走一趟刺激又充滿危險且可能送命的冒險旅程。它未必是真正的歷險。站在恐懼的門檻，猶豫不決，甚至**拒絕召喚**（至少暫時拒絕），都情有可原。

展開旅程之前的躊躇，具有相當重要的戲劇用途，主要在告訴觀眾，這趟歷險十分危險。它不僅是愚蠢之舉，更是危險重重、代價過高的豪賭，英雄可能失去財富或生命。為了讓投身歷險的承諾成為真正的抉擇，英雄陷入長考。經過猶豫或拒絕，才願意以性命為賭注來達成目標。這個階段迫使英雄仔細檢視探索之旅，並重新考慮此行的目的。

迴避歷險

英雄一開始想閃躲，不想歷險的心態昭然若揭。即便是耶穌，被釘上十字架前夕，他在克西馬尼園[2]祈禱時也曾說：「讓這個苦杯遠離我。」他只想仔細思量是否有免於折磨的方法，是否真的必須走這趟苦行之旅。

就連最英勇的銀幕英雄有時也會遲疑，不願意接受歷險召喚，甚至乾脆拒絕。藍波、洛基和約翰·韋恩扮演的無數角色，一開始都曾拒絕眼前的歷險。他們拒絕的共同原因都是「往事不堪回首」。這些英雄過去曾參與的歷險旅程，都只是有勇無謀的鬧劇。你很難要他們再蹚一次渾水。英雄會繼續抗爭，直到戰勝拒絕召喚的念頭。有時會出現更強的動機（如友人、親戚死亡或遭到綁架），代表風險提高，或者增加英雄對歷險或榮譽感的志趣。

警探和戀人一開始可能拒絕歷險的召喚，他們想起令人傷痛的經歷。戰勝抗拒的過程精彩絕倫，他愈是堅決拒絕召喚，觀眾就愈愛看他態度軟化的過程。

藉口

英雄拒絕召喚最常見的方式，就是講一堆軟弱的藉口。他們擺明想盡辦法延後那不可避免的命運，他們會說要不是現在有其他要事纏身，他們「可能會」展開歷險。通常這都只是暫時的小障礙，最後都會因事態緊急而遭到排除。

執拗拒絕召喚導致悲劇

固執地拒絕召喚很可能引來大禍。《聖經》中，羅得（Lot）的妻子拒絕上帝要她離開索多瑪（Sodom）住家且不可回頭的命令，結果她變成了鹽柱。猶豫退縮、老活在過去、拒絕接受現實等，都是拒絕召喚的類型。

持續抗拒召喚，則是悲劇英雄的特色之一。電影《紅河谷》一開頭，湯姆．唐森拒絕心的召喚，劫數開始找上他。他繼續抗拒要他敞開胸懷的召喚，差點就成了悲劇英雄。直到他在第三幕接受了召喚，才得到救贖，甩掉悲劇英雄的命運。

互相衝突的召喚

事實上，唐森同時面臨了兩個歷險的召喚。心的召喚來自愛侶，但他回應的是他男性自我的召喚。這個召喚告訴他，要拿出男子漢氣概，單槍匹馬出去闖。在歷險的不同階段，英雄可能得在兩個互有抵觸的召喚中做出抉擇。拒絕召喚，就是闡明英雄抉擇的艱難。

---

1 Diane Thomas。

2 Garden of Gethsemane，位於耶路撒冷城外，耶穌在被出賣遭逮捕前，曾率門徒在這裡祈禱。

明智的拒絕召喚

拒絕召喚通常是英雄經歷的負面時刻，在危機重重的當下，歷險可能迷失方向，甚至沒辦法順利展開。然而在某些特例中，拒絕召喚對英雄來說是明智且正面的舉動。當召喚引誘惡魔上門或招致災難，英雄會聰明的拒絕。大野狼在門外滔滔不絕，但三隻小豬還是明智決定不要開門。在《捉神弄鬼》（*Death Becomes Her*）中，布魯斯．威利[3]飾演的角色接到好幾次的強力召喚，要他飲下魔水，便可永生不死。儘管伊莎貝拉．羅塞里妮[4]不斷慫恿他，令他幾乎無法招架，他還是拒絕召喚，解救了自己的靈魂。

藝術家英雄

如果英雄是藝術家，拒絕召喚也可能有正面意義。作家、詩人、畫家、音樂家都會遇上難以抉擇、相互矛盾的召喚。這些人一定得進入社會才能找到藝術作品的題材，但有時也得遠離塵世、離群索居才能完成真正的作品。就像故事裡的諸多英雄一樣，在接收到互有抵觸的召喚時——一個來自外在世界，另一個發自內心，藝術家一定要做出選擇或妥協。為了回應召喚，表達自己的想法，藝術家可能得拒絕坎伯所稱的來自「阿諛世界」的召喚。

當你準備展開偉大歷險，平凡世界會略知一二，同時牽絆住你，唱出最悅耳的歌曲，就像海妖賽倫想要以歌聲引誘奧德修斯和船員撞上岩石島。開始工作之際，有數不清的事分散你的注意力，想讓你走偏。奧德修斯被迫以蠟堵住船員們的耳朵，才沒有被賽倫勾人的歌聲所誘，撞上岩石島。

但奧德修斯一開始卻要船員把他綁在桅桿上，如此一來，他得以聽見賽倫的歌聲，但不會把船隻駛入險境。有時藝術家就像把自己綁在桅桿上的奧德修斯，他們的感官深刻體驗到生命之歌，但為了藝術，他們甘於被綁在船上。為了藝術創作這個更遠大的召喚，拒絕了俗世的召喚。

自願挺身而出的英雄

儘管許多英雄在這個階段對召喚恐懼、遲疑或拒絕，但有些人卻毫不猶豫，沒有表現出一絲恐懼。這些人是**自願挺身而出的英雄**，他們接受，甚至主動尋找歷險的召喚。相較於「受苦犧牲的英雄」，普羅普稱其為「探尋者」。即使在自願挺身而出的英雄故事中，拒絕召喚象徵的恐懼與疑慮還是有其功能性。有些角色會害怕，他們會警告英雄與觀眾，前方路途上可能會有什麼壞事發生。

---

3 Bruce Willis，以《終極警探》奠定動作巨星的地位，作品尚有《第五元素》、《靈異第六感》、《黑色追緝令》等。

4 Isabella Rossellini，一九八〇年代紅極一時的廣告模特兒與演員，著名電影作品包括《飛越蘇聯》等。她的母親就是赫赫有名的英格麗・褒曼。

像《與狼共舞》（*Dances with Wolves*）中的鄧巴這類自願挺身而出的英雄，也許已把生死的恐懼置之度外。電影一開始，他就探尋過死亡，他駕著馬，不要命地疾馳到叛軍的步槍隊前，但神奇地死裡逃生。他沒有半點猶豫或抗拒，自願踏上西部歷險之旅。透過其他角色的拒絕召喚，將大草原的危險與環境的惡劣都清楚展現在觀眾眼前。瘋狂、可憐兮兮的陸軍軍官，隨便對鄧巴下了一道「命令」，讓所有人看見鄧巴可能的下場。邊界的情勢既陌生又充滿了考驗，可能把人逼瘋。這位軍官無法接受真實的世界，遁入否定和幻想中，他開槍射殺自己，拒絕前往邊界的召喚。

另一個展現拒絕召喚的角色，是全身髒污、護送鄧巴前往廢棄崗哨的馬車駕駛。他流露出對印地安人和大草原的恐懼，希望鄧巴拒絕接受召喚，拋下冒險的念頭，回到文明世界。這位駕駛最後遭印地安人殘殺，預告鄧巴另一個可能的下場。儘管英雄本人並未拒絕召喚，但歷險的危險已單純地透過另一個角色生動表現出來，眾人皆知。

門檻守衛

戰勝恐懼、承擔歷險重任的英雄，仍會遭遇強大人物的試煉，他們高舉恐懼、疑慮的大旗，質疑英雄加入歷險的價值。他們就是門檻守衛，在歷險開始前，甚至就擋住英雄的去路。

在《綠寶石》中，瓊華德接受召喚，為了在哥倫比亞的姊姊，她同意踏上歷險。但恐懼，也就是拒絕召喚的必經之路，在她與經紀人的一場戲中發揮出來。女經紀人是製造恐懼的門檻守衛。她難搞、尖酸刻薄，刻意強調可能碰上的危險，勸告瓊打消念頭，不要前往。她像念咒女巫般，宣稱瓊不是當英雄的料，甚至連瓊都同意她的話，但因為姊姊的安危，她決意出馬歷險。儘管瓊沒有拒絕召喚，但觀眾清楚知道其中的恐懼、疑慮和危險。

瓊的經紀人一角，說明了某個角色可能互換面具，展現不止一種原型。她一開始是瓊的導師和朋友，是瓊工作上及跟男人打交道時的盟友。但這位導師搖身一變，成了凶狠的門檻守衛，嚴厲警告、阻擋英雄展開歷險的路。她就像過度保護子女的家長，不准女兒從錯誤中學習。此時，她的功用就是測試英雄歷險的決心。

這個角色的另一個功能，就是代替觀眾提出重要的問題。瓊能否勇於面對這趟歷險，並且平安歸來？這個疑問，遠比知道英雄能否妥善應付所有狀況還更有趣。這類問題營造了懸疑氣氛，觀眾七上八下地看著英雄一步步往前邁進。拒絕召喚通常有喚起疑慮的效果。

一般很少看見導師更換面具，以門檻守衛的形象出現。有些導師會引導英雄深入歷險；有些會阻擋英雄去路，不讓他跨入社會不允許的歷險旅程——如違法、輕率或危險的道路。這類導師／門檻守衛變身為社會或文化的化身，警告英雄千萬不要跨出正常領域。在《比佛利山超級警探》中，艾迪．墨菲在底特律警局的老闆阻礙他前進，命他不要碰那件案子，畫了一條規定艾迪．墨菲不可跨越的線。當然，艾迪．墨菲馬上就踩線了。

祕密之門

英雄一定會違反導師或門檻守衛設下的界限——我們稱之為「祕密之門法則」（Law of the Secret Door）。《美女與野獸》的貝兒被允許在野獸家中自由走動，但有一扇門絕對不可以進去。觀眾知道，她在某個時間點一定會打開那扇門。如果有人告訴潘朵拉，千萬不可打開那個盒子，這時她一定會偷瞄一眼，否則她永遠不會罷休。如果有人告訴賽姬，永遠不能看情人丘比特的臉，但她就是會想盡辦法看他一眼。這些故事都象徵人類的好奇心，一種想知道所有隱密之事與祕密的強烈意圖。

綠野仙蹤

桃樂絲從家中逃走，搭上驚奇教授的篷車。驚奇教授這位智叟，在這裡的用意是站在門檻，阻擋她踏上危險之旅。此時，桃樂絲是個自願挺身而出的英雄，驚奇教授的功用則是向觀眾陳述旅途的艱險。他使出一丁點魔力，成功說服她回家。至少，他目前說服她拒絕召喚。

但實際上，驚奇教授對她發出了回家的召喚，要她與自己的女性特質和平共存，重拾對愛瑪嬸嬸的愛，要面對而不是逃離自己的感情。

儘管桃樂絲暫時回頭，但是強大的力量在她生命中轉動。她發現龍捲風的可怕威力，把她摯愛的人和盟友都吹落地底，再也找不到了，龍捲風象徵她心中翻攪的感情。沒有人聽見她的呼喊，她孤身一人，只剩象徵本能的小狗托托陪在身邊。就像許多英雄一樣，她發現一旦踏上旅程，就再也回不到過去了。拒絕召喚終究沒有意義。她必須破釜沉舟，承擔踏上英雄之路第一步的所有後果。

桃樂絲躲進一座空屋裡。空屋是「過去人格結構」常用的夢境象徵。但那股由自己掀起、令她頭昏眼花的改變力量猛烈襲向她，沒有任何建築物能保護她抵禦這可怕的力量。

拒絕召喚也許是個微妙的時刻，從接到召喚到接受召喚，說不定只用一兩個字就可交代過去（好幾個階段的旅程常常放在同一個場景裡，民俗學者稱之為「異文融合」〔conflation〕）。在整段旅程中，拒絕召喚也許只是靠近起點的一小步，也許一路走來的每個階段英雄都會碰上，這一切完全視英雄的性格而定。

拒絕召喚，或許是重新修正歷險重點的機會。好玩或只想逃避不愉快情境而展開的歷險之旅，都會被推動、刺激，成為更深層的心靈歷險。

到達門檻的英雄遲疑不決，體驗到恐懼，甚至讓觀眾看出前方艱鉅的挑戰。但最終英雄都會在智者的庇護或具魔力的禮物幫助下戰勝恐懼，或把畏懼拋諸腦後。這些助力都象徵下個階段：遇上導師。

旅程提問

1. 在《麻雀變鳳凰》、《進擊的鼓手》（*Whiplash*）、《賽道狂人》（*Ford v Ferrari*）、《火箭人》（*Rocketman*）等電影中，英雄如何拒絕召喚？拒絕召喚或不情願接受召喚，是每個故事、每位英雄都必經的階段嗎？
2. 你筆下的英雄害怕什麼？是假恐懼或疑心病？哪些是真正的恐懼？如何表達出來？
3. 他們以什麼方式拒絕歷險的召喚？拒絕的後果如何？
4. 如果主角是自願挺身而出的英雄，有沒有任何角色或力量能讓觀眾明白眼前的險境？
5. 你是否曾拒絕歷險的召喚？如果接受召喚，你的人生會有何不同？
6. 你是否曾接受自己原本想要拒絕的歷險召喚？

MEETING WITH THE MENTOR

第四階段：遇上導師

「她（雅典娜）幾可亂眞地呈現門托的外觀，成功地掩人耳目……」

——取自荷馬史詩《奧德賽》

有時，拒絕歷險的召喚，做好準備再應付前方的「未知地帶」，並非壞事。在神話與民間故事中，這類「準備」都和智者、提供保護的人物等所謂**導師**息息相關，他們保護、引導、教導、試驗、訓練英雄，並提供具魔力的禮物給英雄。在針對俄國民間故事的研究中，普羅普把這類角色稱為「捐贈者」或「提供者」，它確切的功能就是提供英雄在旅途中所需的東西。在英雄旅程中，英雄在遇上導師這個階段，必須獲得克服恐懼所需要的支援、知識及信心，並向前邁進。

英雄與導師

各種類型的電影和故事都會詳述英雄與導師兩種原型之間的關係。

《小子難纏》（*Karate Kid*）系列、《春風不化雨》（*The Prime of Miss Jean Brodie*）、《為人師表》（*Stand and Deliver*）講的都是導師教導學生的故事。在《紅河谷》、《凡夫俗子》、《星際大戰》、《油炸綠番茄》（*Fried Green Tomatoes*）等數不清的電影中，都顯示了導師在英雄面臨生命的關鍵時刻所展現的重要力量。

智慧之源

即使沒有任何角色表現出導師原型的功能，英雄在挺身邁向歷險之前，還是會跟智慧之源有所聯繫。他們也許會向有經驗的前輩請教，也許會自我省思，找尋過去歷險得來的寶貴教訓。無論採取哪一種方式，他們都知道要按圖索驥去尋找該地區的資料、圖表和航海日誌。對旅人來說，邁向艱鉅、容易喪失判斷力的英雄之路前，停下腳步檢視搜尋到的資訊，的確是明智之舉。

對作者而言，遇上導師是個充滿衝突、困惑、幽默與悲劇的階段。這個階段以英雄與導師（或某種參謀）的情感為基礎，眼見上一代把智慧與經驗傳承下去，觀眾似乎樂在其中。每個人一生中，都有與導師或偶像建立關係的經驗。

民間故事和神話中的導師

在民間故事中，鉅細靡遺地描述了英雄和身懷魔法的守護者碰面的情節，在旅途中贈送禮物，並指引英雄。我們看過幫助鞋匠的小精靈，在俄國童話中幫助、保護小女孩的動物，收容白雪公主的七矮人，或是會講話、幫助可憐的主子贏得江山的長靴貓。他們協助並引導英雄，是導師這種強力原型的投射。

神話中的英雄，向所在世界裡的巫師、術士、巫醫、妖精和神祇尋求建議與幫助。荷馬史詩中的英雄，受到守護神與女神的神力指引。有些英雄由介於神與人之間的高人（如半人半馬的怪物）撫養長大，身懷魔法，並接受導師的訓練。

喀戎：導師的原始版

希臘神話中，許多英雄都受教於半人馬的怪物——喀戎（Chiron），他就是所有智叟與明察秋毫老嫗的原型。喀戎是頭半人半馬的怪物，卻是海克力士、阿克特翁[1]、阿基里斯[2]、佩琉斯[3]等希臘英雄及古代醫神阿斯克勒庇俄斯（Aesculapius）的養父兼老師。透過喀戎，希臘人保存了許多導師的概念。

半人馬怪物向來凶殘、粗野難馴。喀戎則與眾不同，他內心平靜，但骨子裡仍有馬的野性。他與披著動物外皮、希望體驗動物本能的巫醫有所關連。喀戎天生具有野蠻的精神力和直覺力，

1 Actaeon，希臘神話中的獵人。
2 Achilles，希臘神話中刀槍不入的勇士，唯一弱點就是腳後跟。
3 Peleus，希臘神話的角色，阿基里斯之父。

他被馴服後，把能力運用在教學相長上。他和巫醫一樣，是人類與大自然和宇宙無上力量之間的橋梁。故事中的導師展現出直達天聽或與其他心靈世界相通的本事。

扮演導師的喀戎，耐心教導英雄射箭、詩詞及外科手術等技能，帶領他們通過成年的門檻，但他付出的代價並不一定都能得到回報。他遭到有暴力傾向的學生海克力士以毒箭刺傷，痛苦的喀戎乞求天神原諒徒弟的錯。最後喀戎英勇地犧牲自己，為了把普羅米修斯[4]救出陰曹地府，他自願墮入地獄中，因而榮獲希臘人的最高榮譽。宙斯把他列入星座與黃道十二宮之一——也就是射手座（拉弓的半人馬獸）。由此看得出希臘人對教師與導師的高度尊重。

門托之其人其事

「導師」一詞源自史詩《奧德賽》中的同名角色「門托」（Mentor）。門托是奧德修斯忠貞的朋友，在奧德修斯打完特洛伊戰爭返家的漫長旅程中，受託撫養奧德修斯的兒子特勒馬科斯。門托把這名字送給所有的指導者和教員，但其實是希臘智慧女神雅典娜暗中相助，把導師原型的精神力注入故事裡。

這位「目光湛藍閃爍的女神」，非常迷戀奧德修斯，希望他能平安返家。她非常照顧他的兒子特勒馬科斯。她發現特勒馬科斯的故事，在《奧德賽》開場（平凡世界）時沒什麼進展——因為特勒馬科斯的家遭到傲慢地糾纏其母親的年輕求婚者占領，雅典娜決定現出人形解決這個僵局。導師原型的重要功能，就是讓故事繼續走下去。

一開始，她假扮成一個名為門提斯的遊俠，對特勒馬科斯提出一番激動人心的建言，要他勇敢面對那群求婚者，並尋找他父親（歷險的召喚）。特勒馬科斯接受這項艱鉅任務，但那群求婚者卻嘲笑他，他灰心喪氣，想放棄任務（拒絕召喚）。故事再次停滯不前，雅典娜扮成特勒馬科斯的老師門托，想要解開僵局。這次她反覆灌輸勇氣給他，幫他找來船和船員。儘管我們把有智慧的參謀和指導者稱為導師，但在後頭出力的其實是雅典娜女神。

雅典娜絕對具備了導師原型的特質。如果以本來面目現身，就算最堅強的英雄恐怕也會嚇得屁滾尿流。透過其他短暫擁有如神般心靈的人，眾神方能和凡人對話。具有啟發力的老師或導師對教導**充滿熱情**。很棒的是，這種精神能感染給學生或觀眾。

門提斯或門托等名字，以及我們常用的「思考的」（mental）這個字，都是由希臘文menos（意指心靈）而來的，這個字的用法靈活，可以當成意圖、影響力、目的、思考、心靈或紀念。故事中的導師，一舉一動都惦念著英雄，他會因此隨時改變想法或修正意圖。即使導師送出禮物，仍會堅定英雄的心智，以信心迎接一切磨難。Menos，另一個含意就是勇氣。

避免讓導師落入窠臼

觀眾對導師原型非常熟悉。他們看過成千上萬個故事，智叟或明察秋毫老媼的行為、態度及功能，早就人盡皆知，作者很容易落入這類角色的窠臼，讓人產生刻板印象——他們都是慈愛的

4 Prometheus，希臘神話人物，擅長騙術，曾智勝宙斯。

神仙教母，或是戴著高帽、留著白鬍子的巫師。為了防止這種事發生，必須讓作品保持新鮮感，一定不能拘泥於原型。必須破壞原型，讓他們的舉止反常，故意挪掉導師，看看結果如何。少了導師，反倒為英雄創造出別具一格的有趣情節。但你必須明白這種原型的存在性，還有觀眾對它的熟悉度。

錯誤引導

有時觀眾並不會太介意被導師（或任何角色）誤導。現實生活中充斥著意外，許多人最後變得跟剛認識時完全不同。導師的面具可以欺騙英雄，讓他作奸犯科，淪為歹人，像《孤雛淚》[5]的費金，招募一群小男孩當扒手。導師的面具，也可能讓英雄渾然不覺地為惡人效勞，涉入危機重重的歷險中，例如《諜海密碼戰》的葛里哥萊・畢克遭到冒牌智叟欺騙，幫助了一群間諜。你可以讓觀眾以為他們眼前所見的是個傳統、仁慈、樂於助人的導師，接著再揭露他的真實身分，讓大家知道角色並不如他們所想的。利用觀眾的期待與臆測心理，讓他們大吃一驚。

導師與英雄間的衝突

如果英雄不知感恩，甚至有暴力傾向，導師與英雄間的關係可能會出人命或釀成悲劇。儘管海克力士被譽為無人匹敵的英雄，但他卻有傷害導師的可怕傾向。他除了射傷喀戎，令導師痛不欲生之外，還曾經因為音樂課上遭受挫折，拿起世上第一把七弦豎琴，往音樂老師萊卡斯

（Lycus）頭上砸下去。

有時，導師會變成惡棍或背叛英雄。電影《勇闖雷霆峰》（*The Eiger Sanction*）中，親切厚道的導師（喬治．甘迺迪[6]飾演），出人意外地攻擊英雄學生（克林．伊斯威特飾演），甚至還想殺他。在北歐神話中，矮人雷金一開始是巨龍殺手西格德的導師，熱心幫助英雄修補破損的劍。然而這位好幫手最後居然背叛他。西格德宰掉巨龍後，雷金密謀殺了西格德，並把寶藏據為己有。

精靈小矮人（Rumpelstiltskin）一開始本來是童話故事中的導師，女英雄的父親吹牛說女兒可以把稻草紡成黃金，他幫助她實現了承諾，但他要求的報酬太高——他要她的孩子。這些故事教導我們，不是所有的導師都值得信賴，質疑導師的動機很正常，這是區分善惡建言的方法。

有時，導師會令景仰他們的英雄大失所望。電影《史密斯遊美京》中，詹姆斯．史都華得知恩師兼偶像（由克勞德．雷恩斯[7]飾演）的高貴參議員，跟其他國會議員一樣貪贓枉法又懦弱。

導師和雙親一樣都捨不得放手交出職責。過度保護的導師，可能會引來悲慘遭遇。小說《特里比》[8]中的斯班加利，就是令人害怕的恩師寫照，他對學生過度著迷，最後親手毀了兩人。

---

5 *Oliver Twist*，英國文豪狄更斯的作品。

6 George Kennedy，作品有《謎中謎》、《鐵窗喋血》等，曾獲奧斯卡最佳男配角獎。

7 Claude Rains，代表作有《北非諜影》、《史密斯遊美京》、《美人計》。

8 *Trilby*，是十九世紀著名恐怖小說，Svengali是個能以邪術控制女主角的音樂高手。這個故事也成為一九一一年小說《歌劇魅影》的靈感來源。

繞著導師轉的故事

有時整個故事都繞著導師展開。小說《萬世師表》（*Goodbye, Mr. Chips*）與改編的同名電影，都在講教學的故事。奇普[9]老師是好幾千個男孩的恩師，也是這系列導師故事的英雄。

電影《巴巴羅薩》（*Barbarossa*）以高明、趣味盎然的手法，貫穿全片的師徒關係。故事主軸是西部傳奇的亡命之徒（威利．尼爾森[10]飾演）訓練鄉下男孩（蓋瑞．巴希[11]飾演）。電影結束時，年輕人學成出師，他將取代巴巴羅薩，成為氣蓋山河的新一代民間英雄。

成長的英雄變身導師

經驗豐富足以教導他人的英雄也被視為導師。在英雄之路上走過好幾回，學到傳承下去的知識與技巧。塔羅牌圖樣的進程，顯現出英雄變成導師的過程。英雄一開始是個傻瓜，透過每個階段的歷險來提升能力，變成魔術師、勇士、信差、征服者、愛人、小偷、統治者、隱士等。最後英雄成為教皇（Hierophant），也就是奇蹟締造者、導師，以及其他人的引導者，他的見識來自多次在英雄之旅的生還經驗。

重大影響力

在英雄前進的道路上，大半是在接受教導、訓練與試煉，在整個歷程中，這只是短暫的階段。在許多電影與故事中，明察秋毫的老嫗或智叟對英雄產生影響力，儘管導師只是短暫亮相，卻能讓故事突破懷疑和恐懼等障礙。在故事中，導師可能只出現兩三次。好女巫葛琳達在《綠野仙蹤》只亮相三次：第一次是送給桃樂絲紅鞋，以及一條讓她繼續往下走的黃色小徑（黃磚路）；第二次是出面介入，以白雪覆蓋誘人睡覺的罌粟花；第三次是應允桃樂絲的要求，讓她在紅鞋的幫助下回家。這三次出現的用意，都是藉由提供幫助、建言或有魔力的器材，讓故事不至於陷入膠著的狀況。

導師以多變的神奇面貌頻頻出現，對作者來說，導師非常實用。他們反應出英雄必須從某人或某件事學會人生課題的真理。無論以某個人、某個傳統或道德準則的身分出現，在所有故事中，這個原型都會出現，以禮物、鼓勵、指引或智慧，讓故事繼續走下去。

綠野仙蹤

桃樂絲和許多英雄一樣，遇上好幾位不同形貌的導師。她幾乎從碰見的每個人身上都學到東西，那些讓她學習成長的角色都算是導師。

9 Chips（洋芋片）是故事主角奇賓老師（Chipping）的暱稱。

10 Willie Nelson，著名演員兼歌手，是美國鄉村音樂的代表人物之一。

11 Gary Busey，電影、舞台劇演員，作品有《銀色子彈》、《兵人》等。

驚奇教授這位導師提醒她，她是受人寵愛的，他送她去追尋「家」，這個字眼的意義，不單只是位於堪薩斯的農舍。桃樂絲必須學會以靈魂體會家的滋味，回頭面對自己的問題，朝向目標的其中一個階段。

但是龍捲風將她拋至奧茲國，桃樂絲在那裡遇到了好女巫葛琳達——新土地上的新導師。葛琳達教導她奧茲國陌生的規則，送給她有魔力的紅寶石鞋，並指點她走上黃磚路——亦即英雄的黃金大道。她提供桃樂絲一個正面的女性典範，以平衡壞女巫的負面典範。

桃樂絲在途中遇見了三位神奇人物，就是稻草人、錫樵夫和會講話的獅子，他們不但是盟友，也是教會她了解大腦、心和勇氣的導師。他們都是建立她自身人格時必須融會吸收的陽剛精神力。

巫師本人就是導師，他賦予她新的歷險召喚，交給她一個不可能達成的艱困任務——去取女巫的掃帚。他硬逼著桃樂絲面對自己的最大恐懼——也就是女巫不懷好意的女性精神力。

從某種方面來看，小狗托托也是導師。憑本能行事，是她的直覺，引導她一步步深入歷險，並且退出歷險。

對作者來說，導師原型的概念用處很多。除了扮演推動故事進展的助力，提供英雄旅程上所需的動力或器具外，導師也可以搞笑，或與英雄建立深厚的關係。有些故事不需要展現這種原型的特定角色，但幾乎每個故事中都會有某些角色暫時戴上導師的面具，對英雄拔刀相助。

作家腸枯思竭、寫不下去時，他們和英雄一樣，也會尋求導師協助。他們可能向寫作老師請益，或從偉大作家的作品中尋找啟發。他們也許會探究內心，從自己（也就是創作的泉源）身上尋找真正的靈感來源。導師給的忠告也許只是簡單的三言兩語：深呼吸、堅持下去、你做得很好，但在內心的某處，你卻因此而有能力應付任何狀況。

切記，作家也算是讀者的導師，他們到其他世界走過一遭，是帶回故事療癒人民的巫醫。作家就和導師一樣，傳授故事，付出經驗、熱情、觀察與熱忱。作家猶如導師和巫醫，提出隱喻，讓人們有所依歸——對作家來說，這是他們最寶貴的禮物和最重大的責任。

在英雄旅程的下一個階段：第一道門檻，通常是導師原型帶領英雄戰勝恐懼，並送他邁向歷險。

旅程提問

1. 《沉默的羔羊》、《王者之聲：宣戰時刻》（*The King's Speech*）、《一個巨星的誕生》（*A Star Is Born*）、《飢餓遊戲》（*The Hunger Games*）等電影中，導師是誰（或什麼事物）？
2. 舉出三齣長壽電視影集，戲中有導師嗎？這些角色有何作用？
3. 你的故事裡，有具備所有特徵的導師角色嗎？
4. 如果故事裡沒有導師的角色，設計一個這樣的角色對故事有幫助嗎？

5. 你筆下的故事中，找得到哪些導師的用途？你的英雄需要導師嗎？
6. 你的英雄有沒有內在的倫理規範或行為模式？你的英雄有良知嗎？他的良知如何展現？
7. 印第安納・瓊斯系列的《法櫃奇兵》和《魔宮傳奇》兩部影片，描繪出一個表面上沒有導師的英雄。他從沿途遇見的人們身上學習，但故事裡沒有設計一個特定的導師角色。到了這系列的第三部電影《聖戰奇兵》（*Indiana Jones and the Last Crusade*），由史恩・康納萊[12]飾演的英雄老爸卻出現了。這個新角色是導師嗎？父母都是導師嗎？你的雙親是嗎？在你的故事中，英雄對導師抱持何等態度？

12 Sean Connery，蘇格蘭影星，以飾演詹姆士・龐德聞名，曾獲奧斯卡獎、金球獎多項榮譽肯定。

CROSSING THE FIRST THRESHOLD

第五階段：跨越第一道門檻

「順著黃磚路走就對了。」

——取自蘭利、蕾森與沃夫[1]合作的《綠野仙蹤》劇本

英雄現在佇立在歷險世界的入口，是第二幕非常世界的起點。英雄聽見了召喚，雖然曾經表現出內心的恐懼與疑慮，之後心境卻平靜下來，如今所有準備已經完成。真正採取行動的開始，是第一幕最關鍵的一步，目前仍然沒有跨越。**跨越第一道門檻**是意志的展現，代表英雄願意上路歷險。

向門檻前進

基本上，英雄不會因為接受導師贈與的禮物和忠告便踏上歷險征途。英雄通常得受到緊張刺激的外力影響，才會做出最終承諾，故事因此需要改變其進程或強度。在傳統的三幕式電影結構

中，這樣的過程相當於「轉折點」或「轉捩點」。惡棍可能會殺害、威脅或綁架英雄親近的人，讓英雄無法遲疑。惡劣的天候可能迫使船隻出海，或加速英雄必須在最後期限前達到目標。英雄也許別無選擇，或面臨艱難的抉擇。有些英雄被「拐」去參加歷險，或被逼得無路可退，別無他法之際，才投入歷險。電影《末路狂花》（*Thelma & Louise*）中，路易絲一時衝動，殺了騷擾瑟瑪的男人，這是促使這對好朋友跨過第一個門檻的關鍵舉動，她們進入新世界，躲避法律追緝。

被逼上絕路的另一個例子，就是希區考克的作品《北西北》。在廣告圈工作的索恩希爾被錯認為大膽的密探，他在整個第一幕都拚命拒絕歷險的召喚，直到命案發生，他才投入歷險旅程。他曾在聯合國大廈質問的某個男子，在眾目睽睽下遭到殺害，所有人都認為是他的預謀。他真的成了「罪犯」，躲避警察，躲避格殺勿論的敵方密探。這樁命案是第一道門檻的外來事件，將他推向風險更高的非常世界。

內在事件也可能促使英雄跨過第一道門檻。英雄來到抉擇的重大關鍵，即使命在旦夕，卻面臨決定「依照本來的樣子度過時光，還是以擁有的一切作賭注，追求更大的成長和改變？」在《凡夫俗子》中，少年英雄康拉德日漸沉淪的人生，迫使他做出抉擇，儘管恐懼仍舊存在，但他還是會見治療師，探索哥哥死亡所帶來的創傷。

外來與內在事件的互相抉擇，通常促使故事推向第二幕。《比佛利山超級警探》的佛里，看見童年玩伴慘遭暴徒槍決，因此決定找出幕後黑手。但他還是稍有遲疑才克服了心理抗拒，完全投入歷險。在短短一場戲中，上司警告他不要碰觸這件案子，觀眾看見英雄心中的決定，不理老闆的任何警告，不計代價都要進入非常世界。

門檻守衛

當你靠近門檻，可能會碰上企圖阻擋的生物，就是所謂的門檻守衛，是一種威力強大、好用的原型。門檻守衛可以突然出現在任何一個時間點來測試英雄，而他們較常聚集之處是在出入口、門口和門檻前的狹窄通道。佛里在底特律警局的隊長，嚴禁他參與命案調查，這個角色就是門檻守衛。

門檻守衛是英雄訓練的一部分。在希臘神話中，有三顆頭的惡犬喀爾柏洛斯（Cerberus）負責看守冥界大門，眾家英雄必須想盡辦法闖過牠的利嘴。引導死者穿過冥河的猙獰船伕卡隆（Charon），是另一個門檻守衛，為了過關勢必得給他一點好處。

此時，英雄必須採取的策略是想出通關的辦法或直接硬闖。眼前的威脅通常只是個幻影，只要不予理會或抱持信心就能闖過。有些門檻守衛必須盡力對付，或是將他們不懷好意的精神力完全反擊回去。竅門是理解那些看似阻礙的東西，也許是攀過門檻的方法。表面上是敵人的門檻守衛，也許會成為有用的盟友。

有時候，第一道門檻的守衛單純只是想獲得認可。那是個難以穿越的重要位置，直接闖過地盤十分失禮，等同沒意識到守衛的威力和看守關卡的地位。這就好比我們必須拿小費給門房，或付錢給戲院的帶位員。

1 Noel Langley、Florence Ryerson、Edgar Allan Woolf。

有時候，這個階段只是昭告已經到達兩個世界的邊界，必須抱持絕對信心，進入未知的領域，否則無法真正展開歷險。

跨越

數不清的電影以實體的藩籬來描繪兩個世界的邊界，如門、閘口、拱門、橋梁、沙漠、峽谷、圍牆、懸崖、海洋或河流。許多西部片中，門檻以河流或國界代替。西部冒險片《古廟戰笳聲》的第一幕結尾，英雄需要躍過高聳的峭壁，才能躲過一群狂熱的殺戮分子。靠著這跳躍，躍入未知世界，跨越門檻，代表他們打算全心全意去探索第二幕的非常世界。

舊電影的第一幕轉到第二幕之間，經常以短暫的淡出手法來表現：銀幕瞬間變暗，意味時光轉換或地點改變。淡出手法相當於戲院拉下簾幕的功用——為了讓工作人員變換布景及道具。舞台創造新場景和電影表現時光消逝，彼此之間的效果是相同的。

現今藉由剪接技術，剪掉第一與第二幕間的轉折是件平常的事。觀眾仍能體會跨越門檻的重要轉變。一首歌、一段音樂或視覺上的強烈對比，都能標示箇中的轉變。故事必須繼續進行。進入新的地形或建築物，代表世界變換。在《紅粉聯盟》中，相較於過去她們在鄉下球場打球的強烈對比，女性進入大聯盟棒球場就是跨越門檻。

實際的跨越門檻也許只是某個時刻，或在故事中延續一段時間。在《阿拉伯的勞倫斯》（*Lawrence of Arabia*）中，勞倫斯在穿過「the Sun's Anvil」（險惡的阿拉伯沙漠）時遭遇的嚴酷考驗，就是經過精心安排的橋段，讓後面情節得以順利接續。

英雄必須鼓足勇氣才能穿越難關，就像塔羅牌的愚者牌——一腳踩在斷崖邊，隨時都會往下墜入未知世界。

這種不尋常的勇氣稱為**信心之躍**。如同自飛機一躍而下，是種無可挽回的舉動。現在完全沒有回頭的機會了。有信心才能放心往下跳，這是一種相信的念力，相信可以平安著陸。

艱困著陸

英雄不可能總是優雅著陸，也可能在其他世界墜毀，但並非真的墜毀，而是比喻。初次接觸後，粉碎對非常世界的浪漫幻想，無堅不摧的信心可能演變成信心危機。受傷害的英雄振作起來：「這就是一切嗎？」通往非常世界的道路很可能讓人筋疲力盡、充滿挫折，甚至令人迷惘。

綠野仙蹤

大自然無可比擬的力量，把桃樂絲猛力拋過第一道門檻。她想要回家，龍捲風卻把她送往非常世界，她將在那裡學會「家」的真正含意。桃樂絲姓蓋爾（Gale，即強風之意），是個雙關語，剛好和風暴連結在一塊。以象徵性語言呈現她內心翻騰的情緒，引發了這場龍捲風。她對家原本的概念，也就是那幢農舍，遭到龍捲風猛地吹翻，飛到遙遠的地方，全新的人格結構將在那裡重新打造。

當她穿過過渡區，桃樂絲看見熟悉又陌生的景象。牛在空中飛來飛去，人們在風暴中划船，騎著單車的葛區小姐變成邪惡的女巫，桃樂絲頓失所依，除了她的直覺——小狗托托。

農舍墜落地面。桃樂絲爬出來，她發現眼前是個與堪薩斯迥然不同的世界，到處都是童話故事中的矮男人和矮女人。導師不可思議地出現了，透明泡泡中的好女巫葛琳達飄了過來。她開始教導桃樂絲這片陌生土地的怪事，並告訴桃樂絲她的家墜毀了，壞女巫被房子壓住送命。桃樂絲對家的概念被連根拔起，舊人格全盤毀滅。

好女巫葛琳達送她一份導師的禮物——一雙紅寶石鞋，以及追尋的新方向。爲了返家，桃樂絲必須先和巫師見面，也就是說，要探討她內心世界的大我。葛琳達指引她前往一條特定的小徑（黃磚路），並送她到另一個門檻。葛琳達很清楚，桃樂絲在達到最終目標之前，一定會結交新朋友，遇上敵人，並接受考驗。

第一道門檻是個轉捩點，發生在歷險展開後的第一幕結尾。依照迪士尼的隱喻，故事像一趟飛機航程，第一幕是裝載貨物、加油、滑行，然後在跑道上轟隆發動，準備起飛。第一道門檻是機輪離地，飛機開始飛行的那一刻。如果沒搭過飛機，必須花點兒時間調適身體在空中的滋味。英雄旅程的下個段落：試煉、盟友、敵人，就是描述這段調適的過程。

旅程提問

1. 《與狼共舞》、《梅爾吉勃遜之英雄本色》（*Braveheart*）、《自由之心》（*12 Years a Slave*）、《美國狙擊手》（*American Sniper*）等電影的第一道門檻是什麼？觀眾如何知道是否跨入另一個世界？這些故事的精神力有何不同？
2. 你的英雄是否欣然投入歷險？他的心態是否對跨越門檻有所影響？
3. 門檻是否有守護者？英雄在懷抱信心、縱身一躍時，是否遭遇更多困境？
4. 英雄如何對付門檻守衛？從穿過門檻學習到什麼？
5. 你生命中的門檻是什麼？如何經歷這一切？你當時清楚自己正穿越門檻，進入非常世界嗎？
6. 藉著穿越門檻，英雄放棄了哪些選擇？這些沒有用到的選項，之後是否會回頭干擾英雄？

TESTS, ALLIES, ENEMIES

第六階段：試煉、盟友、敵人

「你瞧，你有三四個好夥伴，幹麼不創立一個自己的幫派，沒有人會比你們更厲害。」

——出自法斯科《少壯屠龍陣》[1]劇本

現在，英雄完全進入神祕刺激的非常世界，坎伯稱之為「無法捉摸的好奇心、一片模糊的夢境，他必須經過重重考驗」。對英雄而言，這是一段新奇，甚至駭人的經歷。無論進入學校多少次，新世界的他再次成為新鮮人。

對比

觀眾對非常世界的第一印象，必須和平凡世界形成鮮明對比。艾迪·墨菲在《比佛利山超級警探》中，第一次看到的非常世界，相較於他在底特律的平凡世界，簡直是天差地遠。即使故事從頭到尾英雄都在同一個地方，但是碰到情感這一塊，他還是會有所波動與變化。非常世界（即使只是語意上也算）讓人有不同的感受、不同的律動、不同的輕重緩急與價值觀，以及不同的規則。在電影《岳父大人》（*Father of the Bride*）或《誰來晚餐》（*Guess Who's Coming to Dinner*）中，雖然沒有實體的門檻，但絕對有新的狀況發生，這是跨入非常世界時不可缺少的。

當潛艇下潛，篷車隊駛離聖路易，或「企業號太空船」離開地球時，眼前的情勢和生存法則全然改變。狀況愈險惡，犯錯的代價愈高。

試煉

進入非常世界後的適應期，最重要的作用是**試煉**。作者利用這段期間測試英雄，讓他接受諸多考驗與挑戰，以便為了更嚴苛的未來做好準備。

坎伯以賽姬的故事來描繪這個階段，在重獲失去的摯愛丘比特（厄洛斯）[2]之前，經歷一連串猶如神話故事中才會遇到的試煉。在探討女性心理學的著作《她》（*She*）中，作者羅伯・強森曾精闢地解讀這個故事。丘比特善妒的母親維納斯，交給賽姬三個艱難的任務。這時幫助賽姬通過考驗的是她在途中仁慈對待的生物。她結交了盟友。

第二幕一開始的考驗就是艱困的障礙，但不像之後的考驗那樣攸關生死。如果把歷險轉換為大學的學習歷程，第一幕就是一連串的入學考試，第二幕的試煉階段則是好幾道隨堂測驗，用意在於增強英雄特定領域的技能，為更艱難的期中考與期末考做準備。

試煉可能是導師給英雄的延續訓練。有些導師會跟著英雄歷險，藉以指導英雄應付往後的重要階段。

試煉也可能建構在非常世界的建築或景致裡。這類世界通常被惡人或陰影掌控，這些人在自己的領域周遭設下陷阱、障礙物或檢查哨。英雄可能落入圈套，或誤觸陰影的防禦警報。如何應付陷阱，是英雄試煉的一部分。

盟友與敵人

這個階段的另一個作用是結交盟友或樹立敵人。剛到非常世界的英雄，花費一點時間了解哪些提供幫助的人能夠信賴、哪些人不可深入交往，其實是很正常的。這同時也是試煉的一部分，檢視英雄擇選的眼光是否正確。

盟友

走入試煉階段的英雄，想找尋資訊。走出這個階段，可能會交到幾個朋友或盟友。在《原野奇俠》中，槍手尚恩（亞倫．賴德飾演）及農夫（范．哈夫林飾演）[3]的關係起初並不融洽，他

---

1 *Young Guns*，描述西部少年大盜比利小子的生平事蹟。

2 Eros，丘比特等於是希臘神話中的厄洛斯。

3 Alan Ladd和Van Heflin，後者拿過奧斯卡最佳男配角獎。

倆因為一起經歷酒吧大混戰的考驗，反倒凝聚了真正的友誼。《與狼共舞》的鄧巴穿過門檻，進去邊界的非常世界時，逐漸與印地安人「踢鳥」（葛拉罕・葛林[4]飾演）及他命名為「雙襪」的狼結為盟友。

同夥

西部故事喜歡以英雄與**夥伴**的交情作為題材，夥伴總是在英雄身邊駕著馬，陪著英雄一起歷險。蒙面奇俠有印地安人通托、蘇洛有僕人伯納多相伴、西斯可小子[5]有龐邱。在神話與文學中都找得到英雄與同夥的搭檔狀況：福爾摩斯與華生大夫、唐吉訶德和桑丘潘薩、哈爾王子跟浮士塔法、蘇美英雄吉爾伽美什及瘋瘋癲癲的夥伴恩基都。

這些英雄的親密盟友可以協助英雄，也能在旁搞笑逗人開心。華特・布瑞南、嘉比・海斯（Gabby Hayes）、奈特（Fuzzy Knight）和皮肯斯（Slim Pickens）等個性演員，經常演出這類**搞笑盟友**，為英勇、嚴肅卻缺乏幽默感的英雄提供笑料。這類介於導師與搗蛋鬼的角色，有時襄助英雄，扮演良知，有時會犯下好笑的錯誤或引來禍害。

團隊

試煉階段提供英雄組成團隊的機會。許多故事都描寫一個團隊內擁有身懷絕技或不同特質的隊員，共同支持一個或多個英雄。第二幕的開端，提到召募團隊或讓團隊有機會擬定計畫，演練艱困的行動。以二次世界大戰為背景的冒險電影《決死突擊隊》（*The Dirty Dozen*）及《第三集中營》（*The Great Escape*），故事在進入主軸前，先交代英雄與目標一致的團隊建立關係的過程。在試煉階段，英雄必須先和對手較量，以掌控團隊。試煉階段都會描述團員些許的優缺點。

如果是愛情故事，試煉階段可能就是第一次約會，或建立關係時的共同體驗。如《安妮霍爾》[6]中，伍迪・艾倫與黛安・基頓的那場網球賽。

敵人

在這個階段，英雄也可能與討厭的仇家為敵。也許是碰上陰影或他的手下。英雄在非常世界現身，可能暗指陰影出場，進而引發一連串的險惡事端。《星際大戰》的小酒館橋段，鋪陳英雄與壞蛋赫特族賈霸的衝突，雙方爭端在《星際大戰五部曲：帝國大反擊》（*Star Wars Episode V : The Empire Strikes Back*）中更是達到高潮。

敵人包括故事中的惡人、反派人物及其手下。敵人會展現陰影、搗蛋鬼、門檻守衛的特性，有時也是使者的原型。

---

4 Graham Greene，以《與狼共舞》一片獲奧斯卡最佳男配角提名。

5 Cisco Kid，一九五〇年代著名同名影集的主角，是個墨西哥英雄。

6 *Annie Hall*，一九七八年囊括奧斯卡最佳影片、導演、女主角和編劇等大獎。

競爭對手

競爭對手是敵人的特殊類型，是英雄在情場、運動場、商場和其他事業的競爭對象。競爭對手通常不會殺掉英雄，只是單純想在競爭中打敗英雄。電影《大地英豪》（*The Last of the Mohicans*）中，海沃少校是英雄納坦尼爾．波的對手，他們倆都愛上女子柯拉。《今夜你寂寞嗎》（*Honeymoon in Vegas*）的情節，則圍繞著倒楣的英雄（尼可拉斯．凱吉[7]）與賭桌上競爭者（詹姆斯．肯恩[8]）之間的對峙。

新規矩

英雄和觀眾必須快速了解非常世界的新規矩。桃樂絲踏上奧茲國的土地，當好女巫葛琳達問道：「妳是好女巫還是壞女巫？」時，桃樂絲當下一頭霧水。桃樂絲位於堪薩斯的平凡世界只有壞女巫，但奧茲國的非常世界則有好女巫，她們不是坐在掃把上飛行，而是坐在粉紅泡泡裡。能否適應非常世界的新規矩，也是英雄的另一項試煉。

這個階段的西部故事，則穿插人們進入鎮上或酒吧。《殺無赦》中，在警長的地盤裡，其他人不可帶槍。英雄因為這個限制招來衝突。英雄走進酒吧，發現這個小鎮分裂成兩派：畜牧者對抗農人、厄普家族對抗克蘭頓家族、賞金獵人對抗警長。在這個如同壓力鍋的酒吧，人們彼此打量，選擇自己的立場，準備分出勝負。《星際大戰》中的酒吧借用西部片經常看到的影像，把酒館當成刺探消息、下戰書、結盟及學習新規矩的地方。

小水坑

為何有這麼多英雄在這個階段行經酒吧和酒館？答案就在英雄旅程的狩獵隱喻中。離開平凡世界的村落或巢穴時，獵人經常直接前往小水坑尋找獵物。有時候，肉食動物會循著獵物前往水坑喝水所留下的泥濘足跡，因此水坑是個意料中的獵物聚集地點，同時也是觀察與收集資料的絕佳地點。我們把住家附近的酒館和雞尾酒吧稱為「在地小水坑」（local watering holes），並不是亂取的。

跨越第一道門檻可能十分漫長、寂寥乏味。恢復體力、聽八卦、交朋友、跟敵人槓上，酒吧都是當然之選。酒吧同時也可以觀察肩負壓力的人們，因為這時人們會流露出真正的性情。尚恩在酒吧大戰中穩住陣腳，說服農夫成為盟友，勇敢對抗仗勢欺人的牧牛人。在《星際大戰》緊張的酒吧衝突中，天行者路克看見歐比王肯諾比散發靈性力量，還有韓索羅船長執意「獨善其身」的精神。酒吧是非常世界的縮影。《奪命判官》（*The Life and Times of Judge Roy Bean*）中的酒館，是所有人的必經之地。電影《北非諜影》是根據舞台劇《大家都去瑞克的小酒館》[9]改編的，這個標題清楚說明了一切。

---

7 Nicolas Cage，曾以《遠離賭城》贏得奧斯卡影帝。

8 James Caan，以《教父》一片勇奪奧斯卡最佳男配角。

9 *Everybody Comes to Rick's*，瑞克就是《北非諜影》的男主角。

酒吧也是演奏音樂、調情賣俏、賭博等活動的好地點。故事發展到了這個階段，無論是否有酒吧，都是藉由安插配樂引出非常世界基調的好時機。而夜店的戲可以安排英雄心儀的對象登場，像動畫片《威探闖通關》（*Who Framed Roger Rabbit ?*），便在此時此地安插了傑西卡兔感性的失戀悲歌。音樂還能夠呈現非常世界的二元性，《北非諜影》在這個階段以音樂競賽來表現雙方對立的情況，法國愛國者唱的是國歌〈馬賽曲〉，納粹唱則是德國國歌〈德意志之歌〉。

歷險行經的偏僻村鎮，也許只有酒吧或類似的場所，是唯一撩撥性慾的地方。人們在酒吧調情、談情說愛或賣淫。英雄在酒吧與某人偶然相逢，藉以打探消息、結交盟友或尋找戀人。

賭博跟酒吧也很速配，靠運氣取勝的賭博遊戲是試煉階段的當然情節。英雄向神明請示，看看自己是否受到幸運之神的眷顧。他們想熟習命運之輪，運氣成為哄騙他們的方法。經過一場賭博，運氣流失，風險更高。古印度聖典《摩訶婆羅多》（*The Mahabharata*）中，兩組兄弟搭檔賭博時，有人以不正當手段操弄賭局（幫人作弊），引發激烈的家族內鬥。

綠野仙蹤

當然，在旅途的這個階段，不是所有英雄都會上酒吧。像桃樂絲就是在黃磚路上遭逢試煉、盟友和敵人。桃樂絲和賽姬或其他童話故事的英雄一樣，她非常聰明，知道應該敞開心胸面對盟友所提出的要求，並予以尊重。她從柱子上救下稻草人，教他走路，贏得稻草人忠心相待。她同時得知敵人邪惡女巫一路跟蹤她，準備伺機攻擊她。壞女巫控制幾株性情乖張的蘋果樹，讓它們變成桃樂絲與稻草人的敵人。稻草人智取這些樹，證明他在團隊中的價值。他辱罵那些樹，這些樹紛紛砸下蘋果反擊，稻草人和桃樂絲便把蘋果撿起來吃。

桃樂絲幫錫樵夫在關節上抹油，憐憫地傾聽他述說自己沒有心的悲慘故事，贏來另一位盟友的愛。女巫再度現身，展露敵意地對桃樂絲和她的盟友投擲火球。

爲了保護小狗托托，桃樂絲挺身面對來勢洶洶的膽小獅，膽小獅本來可能是敵人或門檻守衛，最後卻成爲盟友。

戰線拉長了。桃樂絲學會非常世界的規矩，通過試煉。有了盟友的保護，提高警覺地對付已經公開表態的敵人，她即將前往力量之源：奧茲國。

試煉、盟友、敵人的這個階段，對「互相認識」很有用處，角色在某些場景中熟悉彼此，觀眾對他們也有更深的認識。這個階段讓英雄累積實力與資訊，準備進入下一個階段：進逼洞穴最深處。

旅程提問

1. 《悲慘世界》（*Les Misérables*）、《哈比人》（*The Hobbit*）、《侏羅紀公園》（*Jurassic Park*）、《水底情深》的試煉是什麼？為何英雄要經歷試煉期？第二幕開始後，為什麼不直接進入主要事件？
2. 你筆下故事的非常世界與平凡世界有何不同？如何加大兩者之間的對比？
3. 你的英雄是以何種方式經歷試煉？在何時結交盟友或樹立敵人？請記住，沒有所謂的「正確」方式。結交盟友能夠將故事的需求引導至故事的走向。
4. 是否有「沒有盟友」的獨行俠英雄？
5. 你的英雄是單一角色，還是一個團隊（像是部隊、船員、家族或幫派等群體）？類似《早餐俱樂部》[10]或《大寒》[11]的團體，何時會變得更有凝聚力？
6. 面對非常世界的奇特規矩與不熟悉的人們時，你的英雄如何反應？

10 *The Breakfast Club*，一九八〇年代經典青少年電影。

11 *The Big Chill*，描述一群大學同學，在畢業多年後，參加摯友喪禮的互動的故事。

APPROACH TO THE INMOST CAVE

第七階段：進逼洞穴最深處

膽小獅：我只希望各位多做一件事。
錫樵夫與稻草人：做啥？
膽小獅：勸我改變主意！

——取自《綠野仙蹤》

適應非常世界的英雄，現在要繼續朝向非常世界的深處走去。在英雄的旅途中，他們穿過邊界和核心的交界地帶。途中發現另一片神祕區域，那裡也有門檻守衛、議題和試煉。這就是**進逼洞穴最深處**，英雄很快就會面臨極端的驚異和恐懼。為了歷險的考驗磨難做最後準備，這時的英雄就像攀上基地的登山高手，通過試煉，即將攻頂。

進逼的用意

現代故事寫作中，某些特殊的活動自然會歸入「進逼洞穴最深處」。當英雄接近非常世界深處的堡壘入口，他們必須找時間擬訂計畫、偵察敵人、將團體重組或縮編、強化或武裝自己。攀過堡壘頂端，進入無人之境之前，先抽根菸，大笑三聲。學生為期中考苦讀，獵人則一路追蹤獵物到藏匿的地方。電影中因應重頭戲的來臨，冒險者會先來場愛情戲。

求愛

進逼可以是精心安排的求愛老梗。愛情也許在此展開，在遇上磨難前，英雄與愛人先緊密牽繫在一起。在《北西北》中，卡萊．葛倫為了逃離警察與敵方間諜，搭火車遇見一位美麗的女子（伊娃．瑪莉亞．桑特[1]飾演）。他不知道那名女子為邪惡間諜組織工作，奉派色誘他，讓他落入圈套。但她的美人計卻適得其反，她發現自己愛上他。經過這場感情戲，她成了盟友。

大膽進逼

有的英雄會大膽直闖城堡大門，要求進入。信心十足、意志堅定的英雄就會採取這種進逼手段。《比佛利山超級警探》的佛里，在進逼階段多次闖入敵人的派出所，他一路騙過門檻守衛，炫耀自己的意圖，激怒敵人。《古廟戰茄聲》的卡萊．葛倫，大搖大擺地衝進敵人的洞穴最深處（祕密刺客組織），引吭高唱英國飲酒歌。他勇猛進逼的舉動，並非出於自大，而是為朋友甘卡丁爭取時間，讓甘卡丁可以趁機召集英軍。這個角色的英勇行動是為了幫助團體脫身，卻替自己引來殺身之禍。

《殺無赦》中，克林．伊斯威特的角色所採取的行動一點也不自負，反倒有點無知。在暴風雨中，策馬奔入小鎮的洞穴最深處，卻沒看到禁止攜帶武器的標誌。他因此遭受磨難，被警長（金．哈克曼[2]飾演）痛毆一頓，差點沒命。

準備迎接考驗磨難

進逼的階段可能是進一步偵察、收集情報的時機，或是整理行裝、武裝自己，準備迎接考驗磨難的時刻。槍手檢查自己的武器，鬥牛士仔細穿戴行頭。

綠野仙蹤

《綠野仙蹤》具備完整的進逼階段，我們將以此為例，描繪這個階段的各種作用。

1 Eva Marie Saint，曾以《碼頭風雲》榮獲奧斯卡最佳女配角獎。

2 Gene Hackman，曾以《霹靂神探》奪得奧斯卡影帝，再以《殺無赦》得到最佳男配角。

障礙

桃樂絲在試煉階段結交了幾個盟友，他們離開奧茲國邊界的森林，一眼就看見夢中那燦爛奪目的翡翠城。他們開心地朝翡翠城靠近，在到達目標之前，卻面臨一連串障礙與挑戰，但也讓他們結為緊密的團體，並得以因應未來生死交關的困境。

留意幻象

一開始，在邪惡女巫以魔法栽種的罌粟園裡，他們全都昏睡過去。感謝好女巫葛琳達以大雪覆蓋土地，才恢復知覺。

〔**訊息**〕此處要傳達給英雄的訊息十分清楚——不要被幻象或香氣引誘，保持警戒，行進中別睡著。

門檻守衛

桃樂絲和朋友們抵達翡翠城，被一個粗魯的哨兵擋住去路，這個人是完美的門檻守衛角色（長得像第一幕的驚奇教授）。他是個尖酸刻薄的人物，活脫脫是個誇大版的官僚化身，只知道強制執行愚蠢、無意義的法令。桃樂絲說明自己的身分，說她就是躲在屋子裡把邪惡東方女巫壓死的人，她有紅寶石鞋可以為證。她的舉動讓哨兵肅然起敬，馬上准許通關：「嗯，那是顏色不一樣的另一匹馬[3]！」

〔訊息〕過去旅途中的經驗也許是英雄前往新領域的方法。別浪費它們，過去遭遇的挑戰只會讓人更堅強，更了解當前局勢。因為走了這麼遠，才使人尊重我們。

官僚不知所云的諷刺提醒我們，有些英雄可以不花任何代價、不遵守規矩就平安過關，但英雄也可能必須付入場費，或像桃樂絲一樣，得找出方法繞道而行。

另一個非常世界

桃樂絲和夥伴們進入仙境翡翠城，所有東西都是綠色，除了一匹拖著馬車的馬。這匹有名的「顏色不同馬」，每看牠一眼就會變色。駕車的馬夫看起來也很像驚奇教授。

〔訊息〕你進入另一個小型的非常世界，這裡施行不同的規矩和價值。你可能會碰上好幾個類似的小世界，它們層層疊疊、環環相扣，猶如中國盒子，有好幾層保護權力核心的外殼。那匹五顏六色的馬是一個訊號，預告即將來臨的變化。有幾個角色的細微處看起來很像，或是同樣的人卻扮演好幾個角色，這是在提醒我們，目前身處夢中世界，由比喻、聯想和轉換等力量所掌控。一人分飾多角的驚奇教授，暗示著某種威力強大的思維方式正在奧茲國作祟。若真如此，代

3 a horse of a different color，意思是指「那是兩碼子事」，但這裡是代表門檻守衛不知所云的回答。

表桃樂絲的夢境受到教授的強力支配。驚奇教授變成了桃樂絲的阿尼瑪斯，也是她對成年男性精神力的心理投射。她父親過世或不存在，而農場周遭的男性角色都太懦弱，包括亨利叔叔和三個工人。她一直尋找父親的可能形象，所以把驚奇教授的父親形象投射在她所見到的所有權威人物上。對桃樂絲而言，好女巫葛琳達是養母或正面形象的阿尼瑪，驚奇教授的所有分身都是她的養父。

完成準備

在翡翠城的美容院和機械工廠裡，桃樂絲和朋友們梳妝打扮，吃飽喝足，準備去見奧茲國的巫師。

〔**訊息**〕英雄知道苦難即將來臨，所以明智地讓自己看起來好整以暇，就像勇士擦亮和磨尖武器、大考來臨的學生做最後衝刺。

警告

我們的英雄現在信心滿滿，高聲歌頌古老快樂的奧茲國有多麼快活。此時，女巫呼嘯地飛越翡翠城，用掃帚在空中寫下：「投降吧，桃樂絲！」人們嚇得紛紛走避，留下獨自站在巫師門外的英雄。

〔**訊息**〕對英雄來說，抱持平穩的心情和態度進入重頭戲是件好事，因為她的信心已經被謙虛和危險來臨的意識給消融了。無論奧茲國的慶祝儀式多麼狂熱，掃興的女巫出現，讓慶典的歡樂氣氛消失殆盡。女巫嚴重地打亂桃樂絲的心情，除非果斷地面對，否則所有歡樂時光將被毀滅。孤立的英雄司空見慣，例如《日正當中》裡的賈利．古柏，努力想獲得懦弱鎮民的支持。當情勢愈見困難，英雄將會發現，能同甘無法共苦的夥伴將會一個個離去。

另一個門檻

英雄敲了巫師的門，另一個哨兵伸出頭來應門，他長得跟驚奇教授一模一樣，舉止很粗魯。他下令「不管是誰都不可以」進門跟巫師見面。得知來者是「女巫的桃樂絲」後，才願意通報巫師。膽小獅在進門時說：「但願我是森林之王……」內心的抱負展露無遺。

〔**訊息**〕這段經歷可能會不斷被拿出來用。英雄遭遇障礙延誤旅程時，會與共同參加歷險的夥伴分享，理解彼此的希望與夢想。

對守衛動之以情

哨兵回來通報，巫師要他們：「滾蛋。」桃樂絲和夥伴們傷心地哭了。他們的願望無法實現，桃樂絲永遠回不了家。哀傷的故事讓哨兵熱淚盈眶，於是讓他們進門。

〔**訊息**〕有時候，過去的經歷沒辦法幫你通關，動之以情也許能擊垮門檻守衛的心防。建立人類的感情連結也是個關鍵。

難以通過的考驗

英雄通過了另一個門檻，成為朋友的哨兵帶著他們進入奧茲的御座廳。奧茲本人是電影裡最讓人不寒而慄的人物——一個腦袋其大無比的老頭子，周圍被雷電和火焰環繞。他能應允你的願望，卻跟童話故事裡的國王一樣，吝於付出自己的能力。他硬是要求別人必須通過困難的考驗，希望對方知難而退，不要來煩他。他交給桃樂絲和夥伴們一個根本做不到的任務：拿到邪惡女巫的掃帚。

〔**訊息**〕直搗陌生領域，拿到戰利品，順利走人，這件事似乎很吸引人。奧茲的恐怖模樣提醒我們，英雄要挑戰的是強大、不會有相同夢想和目標的現狀。那種現狀或許早已深植內心，在面臨重要的磨難前，必須先戰勝這個現狀。強大駭人的奧茲與驚奇教授是負面的阿尼瑪斯，是桃樂絲心目中父親形象的黑暗面。桃樂絲一定要先解決她對雄性精神力的困惑，才能對抗自己深層的女性本質。

這裡指的現狀，也許是不願放棄權力的長輩或統治者，或是不願承認孩子長大的家長。巫師就像個焦慮的老爸，老抱怨晚輩、打斷他們的談話或要求過多。歷險繼續進行前，必須好好處理這種憤怒的父輩勢力。考試一定要全部及格，才能贏得雙親的贊同。有時候，父母要求兒女達到難以完成的任務，才能贏得他們的愛與接納；有時候，你甚至無法討他們的歡心；有時候，遭逢危機時求助的對象反倒會把你推開，你必須自己面對這關鍵的時刻。

巫醫的地盤

英雄為了抵達邪惡女巫的城堡，經過城堡附近地區。他們在這裡遇上更多門檻守衛，他們都是女巫的僕役，是一群令人毛骨悚然的飛猴。飛猴綁架桃樂絲，揚長而去，她的夥伴們則被海扁一頓，大卸八塊。錫樵夫被打凹，稻草人遭到五花大綁。

〔訊息〕當英雄進逼洞穴最深處，他知道自己進入巫醫地盤，處於生死之間。飛猴拆解稻草人的身體，四處亂丟，使人聯想到被挑選為巫醫時會出現的幻覺與夢境——即將成為巫醫者，通常會夢見遭到聖靈支解，重組後以新巫醫的身分出現。桃樂絲被飛猴帶走，是巫醫前往其他世界時才會發生的事。

新出現的障礙

遭到猴子大軍攻擊後，受驚嚇的英雄意志消沉，不知如何是好。錫樵夫和膽小獅把稻草人散落的四肢重新組裝起來。

〔訊息〕在逼近終極目標時，英雄會遭到令人沮喪的阻礙。在戲劇或小說中，這類厄運被稱為「錯綜複雜的糾葛」。儘管看似讓人一敗塗地，卻是考驗我們前進的決心。厄運讓人重新振作，以更有效的方式繼續在陌生的領域行進。

更高的風險

桃樂絲現在被困在城堡裡。女巫變身成葛區小姐，將小狗托托塞進籃子，準備丟進河裡，她威脅桃樂絲把紅寶石鞋交出來。桃樂絲同意交出寶物，當女巫準備接過鞋子，卻被好女巫葛琳達的護身魔咒震倒。女巫因此明白，只要桃樂絲活著，她就得不到鞋子。所以她將沙漏設定好時間，讓如乾血般的紅沙快速流動。等到沙粒流光，桃樂絲就會死。

〔訊息〕進逼階段的另一個用意，就是提高風險，讓團隊再次投入任務。作者必須提醒觀眾，注意故事中「滴答作響的時鐘」或「定時炸彈」。一定要特別強調攸關生死的緊急議題。

被扔在籃子裡的小狗托托是一種反覆出現的象徵，代表被女巫葛區小姐的負面阿尼瑪扼殺的直覺。桃樂絲直覺面的恐懼不斷抽光她的創造力和信心，但又不斷出現，就像籃子裡的托托。

紅寶石鞋是深刻的夢境象徵，代表桃樂絲能夠在奧茲國走動的法寶，也代表她的身分。這雙鞋是導師所贈的可靠禮物：你會知道，自己是獨一無二的，而且擁有堅強的心，不會受到外在狀況的影響。這雙鞋如同阿里阿德涅的繩索，在特修斯與米諾陶洛斯故事中，它連繫著正面、親愛的阿尼瑪，帶領你穿越最黑暗的迷宮。

重整團隊

托托從籃子（跟第一幕一樣）中逃脫，跑出城堡，和還在修補稻草人的三個朋友會合。托托帶領大夥走向門禁森嚴的城堡，夥伴卻沒有信心救出桃樂絲。她的三位盟友肩負讓歷險繼續前進的責任，但是這地方很可怕，沒有慈愛巫師與女巫救援。這三個夥伴本來像丑角，現在卻必須變成英雄。

〔訊息〕托托再度扮演桃樂絲的直覺，召喚盟友，利用之前學習的經驗救出她。進逼的這個階段是重整團隊的良機：提升其他成員的地位，把活的、死的、受傷的夥伴分開，各自指派特殊任務。每個角色各自承擔新的職責，他們也必須更換原型的面貌。

失去行動自由的桃樂絲，在此也轉換了原型的面具，從英雄變為無助的受害者。三個夥伴換了面具，從搞笑的丑角或盟友暫時變為衝鋒的厲害英雄。觀眾也許會發現，每個角色的設定被顛覆了，他們在前進的壓力下，被灌注了令人驚喜的新特質。

英雄失去護身魔力的協助，被迫面對某些事。讓人聯想到神話故事裡的英雄，孤身前往冥界執行眾神指派的任務。他們自行長途跋涉，前往眾神不敢進入的陰曹地府。我們也許可以向醫生、治療師、朋友或顧問討教，然而有些領域卻是導師無法幫忙的，必須依靠自己。

強大防禦工事

稻草人、膽小獅和錫樵夫躡手躡腳地前進，觀察洞穴深處的門檻（也就是邪惡女巫城堡的吊橋），這裡有一群長相凶惡的門檻守衛，他們戴著熊皮帽和手套，又吼又唱著難聽的進行曲。

〔訊息〕英雄早料到壞蛋的總部會有野獸般殘暴的人把守。被封住的城堡入口和吊橋，像一張血盆大口和舌頭，象徵令人恐懼的精密防禦工事。相較於保護女巫負面阿尼瑪的力量，巫師的衛士和宮殿討喜多了。

此時，英雄是誰？

這三個不甘不願的英雄評估了局勢。膽小獅想落跑，稻草人有個計畫，但需要獅子帶領。這樣的安排很合理，因為獅子的外表最嚇人，獅子卻還是希望他們打消主意。

〔訊息〕進逼是重新修正團隊、表達疑慮、互相鼓舞的時刻。團員要確認大家對目標有共識，確定所有人都適得其所。這個階段的團體可能像海盜或竊賊，為了爭領導權，發生激烈內鬥。

不過，膽小獅想盡辦法逃避責任的樣子很滑稽，點出進逼階段的另一個用意，那就是搞笑。這也許是歷險過程中最後一次放鬆心情的機會，因為等到至高磨難的階段來臨，情勢只會更加險惡。

以對手的觀點思考

三位英雄接近入口，為了繼續前進，想盡辦法擬出計畫。三個哨兵攻擊他們，經過一番激戰，三位英雄穿著哨兵的制服，戴上敵人的熊皮帽，混入城堡。他們靠著偽裝混進那群浩浩蕩蕩的哨兵中，大搖大擺走進城堡。

〔訊息〕英雄在這裡運用「披上門檻守衛外衣」的方法，像平原印地安人披上水牛皮，以接近獵物。英雄們套上敵人的行頭，混進其間，這就是所謂的入境隨俗。這個進逼的觀點教導我們，面對阻撓前進的人，必須以他們的觀點思考。如果我們能夠理解他們或產生同理心，將更容易闖過關卡，汲取對方的精神力。我們可以把他們的攻擊轉換為披上對方外衣的契機。當英雄靠近敵人洞穴最深處，他們也可以藉由變裝隱藏真實的意圖。

硬闖

三位英雄現在拋棄偽裝，朝向監禁桃樂絲的房間走去。錫樵夫用他的斧頭劈開門。

〔**訊息**〕有時必須動用蠻力，突破洞穴最深處的最後一道防線。一心採取激烈舉動，必定可以克服英雄心裡的抗拒和恐懼。

無路可逃

救出桃樂絲後，四人組又團圓了。他們現在最關心的是如何逃離，但是出路已經被守衛堵住。

〔**訊息**〕無論英雄怎麼努力躲開災難，出口遲早會被封鎖，他們一定得面對生死交關的局面。進逼洞穴最深處階段已經完成，而桃樂絲和夥伴們就像是被圍困的老鼠。

在面臨所有至高磨難之前，進逼階段進入最後的準備工作。它通常會引領英雄進入敵對勢力的大本營及防備森嚴的總部。在旅程中學到的教訓，還有結交到的盟友，都會幫助英雄。新的見解會接受考驗，最後障礙將被克服，至高磨難也在此展開。

旅程提問

1. 坎伯說，神話中的英雄跨過第一道門檻後，會通過「鯨魚之腹」。他引用若干文化中描述的故事，談及英雄遭到大型怪獸吞噬。在《末路狂花》、《殺無赦》、《我叫多麥特》（*Dolemite Is My Name*）和《馴龍高手》（*How to Train Your Dragon*）等電影的第二幕中，如何解釋英雄身處「鯨魚之腹」？
2. 坎伯曾描述神話中重大磨難的概念與舉動：「與女神相會」、「狐狸精女人」、「向父親贖罪」。在進逼洞穴最深處時，這些概念扮演什麼角色？
3. 你的故事中，在進入非常世界並碰上重大危機時，發生了什麼事件？哪些特定的準備工作會導致危機？
4. 衝突愈來愈強，遭遇的障礙會更加麻煩或更加有趣嗎？
5. 你的英雄在這個階段會想要回頭，還是全心投入歷險？
6. 在面對外來挑戰時，如何讓英雄同時遇上心魔糾纏和自我防衛？
7. 你的故事中，是否有英雄進逼敵人洞穴最深處或總部的階段？或是在情感上碰到類似的遭遇？

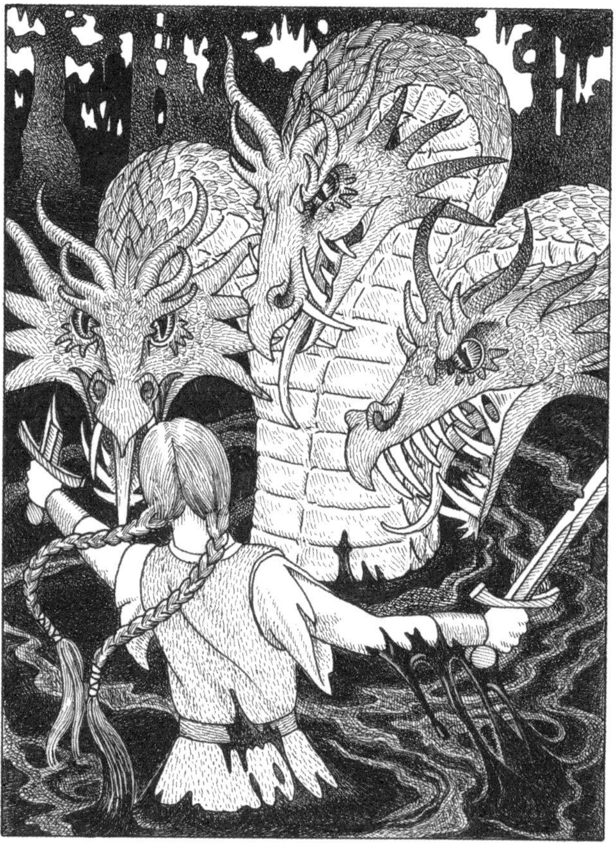

THE ORDEAL

第八階段：考驗磨難

龐德：金手指，你到底要我怎樣？
金手指：問這麼多幹麼，龐德先生，我要你死。

——出自梅班與鄧恩[1]的《金手指》劇本

現在，英雄就站在洞穴最深、最偏遠的房間，面對最嚴峻的挑戰與最可怕的對手。這是真正的核心所在，坎伯稱之為**最真實的恐懼**（ordeal），它是英雄結構的主要動力，也是它神奇力量的關鍵。

死亡與重生

考驗磨難的其中奧妙就是：**英雄一定得死，才能重生**。觀眾最津津樂道的戲劇性莫過於死亡與重生。在每個故事中，英雄多多少少會面臨死亡或類似的經歷——莫大的恐懼、事業失敗、斷絕關係或過去的人格滅亡。英雄大多都能奇蹟似地死裡逃生，真正（或象徵性）重生，逃過一死。

史匹柏電影中的外星人在觀眾面前死去，但藉由外星人的魔力和男孩的愛，他又活過來了。亞瑟王的騎士朗斯洛，因為殺了一名英勇的騎士而自責不已，他祈求對方死而復生。克林．伊斯威特在《殺無赦》中，被一個殘酷成性的警長打得失去知覺，瀕臨死亡，他甚至以為自己看見了天使。神探福爾摩斯躍下萊辛巴赫瀑布，表面看來他和莫里亞蒂教授[2]似乎死定了，但他卻活了下來，改頭換面回來，並且迎接更多歷險。派屈克．史威茲在《第六感生死戀》中遭人殺害，他卻學會跨越阻礙，保護心愛的女子，對她表達了至死不渝的真愛。

改變

英雄不是在遭遇死亡後都能平安返家，而且他們回家後都有所轉變。在瀕臨死亡的經驗後，人們多少會改變。在《軍官與紳士》中，李察．吉爾因教官小路易斯．格塞特挺過了自尊毀滅——重生的磨難。這個遭遇也讓他改頭換面，更能體諒別人的需要，也更明白自己是團隊的一分子。

《比佛利山超級警探》中，被歹徒拿槍抵住頭的佛里，看來似乎死定了，但天真幼稚、經常出狀況的白人警探羅斯伍卻救了他一命。死裡逃生後，佛里在團體中更樂於與他人合作，隱藏自我膨脹的心態。

危急關頭並非高潮

考驗磨難是故事主要的神經節，導入英雄所有的過往，同時引出未來可能發生的事故和變化。你不可以把它視為英雄旅程的高潮——那是另一個**神經中樞**，故事接近終點才會出現（就像恐龍尾巴的尾椎上還有一個相當於第二大腦的神經節）。考驗磨難通常是故事中的重要大事，或第二幕的重頭戲。我們姑且稱之為危急關頭，藉以與**高潮**（第三幕的重大進展，以及整個故事最至高無上的事件）區隔。

在韋伯斯特字典中，危急關頭的定義是：「在故事或戲劇中，敵對勢力對峙，是最緊張的時刻。」談到病痛時，也會用到「危險期」這個詞，也許指的是高燒不退，之後病人的狀況不是急轉直下，就是逐漸康復。其中蘊含的訊息是：有時候要置之死地而後生。儘管考驗磨難的危急關頭讓英雄心生恐懼，但有時卻是恢復或勝利的唯一途徑。

考驗磨難的位置

危急關頭或考驗磨難該擺在哪裡，端看故事的需要與作者的偏好。最常見的模式是把死亡──重生的時間點擺在故事中間附近，如下頁中心危機圖所示。

危急存亡關頭的最有利條件就是對稱，讓作者有時間精心構思考驗磨難的後續劇情。切記，這樣的故事結構，讓你在第二幕結束時，可以安排另一個關鍵時刻或轉折點。

---

1 Richard Maibaum和Paul Dehn。

2 福爾摩斯系列故事的大反派。

中心危機

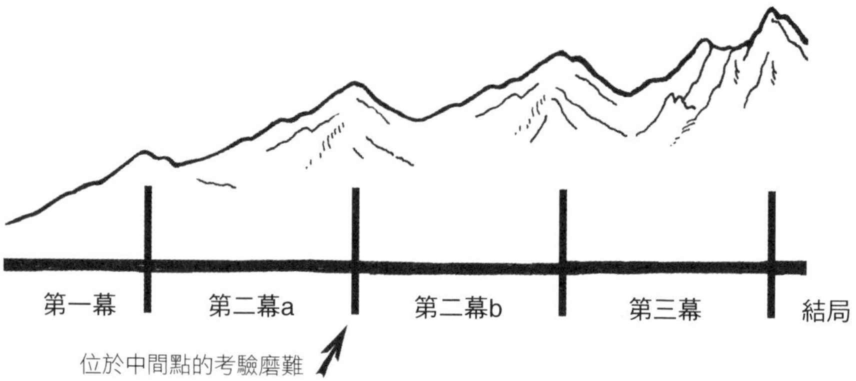

這是故事中戲劇性最強、最危急存亡的關頭
（垂直線代表每一幕劇情最扣人心弦的部分）

不過，另一種故事結構，同樣也能創造出很棒的效果，那就是在第二幕接近結束，也就是故事走到三分之二或四分之三時，安排一個**遲發的危機**。

遲發危機的結構很接近中庸之道的理想典型，它可以創造出藝術成果最精彩的漂亮比例（大約三比五）。遲發的危機讓作者能有更多空間預備、進逼，並在第二幕結束時讓慢慢醞釀的情節突然引爆出來。

不論危急關頭是在故事中間，或靠近第二段結束前，都顯示所有故事都需要表達出考驗磨難、死亡與重生的危急存亡關頭。

張力點

對作者和觀眾而言，第二幕涵蓋的時間很長，在一般電影中，最長可達一個小時。你可以把三幕的故事結構視為一條與兩個主要張力點交會的戲劇線，碰到張力點，這一

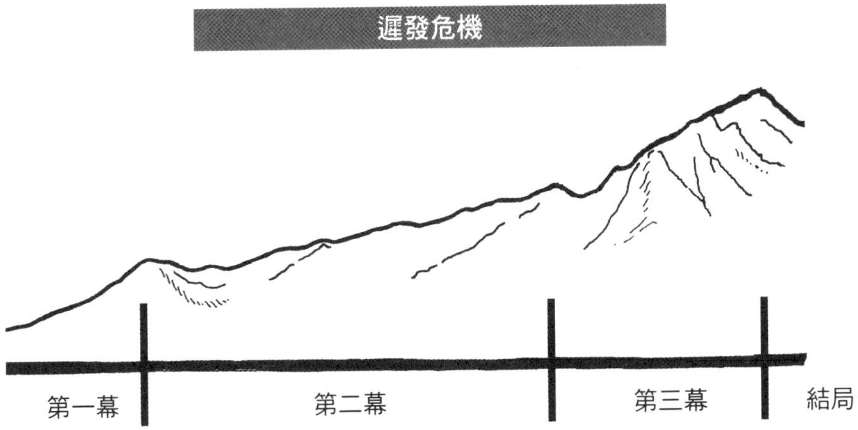

（沒有中間點的考驗磨難，反倒醞釀許久，然後結束第二幕）
安排遲發危機的故事中，戲劇性最強的時間

幕就結束。故事的結構就像緊緊繫在柱子上的馬戲團帳棚一樣，受到引力影響——在幾個最緊繃的時間點之間，觀眾的專注力會減退。沒有關鍵緊張局勢的故事，可能就像馬戲團的帳棚一樣，會從中間坍塌，得再找一根柱子撐住帳棚中間。第二幕電影足足有一小時那麼長，換算成小說大概就有一百頁。所以，在緊要關頭必須要有一些結構來支撐。

在英雄旅程中，出現在故事中間的危急關頭，是個轉折點與分水嶺。此時，旅行者走完一半旅途，旅程自然圍繞在某個重要事件打轉：抵達山頂、洞穴和森林的深處、異國的內陸，或你心中最私密的角落。旅途中發生過的每件事，都可能是引發危急關頭的原因，之後發生的所有大小事會領你回家。你也許還會遭逢更險惡的歷險——旅途最令人難忘、最刺激的，往往是結束前的最後時刻——但每趟旅程都有重心：谷底或高峰，靠近中間點。

Crisis（緊要關頭）、critic（評論者）和critical（至關重要）都源於某個意味「分隔」的希臘字。緊要關頭，就是能把故事分隔成兩半的事件。穿過這片與死亡交界的區域後，英雄就可以真正（隱喻也行）重生，一切會與過去不同。

目睹英雄犧牲

死亡—重生的緊要關頭是否夠逼真，端賴你怎麼看。在此階段，目擊者通常是重要角色，他就站在附近，見到英雄似乎活不成了，他為英雄的死哀傷片刻，又為英雄恢復生機欣喜若狂。《星際大戰》中，死亡—復活的橋段效果要視當時在場的目擊者（如兩具機器人盟友R2D2和C3PO）而定。在經過精心設計的考驗磨難劇情中，機器人靠著對講機掌握英雄，也就是天行者及其夥伴的動向。當他們從洞穴最深處（死星）的巨型攪拌器聽見英雄彷彿被壓死的聲音時，簡直就要魂飛魄散了。

這些目擊者代表觀眾，觀眾對英雄的遭遇感同身受，感受到他們面對死亡的痛苦。倒不是說觀眾是虐待狂，喜歡看到英雄被殺掉，而是說我們每個人偶爾都會嘗到死亡的滋味，這種痛苦的滋味反而讓人生更甜美。從瀕死經驗熬過來的人（比如說，千鈞一髮僥倖逃過車禍或空難）更能體驗色彩的鮮豔、親朋好友的重要性，以及光陰的寶貴。這種接近死亡的體驗，讓人生更真實。

死亡的滋味

很多人願意花錢一嘗死亡的滋味。高空彈跳、跳傘和主題樂園中讓人嚇破膽的雲霄飛車，這種震盪起伏的快感喚醒人們對生命有更完整的體會。冒險電影和歷險故事永遠深受歡迎，因為它們以比較安全的方式，讓我們與英雄一起體驗死亡與重生的滋味。

不過，我們把可憐的路克天行者留在死星深處。他在鯨魚之腹。目擊的機器人聽到疑似主子喪命的聲響，心亂如麻，傷心欲絕，觀眾也跟著一塊哀悼，一起體會死亡的滋味。電影人施展的巧妙招數，讓觀眾以為他們的英雄被壓得稀巴爛。沒多久機器人終於知道，他們以為的死亡吶喊，其實是如釋重負及歡欣的喊叫聲。機器人關掉垃圾攪碎機，英雄奇蹟似地逃過一劫。機器人和觀眾的哀傷瞬間轉為喜悅。

我有不好的預感。

情感的伸縮反彈

人類的感情似乎有著某種會反彈的屬性，很像籃球。當你用力把球往地上丟，球就會彈得很高。在故事中必須吊足觀眾的胃口，提高他們的興致，鼓動他們的情緒。故事結構的作用就像幫浦，加強觀眾的參與度。好的故事結構，藉由輪番減弱、提高英雄的運勢，帶動觀眾的情緒。讓觀眾喪氣，就像把充氣的籃球壓在水底一樣：當向下壓力被釋放，球就會往上彈出水面。死亡所導致的低落情緒，很可能反彈得比過去更高。你可以以此為基礎，讓故事變得更精彩。故事中考驗磨難是最深沉的憂鬱，因此也會導向最開心的高點。

搭乘遊樂場雲霄飛車時，在黑暗中被猛力拋來拋去，直到你以為自己就要掛了，但當你坐完一圈，卻欣喜地發現自己還活著。沒有一丁點這類體驗的故事，感覺就少了血肉。有時候，劇作家無法妥善拿捏第二幕的長度，第二幕就可能變得單調、鬆散或沒有重點。有可能是因他們只是要把第二幕當成英雄達到最後目標前遭遇的一連串障礙而已，而不是把第二幕視為一連串能夠引發死亡並在重生之前消失無形的強大事件。即便是最沒頭沒腦的喜劇，或最輕鬆愉快的愛情小品，第二幕都是危急存亡的緊要關頭，讓英雄體會到死亡或最高的危險。

英雄看來好像死了

《星際大戰》漫長的第二幕，因為一整段的中心危機，讓劇情不至於走下坡。英雄藉由一連串（而非一樁）的苦難，徹底探究死亡的界線。路克身在巨大垃圾攪碎機的那段情節裡，某個埋伏的怪獸以觸角把他從穢物中拉出來。就是這場戲，讓我了解到安排考驗磨難的手法。

首先，觀眾與在場的目擊者（包括韓索羅船長、莉亞公主，還有烏奇族）看見幾顆泡泡冒上來，這代表路克還在反抗，還活著，而且還在呼吸。到目前為止，一切都很順利。但接著泡泡不再冒出來了，幾個目擊者都一副認為他死了的樣子。在那短短幾秒鐘，你開始好奇，他會不會活過來。你當然知道，喬治・盧卡斯不會在電影才演到一半就把他的英雄賜死，但你還是會開始懷疑這個可能性。

記得我在福斯片廠參加《星際大戰》試映會看到這場戲時，雖然才幾秒鐘，但我完全融入劇情，把自己投入到這個角色裡。當天行者路克看似性命不保時，我瞬間化身為銀幕上的角色。我開始從這個角色轉成其他角色，想知道自己接下來能跟哪個角色產生共鳴。之後的故事，我該把自己當成驕傲的莉亞公主，自私、見風轉舵的韓索羅船長，或者讓人厭惡的烏奇族？我對他們都沒有什麼好感。在這幾秒內，我感到恐慌。對我來說，英雄真的困在鯨魚之腹，你搆不到他，他跟死沒有兩樣。英雄死了，我在這電影裡能扮演誰呢？我該有什麼看法呢？我的心情，就像壓在水底下的籃球，已經心灰意冷了。

就在此時，天行者路克突然冒出來，他身上又濕又黏，但還活得好好的。我們眼睜睜看他死去，但現在他活過來了，某人助他一臂之力，他重生了。觀眾欣喜若狂。大家的情緒在跌到谷底後跳得更高。這類經驗是《星際大戰》系列電影賣座的關鍵。他們先把英雄和觀眾置於死地，然後再把他們拉回來，把用錢打造出來的了不起特效、趣味的對白，還有床戲全都比下去。他們喜歡看英雄逃脫厄難。事實上，觀眾自己也喜歡耍弄死神。對一個從死亡險境中重整旗鼓的英雄抱持同理心，活脫就是戲劇版的高空彈跳。

英雄目睹死亡

《星際大戰》帶給我們的死亡滋味還沒完。在考驗磨難結束前，路克親眼目睹恩師歐比王在和大反派達斯維達以光劍決鬥時身亡。路克傷心欲絕，覺得彷彿是自己死去。但在虛無的世界裡，生死的界線都故作模糊。歐比王的遺體消失了，讓人覺得他很可能還活著，有必要時就會回來，就像亞瑟王和梅林一樣。

對歐比王這類巫醫來說，死亡是可以輕鬆往返、熟門熟路的門檻。藉由他對英雄的教誨，歐比王長留在路克與觀眾的心中。儘管他的軀體已逝，但他仍能在往後的故事中給路克忠告：「路克，要相信原力。」

英雄招致死亡

在死亡時刻不必死去的英雄，還是會受到死亡的影響。英雄也許會目擊死亡，也可能是招致死亡的關鍵。《體熱》的重頭戲就是威廉．赫特[3]遭受的考驗磨難，他殺害凱薩琳．透娜的老公，並且將對方棄屍。但在赫特內心深處，他自己也死了，他的色慾殺死了自己的清白之身。

面對陰影

顯然，最常見的考驗磨難是跟反對勢力的搏鬥或衝突。所謂反抗勢力，也許是反派死敵、對手，甚至是大自然的力量。與這概念最接近且包含上列所有可能性的，就是陰影這種原型。反派也許是外來的角色，但若以更深刻的角度來看，這些反抗勢力代表著英雄本身的所有負面潛質。換句話說，英雄最大的對手，就是他自己的陰影。

陰影跟其他原型一樣，都有正面和負面的表現。有時候需要以黑暗面來分化英雄或體系，使英雄有力量去抗衡衝撞。有時候抗拒反倒是力量的根源。諷刺的是，壞蛋一心想讓我們死，但最後也許會變成對我們有利的力量。

妖魔化

一般來說，陰影代表了英雄的恐懼，以及不討人喜歡與遭人排斥的特質：指的是對自己不滿意且試圖投射在他人身上的特質。這種投射叫做**妖魔化**。身陷情感危機的人，有時會把某方面的困境投射到他人或群體身上，這群人就代表了他們對自身的不滿與恐懼。在戰爭宣導時，敵人都變成沒有人性的惡魔、正義之士的晦暗陰影，而我們自己則想保有良善的形象。惡魔是上帝的陰影，是上帝所有負面與不討人喜歡潛質的投射。

---

3 William Hurt，曾以《蜘蛛女之吻》勇奪奧斯卡影帝。

有時候，我們需要這類投射和分化才能把事情看清楚。在任一體系中，如果沒有把歧見分門別類、區分清楚，長此以往，這體系恐怕會出現不正常的平衡狀態。通常陰影會被公諸於世，儘管他們死也不想曝光，但過去不受重視或遭到排斥的部分，如今都被知悉並受到關注。德古拉[4]對陽光的厭惡，代表陰影極力不希望被人發現。

反派惡棍可被視為英雄的陰影。無論他的價值觀多麼特異，但某種程度上，他的黑暗面還是扭曲、誇大地反映出英雄的意念，以及他生命中最大的恐懼。

壞蛋之死

英雄在考驗磨難階段，有時候差點送命，但其實死的都是壞蛋。在歷險結束之前，英雄可能還要應付其他勢力和陰影。所要應付的事物，也許會從現實世界轉移到道德、心靈或情感等境界中。桃樂絲在第二幕殺死了邪惡女巫，但她遭遇了心靈折磨：在第三幕，她想回家的希望落空了。

對英雄來說，要讓反派死亡不是件容易事。在希區考克作品《衝破鐵幕》（*Torn Curtain*）一場考驗磨難階段的戲中，英雄想在農場殺了間諜，但手上沒有真正的武器。希區考克點出重點，那就是殺人這件事，遠比電影裡演的看起來更難。任何人死亡，同樣會帶來情感上的傷害，這一點在《殺無赦》中屢次上演。克林．伊斯威特飾演的賞金獵人殺人無數，但他強烈意識到，他要殺的都是跟他一樣的人。死亡應該要很逼真，而不止是為了劇情方便所安排的橋段而已。

壞蛋落跑

在考驗磨難階段，英雄也許會讓惡棍負傷，或者殺了惡棍的手下。反派首腦落荒而逃，等到第三幕再重新現身槓上英雄。在《比佛利山超級警探》的第二幕，英雄佛里與幕後操縱犯罪的副隊長，就演出一場死亡—重生的對峙戲碼，但英雄與陰影的最終決戰被延後到第三幕才出現。

在惡棍的故事中，他們自認為英雄

要記住，有些惡棍或陰影樂於使壞，其中還有不少人不認為自己是壞蛋，覺得自己是對的，他們是自個兒故事中的英雄。英雄的黑暗時刻，陰影可就開心了。兩者的故事曲線剛好相反：英雄得意時，惡人就失志。這端賴觀點而定。當你寫完一部劇本或一篇小說時，你應該對筆下的角色有深切認識，你應該能從所有人物，包括英雄、惡棍、嘍囉、愛侶、盟友、守衛和次要角色的觀點來說故事。每個人都是自己故事中的英雄。在故事中，披著陰影的外衣，把故事至少講一遍，是不錯的練習。

4 Dracula，愛爾蘭作家史托克（Bram Stoker）筆下的角色，文學、電影中吸血鬼的代表人物。另一說，他就是十五世紀生於當今羅馬尼亞的殘暴伯爵德古拉，曾殺害超過數萬人。

英雄如何逃過死劫？

在典型的英雄神話中，考驗磨難階段被設定為英雄預料會喪命的時刻，許多英雄走到這裡卻沒能生還。珀爾修斯在進逼蛇髮女妖美杜莎的歷險中，見到一座座為了瞧她一眼而變成石頭的英雄雕像，驚訝得說不出話。特修斯闖入的迷宮裡，到處都是人骨，有的人被迷宮裡的怪物吃掉，有的是因飢餓試圖逃走而死。

這些神話中的英雄會面臨死亡，但其他人逃不過的死劫，他們卻能平安生還，因為他們很聰明，在故事開始之初就知道要尋求超自然助力。他們通常藉由恩師的禮物耍弄死神。珀爾修斯拿著雅典娜送給他的魔鏡，朝美杜莎進逼，並懂得避開她直視的眼神。他用魔劍砍掉她的頭，為免後患，還把她的頭收進導師送的另一件禮物——魔袋裡。

在特修斯的故事中，在進逼階段，英雄贏得阿里阿德涅（克里特暴君邁諾斯之女）的芳心。如今特修斯必須進入變化無常、可能送命的迷宮深處，他求助於阿里阿德涅。公主找上故事中的導師，偉大的發明家兼建築師代達洛斯——這個迷宮的設計者。他的神奇助力是再簡單不過的一團毛線。阿里阿德涅抓住線的一頭，讓特修斯迂迴地穿出迷宮。他找到從死亡之屋逃生的路，全拜他與她的關係——那條把他倆緊緊繫在一塊的線，也就是愛。

阿里阿德涅的線團

阿里阿德涅的線團，是愛情力量的有力象徵，代表心靈相通、心心相印的熾熱感情。有時，它就像實體連接器一樣猛地拉住你。它與把長大的孩子拴在媽媽身邊的「圍裙帶」很像——這是條無形的繩子，卻堅韌勝過鋼鐵。

阿里阿德涅的線團，是一條牽繫英雄及其摯愛的橡皮圈。英雄放膽遠行，可能讓自己陷入瘋狂與死亡的境地，但這類橡皮圈通常都會把他拉回來。家母告訴我，我年紀還小時，她曾經命危被送醫急救。她的靈魂離開身體，在房間裡到處飛，覺得自己好自由，馬上就要離開人世了，但一見到我和姊妹們，突然間又活過來了。她有理由繼續活下去，那就是要照顧我們。

「一團毛線」這個詞，在古英語裡用的是「clew」（線球或繩索）這個字。「線索」（clue）一詞就是這麼來的。線索就是探尋者追溯的核心，尋找解答或規範的那條細線。把兩顆心緊緊相連的那捆線，也許就能解開迷團，或是解決衝突的關鍵線索。

心之危機

考驗磨難這個階段，可能是心之危機。在愛情故事裡，它也許是愛侶最親密的時刻，既期待又怕受傷害。或許是英雄漸漸消失的武裝，在其他故事中，當英雄遭遇情人背叛或愛情凋萎時，它就會是陰暗的時刻。

坎伯在著作《千面英雄》中，曾經以〈與女神相會〉（Meeting with the Goddess）和〈狐狸精女人〉（Woman as Temptress）兩章描述愛情故事中的考驗磨難階段。他寫道：「終極的歷險……通常以神祕的婚姻來代表……這難關出現在最低點、最高點，或在世界的盡頭、在宇宙的中央點、在廟宇的禮拜堂，或是摯愛內心最深處的黑暗中。」在愛情故事裡，危機或許就在感情戲或與摯愛分離的場景中。記住，「危機」（crisis）一詞源於希臘文，原意就是「分離」。

在《綠寶石》中，這緊要關頭（危機）是肉體上的苦難，也是和摯愛分離的折磨。瓊華德與她說變就變的夥伴傑克．柯頓，進入真正的洞穴最深處，搶到一塊巨大的綠寶石「心之寶石」。但這一切未免得來太容易了，過不了多久，他們才經歷到真正嚴重的至高苦難，他們的車陡地掉進瀑布裡，兩人雙雙落水。水中的瓊華德有好半天不見身影，觀眾看見傑克死命游上岸，短短幾秒間，所有人都急著想知道瓊是不是死了。這幾秒鐘說長不長，但要讓至高磨難發揮神奇的作用還是綽綽有餘。然後瓊出現了，她掙扎著爬上前方一座岩石。接下來的對話，清楚交代了她曾到鬼門關走一遭，但又復生。人在對岸的傑克大喊：「我以為妳溺死了。」瓊老實答道：「我是啊！」

傑克對他倆活命高興得不得了，但對瓊來說，緊要關頭的重點如今轉移到感情上。傑克根本靠不住，但他身在湍急河流的對岸，寶石也在他手上。他倆愛情的考驗降臨了。他會依照約定，跟她在下一個城鎮會合，還是傷她的心，自己帶著「心之寶石」落跑？身邊沒有他相伴，她能否穿過非常世界的叢林，平安脫身？

神聖婚姻

在探討感情和心理層面的故事中，考驗磨難可能會讓人與另一個人暫時締結神祕的婚姻，或者讓內心對立的勢力暫時取得平衡。考驗磨難階段的恐懼和死亡，可能令「婚禮」困擾不已：萬一和這個人沒有好結果怎麼辦？萬一跟著我的軀體一塊走向聖壇的那個我，決定轉身且戰勝了我，那該怎麼辦？儘管滿心恐懼，英雄都很清楚他們的內在特質，甚至他們的陰影，英雄懂得和它們在神聖婚姻中共存。英雄最終都在尋覓一個與其衝突的阿尼瑪、靈魂或尚未意識到的女性特質或直覺。

女性也許會尋覓阿尼瑪斯，也就是理性和堅持等較陽剛的特質，世俗社會通常告訴女性要把這一面隱藏起來。也許她們會想回頭，重拾自己過去抗拒的創造力與母性。在危急關頭，英雄會想探索自己所有的性格特質，這許許多多的自我都會被找出來，一塊面對攸關她生死的問題。

協調均衡

在神聖婚姻中，兩種性格的比重都一樣。這樣的英雄能接觸身為人類具備的特質，身處在平衡的中心點，呈現不輕易動搖或沮喪的狀態。坎伯說，神聖婚姻「代表英雄全然掌控人生」，也就是說，英雄和人生之間有個協調的婚姻。

因此，考驗磨難階段，也可能是英雄和之前被壓抑的女性或男性特質，在神聖婚姻中結為連理。但同樣地，也會有神聖分裂！互鬥的男性與女性特質會宣布開戰，打得你死我活。

摧毀人的愛

坎伯在〈狐狸精女人〉中提及這類毀滅性的衝突。這個標題也許會讓人誤解，就像〈與女神相會〉一樣，此時的精神力可能是男或女。這種可能發生的考驗磨難，把英雄帶入背叛、拋棄或失望的匯合處。這是愛情世界中的信心危機。

每種原型都具備了光明正面及黑暗負面兩種面相。黑暗面的愛，是恨、指責、憤怒和拒絕的偽裝面具。當米蒂亞[5]殺害自己子女時，就是以這一面示人，美杜莎面具上那盤繞的毒蛇，則代表指責和罪過。

會變形的愛人突然展現另一面時，危急關頭也可能降臨，使英雄慘遭背叛，對愛情徹底死心。希區考克很愛用這種手法。《北西北》中，在一場纏綿悱惻的愛情戲後，卡萊．葛倫被伊娃．瑪莉亞．桑特所飾演的角色出賣給間諜。在這場電影中的考驗磨難階段，葛倫自覺遭她拋棄。她曾經代表的真愛，現在看似死去，他在玉米田裡，差點被一架噴灑農藥的飛機給射殺身亡，這段情節把他的考驗磨難營造得更寂寥。

負面的阿尼瑪斯或阿尼瑪

在我們的人生旅程中，我們有時會對抗阿尼瑪或阿尼瑪斯的負面投射。意思可能是指，有個人吸引我們，但對我們有害，或者是我們個性中惡毒或卑鄙的那一面突然顯現，就像《化身博士》中，哲基爾博士遭到海德先生操縱一樣。在愛情關係或某人的性格發展中，這類對峙也許會是威脅性命的考驗磨難。《致命的吸引力》的英雄發現，如果反駁或拒絕那位露水鴛鴦，她可能會害死人。完美的另一半可能變成波士頓勾魂手[6]，慈愛的父親也可能變成殺人魔，像電影《鬼店》[7]一樣。格林兄弟童話中那些邪惡的繼母和皇后，在最初的版本中，她們都是由愛轉恨、會致人於死的母親。

陷入瘋狂

把「至高苦難」運用得最令人不安、心驚肉跳的，就是希區考克的《驚魂記》（*Psycho*）。這部電影就是要讓觀眾認同並同情瑪莉安（珍妮・李[8]飾演），即使她是個侵吞公款落跑的犯人。到第二幕的前半段，除了煩人的旅館老闆諾曼・貝茲（安東尼・柏金斯[9]飾演）外，整個故事沒有其他讓人認同的角色，沒有觀眾會想對他產生同理心——因為他是個怪人。在傳統電影中，英雄都能熬過考驗磨難，並在故事高潮時親眼看到惡人被打垮。像珍妮・李這樣一位大明星，銀幕上不朽的英雌，很難想像戲才演一半就被賜死。希區考克竟然在電影中段就讓她死，簡直令人不敢置信。這是讓英雄走向終點的考驗磨難，沒有暫時饒她一命，沒讓她復活，也沒讓瑪莉安出場謝幕。

---

5 Medea，希臘神話中的女巫。

6 Boston Strangler，一九六二到六四年，在波士頓地區殘殺多位女性的殺人狂。

7 *The Shining*，史蒂芬・金小說改編的經典恐怖片，由傑克・尼克遜主演。

8 Janet Leigh，她在《驚魂記》一片中於浴室被殺害的一幕，至今仍是最驚悚的經典場面。

9 Anthony Perkins，《驚魂記》一片讓他躋身好萊塢巨星之列，但由於詮釋此一角色太成功，讓他後來幾乎被定型。

這樣的安排讓人震驚。你感覺很怪，自己變成了遊魂，在身軀旁飄來飄去，眼睜睜看著瑪莉安的血大量湧進排水坑裡。你要認同誰呢？你要當誰？情勢很快就明朗了：希區考克只設定諾曼一個人讓大家認同。我們不甘不願地進入諾曼的心裡，透過他的雙眼來看這個故事，甚至開始把他拱成新的英雄。一開始我們以為諾曼是為他瘋狂的母親頂罪，但稍後我們會發現諾曼才是凶手。我們一直都披著精神病的外衣，到處走來走去。只有希區考克這種大師才有能耐挑戰英雄、死亡和考驗磨難的傳統規範。

面對最深刻的恐懼

考驗磨難階段可以被定義為「英雄面臨最大恐懼的時刻」。對大多數人而言，最大的恐懼就是死亡，但在許多故事中，是指英雄最懼怕的任何事物：面對恐懼症、向敵方挑戰，或者強行通過暴風雨或政治危機。印第安納．瓊斯就曾無可避免地與他最怕的東西——蛇——面對面。

英雄面對諸多恐懼中，最具戲劇性的一種，莫過於克服恐懼，勇敢對抗父母或威權人物。在大多數劇情片中，家庭戲都是故事的重心，和父母對峙的情節能打造出強有力的考驗磨難階段。

對抗父母

在《紅河谷》中，蒙哥馬利．克里夫[10]飾演的馬修．賈斯，在故事進行一半時，面臨了最大的恐懼，他想要從養父湯姆．唐森（約翰．韋恩飾演，當時他已成為令人生畏的陰影）手中奪取驅趕牛隻的主控權。故事開始時，唐森是英雄兼導師，但在進逼階段，他換了好幾次面具，變成專橫的暴君、精神錯亂的神，他滿身是傷，喝得爛醉如泥，性格殘暴：對他的手下來說，他是個動輒打罵的父親，擔太多責任，而且也管太多了。當馬修向他的恩師與偶像挑戰時，他正在考驗磨難階段，面臨他最大的恐懼。

唐森認定自己才是上帝，把那些觸犯他小世界法律的人全都絞死。馬修冒著被槍斃的危險對抗他，死神唐森從他的寶座中站起來，拔槍準備殺他；但這時馬修在試煉階段結交的盟友介入，猛地打掉唐森手上的槍。現在英雄馬修的力量強大，不必動一根指頭也能對抗他的敵人。他的強烈意志就足以打敗死亡。事實上，他罷黜唐森，自己當上趕牛的領導人，只留給他的養父一匹馬和一個水壺。在這類故事中，所面對的最大恐懼，經常是描繪年輕人勇於對抗長輩。

年輕人vs.長輩

年輕人挑戰長輩的戲碼永遠不會落伍，挺身對抗嚴厲父母的至高磨難情節，最早可追溯到亞當與夏娃、伊底帕斯或李爾王。這種永遠存在的衝突，提供劇作家取之不盡的題材。《金池塘》

---

10 Montgomery Clift，作品有《亂世忠魂》、《紐倫堡大審》等片。

（*On Golden Pond*）談的是一個女兒想盡辦法要取悅老爸的故事，它的考驗磨難是女兒槓上老爸，讓當父親的經歷自己的道德準則。

兩代之間的戲碼，有時會在世界舞台上演。占據天安門廣場、以肉身抵擋坦克車的中國異議學生，就是在挑戰父母與祖父母輩強加在他們身上的「現狀」。

神話故事中與狼和女巫的對抗，也是要表達和雙親的衝突。女巫是母親的黑暗面，狼、怪物或巨人則是父親的黑暗面，龍與其他怪獸是父母或一大家子的陰暗面。坎伯曾提及，龍在西方是暴君的象徵，箝制某個王國或家族，直到將其全部榨乾為止。

年輕人和長者之間的衝突，可以只對自己內心表露，也可以在孩子與父母的對立中展現出來。鬱積在心裡，從考驗磨難階段開始引燃的抗爭，是兩種性格結構的內在鬥爭；自在、受到妥善保護的舊自我，對抗軟弱、不成熟、急於成形的新自我。但是直到舊的自我死亡前，或至少讓位、在舞台中央空出更多空間，新的自我也無法誕生。

在極少數例子中，考驗磨難階段可當作英雄與父母之間療癒傷痛的時機。坎伯稱此為「向父親贖罪」。有時候，英雄藉由熬過考驗磨難，或勇於向父母的權威挑戰，反而能夠贏得父母的認可，雙方之間的衝突也因此化解。

自我之死

神話故事中的考驗磨難階段，意味自我的死亡。如今英雄是宇宙萬物的一部分，對那些陳舊、視野狹隘的事物完全失去興趣，現在他重獲新生，進入意識連結的全新階段。自我的舊分界線已經被超越或廢除。就某方面來說，英雄變成有天授能力的神，能直竄過死亡的界線，看見萬物連成一氣的寬廣視野。希臘人把這時刻稱為「神化」，它超越狂熱，在這時刻，你的心中只有神。在神化的狀態下，你就是神。品嘗死亡滋味，讓你暫時身處神的地位。

面對考驗磨難的英雄，把重心從自我意識轉移到自我，也就是更像神的那部分。當英雄願意承擔更多責任，而不是獨善其身時，就會出現另一種把重心從自我轉移到團體的過程。英雄願意為群體冒生命危險，就會贏得被奉為「英雄」的權力。

綠野仙蹤

被邪惡女巫和門檻守衛大軍困住的桃樂絲與朋友們，現在面臨了他們的至高苦難。他們闖進她的洞穴最深處，還偷走她最珍貴的寶貝（紅寶石拖鞋），令女巫暴跳如雷。她突然撲向他們四個，並威脅要把他們一個個殺掉，把桃樂絲留到最後。

死亡威脅，讓這場戲的風險再清楚不過。觀眾現在都知道，這將是一場攸關生死的戰鬥。

女巫先從稻草人下手。她點燃掃帚當火把，往稻草人身上引火。他的稻草燒成熊熊大火，看起來沒希望了。觀眾群中的每個小朋友都以爲稻草人死定了，跟他一起感受到死亡的恐懼。

桃樂絲啓動了本能，出手救朋友。她抓起一桶水，朝稻草人身上潑去。火滅了，但沾了水的女巫也愈縮愈小。桃樂絲並不想殺女巫，她甚至不知道水能讓女巫融化，不過還是把女巫給殺了。房裡有死亡的氣息，而桃樂絲阻止死神找上另一個受害者。

但是，女巫不是「呼」一聲就消失了，她拖了很久才死，既痛苦又可憐兮兮：「噢，我美麗的小壞蛋！這是什麼世界啊！什麼世界啊！」當一切結束時，你會可憐女巫，也眞正品嘗了死亡的滋味。

我們的英雄經歷了與死亡面對面的階段，平安脫身。在略受驚嚇後，現在英雄們心情愉悅。他們繼續向前走，在下一個階段，他們因為勇敢對抗死亡而得到回報：那就是接下來要介紹的獎賞，或掌握寶劍。

旅程提問

1. 在《萬夫莫敵》（*Spartacus*）、《進擊的鼓手》、《驚魂記》和《捍衛任務》（*John Wick*）等電影中，什麼是考驗磨難？
2. 你筆下故事的考驗磨難是什麼？你的故事裡真的有壞蛋嗎？或只是英雄的對手？
3. 這個惡棍或對手如何成為英雄的陰影？
4. 惡棍的威力能被傳輸給他的同夥或手下嗎？這些角色表現出哪些特殊的功用？
5. 惡棍也可以是變形者或搗蛋鬼嗎？惡棍還可能展現出哪些原型？
6. 在考驗磨難階段，你的英雄如何面對死亡？你的英雄最懼怕的是什麼？

REWARD

第九階段：獎賞

「我們來了，我們目空一切，我們很屌。」

——取自丹．艾克洛德與哈洛拉米[1]合作的劇本《魔鬼剋星》[2]

闖過考驗磨難階段的緊要關頭，現在英雄將可體驗死裡逃生的結果。棲息在洞穴最深處的惡龍已被斬死或打敗，他們掌控了勝利的寶劍，提出領取**獎賞**的要求。勝利也許短暫，但現在，他們要享受那甜美的滋味。

面對死亡是件大事，當然會導致若干後果。英雄在死裡逃生或熬過考驗磨難後，一定會有一段時間受到肯定或得到報酬。經歷緊要關頭之後，有許多可能的結果，而苦難折磨後的「獎賞」則有許多種類和用意。

慶祝

當獵人逃過死劫，打下獵物，當然要好好慶祝一番。再和獵物的搏鬥中，他們筋疲力竭，需要養精蓄銳。英雄在這階段會辦場派對或烤肉，大夥親自下廚，享用勝利的果實。《奧德賽》中的英雄，在海上遭逢災難逃生後，都會準備牲禮飽餐一頓，以感謝上天保佑，並歡喜慶祝。打道回府需要體力，他們將有時間休養生息，補給物資。《與狼共舞》中，英雄鄧巴和部落族人在獵水牛（片中的至高苦難，他們和死神擦身而過）之後，眾人大啖烤肉慶祝，鄧巴解放一位年輕人免於一死所得的報酬，就是他終於被拉科塔[3]族人接納。

營火會場景

許多電影都有營火會之類的場景，英雄和夥伴們圍在火旁（或類似的事物），一起回顧最近發生的大事。這也是大夥兒講笑話、吹牛的好機會。逃過死劫後，輕鬆一下是可以理解的。獵人、漁夫、飛行員、航海家、軍人、探險家都喜歡誇大自己的成就。在《與狼共舞》的烤肉大會中，鄧巴就被迫一再講述獵水牛的故事。

營火會上可能會有衝突上演，有人為了戰利品打架。鄧巴就為了他的帽子跟人吵了起來，他的帽子在獵水牛期間掉了，有個蘇族勇士把它撿走。

營火會的場景也是追憶過往或懷舊的機會。當你跨過生死的深淵，一切都改變了。有時候，英雄會回憶當時闖關的過程。獨行俠型的英雄，會想起那些影響他的人與事件，或談起那些他奉為行事準則的不成文規範。

這類場景對觀眾有其重要的功用，讓我們在刺激的戰鬥或煎熬後，可以稍事喘息。戲中的角色會概略描述一下故事的走向，讓觀眾有機會把故事回顧一遍，同時理解自己對故事的看法。《紅河谷》的馬修·賈斯在一場營火會戲中，為故事的新角色泰絲（喬安·杜露[4]飾演）回顧前面的情節。他透露出自己對養父的感受，並提供觀眾這個史詩般故事的複雜觀點。

在英雄反思考驗磨難的教訓之時，如果沒有用會劈啪作響、火光跳躍的真正篝火，電影製作人往往就會運用其他光源，這一點在敘事上非常值得注意，有時是採用燭光晚餐或靠近正燃著熊熊火光的壁爐，以呈現親密的場景，或者使用火柴或打火機點燃香菸時一閃而過的火焰來表現，這或許是因為明火是人類啟蒙的直觀表現。

我的同事、小說家和寫作老師詹姆士·史托克·貝爾（James Scott Bell）敏銳地觀察到一個相關的現象，在主人公遭遇重大挫折和故事最終解決的這段時間裡，電影中的「鏡像」會持續存在。貝爾指出，很多電影，像是《絕命追殺令》，都有描繪主人公在鏡子前面對著自己的形象，思考苦難如何改變了他或她，可能會想：「我變成了什麼？」這樣的場景有時代表著一個轉折

1 Dan Aykroyd與Harold Ramis。
2 *Ghostbusters*。
3 Lakota，北美印地安人族裔之一。
4 Joanne Dru，一九五〇年代好萊塢女星、電視演員。

點，英雄將以此為中心，再度下決心成功或至少繼續前進，儘管仍有疑慮和自我評斷。都說鏡子不會說謊，「好好照照鏡子」就是誠實地審視自己的行為、性格和責任，這樣才能不抱幻想地進入人生的下一個階段。

藉由回憶或交心的恬靜片段，我們得以更了解故事的角色。最令人難忘的例子，莫過於《大白鯊》中勞勃・蕭所飾演的角色昆特，講述二次大戰期間，他在太平洋碰上鯊魚的恐怖經驗。大夥當下比較起誰的傷疤大，還唱起祝酒歌。這種「進一步認識」的場景，建立在大夥兒一塊從磨難中逃生的革命情感上。

迪士尼的經典動畫電影，如《木偶奇遇記》或《小飛俠》，步調非常快，但迪士尼小心翼翼地在角色情感澎湃時放慢步調，好讓觀眾把他們看個仔細。這些比較平靜或抒情的片段，對於和觀眾建立聯繫非常重要。

情愛場面

至高磨難之後，是安排談情說愛情節的好時機。在遭遇緊要關頭之前，英雄都稱不上是真正的英雄，只能算是見習生。直到他們展現犧牲的精神後，才真正擁有被愛的資格。此時，正港的英雄贏得一場「談情說愛」或「神聖婚姻」。前面提到的《紅河谷》營火會的戲，就是效果非常好的愛情場面。

驚悚片《諜海密碼戰》的葛里哥萊・畢克和蘇菲亞・羅蘭在大難不死之後，因為愛情戲而緊緊相繫。她是個令人難以捉摸的變形者，對他滿口謊言，但他看出她善良本質，如今，他全盤信任她。

《美女與野獸》中那場浪漫的華爾滋，是野獸在與鎮民熬過考驗磨難後的獎賞；也是貝兒不計野獸可怕外貌所得到的報酬。

掌控

這個階段不可或缺的要素之一，就是英雄擁有他尋覓的東西。尋寶人找到黃金，間諜搶到祕密情資，海盜劫下船隻，信心不足的英雄掌握自尊，奴隸掌握自己的命運。他們做出的交易——英雄冒著死亡或犧牲性命的危險，換得某些東西。北歐的歐丁神在至高磨難中放棄一隻眼睛，被吊在世界樹上長達九天九夜，換來了所有知識，以及閱讀神聖「盧恩」（Rune）文的能力。

掌握寶劍

我把英雄旅程中的這一階段稱之為**掌握寶劍**，此時英雄積極掌控了他在非常世界所追尋的東西。有時英雄被賦予愛情這類獎賞。較常見的情況是，英雄占有（甚至竊得）寶藏，就像007龐德在《俄羅斯情書》[5]中取得蘇聯的Lektor解碼器。

5 *From Russia with Love*，是龐德系列電影的第二集。

在《金剛》中，死亡—重生的緊要關頭之後，占有的戲碼隨之登場。大金剛在進逼階段發生重大轉變，從挾持菲蕊變成她的保護者，在前往他的洞穴深處途中，金剛擊退了霸王龍。他遭遇至高磨難時，為了保護她，和一頭巨蛇纏鬥，此時他變成了成熟的英雄。現在他占有了他的獎賞。他就像其他正派的英雄一樣，贏得女孩的芳心。

在一場溫柔但有些情色的戲中，金剛帶她到洞穴的「陽台」上，仔細端詳躺在他巨大掌心的女孩。他一層一層地褪去她的衣裳，好奇地嗅著她身上的香水。他用手指逗弄她。這場愛情戲被恐龍的威脅打斷，但這場戲絕對是金剛的獎賞階段，是他在緊要關頭面臨死亡所獲得的報酬。

英雄掌握寶劍的概念，來自英雄大戰蛟龍，把其寶物據為己有的眾多故事。寶物中也許會有一把魔劍，它可能曾屬於英雄之父，但在前一次戰鬥中，被蛟龍打斷或偷走。魔劍的形象和塔羅牌上畫的一模一樣，它是英雄意志的象徵，魔劍以火鍛造，以血冷卻，斷了就重鑄，經歷不斷錘擊，交疊合攏，變堅固，變鋒利，鋒芒聚於劍尖，就像《星際大戰》的光劍。

魔劍只是英雄在這階段所掌控的諸多形象之一。坎伯稱之為「終極恩賜」。聖杯是另一個概念，它是騎士與英雄追逐尋覓的古老神祕象徵，代表人類辦不到的所有事。其他故事中的一朵玫瑰或一件珠寶也可能是寶物。中國傳奇故事中的美猴王，就到處尋覓被帶往西藏的神聖佛經。

萬靈丹的竊賊

有些英雄是買下寶物、犧牲自己性命，或樂意冒生命危險，以取得寶物；但有些英雄則是在故事進行到核心時，把神物偷走。獎賞不一定拿得到，即使想辦法去買或去賺，也不見得能如願。東西一定要拿到，坎伯把這種中心思想稱之為「萬靈丹的竊賊」。

萬靈丹，是指製藥的媒介物或手段；加到其他藥品中的無害芳香液體或粉末；可以單獨使用或與其他無效的化學元素混用，它還可以發揮「安慰劑效應」作用。研究顯示，有些人服用沒有療效的安慰劑後感覺好多了，即使他們很清楚那只是一顆糖衣錠——這是暗示力的明證。

萬靈丹，也可能是能醫治重症患者的靈藥，讓人恢復生機的神奇東西。鍊金術中，萬靈丹是點金石煉製的重要階段，點金石能使金屬變形，創造生命，超脫死亡。這種戰勝死亡的能力，是多數英雄追求的真正萬靈丹。

英雄經常被要求去竊取萬靈丹。這是生死的機密，貴重到無法草率放棄。英雄也許會變成搗蛋鬼或小偷，竊走寶物，比如說為了人類，普羅米修斯從眾神手中偷走天火，或者亞當和夏娃偷嘗禁果。有時候英雄陶醉在做壞事之中，但之後他們一定會付出更嚴厲的代價。

啟蒙

擺脫考驗磨難的英雄，讓人另眼相看，少數幾位還能智取死神。古希臘的神是個排外的團體，只有眾神和少數幸運的凡人能夠免於一死，這些立下偉大貢獻或取悅眾神的少數凡人，獲得宙斯的恩准，加入神的行列。這些人包括海克力士、安朵美達公主和阿斯克勒庇俄斯。

在戰場上升職、被授予爵位，都是英雄超越考驗磨難、躋身特殊倖存者小團體的方式。坎伯的著作把第二幕通稱為「啟蒙」，這是進入新階層的開端。面對死亡後的英雄，徹頭徹尾變成另一個人。就像生產時經歷性命危險的女子，已經屬於全然不同的身分，加入並非人人都能進入的人母行列。

進入祕密會社、聯誼會或兄弟會，代表你知道某些祕密，而且發誓絕不會洩漏。通過測試，證明自己值得被尊重。你得熬過死亡—重生的考驗磨難，或被要求改名換姓，變換身分，表示自己是重生的人。

前所未有的洞察力

英雄會發現，逃過死劫可以獲取新的力量或更佳的認知。前一章提過，死亡讓人對人生的觀感更敏銳。這一點在北方神話屠龍高手西格德的故事中有很精彩的敘述。西格德的至高磨難是屠殺名為法夫納的龍。他真的品嘗過死亡的滋味，為此，他被授予前所未有的洞察力。他聽得懂鳥語，有兩隻鳥警告他，恩師雷金有意殺他。他之所以能第二度死裡逃生，就是因為他新發現的能力，這是第一次大難不死的獎賞。獲得的新知識，也可以是英雄掌控的魔劍。

看穿欺詐詭計

英雄被賦予的獎賞，還有對難解謎團的新見解或理解力。他也許能看穿欺詐詭計。如果他面對的是個會變形的對象，他一眼就能看穿對方的偽裝，察覺真相。掌握寶劍，可代表認清現實的時刻。

透視力

在戰勝死亡後，英雄也許能與眾神一樣變成千里眼，同時擁有精神感應力。「千里眼」（clairvoyant）一詞意味著「看得很清楚」。面對過死亡的英雄，對於事物之間的關連性看得更清楚，也更有直覺力。《諜海密碼戰》中，葛里哥萊．畢克和蘇菲亞．羅蘭的愛情戲過後，這對愛侶想弄懂古老象形文字設定的密碼。具備新知覺的畢克突然發現，間諜們要爭搶的不是密碼，而是紙上的微縮片。死裡逃生讓他有了新的洞察力。這種領會令人興奮，也把電影推入第三幕。

自我認知

洞察力，是一種較深刻的能力。有時在打敗死神後，英雄會經歷深切的**自我認知**過程。他們認清自我，理解自己適應大局的過程，並看到了過去愚蠢或固執的模樣。鱗片自眼前脫落，生命中的幻象將被清澈與真相取代，也許不會持久，但這瞬間英雄看清了自己。

神靈顯現

其他人也能把英雄看得更加清楚，從他們與過去截然不同的舉止中，看出英雄重生，與眾神共享不朽。有時候，我們稱之為**顯現**（epiphany）——也就是突然體認到神性的時刻。每年一月六日在天主教堂慶祝的顯現節，就是歡慶麻葛（Magi），也就是所謂的「東方三博士」，發現剛出生的耶穌顯現神性的時刻。逃過死劫的獎賞之一就是其他人會發現英雄改頭換面。從戰場或經歷苦難（如艱困訓練）歸返的年輕人，變得更成熟、更有自信、更莊重，有資格得到多一點尊重。這是體驗神性的一連串過程：從熱血，蒙神看望，神化，變為神，到顯現神性，被視為神。

英雄自己也會體驗到神性顯現的時刻。在經歷至高磨難後，英雄突然體認，他是某個神或國王之子，擁有異能，是萬中選一之人。神性顯現，了解自己擁有神性，是個能與萬物接軌之神聖個體的時刻。

愛爾蘭作家喬伊斯[6]曾詳述「顯示神性」，把它定義為突然洞察某件事的精髓、看出人的本質和想法等。英雄在熬過考驗磨難後，突然了解世間事。大難不死，對人生產生重大意義，感知也變得更清晰。

扭曲偏差

在其他故事中，征服死亡也許會扭曲感知。英雄可能會膨脹自尊。換句話說，他們得到大頭症，變得驕傲自大，或濫用得來的威能與身為重生英雄的特權。有時候他們的自尊擴充得過大，扭曲了他們對自己真正價值的認識。

英雄很可能被他們對抗的死亡或惡魔帶壞。為文明而戰的軍人，也許會落入戰爭的殘酷中。打擊罪犯的警察或探員，經常會越界使出非法或不道德的手段，變得像罪犯一樣糟糕。英雄可能會進入對手的思想世界，卻困在其中無法脫身，就像《一九八七大懸案》（*Manhunter*）中的警探，他以自己的靈魂為賭注，進入連續殺人魔扭曲的思緒裡。

血流成河和命案都是強大的力量，可能讓英雄陶醉其中，或讓英雄墮落。彼得・奧圖[7]飾演的阿拉伯勞倫斯告訴我們，一個人在經歷「阿卡巴之戰」這樣的考驗磨難後，驚駭莫名地發現，自己熱愛殺人。

英雄此時會犯下的另一個過錯，就是低估至高磨難的嚴重性。遭到巨變打擊的人可能會否認發生過的所有事。生死學大師庫伯勒羅斯（Elisabeth Kubler-Ross）曾說過，面臨死亡後一味否認，是悲痛與痊癒過程必經的階段之一。憤怒，則是另一個階段。英雄在考驗磨難後，也許會釋放若干緊繃的情緒，對於被迫面對死亡表達出情有可原的憤恨。

在與死神對決後，英雄也可能會過度高估自己的重要性。但他們很快就會發現，他們只是運氣好，之後再次面對危局，他們才會知道自己的能力不過爾爾。

綠野仙蹤

《綠野仙蹤》中，在考驗磨難之後，緊接著就是掌握的行動。不過桃樂絲取走的不是寶劍，而是邪惡女巫被燒焦的掃帚。只是拿把掃帚，她卻太有禮貌了；她客氣地跟守衛討掃帚，守衛嚇

---

6 James Joyce，最著名的作品為小說《尤里西斯》。

7 Peter O'Toole，以《阿拉伯的勞倫斯》一片享譽國際，多次提名奧斯卡獎，可惜均未獲獎，二〇〇二年獲頒奧斯卡終身成就獎。

得半死，跪在她面前表達忠心。在邪惡女巫死後，桃樂絲有理由相信，這群守衛會突然攻擊她。但事實上，這群守衛都很高興女巫死了，因爲現在他們可恢復自由之身，不必再接受悽慘奴役了。死裡逃生的另一個獎賞就是，英雄也許可以讓門檻守衛死心塌地力挺。這群守衛開心地把掃帚送給她。

桃樂絲和同伴們很快地回到巫師的覲見室，她把掃帚呈在巫師那顆飄浮半空中、面孔凶惡的腦袋前。她實現了與巫師的交易，完成這個看似難以辦到的任務。現在她和朋友們請求領取英雄的獎賞。

但出乎他們意料的是，巫師耍詐不肯給賞。他火冒三丈，爭論不休。就像過去的人格結構或父母，明明知道終究得向長大的晚輩屈服，但就是不肯放手，還要再吵最後一架。

此時小狗托托執行了他在故事裡的職責。一開始他因爲動物的本性和好奇心，去挖葛區小姐家的花圃，爲桃樂絲惹上麻煩。現在他的本性與好奇心反倒成爲眾人的救星。托托在王位後頭東聞聞、西聞聞，發現一個懦弱溫和的老頭躲在簾幕後，操控著偉大而法力無邊的駭人奧茲幻影。那顆叫叫嚷嚷的腦袋不是奧茲國的巫師，這個人才是。

這是考驗磨難之後典型的認知或洞悉時刻。英雄們透過托托那雙具直覺力、充滿好奇心的眼睛，看出這個強力國度幻影背後的操盤手，是一個能對他動之以情的人類（對我來說，這一段看起來很像在暗喻好萊塢，外表看來很可怕，其實是由一群心中有恐懼、弱點多多的凡人組成的）。

起初，巫師聲稱自己無法幫他們，但爲了鼓勵他們，他給桃樂絲的幫手們萬靈丹：給稻草人一張文憑，給膽小獅勇氣勳章，給錫樵夫一顆發條心。這一段充滿諷刺意味。看起來像是在說：

萬靈丹只是安慰劑，是人們互贈的無意義象徵。許多有學位、勳章或獎狀的人都不勞而獲。無法征服死亡的人，即使整天萬靈丹不離身，萬靈丹也起不了作用。

眞正能醫百病的萬靈丹，是臻於內在改變的境界，但這場戲告訴我們，得到外來的認可同等重要。一行人中，身爲代理父親的巫師，送給他們爲人父者最棒的恩賜，這是一份少有人得到的獎賞。他們身上具備心、大腦和勇氣，至於他所送的身外之物，只是要提醒外人罷了。

此時，巫師轉向桃樂絲，哀傷地說出他無法爲她做什麼。他在內布拉斯加州參加州展覽會，搭上氣球，一路被吹到奧茲國，他自己也不知道怎麼回家。他說得對，只有桃樂絲能讓自己找回自我——認同「返抵家園」，也就是說，無論她身在何處，內心都要快樂。但他答應試試看，並指派奧茲國人民打造一個巨大的熱氣球。英雄們掌握所有東西，除了最難覓得的獎品——家，在第三幕他們一定要繼續尋找下去。

面對死亡，讓英雄藉由掌握寶劍經歷改變一生的結果，在完全體驗獎賞之後，英雄一定要回到歷險之路。前面還有更多考驗磨難在等待他們，該是收拾行囊，面對挑戰，走向英雄之旅下個階段：回歸之路的時刻。

旅程提問

1. 《黑豹》（*Black Panther*）、《超人特攻隊》（*The Incredibles*）、《少年Pi的奇幻漂流》（*Life of Pi*）和《決殺令》（*Django Unchained*）中的現代營火會場景是什麼？
2. 你故事中的英雄，藉由觀測死亡、釀成死亡或體驗死亡學到了什麼？
3. 你故事中的英雄，在面對死亡或最大恐懼後，擁有了什麼？在第二幕的重頭戲過後，有什麼後續情節？你的英雄是否從陰影或壞人身上吸收了負面特質？
4. 你故事的走向有改變嗎？在獎賞階段，故事有透露出新的目標或議題嗎？
5. 在你的故事中，考驗磨難過後有機會安排愛情場景嗎？
6. 你故事中的英雄知道他們改頭換面了嗎？包括自省或對感覺（意識）的理解嗎？他們學會了因應內在缺陷嗎？

THE ROAD BACK

第十階段：回歸之路

「要墮入陰曹地府很容易，但要想循原路脫逃，呼吸上頭的新鮮空氣——這是艱困的任務，是漫長的苦勞。」

——出自《埃涅阿斯紀》[1]，西比爾對埃涅阿斯所說的話

英雄慶祝從考驗磨難得到獎賞，並從中獲取教訓，接下來他們面臨要留在非常世界，或是展開歸返平凡世界的旅程。儘管非常世界充滿了魅力，但很少有英雄會想留下來。他們大多踏上**回歸之路**，回到起點，或繼續前行，展開另一段旅程，朝向新的地點或最終的目的而去。

在掌握寶劍的平靜時刻，英雄的能量也許略有減退，但此時他們再度恢復生氣。如果英雄旅程宛如一個由頂端開始的圓圈，我們現在還在底部，必須推一把，才能讓我們重見天日。

就心理學用語來看，這個階段代表英雄回歸到平凡世界，貫徹在非常世界所學的決心。但知易行難，英雄會提心吊膽，擔心考驗磨難階段所得的智慧和魔力，有一天會在刺眼的陽光下蒸發掉。大家都不相信，英雄居然奇蹟似活著回來。懷疑論者也許會找成千上萬個藉口，推拖歷險過程。但是大多數英雄都決定一試。像佛教的菩薩，見識過大同世界的藍圖，仍要回到人間，轉述

那裡的狀況，和大家分享贏得的萬靈丹。

動機

回歸之路，指的是英雄再度把自己奉獻給歷險的時刻。他們到達一望無際的高原，無論是憑藉內在的毅力或外力驅策，英雄一定得想辦法離開。

在一場戰鬥後，疲憊的指揮官重整無精打采的部隊；家庭在遭逢死亡或悲劇後，家長仍能讓家人齊心協力，重新振作，都算是內在的決斷力。外力也許是警報大作、滴答滴答的鐘響或惡棍的挑釁，這些都會讓英雄想起歷險的最終目標。

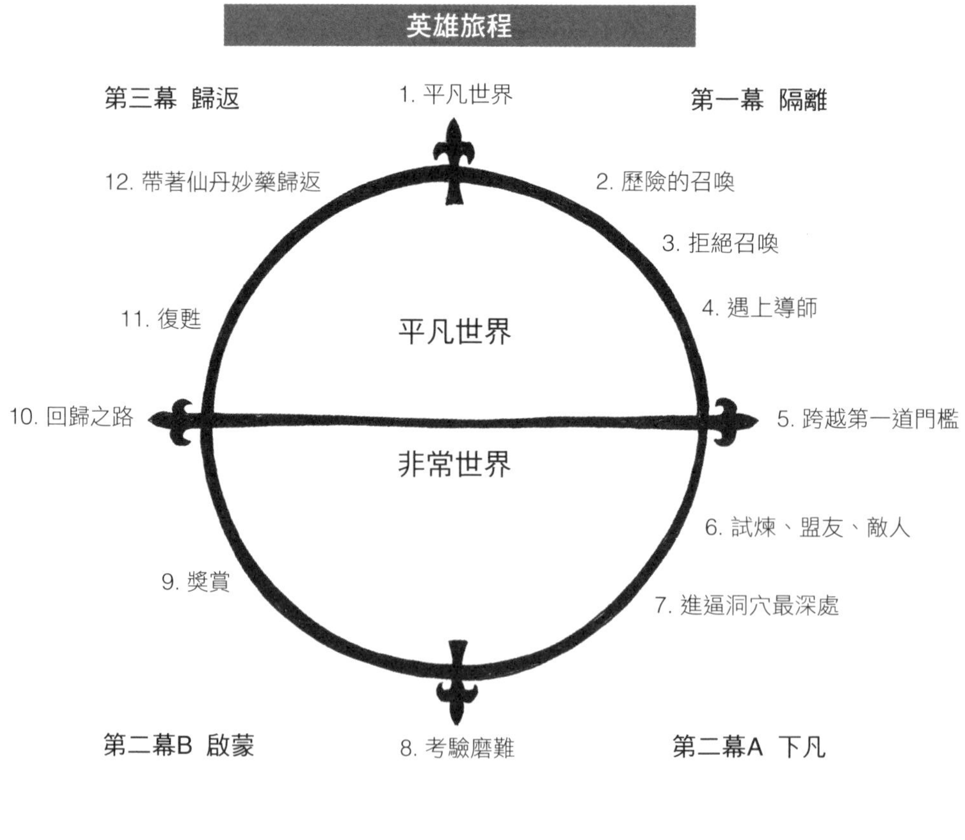

回歸之路是個轉捩點，也是另一次跨越門檻，代表從第二幕進展到第三幕。如同跨越第一道門檻，這個轉捩點可能改變故事的主旨。故事原本要達成某個目標，現在卻變成大逃亡；原本的重心是講人身威脅，現在變成感情大冒險。它是把故事推出非常世界深處的關鍵，一樁新事件也許讓故事急轉直下或改變走向。實際上，回歸之路引出第三幕。也許是英雄邁向另一次（也是最後一次）試煉之路的緊要關頭。

在考驗磨難階段中，英雄對抗的勢力若重整旗鼓，再次對付英雄，英雄通常都會受到激發，踏上回歸之路。如果英雄手上的萬靈丹是從敵對勢力偷來，而非得自對方贈與，那麼恐怕會作收惡果。

報復

武術有個很重要的課題，那就是**解決對手**。英雄都知道，在緊要關頭沒有徹底打垮的反派或陰影，很可能會捲土重來，而且比之前更強大。在考驗磨難階段，英雄對抗的怪物或壞蛋也許會重整旗鼓反擊。家中主導地位遭到挑戰的家長，在克服起初受到的震撼後，可能突然爆發，反倒施展更毀滅性的報復舉動。在武術場上被打得踉踉蹌蹌的對手，也許會穩住陣腳，突如其來反

1 *The Aeneid*，古羅馬史詩，埃涅阿斯（Aeneas）為傳說中的英雄，西比爾（Sibyl）則是充滿智慧的女預言家。

擊。在天安門廣場民運中慌成一團的中國政府，幾天後重整旗鼓，並展開決定性行動，把抗議的學生和他們的自由女神驅離廣場。

電影中描述報復性行動最鮮活的例子，莫過於《紅河谷》。湯姆・唐森在至高磨難階段遭到養子馬修・賈斯推翻，到了獎賞階段，馬修和他的人馬在鎮上慶祝賣掉牲口時，唐森則忙著召募一小隊槍手。在回歸之路階段，他搭火車一路在馬修後頭追逐，並放話要幹掉自己的養子。原本主題是在趕牛途中克服障礙的故事，現在急轉直下，變成老爸偷偷跟蹤兒子復仇。

這段情節的特殊之處是約翰・韋恩的內心戲。在跟養子一決高下時，他像殭屍般突然向前傾，如無人能擋的機器，輕輕鬆鬆揮開攔路的牛隻，旁邊的小嘍囉想阻止他，對他開槍，他也若無其事地閃開子彈。當有人向陰影挑戰時，就會激發他所代表的憤怒家長形象。

這類反擊在心理上的意義是，我們曾經抗拒的情緒障礙、缺陷、習性或癮頭，可能會暫時退卻，但在孤注一擲發動最後反擊時，仍舊會迴光返照，然後永遠被消滅。精神上的情緒障礙有著強韌的生命力，只要遭到威脅便會反擊。上癮的人第一次尋求恢復時，都會遭到難以戒掉癮頭的報復。

報復，可以以其他形式出現。如果你獵取一頭熊或斬殺一條龍，你會發現在考驗磨難階段殺掉的怪物，牠的夥伴會一路追逐你。惡人的手下沒死，就是為了追殺你，你或許會發現在考驗磨難階段，你殺了一個小嘍囉，其實後面大尾的漏網之魚正要找你尋仇，報復你殺死手下的怨恨。

報復的力量可能讓英雄的命運重創，不是英雄受傷，就是夥伴陣亡。這時可以隨時犧牲掉的朋友就很好用了。壞蛋也可能把萬靈丹偷回去，或綁架英雄的一位友人報復。這將導致救援或追逐行動，或二者兼具。

追逐場面

在許多案例中，英雄都是為了逃命才離開非常世界。追逐的場面可能在故事的任何時刻上演，但最受歡迎的時間點之一是第二幕結尾。追逐對扭轉故事的精神力非常有用，觀眾此時可能昏昏欲睡，必須以熱鬧的衝突或打鬥場面喚醒他們。在劇場界，這個階段被稱為「落幕前的追逐」，你會想要加強節奏，並營造收場的氣勢。

追逐是電影最愛的元素，在文學、藝術和神話中，追逐同樣舉足輕重。在古典神話中，最著名的追逐故事就是阿波羅狂追害羞女神達芙妮（Daphne）的故事，達芙妮哀求父親（河神）把她變成一株月桂樹。改變外觀在追逐與逃亡情節中很常見。現代英雄要逃避緊張局勢，只要變裝即可。在心理劇中，英雄得改變行為或經歷內在轉變，才能逃避追逐他的心魔。

魔幻脫逃

童話故事的追逐情節通常少不了禮物神奇地被改頭換面，也就是**魔幻脫逃**的主題。典型的故事就是，有個善待動物的小女孩，靠著動物朋友贈送的禮物幫助，逃離了巫婆的魔掌。女孩把禮物一件件丟在女巫行經的路上，這些禮物神奇地變成耽擱女巫追逐的障礙物。一把梳子變成一片濃密的森林，女巫狼吞虎嚥吃掉森林，追趕的速度因此減緩。圍巾變成一條寬闊的河流，女巫得把河水都喝光才能渡過。

坎伯曾多次描述魔幻脫逃，並暗示這種基調指的就是英雄拖延復仇勢力所付出的各種努力，包括丟掉「可以保護當事人的詮釋、原則、象徵、合理化說明等任何足以延緩、吸收復仇勢力能量的東西」。

英雄在追逐中扔下的東西，意味某種犧牲，把有價值的事物置之度外。童話故事中的小女孩發現，要跟動物們送的心愛圍巾和梳子分開，實在很不捨。冒險電影中的英雄，有時候得決定真正重要的是什麼，把錢從窗口丟出去拖延對方，好挽救自己的性命。坎伯曾引用米蒂亞所使出的激烈手段。米蒂亞和傑森逃離父親，她要傑森砍死她兄弟，把他的屍體丟進海裡，好拖延對方追趕的速度。

追逐的變形：仰慕者的追求

最常見的狀況是英雄遭到惡棍的追逐，但是也還有其他的可能性。有一種較少見的追逐是仰慕者的追求，例如在《原野奇俠》第三幕的開始，尚恩待在農場上以避開槍戰，但城裡蠻橫的惡棍卻把他拉了回來。他告訴農場上的小男孩留在農場上，但男孩還是遠遠地跟著，而男孩後面跟著的是男孩的狗，也被命令要待在家裡。這裡的重點是在強調：男孩對尚恩就像狗一般忠心耿耿。這是一種追逐模式的變形，不是英雄要擺脫惡棍，而是遭到仰慕者的追逐。

壞蛋落跑

另一種追逐戲碼，是要追趕落跑的壞蛋。在考驗磨難階段被俘、遭到掌控的陰影逃走了，變得比以前更厲害。《沉默的羔羊》中的食人魔漢尼拔．萊克特醫師，覺得自己遭到聯邦調查局探員克麗絲背叛，因此逃獄、大開殺戒。被五花大綁帶到紐約當展覽品的金剛，逃走之後胡作非為，把大家搞得雞飛狗跳。電影、電視和無數西部片都描述過壞蛋企圖落跑，在還沒跟英雄對打或拔槍決鬥前，就被英雄撂倒制伏。這類場景都是洛伊．羅傑斯[2]的西部牛仔片、《蒙面奇俠》（*Lone Ranger*）等電視影集的基本配備。

如前所述，壞蛋可能把寶物從英雄手中偷回去，然後跟他的某個手下一塊逃跑。這時便引出英雄出馬追擊，把寶物搶回來的情節。

挫折阻礙

回歸之路的另一種轉折是英雄突然厄運當頭。在熬過考驗磨難之後，一切本來很順利，但現實又找上門來。英雄可能會碰上讓歷險前功盡棄的挫折。海岸就在眼前，船卻開始漏水。瞬間，過去甘冒巨險、努力奮鬥、用犧牲換來的果實看來似乎都完蛋了。

此刻即故事第二幕的高潮，也就是我們在前面提過的遲發危機。這可能是第二幕最緊張的一刻，同時也為第三幕的大結局鋪路。

2 Roy Rogers，著名歌手兼西部片明星。

第二幕尾聲的回歸之路，也許是短暫片刻，或一段段精心設計的連續事件。幾乎所有故事都必須在某個時間點讓英雄昭告他完成旅途的決心，提供他足夠的動機，帶著萬靈丹歸返——即使非常世界誘惑仍在，前方路上仍有諸多試煉。

綠野仙蹤

巫師準備了熱氣球，希望它帶領桃樂絲踏上歸返堪薩斯的旅程。奧茲國的人民齊聚一堂，找來銅管樂隊歡送他們升空。但事事鮮少能盡如人意。托托看見人群中，有一位婦女懷中攬著一隻貓，便追了上去，桃樂絲跟在托托後頭追。在一陣混亂中，熱氣球載著巫師緩緩升空，桃樂絲卻沒跟上，很明顯地，她被困在非常世界裡。許多英雄想盡辦法要以熟悉的方式，也就是靠著過去習慣依賴的東西歸返，但他們發現這些法子太刻意，也不易掌控，就像巫師的熱氣球。由本能（小狗托托）引導的桃樂絲內心雪亮，明白這不是她能用的方式。不過，她準備要踏上回歸之路，繼續尋找適合的岔路。

英雄彙整在非常世界所學、所得、偷來或被授與的所有東西，為自己訂下新目標，以便逃跑、發現更長遠的歷程，或者返鄉。但達成這些目標之前，他們還得通過另一項考驗，也就是這趟旅程的期末考：復甦。

旅程提問

1. 《魔鬼終結者2》、《派特的幸福劇本》（*Silver Linings Playbook*）、《黑魔女：沉睡魔咒》（*Maleficent*）和《犬之島》（*Isle of Dogs*）等電影的回歸之路是哪一段？從作家的觀點，英雄在非常世界遭到排斥或追逐，有何優缺點？如果英雄是自願離開非常世界呢？
2. 從對抗死亡、遭遇失敗或危險中，你學到或得到什麼？你覺得自己很有勇氣嗎？你要如何把自身的感受應用在寫作上，並在描述你筆下角色的反應時發揮出來？
3. 你的英雄如何重新投入歷險？
4. 你故事中的回歸之路是回到起點，還是設定新的目的地，或是在非常世界適應新生活？
5. 在前述電影中找出第二幕和第三幕的轉折點。這些轉折點是單一的片刻，或是延伸的序列？
6. 在這些片段中，有追逐或加速的元素嗎？在自己故事中的回歸之路階段，有這些元素嗎？

THE RESURRECTION

第十一階段：復甦

「老頭子，我能怎麼辨呢？我已經掛了。」

——出自葛林執導的《黑獄亡魂》1

對作者和英雄來說，最難應付、最有挑戰性的階段登場了。為了讓故事更飽滿、更完整，觀眾必須再經歷一次死亡—重生的過程，這和至高磨難的階段很類似，但有一點不同。這就是所謂的**高潮**（並非緊要關頭），是最後一次和死亡打交道，情勢非常危急。英雄在重返平凡世界之前，必須接受最後一次淨化與滌罪。他們要再次改頭換面。作家使出絕招，讓大家看見英雄在行為或外表上的改變，而不單只是紙上談兵。作家一定要找出方法，證明英雄經歷了**復甦**階段。

全新的人格

進入新世界，要創造全新的自我。正如英雄進入非常世界時得褪去過去的自我，現在英雄也要拋開旅程中的人格，打造適合回到平凡世界的新人格，他們必須集舊自我的優點和一路上習得的教訓於一身。在西部片《巴巴羅薩》中，蓋瑞．巴希飾演的農村男孩經歷最後一次苦難，靠著途中吸收師傅威利．尼爾森傳授的知識，重生蛻變為全新的巴巴羅薩。約翰．韋恩在《要塞風雲》（*Fort Apache*）中死裡逃生，學習對頭亨利．方達[2]的穿著打扮和處世態度。

淨化

復甦的用處之一，就是要洗淨英雄身上的死亡氣息，幫助他們保留考驗磨難中學得的教訓。越戰退伍軍人少了美國社會提供的正式歡迎儀式與諮商管道，也許就是這些老兵重回社會時產生嚴重問題的原因。所謂的原始社會，面對英雄返鄉時似乎更懂因應之道。他們會舉行儀式，為獵人和勇士洗淨血腥和死亡，讓這些人平靜地重返社會。

返鄉的獵人可能要與族人隔離一段期間。為了讓獵人與勇士重新融入部落，巫醫模仿死亡效果的儀式，甚至帶著參加者來到死亡之門。獵人或勇士可能被活埋一陣子，或被監禁在洞穴、潔身禮室中[3]，象徵在大地的孕育處成長茁壯，然後人們會把他們高高抬起（復活），歡迎他們成為部族新生的成員。

神聖的建築就是為了營造復甦的氣氛，先把信徒監禁在窄小黑暗的大廳或通道中（就像母親的產道），之後帶他們進入一片燈火通明、寬敞的空間，讓大夥兒如釋重負。浸信會在溪流中浸禮的儀式，就是製造復甦的感受，洗清罪惡，並藉由溺水，讓人從象徵性的死亡中恢復生機。

兩大考驗磨難

為何這麼多故事都會安排兩波高潮或死亡—重生的苦難（一次在故事一半左右，另一次在故事結束前）呢？大學院校的學期制可以提供一點參考。故事中途碰到的緊要關頭或至高磨難，就像期中考；復甦則是期末考。英雄一定要接受最後一次測試，才知道他們是否牢牢記住在第二幕至高磨難中所學到的一切。

在非常世界學得教訓是一回事；把所學帶回家，當成實用的智識，又是另一回事。學生可以為了考試死記硬背，但現實世界中，復甦階段是實地測驗英雄學到的新技能，不但讓人聯想到死亡，也是測試英雄的學習成果。英雄是真心誠意改變嗎？他會在最後關頭失手、退卻，被情緒的障礙或陰影打垮嗎？《綠寶石》第一幕對瓊華德的可怕預言：「妳心裡很清楚，妳不是這塊料。」會成真嗎？

1 *The Third Man*。
2 Henry Fonda，奧斯卡影帝。
3 北美洲印地安人舉行潔身禮的場所。帶頭者率領參加潔身禮的人進入一間特製小屋，坐在經過加熱的石頭周圍。

有形的折磨

復甦最單純的層次，是英雄在苦難、戰鬥或對決時，最後一次面對死亡。這是和壞蛋或陰影最決定性、最終的對決。

相較於先前所面對的死亡，這次面對的險境，是整段故事影響最廣的一次。威脅不是只衝著英雄而來，甚至對全世界都有影響。換言之，這次的風險極高。

００７電影劇情的最高潮通常是龐德和壞蛋交手，在極度不利的情況下跟時間賽跑，拆卸毀滅世界的器械（比如《金手指》中的高潮是原子彈）。幾千萬生靈命在旦夕，英雄、觀眾和全世界都深陷在死亡邊緣，龐德（或他的盟友萊特）成功拔掉對的導線，拯救大家於毀滅之前。

讓英雄主動出擊

故事最高潮的時刻，英雄是採取行動的當然人選。有些作家卻犯下錯誤，居然讓一個剛好出現的盟友把英雄從死亡中救出來——等於是由一列裝甲部隊來挽救大局。英雄可以得到意外的協助，但最好讓英雄自己完成決定性的行動；由他動手，給恐懼或陰影致命一擊；讓他主動出擊，而非消極被動地應對。

最後對決（攤牌）

在西部故事、犯罪電影和許多動作片中，復甦階段都是故事中最重要的對峙場面——也就是以**最後對決**或槍戰來呈現。最後對決，讓英雄和壞蛋為無上的賭注——生與死，進行最終較量。在西部片是經典槍戰；在傳奇歷險故事中，就是以劍相鬥；在武術電影裡，則是較量武功；以家庭為主題的戲劇中，甚至出現法庭上的對峙或激烈的口水戰。

最後對決的情節有其獨特的遊戲規則和傳統。塞吉歐．李昂尼[4]以歌劇般的「義式西部片」高潮，誇大最後對決的傳統元素：撒狗血的配樂，對峙的雙方在某個場合（村鎮的街道、畜欄、墓地、惡人的藏身處），朝對方大步前進；在決定性的那一刻，在槍枝、手和雙眼來個近距離特寫，同時營造時間靜止的感覺。從《驛馬車》、《日正當中》到《俠骨柔情》（*My Darling Clementine*）等西部片，都少不了拔槍對決的劇情。一八八一年的所謂OK鎮大決鬥，就是一場殘酷的槍戰，這場大亂鬥成為美國西部神話的一部分，以它為靈感的電影也最多。

以一決生死帶到劇情最高潮的傳奇歷險電影，包括《俠盜王子羅賓漢》（*Robin Hood: Prince of Thieves*）、《海鷹》（*The Sea Hawk*）、《美人如玉劍如虹》（*Scaramouche*）、《寶殿神弓》（*The Flame and the Arrow*）；騎士們殺得你死我活的電影，包括《劫後英雄傳》（*Ivanhoe*）、《神劍》（*Excalibur*）和《圓桌武士》（*Knights of the Round Table*）。在決鬥或槍戰中，英雄一

4 Sergio Leone，義大利導演，他以「鏢客三部曲」掀起好萊塢的西部片風潮。

定會被逼到瀕臨死亡，否則大家就看得不過癮。英雄必須為自己的性命奮戰到底。前面演過的小規模衝突不算數，英雄可能會負傷，或因為滑倒而身體失去平衡，跟在至高磨難階段時一樣，英雄看起來差不多要死了。

悲劇英雄的死亡與重生

照慣例，與死亡擦身而過的英雄起死回生。此時壞蛋都會死或被打敗，但有些悲劇英雄卻喪命，比如《馬革裹屍還》（*They Died with Their Boots On*）、《聖保羅炮艇》（*The Sand Pebbles*）、《英烈傳》（*Charge of the Light Brigade*）中，英雄命中注定必死。勞勃・蕭在《大白鯊》中的角色昆特，就是在這時候送命的。不過，注定死亡或悲劇性的英雄卻就此復甦。就某種意義來說，他們永遠活在倖存者和他們犧牲性命所挽救的人的記憶裡。觀眾生存下來，永遠不會忘記悲劇英雄傳授給我們的教訓。

在《虎豹小霸王》（*Butch Cassidy and the Sundance Kid*）中，英雄們被大隊人馬團團圍困在一幢磚造建築物裡。他們衝出去面對死亡，這段高潮情節拖到電影最後才登場。他們很可能在槍林彈雨中喪命，但他們倒下來卻還在戰鬥，最後一幕影片定格，他們從此將不朽地活在眾人的記憶中。《日落黃沙》（*The Wild Bunch*）的英雄遭人設計殺害，但他們的精神長存在一把槍中，這把槍被另一位冒險者撿走，我們都知道他將堅守他們狂野的風格。

抉擇

復甦的另一個時間點，也許是指一個能掀起劇情高潮的抉擇。英雄在諸多選項中挑出一個抉擇，表明他是否真的學到改變的教訓。這個困難的抉擇測試英雄的價值觀：他會依照過去錯誤的方式來選擇，或是以反應出自己改變的方式面對呢？《證人》中的警察布克，以及他最大的對頭——也就是奸惡的警官，展開最後對決。阿米許人都在看，布克是否會依照平凡世界以暴制暴的規範行事，還是以非常世界學到的和平之道因應。他做出明確的抉擇，沒有如預期跟對方交火，他反倒放下槍，拋下全副武裝的壞蛋，和沉靜的阿米許族人站在一起。他和他們一樣，成為目擊者。有這麼多目擊者，壞人無法大開殺戒。過去的布克也許會對敵人開槍，但新生的布克選擇不這麼做。這次的試煉證明了他學到教訓，徹底改頭換面，起死回生。

愛情的抉擇

復甦的抉擇也可能在愛情世界上演。《畢業生》（*The Graduate*）或《一夜風流》（*It Happened One Night*）等故事的高潮，把英雄帶到婚禮聖堂，讓他選擇共度一生的伴侶。在《蘇菲的抉擇》（*Sophie's Choice*）故事中，是納粹逼一位母親做出痛苦抉擇，在兩個孩子中挑出一個受死。

高潮

復甦，通常都代表戲劇的**高潮**。「高潮」（climax）一詞源於希臘文，意思是「階梯」。對作者而言，它指的是大爆發，精力衝上最高點的時刻，或是故事最後的重頭戲。它也許是真槍實彈的對決或最終戰鬥，也可視為艱困的抉擇、性高潮、漸強的音樂，或感情用事但具決定性的衝突。

風平浪靜的高潮

高潮不一定是故事中最有爆點、最戲劇性、最響亮或最危險的時刻，也有所謂的**風平浪靜的高潮**，情感起伏的頂端非常溫和。風平浪靜的高潮，讓人感覺之前的衝突都和平解決，所有緊繃的情緒變成喜悅與祥和。在經歷摯愛的死亡後，英雄會接受事實和諒解的平靜高潮。經過些許掙扎，最終領悟之後，故事中的劍拔弩張也許會轉趨和諧。

周而復始的高潮

故事需要的高潮不只一個，必須安排一系列**周而復始的高潮**。單獨的次要情節可能都需要不同的高潮。復甦階段是故事裡的另一個神經節，故事中所有脈絡都需要檢查是否過關。重生與淨化的過程也許需要經歷一個層次以上。

英雄可能會在心智、肉體、情緒等不同層次的意識上相繼經歷高潮。英雄可能會經歷思緒改變或抉擇的高潮，刺激現實世界中身體的高潮或對決。當英雄的行為和感受改變後，他們又將經歷情感或精神上的高潮。

電影《古廟戰茄聲》就是身體和情緒高潮接連出現的例子。卡萊・葛倫和他的英國中士都身負重傷，搬水工甘卡丁從原本的丑角變成英雄，還警告英軍將遭伏擊。雖然甘卡丁自己受了傷，但他爬上黃金塔的頂端，吹喇叭示警（但吹得荒腔走板）。英軍收到警告，眾人免於一死，此舉成了故事的身體高潮，但甘卡丁遭敵人擊中，從塔上摔落喪命。他的死沒有白費，同袍視他為英雄，他也復活了。最後的情感高潮，上校朗誦大文豪吉卜林[5]的詩，向甘卡丁致敬。這場戲中，穿著全套軍服、邊行禮邊微笑的甘卡丁靈魂被疊印在畫面上，他起死回生，徹底改變了。

當然，一個結構巧妙的故事可以把心靈、身體和精神所有層面同時帶到高潮。當英雄採取決定性舉動時，世界可以同時全盤改變。

滌淨

高潮會帶來**滌淨感**。這個字在希臘文意指「嘔吐」或「通便」，在英文的意思裡，變成淨化心靈的情感宣洩，或是情感上的重大突破。希臘戲劇的概念就是要激起觀眾想吐的情緒，把日常

5 Rudyard Kipling，一九〇七年諾貝爾文學獎得主。

生活中遭遇的毒素都洗滌乾淨。好像偶爾去灌個腸，把消化系統清乾淨一樣，希臘人每年固定都會去劇場好幾次，好把爛心情都拋掉。大笑、眼淚及恐懼，都是引發洗滌、淨化作用的催化劑。

在心理（精神）分析上，滌淨是一種技巧，讓無意識的物質浮上表面，以釋放焦慮或沮喪。就某種程度來說，寫作也一樣。作家企圖在英雄和觀眾身上觸發的高潮，就是最清醒、意識達到最高點的時刻。你希望提高英雄與看戲觀眾的意識。滌淨可以擴大認知瞬間，這是高層意識的巔峰經驗。

為了製造讓人情感澎湃的效果，滌淨可以結合對決。在《紅河谷》中，唐森和馬修．賈斯碰頭，展開一決生死大亂鬥。起初馬修不肯戰鬥，他不要因為被激就放棄自己的原則。唐森拿錘子向他捶過來，馬修為了保命，被迫反擊。兩人展開一場驚天動地的對決，所有人都認定其中一人必死無疑。兩人雙雙撞上一輛滿載家用品（棉布、鍋碗瓢盆）的運貨馬車，車被搞壞，暗示在邊界打造家園、建立家庭或社區的願望都毀了。

但一股嶄新的精神力闖了進來：泰絲。這位獨立的姑娘，將會愛上馬修。她對空鳴槍，引起兩人注意，停止這場戰鬥。這是個情感的高潮——貨真價實的滌淨過程。她毫不保留，吐露對這兩個男人的感受，讓他們兩人相信，這場架打得愚蠢至極，其實他們都愛對方。她把一場可能鬧出人命的對決，變成情緒抒發，這是認知達到最高點的時刻。

透過情緒表達，能讓滌淨產生最好的效果，比如大笑或大哭。感性的故事把觀眾的情緒帶入高潮，賺人熱淚。像《萬世師表》的奇普老師，或《愛的故事》（*Love Story*）中苦命的年輕女孩等，當觀眾喜歡的角色死去，也就是觀眾的情緒達到高潮的時刻。這類角色會永遠留在愛他們的觀眾心裡和回憶中。

以情感滌淨來復甦。

大笑，是讓觀眾發洩情緒最有力的手段之一。喜劇必須加上插科打諢的笑點，才能引爆觀眾的笑穴，因為笑話可以舒緩緊張、趕走掃興情緒，並讓觀眾產生共同的體驗。華納兄弟和迪士尼的經典卡通短片，宗旨就是要在短短六分鐘內讓觀眾笑倒，無厘頭要到極點。內容詳盡的喜劇，在構思上必須非常謹慎，才能製造出讓所有觀眾大笑的高潮。

角色弧線

滌淨，是英雄**角色弧線**的必然高潮。所謂角色弧線，是描述某個角色階段性的改變：也就是角色經歷的各個時期，以及他成長的轉折點。許多故事共通的缺點，是作者讓英雄突然成長或改變，只為區區一件事，角色徹頭徹尾變了個人。只要有人批評他們，或英雄知道自己某項缺點，他們居然能馬上改掉；要不就受到震撼，一夜間說變就變。這類狀況在人生中偶爾會發生，但一般人大多是逐漸改變成長，從偏執一步步轉為寬容，從懦弱轉為果斷，從恨轉為愛。以下是角色弧線和英雄旅程模式的對照表。

角色弧線	**英雄旅程**
1. 對問題所知有限	平凡世界
2. 認知增加	歷險的召喚
3. 拒絕改變	拒絕召喚
4. 克服抗拒勉強的心理	遇上導師
5. 願意改變	跨越第一道門檻
6. 試驗第一次改變	試煉、盟友、敵人
7. 為重大轉變做好準備	進逼洞穴最深處
8. 嘗試重大轉變	考驗磨難
9. 嘗試轉變的後果（進展和挫折）	獎賞（掌握寶劍）
10. 再次努力改變	回歸之路
11. 最後一次嘗試重大轉變	復甦
12. 終於戰勝問題	帶著仙丹妙藥歸返

若需要創造逼真的角色弧線，英雄旅程的各階段是絕佳的指南。

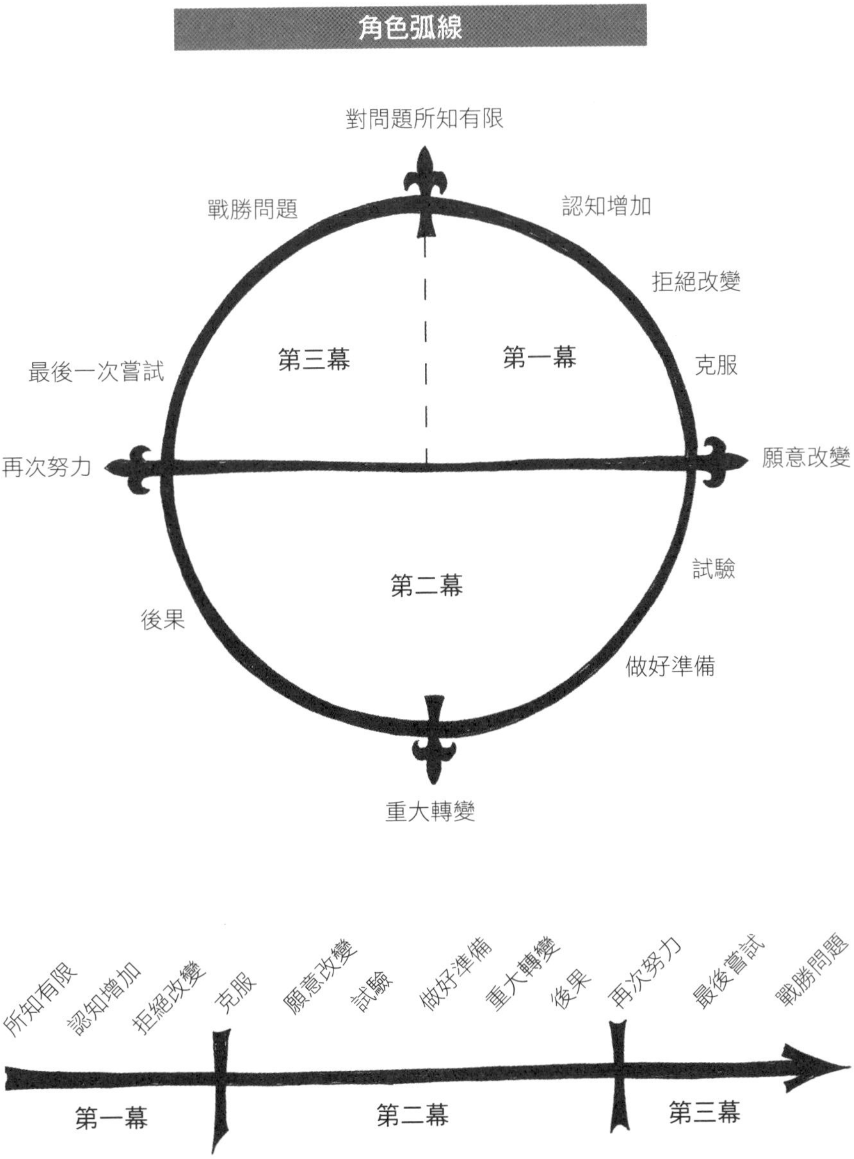
角色弧線
對問題所知有限
認知增加
拒絕改變
克服
願意改變
試驗
做好準備
重大轉變
後果
再次努力
最後一次嘗試
戰勝問題
第一幕
第二幕
第三幕
所知有限
認知增加
拒絕改變
克服
願意改變
試驗
做好準備
重大轉變
後果
再次努力
最後嘗試
戰勝問題
第一幕
第二幕
第三幕

最後機會

復甦階段是英雄在態度和行為上最後一次嘗試重大轉變。英雄此時可能不進反退，身邊的人會認為他令大家失望。對這角色的期待會暫時煙消雲散，但如果他改變主意，也許這個希望就能夠起死回生。《星際大戰》中，自掃門前雪的獨行俠韓索羅船長，拒絕嘗試最後一次毀滅死星，但他還是在最後關頭現身，顯示他終於改頭換面，願意為了遠大的志業冒生命危險。

步步為營，小心謹慎

對踏上歸途的英雄來說，復甦很可能讓他們一失足成千古恨，他們恐怕會踏上窄小的劍之橋（sword-bridge），從一個世界到達下一個世界。希區考克經常利用居高臨下的位置象徵無法活著回到平凡世界。在《北西北》中，卡萊．葛倫和伊娃．瑪莉亞．桑特的角色，最後高懸在拉許莫爾山的石雕[6]上，他們兩人最終的命運令觀眾七上八下，直到最後一刻到來。希區考克其他作品，像是《迷魂記》、《海角擒兇》（*Saboteur*）、《捉賊記》（*To Catch a Thief*），都把英雄帶到高地，讓他們在生死間做最後掙扎。

有時候，英雄在達成目標的最後關頭前突然發生意外，這樣的情節反倒成就了不起的戲劇。《人類創世》的英雄帶著萬靈丹（火焰）回去給族人，到了平凡世界的門檻時，火種意外地掉到水裡熄滅了。所有希望化為烏有，這是歷險隊領導人、也就是英雄的最後考驗。

他安撫眾人，因為他知道火的祕密；在他遭遇考驗磨難時，他看過更先進的部族使用一種特殊的枝條生火。當他想要有樣學樣時，卻發現自己把祕訣忘個精光。看起來希望又再次落空。

此時，他「老婆」（他在歷險途中邂逅、隸屬更先進部族的女子）出面插手，決定姑且一試。要讓個女流，還是個外族人出手，男人們都不太高興，可是只有她知道生火的祕密（吐口水在手上，用摩擦取火的木杖引火）。她成功了，火旺了，這個部族重拾生機。事實上，部族本身也通過了最後的考驗，學會為了生存必須不分男女，結合所有人的智慧才能成功的道理。在最後的門檻摔一跤，引領我們走向復甦和啟蒙。

英雄失足不一定是真正跌倒，而是在回歸路途中道德或情緒上遭遇波折。電影《美人計》接近尾聲時，英雄面臨人身與感情上的雙重考驗。愛莉西亞（英格麗・褒曼飾演）正身陷極大危難，就要被納粹毒死，達夫林（卡萊・葛倫飾演）如果無法從一大群敵人手中把她救出來，就會面臨失去靈魂的危險，因為是他的緣故才讓她落入納粹手中。

冒領人

在童話故事中最常見的復甦情節，都是一心想要達成不可能任務的英雄，在最後關頭遭遇威脅。當他公開宣告擄獲公主芳心或掌控某個王國時，就會突然出現一個冒牌貨或冒領人，質疑英

---

6 Mount Rushmore，位於美國南達科他州，以四座美國總統（林肯、華盛頓、傑佛遜、羅斯福）的巨型雕像聞名。

雄的資格，要不就宣稱達成這個不可能目標的人是他，而非英雄。英雄看起來似乎沒指望了。為了重生，英雄必須證明自己才是真正的索償者，他得拿出斬殺的蛟龍耳朵和尾巴，或在競賽中擊敗冒牌貨（陰影）。

提出證據

復甦階段的主要用意就是提出證據。小孩喜歡炫耀暑假時蒐集的紀念品，不但可以回憶旅途的種種，還可以向其他小孩證明，他們真的去過這些充滿異國情調的地方。對前往其他世界的旅人來說，若沒人相信他們，就是個大麻煩。

童話故事中常見的老梗，就是從神奇世界帶回來的證物往往會不見。英雄帶著從仙子手中贏來、裝滿金幣的袋子，回到平凡世界打開袋子一看，發現裡頭除了濕透的葉子，什麼都沒有。讓人不禁認為旅人其實是在森林裡喝醉大睡一覺。但旅人很清楚自己的經歷絕非謊言。這個老梗意味著：在非常世界的心靈和情感體驗，很難向其他人說明白。為了自己，他們必須自己走一趟。在非常世界的遭遇，若是沒有成為日常生活的一部分，這個經歷可能會隨之消失。從旅行中得到的珍寶，並非紀念品，而是持續的內在改變和學習。

犧牲

復甦階段，英雄經常需要**犧牲**。必須放棄某些東西，比如舊習慣或原有的信念。有些東西一定得還回去，就像希臘人的祭酒儀式，在喝酒前，他們會先倒酒給眾神。為了團體的利益，好東西一定要與他人分享。

《魔鬼終結者2》中，會變形的壞蛋，在高潮時身體被摧毀，但是當機器人英雄，也就是終結者（阿諾．史瓦辛格飾演），非得犧牲自己，以免引發未來暴亂時，故事把觀眾推向更上層的情感高潮。換個角度來看，小男孩約翰．康納此時才是英雄，他一定要犧牲自己的一部分，也就是他的恩師／父執輩人物，讓終結者驟然死去。《異形3》也有類似的自我奉獻高潮，雷普莉（雪歌妮．薇佛飾演）得知怪物在自己體內生長，為團體著想，決定毀滅自己。自我犧牲的經典例子，就是狄更斯的《雙城記》，有個男人[7]為了救別人性命，代替對方上斷頭台。

「犧牲」一詞源於希臘文，意思是「成聖」。為了使故事獲得認可（神聖化），英雄通常被要求自我奉獻、放棄或交還自己的東西。有時犧牲是指團體中有人死亡。《星際大戰》的高潮，天行者路克眼睜睜看著同袍們為了摧毀死星而被殺。路克也拋棄自己的部分性格：他對機器的依賴。歐比王的聲音浮現在他腦海，他決定要「相信原力」，並學習信任人類的直覺，而非機器。

路克在星際大戰系列第二部電影《帝國大反擊》的高潮，再次經歷另一次個人犧牲。這次他在逃離邪惡帝國途中失去一隻手。在這系列第三部電影《絕地大反攻》中，他得到掌控原力的新能力作為補償。

7 《雙城記》的英國律師卡登（Sydney Carton）。

併入

對英雄來說，復甦是指英雄顯示自己從每個角色身上吸收或併入的所有經驗教訓，而併入真正指的是，他把在旅途中得到的教訓融入自己體內。完美的故事高潮會檢驗英雄的全部所學，讓他證明，一路上碰到的恩師、變形者、陰影、門檻守衛和盟友等角色，他都已經融會吸收。《城市鄉巴佬》的英雄在經歷高潮時，已經能夠善用從多位師傅和反派角色身上學到的東西。

轉變

復甦更高層次的戲劇目的，是在表面上呈現英雄真的改變。要證明給大家看，英雄的舊自我早就徹底死去，讓舊自我無法自拔的誘惑和癮頭已經無法左右新的自我。

作者的手法，就是顯而易見地讓人看到英雄外表或動作上的轉變。光是讓英雄身邊的人注意到還不夠，大家談論起他的改變也不夠，要從他的穿著、行為、態度和舉動，讓觀眾親眼看到他的不一樣。

《綠寶石》有個一看便知道的復甦鋪陳。在電影的高潮，瓊華德和傑克一起打退壞蛋，把姊姊救出來，奪回寶物。但傑克卻馬上與她道別，讓瓊的愛情主線岌岌可危。她領會到擁有男人的愛情才能圓滿，但在這緊要關頭，愛情卻硬生生被剝奪。傑克和她吻別，告訴她說，她一直都是英雄的料，但他要的是錢，不是她的芳心。傑克追逐的是被鱷魚吞進肚子裡的綠寶石。他縱身躍出高牆，在愛情上，瓊頓失所依，無法滿足。最後的動作戲很熱血，但感情戲看起來可能要悲劇收場。事實上，瓊追求情感完整的期望落空了。

瓊站在欄杆旁，向外眺望的鏡頭逐漸消失，取而代之的是幾個月後，她在紐約辦公室的復甦鏡頭。她的經紀人正在看瓊親身經歷的冒險故事手稿。從銀幕上看來，瓊顯然改變了，她已經觸底死去，但感情上已然重生。向來冷酷的經紀人讀了稿子哭得稀里嘩啦，斷言這是瓊有史以來最棒的作品，還聲稱這本書一下就完成了。非常世界的考驗磨難讓瓊變成更優秀的作家，看起來比以前更有自信，也更漂亮。

這場戲的最後，瓊面臨最終考驗。經紀人提到新書的結局，相較於瓊的真實人生，故事中的英雄與英雌終成眷屬。經紀人咄咄逼人地湊近瓊說：「你是個無可救藥的多情種。」

瓊可能會崩潰，也許會因得不到心儀男人的悲慘現實而大哭，過去的瓊可能會大受打擊，同意經紀人的看法。可是她沒有。瓊以這段話通過了考驗：「不，我是滿懷希望的多情種。」她的神情告訴大家，雖然心中還是隱隱作痛，但她已經沒事了。不管有沒有男人愛她，她學會愛自己，她擁有過去缺乏的自信。之後，她走在街上，碰見以前恐嚇她的人，但現在她根本沒把他們當回事。她經歷了復甦。觀眾從銀幕上、從內心裡，感受到她外表和舉動的改變。

綠野仙蹤

在描述英雄改變的過程上，《綠野仙蹤》不如《綠寶石》那般鮮明，但字裡行間仍表現出重生和學習。對桃樂絲而言，復甦，是指她從巫師意外登上熱氣球，令她從返家希望幻滅當中重新振作起來。正當桃樂絲返家希望落空時，好女巫再度現身，她代表了連結我們與家和家人的正面阿尼瑪。她告訴桃樂絲，她一直以來都擁有返家的能力。她以前之所以沒有告訴桃樂絲，是因爲「她不會相信我，她必須靠自己學會這道理」。

錫樵夫衝口問道：「桃樂絲，妳學到了什麼？」她答道，她學會在「自己的後院」，尋找「心之所嚮」。桃樂絲和瓊華德一樣，都知道快樂與圓滿就在心中。不過，她以言語表達出的轉變，不及《綠寶石》在銀幕呈現的視覺與行爲上的轉變。但桃樂絲畢竟學到了東西，現在她可以繼續向前邁進，迎向最後一個門檻。

復甦，是英雄的期末考，是展現他所學的機會。英雄通常會遭受最終一次犧牲，或是受參透生死奧祕的深刻體驗影響，進而徹底淨化。有些人無法通過這個危險的轉折點，但闖關成功的英雄帶著仙丹妙藥歸返時，繼續向前，完成英雄旅程的循環。

旅程提問

1. 《金剛》、《亂世佳人》（*Gone with the Wind*）、《林肯》（*Lincoln*）和《龍紋身的女孩》（*The Girl with the Dragon Tattoo*）等電影的復甦階段是什麼？
2. 你的英雄，在歷險途中學到哪些負面性格？從故事一開始就存在的缺陷，到後來還有哪些需要矯正？身為作者，你想保留哪些不願導正的缺陷？你筆下的英雄有哪些必備的特質？
3. 你的英雄經歷了什麼樣最後的死亡─重生折磨？
4. 你的故事需要安排真正的對決場面嗎？在這關鍵時刻，你的英雄主動積極嗎？
5. 檢視你筆下英雄的角色弧線。他的真正成長是經歷逐步改變得到的嗎？英雄的最終轉變在外表和行為上是否明顯展露出來？
6. 在英雄斃命、沒有學到教訓的悲劇中，誰學到最多？

RETURN WITH THE ELIXIR

第十二階段：帶著仙丹妙藥歸返

「不不，愛瑪嬸嬸，這裡是個生意盎然的地方。我記得當中有些不愉快，但大部分都很棒。可是我一直跟大家說的那句話就是：我想回家。」

——取自《綠野仙蹤》

英雄們熬過所有苦難，經歷死亡，如今要回到起點——也就是回家，或者是繼續旅程。但他們都會覺得，經過一路跋涉，就要展開新的人生，他們的人生將從此改觀。如果他們是真正的英雄，他們就會從非常世界**帶著仙丹妙藥歸返**；帶回能和他人分享的事物，甚至帶回治癒受創大地的能力。

歸返

《人類創世》透過歸返的一連串精彩鏡頭，告訴我們說故事、寫故事的起源。狩獵人／採集者吃力地講述著在外頭世界歷險的經過。電影的英雄在營火邊烤肉，享受他們的遠征果實。此時，在狩獵派對中負責搞笑的小丑成了講故事的人，把整段歷險故事從試煉階段一一演出來，包括特殊音效，並以有趣的默劇演出途中碰上的大塊頭門檻守衛。有個受傷的獵人邊接受包紮邊笑了出來：在電影語言中，這宣告了故事的療癒力量。帶著萬靈丹歸返，意味你在日常生活中貫徹變革，並運用歷險期間的所學治癒你的傷口。

結局

「Denouement」（結局）是歸返的另一個名稱，這個字是法文，意指「解除」或「解開」（unknotting，noue就是knot，結或難題）。故事就像編織，角色的生命要前後一致、條理分明地編織進去。故事的主線緊密結合，營造緊張與衝突，一定要打開死結，舒緩緊張情勢，化解衝突。我們談到，要在故事收場時「搞定最後細節」。無論是繫住或解開，這些措辭都要點明一個概念：故事就像編織物，一定要妥善完成，否則看起來會粗製濫造地纏成一團。因此，在歸返階段，最重要的是把次要情節和故事中提及的所有主題與問題都交代清楚。在歸返階段提出新的問題沒關係——事實上這麼做很好——不過，所有老問題都應該處理好，或至少重新敘述一下。通常作家會很努力地營造出把所有故事情節與主題處理完畢的氛圍。

故事的兩種收尾形式

最後，英雄旅程會有兩個分支。較傳統的收場方式，是以**循環**形式讓人感受到故事結束落幕，西部文化和美國電影尤其熱愛這一味。另一種則是**開放式結局**，較受亞洲、澳洲和歐洲電影歡迎，你可以感受到電影中尚未解開的問題、模稜兩可的解讀，以及沒有解決的衝突。這兩種收尾方式，都可以讓英雄有更多體認，但開放式結局對英雄的問題恐怕無法處理得乾淨俐落。

循環式結局

循環或**封閉式結局**讓故事回到起點，看起來是最受歡迎的收尾方式。在這個架構下，帶著英雄繞完一圈，回到故事開始所處的地點或世界。歸返也許是以視覺或隱喻的方式循環——最初的影像會不斷重演，或是第一幕的對白或碰到的狀況在此時重複出現，把尚未交代的情節一次解決，讓故事有完成的感覺。這些影像或字句，現在也許有了新的意義，意味英雄完成旅程。故事最初的中心思想，在歸返階段可能被拿來重新評估。在結尾時許多樂曲回到初始的主題，並且換個方式來陳述。

帶著英雄歸返起點，或讓他想起展開旅程的原因，提供觀眾一番對照，並藉以判斷你的英雄究竟走了多遠、改變多少，而現在的舊世界又改變了多少。為了讓循環式的感覺結束，並產生對比，作家有時在歸返階段會讓英雄遭遇一些在故事開始時感覺辦不到或很困難的經歷，這樣觀眾便能看出英雄的轉變。電影《第六感生死戀》中，英雄在平凡世界時無法說出「我愛妳」，在死亡國度通過多重試煉之後，到了歸返階段，終於說出這重要至極的關鍵話語，還活在人間的妻子也才得以聽見。

在《凡夫俗子》中，年輕的英雄康拉德在平凡世界非常沮喪，他無法嚥下母親為他做的法式土司。這是他內在問題的寫照，他無法接受愛——因為哥哥過世，他卻還活著。在歸返階段，在通過多次死亡—重生的折磨後，由於他的舉止像混蛋，他向女友道歉，她要他進屋吃早餐時，這時他發現自己居然有胃口了。吃東西，意味他內心已經轉變。行為上確實有了改變，遠比康拉德說「我覺得不一樣了」，或某人注意到他已經成長，並討論此事，更富戲劇效果。舉止上的轉變遠比露骨的陳述更有力道，能傳達象徵性的改變，並間接影響觀眾。在不知不覺中，讓大家感受到英雄某個階段的人生已經結束，這是個封閉的循環，新的人生即將展開。

成就圓滿

好萊塢電影的「圓滿大結局」和童話故事的世界脫不了關係，因為童話故事通常以成就圓滿為主題。童話故事常常以完美無缺的「從此，他們過著幸福快樂的日子」作結。童話故事中，破碎的家庭都可以回復平靜與圓滿。

婚禮，也是故事愛用的收尾方式。結婚是個全新的開始，是單身生活的結束，是走入新家庭生活的新開端。新的開始完美無瑕，還沒遭到破壞。

故事結束時，展開一段新的感情，也代表新的起點。《北非諜影》中，亨佛萊．鮑嘉做出艱難的復甦犧牲，放棄與心愛女子廝守的機會。他得到的獎賞——從過去經驗中得到的萬靈丹，就是和克勞德．雷恩斯[1]結盟。他說出了電影史上最有名的收尾詞：「路易，我想這是一段美好友誼的開端。」

開放式結局

作家通常會設法解決在第一幕提出的問題，藉以想出營造故事完成或結束氛圍的方法。不過，有時候還是有必要留下幾個伏筆。有些作家偏好**開放式結局**的歸返階段。依照開放式結局的概念，故事結束後情節仍然繼續，同時在觀眾的腦海與心中繼續演下去，看完電影或讀完書，在人們的對話或爭論中，故事都還沒結束。

開放式結局派的作家，喜歡把道德的議題留給讀者或觀眾定奪。有些問題沒有標準答案，有些問題有許多解答。有些故事的結局不是解答問題或解開謎團，反倒是提出新的問題，讓觀眾在故事落幕後低迴許久。

好萊塢電影常被批評結局過於簡單，猶如童話故事中所有問題都迎刃而解，觀眾的文化假說完全未被觸及。相反地，開放式結局的世界有許多灰色地帶，對情節強烈或逼真的複雜故事來說，開放式結局也較合適。

1 Claude Rains，在《北非諜影》中飾演警察路易，並以這個角色拿到奧斯卡最佳男配角獎。

歸返的作用

歸返和英雄旅程的其他階段一樣，能夠發揮諸多作用，但是它身為英雄之旅的最終要素，自有特殊之處。歸返在許多方面都和獎賞階段相似，兩者都在歷經死亡與重生之後出現，也都刻畫出熬過生死關頭的結果。掌握寶劍的某些作用，諸如掌控、慶祝、神聖婚姻、營火會場景、自我認知、復仇或報復等，在歸返階段也看得到。但歸返是觸動觀眾情緒的最後機會，故事一定要在這裡落幕，你一定要想盡辦法滿足或煽動觀眾。由於它的位置獨一無二，就在作品的最尾端，它的分量特殊，同時也讓作者與其筆下的英雄落入意想不到的困境中。

驚喜

如果所有問題都乾淨俐落，或者一如預期般妥當解決，那麼歸返階段可能會一敗塗地。精彩的歸返階段應該把主線所有的脈絡交代清楚，同時製造出驚喜，來點意想不到的東西，出其不意加點出乎意料的內容。希臘和羅馬人會在戲劇和小說中打造出進入結局的「識別」場景。例如，被當成牧羊人撫養長大的一對年輕男女，後來才發現他們是王子與公主，很久以前就有婚約，大出眾人的意料。悲劇故事中，伊底帕斯發現，他在考驗磨難階段殺死的人正是他的父親，跟他在神聖婚姻結合的正是他的母親。在這裡的識別是驚駭多過喜悅。

歸返階段也會有意外的轉折。這是另一種誤導的例子：你讓觀眾相信某件事，然後在最後關頭才透露完全不同的真相。《軍官與間諜》（*No Way Out*）在電影的最後十秒，完全推翻你對英雄的認知；《第六感追緝令》的前兩幕，讓你懷疑莎朗．史東飾演的角色殺了人，在高潮階段卻又讓你相信她沒有罪，然後在最後一個鏡頭出乎意外地再讓你對她起疑。

這類型的歸返通常都帶點諷刺或尖酸刻薄的味道，一副要說「哈哈，把你騙倒了吧！」的樣子。你以為人類都很高尚，心想邪不勝正，結果卻被耍得團團轉。歐．亨利[2]等作家的作品，歸返轉折的嘲弄意味就比較淡些，亨利有時會藉由轉折展現人性本善的一面，比方說他的短篇故事《耶誕禮物》（A Gift of the Magi），一對貧窮的年輕夫妻為了給對方驚喜，他們犧牲自己來為對方準備耶誕禮物。後來他們才發現先生賣掉了寶貝手錶，買了一支髮夾給老婆夾秀髮，太太賣掉剪下來的頭髮，想為老公摯愛的錶配副錶鏈。禮物和他們付出的犧牲最後互相抵銷，但這對夫妻卻得到無價的愛。

賞與罰

歸返階段最特殊的任務就是交付最後的獎賞和懲罰，恢復故事中的世界平衡，賦予完整的感覺，就像在期末考拿到的成績。壞蛋因作惡多端，領受到最終的命運，他們絕對無法輕鬆脫身，因為觀眾討厭那樣。懲罰和犯罪是絕配，而且還是**理想的因果報應**。換句話說，壞蛋的死法或他得到的報應，都應該與他犯下的罪行脫不了關係。

2 O. Henry，十九世紀美國極短篇小說大師，以結局出人意料聞名。

英雄也會得到他們應得的東西。很多電影中，英雄得到的獎賞不全是他們努力掙來的。獎賞必須與付出的犧牲相稱，當個好人並不能讓人永垂不朽。如果英雄沒辦法從經驗中得到教訓，他們也可能在歸返階段受到懲罰。

如果你的戲劇觀點是：人生不盡然公平，世上正義很難獲得彰顯。那麼，在歸返階段，你就得想盡辦法把這概念套用在獎賞和懲罰的方法上。

萬靈丹

通往英雄旅程最終階段的真正關鍵就是**萬靈丹**。歸返時，英雄到底從非常世界帶了什麼回來與眾人分享？只跟自己的社群分享，還是也會和觀眾共享呢？帶著仙丹妙藥歸返，是英雄的最終試煉。萬靈丹證明他去過那裡，並提供他人一個範例，更重要的是，證明了確實能超越死亡。萬靈丹甚至有可能讓人在平凡世界中起死回生。

帶著仙丹妙藥歸返，就像英雄旅程的其他階段一樣，可能是真正的萬靈丹或單純只是比喻。所謂的萬靈丹，也許是帶回解救部落的實際物品或藥物（影集《星際爭霸戰》和電影《燃燒的天堂》〔*Medicine Man*〕都是以此為主軸）。也可能是指從非常世界帶回來和歷險夥伴共享的寶物。比方說，萬靈丹可能是驅策人們踏上歷險征途的東西：金錢、名聲、權勢、愛、和平、幸福、成功、健康、知識，或是說個精彩故事給人聽。最棒的萬靈丹是給英雄與觀眾更深切廣泛的認知。在《碧血金沙》（*The Treasure of the Sierra Madre*）中，眾人追逐的寶藏（也就是黃金）最後被發現只是毫無價值的塵沙，而真正的萬靈丹其實是讓人長命百歲、活出自在的智慧。

在亞瑟王的傳奇故事中，萬靈丹就是聖杯，它藉由眾人共享，療癒受創大地，讓漁人王[3]安心度日。如果帕西法爾和騎士們把聖杯據為己有，就沒有療癒效果。

如果旅人沒有帶回和眾人分享的東西，他就不算英雄，他只是個自私自利的無知小人。他沒有學到教訓，沒有成長。帶著仙丹妙藥歸返，是英雄的最終試煉，展現他已經成熟到足以分享旅程中所獲得的果實。

愛情萬靈丹

愛情，當然是最強而有力也最討人喜歡的萬靈丹，它可能是英雄付出最後犧牲才得到的獎賞。《綠寶石》中的瓊華德，放棄從前對男人的遐想，和過去猶豫不決的自己說再見。她得到的報酬就是傑克突然上門，神奇地運來一艘愛之遊艇到她紐約的住家，要帶她遠走高飛。他尋覓的萬靈丹已經變質了，從貴重的綠寶石變成了愛情。瓊得到了愛的獎賞，但那是由於她懂得不要老想著談情說愛，才能得到愛情。

3 亞瑟王傳奇故事中，漁人王身上一直有傷，他的生命與身體好壞攸關大地的富庶與否。

世界因此改變

另一種萬靈丹是智慧。英雄帶著智慧回到平凡世界，這顆萬靈丹因為太強大，不但改變了英雄本身，也改變了周遭的一切。整個世界為之轉變，它的重要性無遠弗屆。《神劍》這部影片，刻畫出世界徹底轉變的美麗景象。當帕西法爾帶著聖杯回去找病重的亞瑟王，國王很快就恢復精力，並帶著眾騎士再次上馬出征。他們所到之處，生機蓬勃，到處繁花盛開。這群人就是活生生的萬靈丹，他們的出現讓大地又復活了起來。

肩負重任的萬靈丹

為了得到共享且強大的萬靈丹，英雄在歸返階段都得肩負更大的責任，不能再當獨行俠，而是要在團體中挺身而出。建立家庭，擴展人際關係，打造城市。英雄的重心，從小我轉移到大我，有時甚至擴展到群體。喬治・米勒的作品《衝鋒飛車隊》（*The Road Warrior*）、《衝鋒飛車隊續集》（*Mad Max: Beyond Thunderdome*）中的孤僻英雄瘋子麥斯，摒棄孤獨人生，成為一群孤兒的恩師和養父。這裡的萬靈丹就是他的開車技巧，以及世界分崩離析前，他在舊世界的過往點滴，他把這些都傳授給孤兒們。

悲劇中的萬靈丹

悲劇英雄會死、會被打敗，還會因為他的悲劇性缺陷而垮台，但經驗仍可讓人有所長進，把萬靈丹帶回去，是誰會有所長進？那就是觀眾，因為他們看到了悲劇英雄犯下的錯誤，以及錯誤招致的後果，觀眾如果夠聰明，就能學會避免那些錯誤，這就是他們從經驗中獲得的萬靈丹。

更難受但學聰明

有時候，萬靈丹指的是英雄懊悔地回顧自己在途中犯下的錯誤轉折，意識到儘管自己走過這一遭，但**更難受卻學聰明了**的英雄，對這一切可以泰然處之。他帶走的萬靈丹是難以下嚥的苦藥，但他因此免於重蹈覆轍，他錐心刺骨的痛楚也能適當點醒觀眾，別走上那條路。《保送入學》[4]和《黑白遊龍》（*White Men Can't Jump*）中的英雄，都在苦樂交織中學到教訓。到頭來他們都失去了珍貴的愛情，回歸階段得不到夢寐以求的女子，只好安慰自己，至少從中得到經驗這個萬靈丹。這些故事都營造出「事已至此，不必多說」的氣氛，英雄得到最後的平衡。

---

4 *Risky Business*，湯姆・克魯斯的成名作。

更難受卻沒學聰明

「更難受卻學聰明」的英雄曉得自己一直是傻瓜，這也是他們康復的第一步。但想不通的人是無藥可救的笨蛋，他看不出犯下的錯誤，要不就是敷衍了事，沒有從經驗中記取教訓，即使承受莫大痛苦，還是重蹈一開始就讓他身陷困境的行為模式。他**比以前難受，卻沒學聰明**。這是另一種循環式結局。

這一種歸返階段，愛搞怪或愚蠢的角色看起來似乎成長改變了，他可能是小丑或搗蛋鬼，如平·克勞斯貝和鮑伯·霍伯[5]搭檔演出的電影中鮑伯·霍伯的角色，或是艾迪·墨菲在《四十八小時》、《你整我，我整你》等片的角色，他們都信誓旦旦地說已經學到教訓，不過最後都笨手笨腳搞砸萬靈丹，重蹈覆轍。他可能大開倒車，重拾原本不負責任的態度，回到原點，認為自己注定重新踏上歷險。

這是無法帶著萬靈丹歸返所該受到的處分：**英雄或任何人注定再次經歷考驗磨難，直到他學到教訓，把萬靈丹帶回來分享為止。**

尾聲

許多故事以開場白揭開序幕，也有許多故事在最後以**尾聲**作結。少數情況下，尾聲或後話會把故事的時空向前推，告訴大家每個角色後來的進展，有完結故事的功用。《親密關係》（*Terms of Endearment*）的尾聲跳到故事結束一年後，所要傳達的感受是，即使遭遇悲傷和死亡，日子還是要繼續過下去。在《看誰在說話》（*Look Who's Talking*）的尾聲，我們看到嬰兒英雄的小妹妹在故事主線交代完畢的九個月後誕生。描述某段關鍵時間、某一群人遭遇的電影，比如說《美國風情畫》（*American Graffiti*），或《光榮戰役》（*Glory*）、《決死突擊隊》等戰爭片，落幕時通常會加上附註，說明劇中角色怎麼死掉，後續過得如何，或大家如何懷念他們。《紅粉聯盟》的尾聲篇幅很長，電影主要故事是描述一位上了年紀的棒球女將，回顧球員生涯的點滴，尾聲時她造訪棒球名人堂，見到多位過去的隊友。影片交代了女將們的遭遇，大夥兒還打了一場球，讓觀眾知道她們寶刀未老。她們依然生龍活虎，就是讓英雄與觀眾重拾生機的萬靈丹。

以上都是歸返階段的用意與功能，但此階段還有一些很容易犯的錯誤，作者應想辦法避免。

歸返階段的隱患

在歸返階段，作者很容易把故事搞砸。許多故事在最後關鍵晚節不保——歸返階段太突兀、冗長、鬆散、了無新意或讓人倒胃口。作者之前努力營造的氣氛和一連串的想法頓時化為烏有，白忙一場。歸返階段也可能太過模稜兩可，不少人就認為《第六感追緝令》結局的意外轉折是一大敗筆，因為它沒能把女子到底有沒有犯下罪行交代清楚。

5 Crosby-Hope，指的是平．克勞斯貝（Bing Crosby）和鮑伯．霍伯（Bob Hope），兩人是好友，前者是演唱過多首經典好歌的名歌手，後者是脫口秀巨星，兩人搭檔演出過多部爆笑喜劇。

交代不清的支線

另一個常犯的錯誤是，到歸返階段，作者仍無法把故事所有元素連結起來。現在的作家很容易就把支線晾著不管，也許是趕著完工，只記得處理主要角色，次要角色的命運和想法都被忽略——即使觀眾很可能對他們也很感興趣。較老的片子通常比較完整，比較會顧全每個面向，創作人會花時間搞定所有支線，個性演員在電影開頭、中途和結尾都會出來亮亮相。基本原則：**整個故事支線至少應該要有三次「亮相機會」或三場戲，每一幕各一次。**在歸返階段，應該把所有支線都帶出來或交代清楚。每個角色都應該獲得萬靈丹或學到東西。

太多結局

然而，歸返階段也不該著墨過多或反覆累贅。歸返階段另一項基本原則是遵循ＫＩＳＳ定律——就是**簡約**、**單純**（Keep It Simple, Stupid）。許多故事之所以會不及格，都是因為有太多結局。觀眾感覺故事結束了，但作者想要這個又想要那個，做不出恰當的結尾。這麼做恐怕會讓觀眾大失所望，作者之前費心營造的氣氛因此煙消雲散。觀眾想知道故事已經真正落幕，他們便可起身離開戲院，或帶著激昂的情緒看完書。《吉姆爺》[6]這類好大喜功過頭的電影，企圖挑戰一本難懂的小說，玩出一個又一個高潮，但老是有好幾個結局，這樣只會讓觀眾愈看愈沒勁。

簡單、明瞭，就是王道，最極端的例子莫過於《小子難纏》中的高潮——空手道比賽。當英雄踢出致勝一腳，贏得比賽，銀幕馬上列出職員名單，主題曲也隨即響起，幾乎沒有所謂收場，但我們都知道，男孩在訓練中有所長進，拿到他的萬靈丹。

急轉直下的結局

歸返看起來也許很突兀，讓人覺得作者在高潮後太快把故事結束。除非要留點空間抒發情感，跟角色道別，並引出結論，否則可能讓人覺得故事還沒結束。唐突的歸返就好像一個人沒說再見就掛掉電話，或飛行員沒把飛機降落，反倒自行跳傘一樣。

焦點

如果在第一幕提出劇情問題，在第二幕受到考驗卻沒有獲得解答，歸返階段可能就有「離題」的感覺。一開始作者也許沒有提出適當的問題，卻渾然不覺，而且不斷變換主題。一開始是愛情故事，到後來也許變成揭發政府貪腐祕辛。作者的思路跑掉，故事看起來失去重心，除非能在歸返階段回到原有的主題，讓故事圓滿走完。

---

6 *Lord Jim*，改編自康拉德（Joseph Conrad）的小說，中文電影名稱又譯作《一代豪傑》，由彼得．奧圖主演。

標點符號

歸返階段的最終用意就是要果斷地讓故事結束。故事應該要以能表達情緒的標點符號結束。一篇故事猶如一個句子，結束的方式只有四種：句點、驚嘆號、問號或刪節號（以三或六個點表示你的想法含糊不清。例句：你現在就想走，還是……）。

若基於故事與看法上的需要，可能讓故事以句點作結，以一個影像或一行對白直接了當表達：「日子得繼續過下去。」、「愛能戰勝一切。」、「邪不勝正。」、「人生就是如此。」、「自己的家最溫暖。」。

如果作品的用意是煽惑或製造恐慌，結語就要有驚嘆號的效果。科幻與恐怖片可能會以「我們並不孤單！」、「快點懺悔，要不就讓你死！」這類句子來作結。至於社會覺察的故事，則以強烈的語調收場，如「不可再犯！」、「奮起吧，掙脫壓迫的桎梏！」或「一定要有所作為！」。

較開放式的結局架構，你可能會想要以問號或將信將疑的情緒作結。最後一個畫面可以提出類似「英雄會帶著仙丹妙藥歸返，還是會被遺忘呢？」的問題，也可能以刪節號結束，心照不宣的問題仍然揮之不去，衝突還是無法解決，但結局卻是懷疑或模稜兩可：「這兩個女子，英雄無法抉擇，因此……」或「愛情與藝術無法調和，所以……」或「日子，還是要過下去……一直一直……慢慢過下去……」或「她證實自己並非殺人兇手，但是……」。

無論如何，故事的結尾該宣示「一切都結束了」——就像華納兄弟卡通的招牌台詞「謝謝收看」。如果是口述故事，除了套用「……從此，他們過著幸福快樂的日子」的公式外，有時候會以老套的「我說完啦，就這樣，誰要拿喝的給我潤潤喉？」作為民間故事的收尾。

比如電影最後一幕的影像，英雄馳騁而去，隱沒在日落中；有時候可以用畫面來暗喻故事的主軸，讓觀眾知道，故事結束了。電影《殺無赦》最後的影像，是克林．伊斯威特飾演的角色離開他妻子的墓，回到家中，意味這趟旅程告終，同時概述故事的主旨。

這些只是「帶著仙丹妙藥歸返」階段中的幾項特色。繞完一圈，讓我們就此罷手，為未知與未經探測的世界多留一點幻想的空間。

綠野仙蹤

桃樂絲的歸返之路，始於向盟友道別，並感謝從他們身上得來的愛、勇氣和常識等萬靈丹。然後，她腳跟輕扣地面，反覆喊道：「自己的家最溫暖。」她盼望能回到堪薩斯的家。

她回到平凡世界的家，銀幕上變回黑與白的世界，桃樂絲醒來時躺在床上，頭上有塊濕布。歸返變得有些含糊不清——前往奧茲國的旅途是「眞的」，還是腦震盪女孩的夢境？但是，就故事角度來看，這不重要，因爲對桃樂絲而言，這趟旅程絕對如假包換。

她把床邊的人都認成奧茲國的角色。由於在非常世界的體驗，她對他們的觀感變了。她記得，非常世界的經歷有的很恐怖，有的很美好，但她只關心自己學到的道理——家裡最溫暖。桃樂絲說，她不再離開家，絕非照字上的意思。她所謂的家，不是指堪薩斯這幢小農舍，而是她自己的靈魂。她是個完整的人，具備無懈可擊的人格，能壓制最糟的特質，了解內心的男性與女性正面能量。一路上向其他人或動物學到的教訓，她都予以吸收。她終於眞正開心起來，無論她身在何處，她都覺得身在家中。她帶回來的萬靈丹是對家的新觀點，以及對自我的新概念。

英雄旅程結束了，或者可以說是稍事休息一下，因為人生的旅程——歷險的故事不會真正完結。英雄和觀眾從這一次的歷險帶回了萬靈丹，但融合所學的志業仍將持續下去。對所有人來說，仙丹妙藥是畢生的智慧、經驗、金錢、愛情、名聲或刺激與興奮。一個優秀的故事就像一趟精彩的旅程，都留下能改變我們且讓我們更明智、更活躍、更有人性、更完全、更融入萬物的萬靈丹。英雄之旅也因此圓滿。

旅程提問

1. 《逃出絕命鎮》（*Get Out*）、《鳥人》（*Birdman*）、《寄生上流》（*Parasite*）和《婚姻故事》（*Marriage Story*）的萬靈丹是什麼？
2. 你故事中的英雄，從親身體驗中帶回了什麼萬靈丹？
3. 在主要事件或高潮結束後，你的故事還尾大不掉嗎？在高潮之後，如果中斷故事會有什麼結果？你需要如何收場才能滿足觀眾？
4. 在故事中，你的英雄是以何種方式逐漸承擔更多責任？歸返階段，英雄是否承擔了最重大的責任？
5. 現在，故事的英雄是誰？你的故事是否有更換英雄，或是將任何角色提升成英雄？最後誰令人大失所望？最後結果有任何爆點嗎？
6. 你的故事值得傳頌嗎？從中你學習得夠多、付出沒有白費嗎？
7. 在你自己的英雄旅程中，目前走到哪個階段？你想要帶回什麼樣的萬靈丹？

EPILOGUE
尾聲

LOOKING BACK ON THE JOURNEY

回首旅程：從好萊塢五大名片談起

「我過得非常開心，每分鐘都樂在其中。」

——一九四〇年代澳洲男星佛林[1]

走到英雄之路的盡頭，藉由幾部電影來審視這個模式的運用情況，對大家都會有很大的助益。本書選了《鐵達尼號》、《黑色追緝令》、《獅子王》、《水底情深》四部影片——這幾部電影都是善用英雄旅程原型和結構的例子。另外還有《星際大戰》系列電影，也有部分受到英雄旅程概念影響，我們也必須多些著墨。

分析這些影片，從中尋覓英雄之旅的蛛絲馬跡，是有益的訓練。從中可以發現故事的缺陷，也可以看出其中的寓意和饒富詩意的轉折，以及達到出乎意料的層次。我極力建議你挑一部電影、一本小說或你自己寫的故事，利用這套模式試試看。把這套概念使用在故事或人生面臨的狀況時，你將會大有斬獲。在開始分析這幾部電影之前，先提供幾個警訊及指導方針。

作者要當心！

首先，作者要當心！**英雄旅程模式是指導原則**，並非食譜或數學公式，不用嚴格套用在所有故事上。事實上，故事不必與模式、流派、範例、分析法相同。一個故事成功或優秀的取決標準，不是它依循既定的模式，而是歷久不衰的人氣，以及其對觀眾所產生的影響。硬要讓故事順從某種結構性的模式，等於是本末倒置。

即使沒有展現出英雄旅程的所有特質，還是可能創造出精彩的故事，事實上這樣的效果反而更好。觀眾總愛看些熟悉的傳統手法，這種預期心理壓抑了創造力。打破所有「成規」的故事，仍然能夠觸動廣大觀眾的情緒。

功能重於形式

切記，**故事的需求決定故事的結構**。功能重於形式。你的信念、偏好、角色、主旨、風格、調性和想表達的故事氛圍，將決定故事的特性和布局。觀眾及故事發生的時間、地點，也會影響故事的架構。

故事的形式隨著觀眾的需求轉變，不同節奏的新故事型態將會持續出現在市場上。例如，近年來，受電視和ＭＴＶ風格的剪輯影響，世界各地觀眾的注意力時間變得更短、更精明。作者可以營造出更快的故事節奏，同時假設觀眾也能接受類似結構電影中的轉折和捷徑。

每天都有新的用詞出現，只要有新的故事，就會有人發表新的評論。英雄旅程只是個指導方針，是設計故事語言的第一步和基本原則。

選擇你的譬喻

英雄旅程的模式，只是故事情節譬喻人生的其中一種。在大學課堂上，我曾把打獵比喻為人類的性反應，用以說明故事中看到的模式，但這些並不是唯一的選項。如果譬喻有助於讓說／寫故事更加明瞭，那就多用幾個不同的譬喻吧。你會發現它的用途很廣，你能把一篇故事比喻成一場棒球賽，以九局來取代十二個階段，並以「第七局休息時間」（seventh-inning stretch）取代「掌握寶劍」。你可能會覺得駕船、烤麵包、乘竹筏渡河、駕車或雕刻塑像等過程都可以和說故事的模式相互對照。有時可把譬喻結為一體，用來闡明英雄旅程的不同面貌。

英雄旅程的各階段、用語和概念，都能作為故事的設計樣本，或是審察故事的方法，前提是不要過度拘泥於這些指導方針。最好的方式是摸透英雄旅程的概念，然後在開始寫作時把它們忘掉，如果失去方向再參照，就像途中迷路時查看地圖一樣。不過可別搞錯地圖的用法，你不會把地圖貼在擋風玻璃上，只有出發或迷路時才把地圖拿出來看。旅程的樂趣不在於閱讀地圖或照表操課，而是探索未知的領域，偶爾需要時才看地圖。讓自己的創造力跳脫傳統的範疇，迷失方向一下，也許會有新的創見。

1 Errol Flynn，澳洲演員、導演、編劇、歌手，電影作品有《俠盜羅賓漢》等。

設計樣本

你或許想嘗試把英雄旅程當成構思新故事的大綱，或是評估寫作故事的工具。在迪士尼動畫部門，我們利用英雄旅程的概念讓故事情節更緊湊，並且點出問題所在，以及規畫故事結構。曾有好幾百位作家和我分享，他們以英雄旅程概念和神話指導方針來設計劇本、愛情小說或電視喜劇的情節。

有些人會在十二張索引卡上寫下英雄旅程的十二個階段，然後開始構思電影或小說的情節。如果你清楚了解幾場主戲和轉折，就把它們寫在適合的階段裡。把對角色的認識及遭遇補充完整，便可開始規畫故事的細節。使用英雄旅程的概念，針對角色的背景提出問題。這些人的平凡世界與非常世界是什麼？英雄的歷險召喚為何？在拒絕召喚階段，英雄如何表達恐懼？遇上導師有沒有讓英雄戰勝恐懼？英雄必須跨越的第一道門檻是什麼？把空白補充好之後，不久便可以詳細規畫所有角色的英雄旅程，以及故事的支線，完成完整的構思。

你也許會發現，某個特定情景和其中某個階段的功能非常合適，但在英雄旅程的模式中，發生的時間點卻不太對勁。例如你的故事需要一名導師在第二或第三幕傳達召喚，並拒絕召喚，而不是英雄旅程概念指示的第一幕。不過甭擔心，把它擺到你認為合適的地方就對了。英雄旅程模式只是事件可能發生的時間點。

英雄旅程的任何元素，都可能在故事的任何時刻出現。《與狼共舞》由英雄的考驗磨難或復甦階段揭開序幕，你可能會認為這兩種元素要到旅程的中段或尾聲才會出現，但是這樣安排也很不賴。所有故事都由英雄旅程的眾多元素組成，但順序可以隨故事需求而變動。

把各階段寫在索引卡片上，不要寫在薄薄的紙上，以便你能因應需求把卡片移到適合的場景，若歷險召喚和拒絕召喚的場景重複出現的話（比如說《鐵達尼號》），你可以加上更多卡片。

構思故事時，你會想到一些似乎不符合英雄旅程特定階段的場景。為了適用這類場景，你可能得發明自己專用的術語或譬喻，同時修改英雄旅程的術語，以滿足筆下世界的需求。

現在，讓我們以不同類型的電影，來看看英雄旅程的老梗是如何汰舊換新，一再地被改寫。

鐵達尼號——沉溺愛中的英雄之旅

一九一二年四月十四日傍晚，從英國利物浦出發，展開處女航的遠洋豪華客輪鐵達尼號，撞上冰山沉入海底，成了廢鐵，令人動容的故事於焉展開。怵目驚心的媒體報導迅速傳遍全世界，這艘號稱永不沉沒的豪華郵輪上，一半以上乘客（也就是超過一千五百人）因此喪命。接著傳來的是一個個貪生怕死、英勇無畏、自私自大、自我犧牲、展現高貴情操的故事。這些綿密的故事組成一篇集恐慌、悲劇和死亡多種元素的偉大史詩，這些故事化為書籍、文章、紀錄片、劇情片、舞台劇，甚至音樂劇，一代代傳誦下去。鐵達尼號船難成為西方通俗文化的一部分，它和金字塔、幽浮或亞瑟王的愛情故事一樣，是歷久不衰的魅力話題。

在鐵達尼號沉沒八十五年後，好萊塢的派拉蒙和二十世紀福斯兩大片廠展開非比尋常的結盟行動，他們想給觀眾看另一個版本的鐵達尼故事——詹姆斯・卡麥隆[2]的《鐵達尼號》。這部電影的製作成本不但超越所有鐵達尼號相關影片，也是有史以來耗資最高的大製作，拍攝花費超過兩億美元，製作公司還花了幾千萬美金來發行和宣傳。導演兼編劇詹姆斯・卡麥隆的願景需要兩家片廠共同出資才能搞定。針對如此龐大的花費，許多業內專家都預期，這部電影的下場會和那艘船一樣，一定會沉沒，甚至可能把電影公司及高層人員一塊拖下水。無論電影多受歡迎，無論特效做得多驚人，這種好大喜功的大製作絕對無法賺回成本。

專門評論尚未拍攝之電影的影評們認為，畢竟對這部電影不利的暗礁太多了，每個人都知道故事結局——大夥兒翩翩起舞，遊輪撞上冰山，然後死了一大群人。電影一定要有出人意料的元素，但怎麼想這部影片似乎沒有。

其次，它設定在某段時期，是一部具有時代特色的作品，時空背景是一次世界大戰前，確切時間不詳。大家都知道，這類特定時空的影片很花錢。再者，由於這種故事和現代觀眾「毫無關連」，大多乏人問津。第三，此劇的劇本結構與鐵達尼號的設計一樣漏洞百出，在撞上冰山引發後續情節之前，你必須先強迫觀眾看一個半小時（一般電影的長度）的戲。悲劇收場的電影，票房多半也會死得很慘。以戲院老闆的觀點來看，長度超過三小時的電影，幾乎是理想長度的一倍，每天安排的播映場次也會變少。最後就是，它的卡司都不是當紅的大牌明星。

拍片的資金多半由二十世紀福斯公司支付，藉以換取國際發行權，因此福斯公司的高層更有理由擔憂了。在英國和美國，鐵達尼號是家喻戶曉的故事，但在亞洲和其他市場就不是這樣了。這部電影的成敗關鍵在於：外國觀眾是否會為這部敘述多年前船難的古裝電影而走進電影院呢？

結果，觀眾還是去了，而且觀看人數盛況空前，他們一再進場。跌破大家（包括電影圈在內）眼鏡的是，全球觀眾對《鐵達尼號》的熱愛就像那艘船一樣驚人。兩個月內，成本全部回收，福斯和派拉蒙大賺一筆，電影稱霸全球票房超過十六週。這部電影在奧斯卡也橫掃千軍，榮獲十四項提名，奪得十一座小金人，其中包括最佳影片和最佳導演的殊榮，讓票房又更上層樓。

連電影原聲帶都在排行榜上連續四個月盤踞第一。

《鐵達尼號》的熱潮，不止吸引觀眾走入戲院或聽主題曲而已。我們自古就對擁有故事的一小部分有著強烈的渴望，人類熱愛收藏的本性，讓這種渴望更是一發不可收拾。這種衝動讓新石器時代的原始人以骨頭刻下熱愛的女神模型或圖騰動物，而現代電影觀眾也想要擁有一丁點《鐵達尼號》的經歷。

他們購買鐵達尼號的模型、相關書籍和影片，還有救生艇、躺椅、高檔名牌瓷器等道具。有人甚至報名昂貴的體驗之旅，搭著高科技配備的潛艇到海底，實地探訪這艘船的殘骸及當年那些乘客的晦暗墳場。

這部電影連霸票房冠軍四個月，讓大家開始思索這到底是怎麼回事。區區一部電影為何激發如此不尋常的回響？

劃時代巨片

一般電影會因為驚人的票房數字，或令人難忘的情節，在文化上成為永恆的典範。《鐵達尼號》就像《星際大戰》、《逍遙騎士》（*Easy Rider*）、《第三類接觸》、《黑色追緝令》一樣，

2 James Cameron，加拿大導演，擅長拍科幻片及動作片，由他執導的《鐵達尼號》和《阿凡達》是目前影史上最賣座的兩大巨片。

奠定屹立不搖的地位。這類劃時代巨片突破舊有窠臼與範疇，把電影的概念推到全新的境界。而這類電影為了引起千千萬萬人的共鳴，必須表達出世人都感同身受的情感，或滿足眾人的共同期許。那麼，《鐵達尼號》實現了世人哪個共同願望？

當然，我會認為這部電影之所以成功，是因為它滿足人們對生命價值的共同期許，加上它善用英雄旅程的基調與概念。詹姆斯．卡麥隆在一九九八年三月二十八日投書到《洛杉磯時報》說：「《鐵達尼號》刻意納入人類的共同經驗，這種亙古不變的經驗大家都很熟悉，它反映出大家基本的情感結構。這部電影認真刻畫各種原型，不分文化，不分年齡，感動了所有人。」

把遠洋郵輪沉沒這樣的紊亂事件，變成條理分明的構思，原型的模式不但回答了觀眾的問題，也提出對人生價值的看法。

身為史詩規格的巨作，《鐵達尼號》恣意沉浸在悠閒的說故事步調中，把大把的時間花在規畫精心設計的骨幹，讓故事有個完整的英雄旅程結構。在這條與鐵達尼號乘客故事平行的主線中，至少有兩個英雄旅程逐步展開：其一是科學家下海冒險，尋找寶物；其二是老太太回到巨變的現場，重新憶起當年的熾熱激情。可能出現的第三個英雄旅程就是觀眾，他們造訪鐵達尼號的世界，從那艘失事郵輪故事中學得教訓。

《鐵達尼號》和許多電影一樣，穿插了一個時空被設在現代的外圍故事，在戲劇處理上，這麼做有幾個重要功用。首先，使用紀錄片在海底拍下的鐵達尼號殘骸，提醒觀眾這不是個捏造的故事——把一樁真實事件戲劇化。由鐵達尼號殘骸和船上乘客引人傷悲的尋常遺物，帶出這部大製作最震撼的元素——這種遭遇可能也的確發生在跟我們一樣的人們身上。

其次，這個策略再次跳到現代，把老蘿絲介紹出場，提醒我們鐵達尼號船難發生的時間仍是一個人存活的時間，並非多麼久遠的陳年舊事。老蘿絲現身，生動地表達出一個事實：和鐵達尼號同時代的人，有許多依然活著，他們還記得鐵達尼號，而其中有些人從船難中死裡逃生。

再者，這樣的架構安排營造出神祕感——這位自稱是鐵達尼號船難生還者的老太太，到底是誰？探測隊急著打撈上來的那顆鑽石，後來怎麼樣了？蘿絲找到她的真愛嗎？她的愛人生還了嗎？雖然我們知道鐵達尼號這艘船的命運，但這些問號卻吸引觀眾，營造出懸疑的氣氛。

《鐵達尼號》一開始，便安排故事的其中一位**英雄**出場，時空來到現代，洛威特是科學家、生意人、探險家，不太確定該以哪個身分跟大家見面。他在**平凡世界**是個好出風頭的人，想為他所費不貲的科學探險尋求金援。他的**外來問題**是，他要想辦法找到寶物——也就是一顆據稱掉在鐵達尼號上的鑽石；他的**內在問題**是，想要找到內心真實的聲音，以及更適切的價值體系。

這種身兼科學家和探險家的人物很常見，很容易被列入特定原型，就像柯南．道爾[3]筆下的查林傑教授[4]；《所羅門王寶藏》（*King Solomon's Mines*）中的探險家亞倫．夸特曼；《金剛》中的探險家兼製作人卡爾．丹寧，還有當代的印第安納．瓊斯。相較於真正投入冒險的考古學家與調查員，如豪爾．卡特[5]、施里曼[6]、安德魯[7]，以及賈克．柯斯托[8]等人，這些虛構的人物也都維妙維肖。身兼科學家、冒險家、生意人的羅伯．貝勒[9]，真的找到了鐵達尼號的殘骸，他是電

---

3 Sir Arthur Conan Doyle，英國作家，最著名的作品就是福爾摩斯系列偵探小說。

4 Professor Challenger，道爾作品《失落的世界》中的角色。

影中洛威特角色的範本之一，在選擇如何看待這艘船時，他也經歷了自己的英雄旅程。起初他像科學征服者，但漸漸被這椿悲劇深深感動，決定把發現殘骸的地點視為聖地，不擅自搬動，以示對死難者的紀念。

在這段情節中，這位年輕科學家依照指令行事：一定要找到寶物。但藉由老太太故事的魔力，這段故事不但成了電影的主體，探險家從看錢辦事的資本主義者，變成了心靈的探險家，他終於了解，人生中還有比珠寶和金錢更重要的寶藏。

探索的目標

洛威特在探索中追尋的聖杯是什麼？是一顆名為「海洋之心」的鑽石，這個名字和電影定調的主旨——愛情息息相關。這個馬蓋文[10]——一個體積不大，卻能引發觀眾注意的實體，通常象徵故事角色的希望和抱負。鑽石是完美的化身，代表眾神永恆不朽的力量。琢面切割精確無比，證明這顆鑽石經過眾神的智慧與巧手精雕細琢，巧奪天工。金、銀、珠寶就等同於眾神，一樣永恆不滅。當血肉之軀，樹與葉，甚至銅和鋼鐵都腐蝕潰爛之際，珠寶卻依舊原封不動、毫無改變。在海底的惡劣環境中，它們神奇地完好無缺。珠寶、貴金屬、焚香、香水、美麗的花朵、仙樂，向來都與宗教及激動人心的祭神儀式連在一塊。在這不完美的世界裡，它們都是天堂的一部分，是完美之島，能讓你一窺天堂的「感知之門」。「海洋之星」是這部電影尊崇的愛情與節操等至高境界的化身。

洛威特以遙控機器人徹底搜索鐵達尼號，但不見他尋覓的極樂之地，至少不是他期盼的那種。他打開搶救出來的保險箱，發現一堆原本是金錢、如今化為爛泥的東西，還有一幅奇蹟似保存完好的美少女畫像，少女一絲不掛，只戴著洛威特苦苦尋找的那顆鑽石。洛威特接受CNN採訪，老蘿絲和她的孫女麗茲・卡佛因而聽到了這個**召喚**。

老蘿絲的平凡世界在加州，是仍然活躍的年邁藝術家。她是自身故事的**英雄**，她把自己的漫漫人生帶入高潮和結局，但她同時也扮演洛威特與觀眾的**導師**角色，帶領我們穿過鐵達尼號的非常世界，傳授我們更高層的價值體系。她的**外來問題**是，要如何把她在鐵達尼號上的經歷傳達出去；她的**內在問題**則是要把在潛意識裡深埋多年的記憶都挖出來。她對洛威特發出自己的召喚，自稱就是那幅畫中的女子，聲稱她對那顆鑽石頗有了解。他雖然**拒絕**相信她的說辭，但還是接受她的請求，並把她帶到研究船上，她開始講述鐵達尼號第一次、也是最後一次出航時的故事。

---

5 Howard Carter，英國考古學家，他發現了埃及法老王圖坦卡門的墓穴。

6 Heinrich Schliemann，德國考古學家，他是個荷馬史詩迷，在小亞細亞西海岸挖掘到九座古城遺址，證明特洛伊神話並非虛構。

7 Roy Chapman Andrews，美國著名古生物學家。

8 Jacques Cousteau，法國著名海洋探險家。

9 Robert Ballard，他在一九八五年帶著精良的儀器配備，在深海海底找到鐵達尼號的殘骸，一舉成名。

10 MacGuffin，是電影中常見（尤其是驚悚或懸疑片）的敘事手法，大師希區考克非常愛用，意指藉由它可讓故事繼續下去，或引起故事角色爭奪的東西。

故事主軸——平凡世界

此時，電影拋下安排好的架構手法，進入故事主軸和鐵達尼號的世界。我們頭一次看見那艘新出廠的壯麗郵輪。熙熙攘攘的甲板代表**平凡世界**階段，主要角色或**英雄**——少女蘿絲和傑克此時亮相。蘿絲的**登場**經過精心安排，她像個漂亮的物品，跟在未婚夫卡爾（是片中的陰影或反派）身邊，這個輕蔑的「反派」，是個活脫脫從維多利亞時代通俗劇中走出來的人物。我們同時見到了壞蛋的跟班——卡爾的親信洛弗喬，專門聽命於卡爾。

初次看見蘿絲，她手上套著細緻的白手套，步下汽車。這對戀人的手一會兒交纏、一會兒分開，這個視覺反覆出現。老蘿絲的旁白告訴我們，她打扮得優雅高貴，感覺卻像個囚犯。她是某趟旅程的**英雄**，但此時她套上**苦主**原型的面貌，是個美麗、軟弱、需要別人幫忙的角色。

卡爾代表的是那個階級的傲慢與固執，代表人性和婚姻黑暗與陰影的一面。他是極化的其中一端，代表了壓抑和專橫，傑克則是另一端，代表了自由與愛。雖然鐵達尼號是創造力的極致展現，由一群老實苦幹的人們打造出來，但這艘船仍舊有致命的缺陷，就是搭載了卡爾這種驕傲自負的人。卡爾登上這艘船，與鐵達尼號高傲的特質產生共鳴，他信心滿滿地認定這艘船絕對不會沉，因為建造鐵達尼號的是「紳士」，是跟他一樣身分尊貴的人。他甚至聲稱：「連上帝也無法弄沉這艘船。」在神話世界中，這類妄語一定會遭到天譴，耳聽八方的眾神很快就會降臨責罰。

蘿絲的母親露絲是另一個**陰影**性格的人物，代表女性的黑暗面，是個壓迫兒女的母親，令人透不過氣。她是米蒂亞或克呂泰涅斯特拉[11]這類陰謀多端、心術不正的壞皇后。

蘿絲接受了幽暗的**歷險召喚**，被安排嫁給一個自己不愛的男人。當蘿絲跟著卡爾和母親**穿過**

門檻登上舢梯，有點像皇室出巡，蘿絲卻覺得踏上賣身之旅，鐵達尼號是一艘把她帶往美國囚禁的運奴船。她沒有真正**拒絕召喚**，但她絕對是個不甘願的英雄。

我們現在見到第二位重要的**英雄**：傑克，他跟他的**盟友**——年輕的義大利移民法比奇歐，正在賭錢，為了贏得一個命運或機會，賭上所有身家。時鐘滴答滴答，這個老梗告訴我們時間緊迫、人生苦短、生命寶貴。傑克的**平凡世界**是漂泊各地、四處冒險的人生，仰仗著運氣、技能和天賦生活。他在牌桌上贏得兩張鐵達尼號三等艙船票，**歷險召喚**於焉降臨。他沒有半分**勉強**和恐懼，他不是那種不情願的英雄。不過當他宣稱自己和法比奇歐是「世上最走運的王八蛋」時，話中酸味十足。如果他知道接下來發生的事，也許就有理由害怕了。

傑克是個超出常人的角色，沒有太嚴重的缺陷，卻有著**內在問題**，他想要找到摯愛，並且贏得她的芳心。如果他有缺點，那就是他太臭屁、太狂放了；他跟卡爾和洛弗喬的心結，將因為這個小毛病變得更嚴重。他的**外來問題**或挑戰，首先是如何打進上流社會，之後才是在船難中求生。他是個**催化劑型的英雄**，性格已經成形，變化不多，卻耗盡心力幫助他人改變。他也是個**搗蛋鬼英雄**，運用騙術和偽裝滲透敵方防線。最後，他英勇地**犧牲小我**，為了心愛的女子喪命。

傑克和蘿絲是**兩種極端**：男女之別，貧富對比。他們也展現出自由不羈和綁手綁腳兩種完全不同的性格。傑克代表自由，不受拘束，不接受社會加諸的界線，他像伊卡洛斯，膽敢拋開桎

---

11 Clytemnestra，希臘神話中，阿加門農的老婆，也是引發特洛伊戰爭的禍水——海倫的姊姊。夫婿從戰場凱旋歸來後，私通情夫把丈夫殺死。

桔，超越自己的身分。電影的開始，蘿絲被迫依循社會傳統，被迫接受母親的貪念及嫁給卡爾（上流社會的黑暗王子）的承諾，儘管百般無奈，也只能接受束縛。她像是被拖至冥界的波瑟芬妮。卡爾則是普路同，挾持波瑟芬妮的冥界之王，他被金錢迷惑，為人刻薄，狗眼看人低。普路同是財富之神，也是陰間的判官之一。波瑟芬妮在冥界的愛人阿多尼斯（Adonis）是個美少年。傑克像阿多尼斯一樣，在蘿絲墜入禁錮深淵時現身，讓她知道人生的歡愉美好。

蘿絲的**內在問題**是如何拋棄她的**平凡世界**，讓自己重拾自由的能力，飛向傑克代表的世界。她的**外來問題**是如何活下去，才能在漫長的愉悅人生中把所學付諸實現。

《鐵達尼號》電影精心探究**導師**的功用，好幾個片中角色在不同時間點戴上了導師的面具。除了老蘿絲外，茉莉．布朗也扮演過**導師**，帶領傑克進入頭等艙的**非常世界**，她猶如神仙教母，為他準備體面的行頭，讓他裝扮成紳士矇混過關。

史密斯船長應該是這趟航程的**導師**，他是船上小世界的領導人兼國王。但他是個有致命缺陷的王者，他高傲自滿，對船長生涯的最後航程太有把握。

對蘿絲而言，傑克是她的**導師**，教導她如何享受人生，追求自由。他心甘情願付出承諾，滿足女孩心中對愛情的幻想。單看了女孩一眼，便決定不能拋下對方，因為「已經陷進去了」。之後，當船漸漸下沉，他教導女孩重要的求生常識，告訴她盡量不要泡水，還要游得遠遠的，以避開船下沉的強大吸力。

蘿絲的另一位**導師**是鐵達尼號的設計師湯瑪斯．安德魯，她提出了幾個鐵達尼號的機智問題，因此對她另眼相看。他送給她的獎賞是，當傑克被囚禁在船艙裡時，他告訴她如何找到傑克。此時的他就像代達洛斯，蘿絲則是阿里阿德涅。代達洛斯打造出能致人於死地的迷宮，卻把迷宮的祕密告訴年輕的阿里阿德涅公主，讓她去拯救愛人特修斯，特修斯為了對抗代表家族黑暗面的怪物，冒險進入迷宮裡。

《鐵達尼號》以一連串精心設計，描述船「乘風破浪向前行」的畫面，頌揚**跨越門檻**階段。這場戲的高潮是傑克和法比奇歐站在船頭，傑克狂喜高喊「我是世界之王！」的情節。傑克和蘿絲都有其他門檻要跨越，他倆都踏入對方的世界，進入愛情與險阻的非常世界。

試煉、**盟友與敵人**階段，則是傑克和蘿絲間的衝突，以及束縛的影響力。蘿絲企圖跳船自殺，傑克和蘿絲因此認識，並結為**盟友**。他**救**了她，並獲邀與蘿絲及卡爾在頭等艙共進晚餐。在**導師**茉莉．布朗的幫助下，他進入了那個**非常世界**。用餐時，傑克卻面臨嚴苛**試煉**，遭到**敵人**卡爾和蘿絲母親的冷嘲熱諷。但他通過了考驗，勇敢面對他們的奚落，表達自己的信念，也就是電影的主旨：人生是天賜禮物，當它到來時，學會接受它，讓每天都過得有意義。他贏得蘿絲的尊敬，她和卡爾之後鐵定會發生爭執。

蘿絲的**試煉**稍後才降臨，傑克承諾給她一場「真正的派對」，他領著蘿絲來到三等艙的**非常世界**。盡情唱歌、跳舞、喝酒之後，蘿絲開始融入希臘酒神戴歐尼修斯[12]的世界。對她這樣身分的女孩來說，這是一大考驗：這場粗俗喧嘩的狂歡縱酒派對，會不會讓她渾身不舒服？但是她卻比那些移民喝酒喝得更猛，菸抽得更凶，舞跳得更狂放。她通過了考驗。

12 Dionysus，專司狂歡、狂飲、激情的神。

進逼階段，在這對小情侶有點害羞的浪漫共舞後出現，包括在船頭詩情畫意的時刻，他為蘿絲擺好姿勢，讓她成為船的破浪神，他教她如何展翅翱翔、如何在生死間取得平衡。如果他是世界之王，那她就是皇后。

蘿絲更進一步**進逼**，要求傑克為她作畫，在他面前放心地裸裎相見。這是對傑克的**試煉**，他表現得像個紳士與專業畫家，通過考驗，他眼睛吃了冰淇淋，卻沒有占她便宜。

當這對小情侶逐漸靠近洞穴最深處，**門檻守衛**也成群冒出來，他們遭遇的多次**考驗磨難**才正要展開。幾十個「白星航運」[13]的服務生守在門口、升降梯和出入口，這群人活像一群獵犬，奉卡爾之命將這對愛侶揪出來。逃脫桎梏的傑克與蘿絲，發現自己身在貨艙深處，面臨了親密關係的**考驗磨難**。他倆爬進了洞穴最深處的豪華房車內，結為一體。在「欲仙欲死」的高潮來臨時，蘿絲的手在玻璃車窗上留下手印，看起來反倒像是溺水——沉溺愛河中罹難者的手。他們通過了這個重要的門檻，過去已死，他們重生了。

不久，導致鐵達尼號死亡的**苦難**降臨，船撞上了冰山，這是一股無聲卻無可阻擋的敵對勢力，由上天派來處罰高傲的凡人。船和上千乘客死亡，沉入海底，成為電影接下來的主線。

傑克和蘿絲從死亡─重生的經驗中獲得**獎賞**。他們同心協力，在掙扎求生時互相扶持。當蘿絲有機會登上救生艇逃命時，他們的愛情受到考驗。蘿絲覺得卡爾會丟下傑克見死不救，所以她奮力抵抗，回到船上和傑克共患難。

回歸之路是掙扎求生，其中包括經典的**追逐戲**，猴急的卡爾要船方盡應有的職責，企圖開槍殺死傑克和蘿絲。其他角色也面臨生死考驗，有些人選擇轟轟烈烈死去，有人為活命不計代價，有些人（如洛弗喬）雖然不擇手段求生，最後還是死了。第二幕，傑克和蘿絲吊在船尾的欄杆上，船筆直地墜入海底結束。

復甦階段展開，傑克和蘿絲在冰冷的海水中拚命保持身體溫暖。他們發現手上那塊漂浮殘骸只能支撐一個人的重量，傑克把蘿絲的性命看得比自己更重要，展現出**英雄犧牲小我**的情操。他已經度過豐富精彩的一生，也和她共度了幸福的時光。自由和人生對她來說都很陌生，傑克要蘿絲為他倆好好活下去，度過精彩的人生。他放棄自己的生命，他有信心能活（**重生**）在她的心中與記憶裡。

蘿絲同樣瀕臨死亡，但她**活下來**了，這時候在屍體遍布的海上，搜尋生還者的唯一一艘救生艇出現了。最終**試煉**考驗傑克傳授給她的求生之道，她打起精神，用盡剩下的力量，取下某個死亡船員嘴上的哨子，大聲求救。老蘿絲講完她的故事，我們回到現代，計算起鐵達尼號的死亡人數。

機器潛艇決定讓那些殘骸安詳長眠。在研究船上，洛威特丟掉他為了慶祝找到鑽石而保留的雪茄。依他原本的性格，這算**犧牲小我**。他對蘿絲的孫女坦承，三年來他腦子裡想的都是鐵達尼號，卻從未從中獲得任何訊息。他因為**考驗磨難**而**改觀**，他的**獎賞**是得到了洞察力，並和蘿絲孫女惺惺相惜。愛苗暗暗滋生了嗎？蘿絲和傑克短暫的愛情，有沒有機會在另一個世代圓滿呢？他沒有找到殷切期盼的寶藏，但他是否能夠像傑克一樣在感情的天地找到更珍愛的寶貝？

老蘿絲走向研究船的欄杆旁，重複當年和傑克站在船頭、張開雙臂作勢翱翔的場景，甚至如同以前一樣攀上欄杆。最後令人**驚異**的瞬間，我們看不出她爬上去的意圖。她會一躍入海和傑

---

13 White Star Line，就是打造鐵達尼號的船運公司。

克一起沉入海底嗎？就像茱麗葉在羅蜜歐死後跟著殉情嗎？她終究沒有跳下去，而是掏出那顆鑽石，畫面中，我們隨即看見少女蘿絲掏著口袋，在自由女神像下找到的這顆鑽石，是活著回來所獲得的**萬靈丹**。隨著賺人熱淚的最後**高潮**，老蘿絲把鑽石扔進海裡，它像傑克一樣，瞬間神祕消失了。最終的**犧牲**情節告訴我們，她經歷的一切與過往的回憶，比持有這顆鑽石來得更重要。這是**萬靈丹**，是電影想讓觀眾帶回家的療癒啟示。

畫面逐漸淡出，轉到沉沉睡去的老蘿絲，身邊的照片述說著她漫長而精彩的一生。在遭逢**最後一次考驗磨難**後，她得到**最後的獎賞**是實現了傑克的預言：蘿絲成了冒險家、飛行員、演員，在加州碼頭邊騎馬，生兒育女，為傑克和自己過著充實的人生。這是帶回來的部分**萬靈丹**。家族遺下的陰暗創傷已經痊癒。

蘿絲的夢裡，鐵達尼號和船上乘客靠著潛意識的力量**起死回生**，在這個**非常世界**中復活。藉著蘿絲的雙眼，我們最後一次穿越「白星航運」的**門檻守衛**，進入頭等艙的天堂，那個地方讓所有好人自由進出。壞人顯然都不見了，他們都墜入陰暗潮濕的地獄裡。傑克站在時鐘旁的老位子，成為征服時空的超自然神奇人物。他伸長雙臂，他們倆再次觸摸彼此，親吻對方，船上的人們都為這場最終的**神聖婚姻**鼓掌。接著，鏡頭往上帶到圓頂天花板，延伸到無邊的穹蒼，銀幕上只見純淨潔白的光芒。蘿絲得到了她的**萬靈丹**。

結尾

《鐵達尼號》並不是十全十美的電影，一大票影評都點出它的缺點。首先是劇本寫得太直接、太粗鄙，好幾個場景都以粗話結束，諸如「媽的！」、「噢，王八蛋！」及「我死定了！」等。電影剛開始的一大段似乎得了妥瑞氏症[14]。你感覺到影片極力想要迎合現代觀眾的喜好，讓這個故事和現代人的對白和表演方式有點關係；部分角色甚至只有單一特質，尤其是那些一臉不屑、沒有層次的反派人物。

卡爾本身就是劇本的一大弱點，儘管飾演卡爾的比利·贊恩[15]表現不差。如果他能更吸引人、更與蘿絲匹配，這角色就會讓人印象更深刻。和傑克較量的反派不只是個沒有深度的混蛋，他們之間也許會有很精彩的競爭——一個宇宙中最迷人年輕的帥哥，對抗手持手槍、高傲自大、讓人生不如死的惡棍，完全是一面倒的結果。

鐵達尼號沉沒時，卡爾對著傑克和蘿絲開槍的追逐場面，不少人覺得莫名其妙，看不下去。這也許是故事的用意，導演詹姆斯·卡麥隆必須讓英雄再受一次折騰，於是利用卡爾逼迫他們進入船艙。其實導演大可不必使用這個方法，還有其他手法可以達到一樣的效果，比如讓他們回到船上救人，就可以再次進入船艙。

這次的考驗磨難似乎是多此一舉，剪掉這段對電影比較好。在傑克與蘿絲跨過諸多關卡後，這段緊張的水底追逐略嫌多餘。整場戲的用意似乎是要鋪陳傑克與蘿絲逃離滔天巨浪的高潮鏡頭，這也只是個象徵性的戲劇場面，意味他倆和死神掙扎罷了。這個鏡頭是電影中最沒力的幻象

---

14 Tourette's Syndrome，一種腦神經疾病，患者會出現不自主、無目的的肌肉痙攣和發聲。

15 Billy Zane，美國演員，作品包括《回到未來》、《驚爆內幕》等。

之一，因為演員的臉孔被憋腳的電腦科技黏貼在特技演員身上，看起來很不舒服。這場戲可以修短，甚至全部剪掉，電影裡的緊張場面已經夠多了。

我們講這麼多，並不是要埋葬凱薩[16]，而是分析卡麥隆成功的原因。在他的布局中，哪些優點比電影的缺陷更重要？

膾炙人口的精彩故事

首先，鐵達尼號跟乘客的命運都是史詩故事，從船沉入海底的那天起，就展現出它的魅力。在鐵達尼號慘劇發生幾週後，德國製片公司製作了一部電影，這部以戲劇呈現鐵達尼號船難的故事，最近才從某個電影資料庫裡出土。它只是眾多紀錄片與電影中的第一部，更別說那些數不清的書籍和文獻。關於鐵達尼號沉沒的種種故事，如同英國黛安娜王妃童話故事般的悲劇人生，最後都落入了撒狗血的窠臼，成為人人都能理解、令人感同身受的深刻故事，這個故事與原型的意象調和為一體。

鐵達尼號的象徵性

「鐵達尼號」（Titanic）這個具原型意味的古老名字，使這艘郵輪充滿象徵性。選中這個名字，船公司的考量再明顯不過。電影中蘿絲詢問主導鐵達尼號造船計畫的企業家伊斯梅船名的由來。他說，他希望挑選一個重量級的名字。這番回答，讓蘿絲轉而評論某些男性常以暗示的方法，表達對陽具大小的過度關注。

但是，電影並未提及「titanic」（巨大、重大）這個字的神話典故。受過希臘羅馬文學洗禮的英國紳士，會選擇這個字為船命名，對這些典故應該很熟悉。它意指巨大無比的泰坦。泰坦是希臘神話中身形龐大的老輩諸神，也是眾神的敵人。他是盤古開天以來就存在的原始力量：貪婪、粗魯、殘忍。泰坦破壞世上所有東西，為了避免被泰坦劫掠一空，眾神必須激烈戰鬥，打敗泰坦，將他關在地底。當時，媒體把艾斯特（Astor）和古根漢（Guggenheim）[17]家族等頭等艙乘客稱為「企業與資本之泰坦神」，不單指這些大老闆手上企業的宏大規模而已。

鐵達尼號建造前幾年，德國考古學家挖掘出一座名為「宙斯大祭壇」[18]的古希臘神殿，生動的浮雕描述著眾神與巨人交戰的狀況，讓人想起稍早之前那場漫長的苦戰，眾神與其對抗許久的死對頭——泰坦神。這座遺跡堪稱是石頭打造的分鏡表，可以拍出一部精彩的特效電影。建造鐵達尼號的公司也許看過這些浮雕照片，決定讓自己和乘客們認同眾神的古代敵人，也就是泰坦神，而不是認同眾神。選擇這個名字等於是挑戰眾神。在鐵達尼號啟航前，就有許多人甚至認為，以如此不切實際的名字命名，業者肯定是在玩命。更糟糕的是，他們還自稱這艘船絕對不會沉。直接挑戰全能的神，簡直是褻瀆上帝的愚蠢行為。迷信的氣氛籠罩鐵達尼號，如同埃及法老

---

16 借用莎士比亞在劇作《凱薩大帝》中安東尼的著名台詞：「我來是為了埋葬凱薩，不是來頌揚他。」

17 當時在鐵達尼號上的是Jacob Astor與其夫人，還有古根漢家的礦業鉅子Benjamin Guggenheim。

18 Pergamon Altar，又名貝加蒙神殿。

王圖坦卡門陵墓的詛咒一樣，讓人不禁相信鐵達尼號建造者的自負與傲慢將使上帝降下天罰。

《鐵達尼號》的故事充滿老式文學概念，比如說愚人船（The Ship of Fools）。那是作家在哥倫布首度出發尋找新世界的年代，所創造出的諷刺文體。最早的版本之一，是德國學者布蘭特（Sebastian Brant）的敘事詩〈愚人船〉（Das Narrenschiff），在哥倫布第一次成功橫渡大西洋的兩年後出版。這首詩描述一群乘客的故事，他們搭船前往愚人國，把當時愚人的蠢相大肆譏諷一番。這篇敘事詩被廣為翻譯，並改編成小說和舞台劇。

愚人船是一種諷喻手法，在這類故事中，人生碰上的所有狀況和社會的各階層，都化身為船上那群可悲的乘客，被狠狠地嘲弄一番。這個諷刺故事毫不留情地刻畫出人類的缺點和當時的社會體制。

電影《鐵達尼號》加入了若干批判社會的情節，它把有錢有勢的人描繪成愚蠢的凶殘怪物，窮人則是高尚卻無助的可憐人。傑克（窮困但不會無助）和茉莉·布朗（富裕但不凶惡）是唯二的例外。她和傑克一樣出身低賤，是美國暴發戶的貴婦，代表美國移民的光明面：企圖心強、平步青雲、慷慨豪爽、待人一視同仁、寬宏大量，而且光明正大。相較於愚人船，《鐵達尼號》給人更多希望，沒有那麼尖酸刻薄，故事裡事事都暗示了某些人可以超脫愚蠢與被迫害的命運，活出充實又有意義的人生。

愚人船的嘲諷意味來自觀眾的觀點，他們很清楚船上乘客的掙扎毫無意義，且愚蠢到極點，這群乘客已經陷入困境，在劫難逃。《鐵達尼號》電影中，同樣有幾分反諷意味。傑克和法布奇歐贏得兩張船票時，為了好運氣而欣喜若狂，觀眾卻知道那艘船之後即將沉沒。在一個注定完蛋的船難故事中，這頗具諷刺意味。

總而言之，愚人船的概念就是一句老掉牙的成語：「大家都在同一條船上。」意思是說，儘管我們只注意到一些膚淺的差異，比如說身分、財富和地位，但我們卻受制於生命中的絕對真理，如同屈服於地心引力、命運、死亡和稅賦等不可避免的力量。

一艘駛過漫長旅程的船，孤伶伶地在海上航行，象徵一個人走過孤單的人生道路。在北大西洋上，鐵達尼號與世隔絕，這艘船自然成為一個小世界或小宇宙，是當時社會的理想典型。船上的兩千多名乘客，代表了當時世上的幾千萬人。

這個故事就像鐵達尼號一樣，大到足以把所有文明人，也就是當時的西方世界，陳述一番。為了理解這個浩大的故事，挑選了幾個不同人格、特性者的生死經歷，描述某個面相的文化。

《鐵達尼號》就像《伊里亞德》（*Iliad*）、《奧德賽》、《埃涅阿斯紀》、《亞瑟王傳奇》的浪漫愛情故事，或華格納的作品《指環》（*Ring Cycle*）等前人的史詩，只陳述了浩大故事中的一部分，是新舊兩個世界的連結部分而已。這些大故事中，有幾百條支線與史詩集群（epic cycles），各自有其戲劇架構和完整性。個別的作品無法把故事的所有脈絡交代清楚，但這些獨立的故事卻串連起整個故事的意識，也就是戲劇要表達的情況。《鐵達尼號》無法生動地把各個支線表現出來，遭到諸多批評，比方說「喀爾巴阡號」疾駛到事故現場救援鐵達尼號、艾斯特和古根漢家族的遭遇、電報員發不出求救訊號等。但是一部電影不可能講完所有支線，往後的作家可以凸顯其他事件和人格。眾多藝術家必須彙整所有作品，才能把鐵達尼號的故事全貌講明白，就像我們融合荷馬、希臘悲劇詩人索福克里斯（Sophocles）、歐里庇得斯（Euripides）、史特勞斯（Strauss）、二十世紀希臘作家卡桑扎契斯[19]、荷馬製作（Hallmark），以及經典喜劇（Classic Comics）電視台所推出的作品，經由其他成千上萬藝術家的大作，史詩《奧德賽》的故事才能完整呈現，然而，《奧德賽》或許只是特洛伊戰爭幾十個史詩的其中之一。

《鐵達尼號》是個快速橫越大西洋的故事。說明快速移動的交通工具就是二十世紀的主流，以及與日俱增的全球意識。這個故事告訴我們，幾世紀以來，隨著嚮往美洲自由新天地的歐洲移民一波波遷往美洲大陸定居，歐洲文化也不斷向美國傳遞。在電影中，自由女神像象徵移民們的美夢，也是歡迎新移民的招手燈塔。窮困潦倒的法比奇歐，自以為可以從遙遠的法國瑟堡港看到自由女神。

自由女神像是法國人送給美國的禮物，它是個絕佳的範例，仿照古代城邦，把眾神和女神的雕像送給殖民地的習俗，藉由心靈相繫，讓宗教和殖民地建立關係。法國與美國同時經歷革命，為自由奉獻，而自由正是新世界與舊世界的諸多文化交流之一。

若要評論《鐵達尼號》的成功之處，一定要把電影問世的來龍去脈考量進去。電影上映時，我們愈來愈清楚全球社會、歐美之間的關連。波灣戰爭、柏林圍牆倒塌，以及蘇聯共產政體垮台等令人震驚的事件，加上無法預測的全球氣候異變，讓這個時代充滿不確定性，人類的生命似乎脆弱不堪。只剩下兩年，二十世紀就要結束了，總會緬懷世紀初發生過的陳年舊事。

前幾年，鐵達尼號殘骸在海底被發現時，有人想要拍一部新的鐵達尼號電影。找到沉船堪稱是科學的重大勝利，也是個茲事體大的緊要關頭。幾世紀以來，想要找到沉入海底深處的船，幾乎是不可能的任務。鐵達尼號埋葬在海底多年後，居然被找到，這是強烈的象徵，代表從潛意識中找尋失落記憶的神奇能力。潛入海底親睹鐵達尼號是何等莊嚴的事，因為從潛意識中找回失去的寶藏，相當於經歷了一趟如假包換的英雄旅程。

發現沉船，讓鐵達尼號重見天日的幻想，如同美國冒險小說之王卡斯勒[20]在小說《鐵達尼號重見天日》（*Raise the Titanic*）中描繪的一樣，不久後幻夢可能成真。專家認為，將部分船身弄上岸是件可行的事，許多船上的手工藝品也都打撈上來了，但當時輿論的共識是最好讓殘骸原封不動，以紀念罹難者。從電視直播畫面，看見船身殘骸及令人鼻酸的死者遺骸，助長「開拍另一部鐵達尼號電影」的氣氛。

故事圍繞著一段年輕人的愛情故事，是《鐵達尼號》大受歡迎的原因。電影情節有幾分羅蜜歐與茱麗葉的味道，很容易讓人聯想到出身敵對勢力的年輕男女墜入愛河的故事。

詹姆斯．卡麥隆決定把《鐵達尼號》拍成一部讓女性同胞神魂顛倒的愛情電影。他也可以拍成懸疑片、偵探片，或以尋寶為主軸，甚至以喜劇呈現。這些元素有時可以一起應用，但他卻以浪漫的愛情為故事的主旨和構思的概念，故事的架構也是愛情。他為這個決定加入一個老套公式：三角戀愛，讓觀眾深切地感同身受。由於年輕男孩英雄救美，落入凶殘老男人魔掌中的女子一定會被拯救出來。

在愛情小說、黑色電影和冷硬派推理小說中，三角關係屢見不鮮。它就像亞瑟王夫人關妮薇[21]、亞瑟王麾下最有名的騎士朗斯洛、亞瑟的三角關係，以及包含三角習題的衝突、吃醋、敵對、背叛、報復、救援等元素的羅曼史小說，女子一定要從兩個男人中挑選一個。黑色電影常見

19 Nikos Kazantzakis，重要作品包括《希臘左巴》及《奧德賽現代版》。
20 Clive Cussler，著名作品還包括《撒哈拉》。
21 Guinevere，朗斯洛是關妮薇的情夫。

這樣的老梗：年輕小妞要在大人物與居無定所的年輕浪子或偵探中挑一個。

在《鐵達尼號》的三角關係中，李奧納多．狄卡皮歐[22]演的是浪子。他成為萬人迷的祕訣在於他是個體貼的年輕男人，不但有男子漢的決斷力，也有女性善體人意的特質。由他飾演傑克再合適不過，傑克就像永遠的少年彼得潘，小飛俠壯烈犧牲性命，得以青春永駐。蘿絲是另一個溫蒂，這個女孩為了躲避虎克船長，穿著睡衣在船上到處奔跑。那個永恆不老的少年不僅教會她飛翔，還教會她擁抱人生。《鐵達尼號》中的冰山和千鈞一髮的生死關頭，等同《小飛俠》中吃掉錶的滴答鱷魚。它們都是陰影的投射，一個趁著我們不注意就會毀掉我們的無意識力量。

繼續追溯到神話故事，看似微不足道的小伙子傑克，讓人聯想到《聖經》中身材瘦小卻殺死巨人的大衛，傑克和阿多尼斯、巴爾德爾[23]等註定早夭的少年眾神尤其相像。傑克和專司狂歡熱情和狂飲的酒神戴歐尼修斯算是孿生兄弟，他們能引出女性狂放的另一面，而這些女子同樣讓他們為之瘋狂。他們在船艙底層邊喝酒邊跳舞，蘿絲從頭到腳灑滿啤酒，在傑克引領下，她徹底縱情狂歡，跨進古老的神祕儀式裡。

傑克是個**英雄**，是個有專門用意的英雄——**催化劑型的英雄**，他**居無定所**、**四海為家**，這種角色不會隨著故事改變，反倒是率先改變其他角色的催化劑。傑克是個飄渺的人物，來無影去無蹤，只在蘿絲心中烙印下永難忘懷的記憶。除非把蘿絲的記憶算進去，不然查不到傑克搭上鐵達尼號的任何資料，他沒留下值得傳頌的事蹟，甚至連顆銀色子彈[24]都沒發射出去。洛威特的手下鮑丁，算是蘿絲的**門檻守衛**，他暗指整個故事只是蘿絲捏造出的浪漫幻想，美好卻毫不真實。蘿絲像前往其他世界的旅者，只能追隨信念而行。

少女蘿絲這個角色表現出「落難女子」的特質。基本上，她像是睡美人和白雪公主的難姊難妹，是深受生死煎熬、被王子吻醒的公主；在格林童話中，她像那十二個跳舞的公主，被施了魔法，有一個把自己隱形起來的年輕男子，不動聲色地跟著公主們一起進入她們的世界，並破解魔法；她又像賽姬，愛上了神祕、長著翅膀如愛神丘比特（厄洛斯）的年輕人；她如同遭殘酷國王挾持到冥界的波瑟芬妮；她是特洛伊的海倫，有個俊美年輕的仰慕者把她從殘暴的丈夫身邊搶走；她是婚姻不幸的阿里阿德涅，被熱情、才華橫溢的酒神戴歐尼修斯救出苦海。

女性對抗「落難女子」的特質，會造成「受支配、屈從」的不變模式，還會激發消極被動與任人欺凌的態度。不過，這種原型容易引起認同與同情，同時凸顯出無力、受困或遭禁錮的感受。「身處險境」的女子，是電影和電視劇情的主軸，它讓人馬上感同身受、心生憐憫，並讓觀眾更加入戲。觀賞《鐵達尼號》的觀眾不由自主地為蘿絲難過，等到她扯掉「落難女子」標籤，無拘無束地成長為英雄，觀眾也會替她開心。

這部電影之所以特別吸引女性觀眾還有另一個因素，《鐵達尼號》是一部以特效為主的影片，結果卻不像充斥著爆破與刺耳音效的科幻片、戰爭片或陽剛十足的冒險片。它沒有忽略女性同胞的興致，它是一齣討論愛情和忠貞、情感澎湃的通俗劇。

22 Leonardo DiCaprio，以《鐵達尼號》紅遍全球，後以《神鬼玩家》獲金球獎影帝。

23 Balder，北歐神話中的神，外貌英俊瀟灑，天性善良。

24 Silver bullet，其典故是：人們相信要以銀色子彈才能射殺女巫、怪物和狼人。如今引申為能夠一擊中的的有效法寶。

對男性和女性來說，《鐵達尼號》實現了與觀眾另締盟約的願望，提供大家可以**對照比較**的機會。這部電影真實地呈現出人們遭遇迫切、危急局面時所表現出來的行為，觀眾也可藉此自我衡量。端坐在椅子上的觀眾，可以認真思索自己的狀況，假如自己碰上一樣的狀況應該怎麼做。到底要如何看待鐵達尼號的艱鉅挑戰？是帶著尊嚴與勇氣面對死亡，還是驚慌失措、自私自利亂了方寸？我會奮力求生，還是把救生艇讓出來，讓給婦女和小孩先逃命？

這部電影的箇中魅力，和火車事故或高速公路大車禍一樣。當我們看到這類慘劇時，自然就會深思比較自己和罹難者的運勢。觀眾雖然同情他們，卻也慶幸自己沒有身陷苦難。人們從所見所聞中學到教訓，對命運和榮譽也有所定論。

一般人會說，某些電影精彩絕倫（spectacular），他們卻忘了，這個字就是源於古羅馬的盛大場面（spectacles），包括重現宗教儀式的戲劇、戰鬥、賽跑、運動競賽，以及在帝國各個圓形劇場、露天競技場進行的所有競技。當年，最刺激（也最耗費物力）的競賽就是「海戰遊戲」（naumachiae），整座圓形劇場灌滿水，觀眾看到船隻互相撞擊，有些船隻被打翻，水手和倒楣的乘客一個個跌落水。

《鐵達尼號》也頗有盛大場面的風格。為了上演一齣戲，當然可以犧牲幾條人命，《鐵達尼號》本身就是一場死亡祭典，為了這部戲，一千五百人重現當年乘客送命的情節。死掉這麼多人的慘劇，還是有扣人心弦之處，就像古代摔角鬥士的格鬥、祭典的牲禮一樣。突然間被釋放出來的生命力，讓我們殘忍地盡情享用。看見一大群人從那麼高的地方落下，撞上各種器械，摔得粉身碎骨，我們眼睛愈睜愈大，彷彿自己一面狂飲，一面目睹死亡場景。觀眾仔細端詳那一張張凍僵的臉孔，想要找出他們死去的原因，想知道如果對象換成自己，又會是何等景況。

《鐵達尼號》利用人們的恐懼心理，讓觀眾產生高度認同感。人會懼高、害怕受困、怕遭囚禁、恐懼落入無底的深海、對火與爆炸畏懼、害怕寂寞孤單。

這部電影帶給我們一種容易想像的恐懼，任何人都可能碰上這種遭遇。由於這部影片反映了當時的社會全貌，因此不管是誰都會產生許多可認同的對象，也許是富裕的統治階層、工人、移民、滿懷夢想的人和情人。我們也能理解，某些無可抗拒的力量（如大自然、死亡、物理學、命運、意外）會影響所有人，無一例外。人類故事中只剩下一種原型，那就是受害者。

某種程度來說，《鐵達尼號》的布局算是前後連貫，因為它的時間、地點與主題兼備。主軸侷限於鐵達尼號啟航到毀滅的這段期間，將更能濃縮這齣戲的精髓。電影後半段讓人驚慌失措的真實事件發生後，故事的張力將連接所有時刻，愈來愈強。所有動作和行為只存在一個地方，發生事故的這艘海上孤輪成為人生的縮影。它是孤寂大海中的生命之島，如同地球漂流在浩瀚的太空中。《鐵達尼號》把重心集中在單一主題：愛讓人們獲得自由，並超脫死亡。因此，電影的概念和基調都有條有理地寫進故事裡。

詹姆斯．卡麥隆展開雙臂，吸引觀眾認同他的故事。這艘船大到可以容納所有人。像電影裡那位土耳其人，我們多少都能產生同理心。在船下沉時，他抓著土英字典，發瘋似地想看懂通道上的標誌。大家都是陌生人，卻同在一艘船上。

這部電影在角色設計上，也是為了吸引更廣泛的年齡層。年輕族群可能認同片中年輕人的愛情故事，上了年紀的人可能認同還在世且仍活躍的老蘿絲，嬰兒潮世代的代表人物，則是科學家兼探險家及蘿絲的孫女。

不過，這部電影也並不是那麼全面性，你在片中看不到黑人或亞洲面孔。是的，電影裡提到了奴隸經歷，但只是用來譬喻蘿絲情感上遭到禁錮，而且這個隱喻在這裡還破功了，因為受到悉心照顧的蘿絲，與待在奴隸船底、在「販奴航程」[25]中歷盡折磨的黑奴，待遇可說是南轅北轍。不過，《鐵達尼號》的象徵意義，似乎足以讓世人都能在電影中找到投射的對象。

卡麥隆最成功之處，在於他是個過目不忘、情感豐沛的詩人。《鐵達尼號》是一條繡帷、情節和脈絡交纏的編織品。他把大大小小的故事鑲綴在一起，勾勒出其中的詩情畫意。他把故事的關係合為一體，無論是洛威特的小故事與老蘿絲精彩一生的大故事之間的連結，或是傑克和蘿絲的小故事與鐵達尼號大故事（這艘船的故事更是二十世紀歷史的一部分）之間的關連，他都應付裕如。

他找到可以凸顯的**象徵**，並且主打這個象徵，就像針的細孔，讓所有線都穿過去。「海洋之心」這名字，結合了愛情和大海兩條脈絡，這個隱喻把所有情節緊繫在一塊，讓故事前後呼應（卡麥隆在另一部作品《無底洞》〔*The Abyss*〕中，以結婚對戒呈現類似的效果）。

這條鑽石項鍊出身名門，曾是下場淒涼的法國路易十六的御寶，電影中以它象徵歐洲傳統、智慧與藝術是多麼無價，也代表階級衝突與殺戮。

在電影尾聲，老蘿絲把鑽石拋進海裡的舉動與畫面，震撼人心，它串連所有主線，讓故事真正**收場**，解開所有謎團，讓每一條脈絡順利落幕。洛威特沒拿到寶藏，卻淺嘗了愛情的滋味；卡爾的計畫受挫，沒有得到蘿絲的芳心，也沒有拿到鑽石。老蘿絲一直保守祕密至今，她現在把它還諸大海。這是她和傑克的小祕密，是她多年來據為己有的私密故事，現在該歸還了。

觀眾也感受到那塊顆鑽石的價值，見到那顆價值不斐的寶貝被扔進海裡，大家都大吃一驚。但在那個令人驚訝的鏡頭出現前，《鐵達尼號》的故事一直以「消逝的記憶」作為象徵中心。那樣的情感將隨著電影激起的無意識想法漸漸遠去，回到適合的位置，然而記憶卻無法揮去。鑽石急墜而下，我們了解導演的用意，知道他希望觀眾以何等心情看待鐵達尼號。就讓鐵達尼號留在原地，讓它成為神話及這場慘劇的永久紀念吧！

就像每個由旅程歸返進入無意識的英雄一樣，老蘿絲也面臨抉擇。我要不要高聲地將我得到的萬靈丹昭告天下，要不要好好利用它，或宣揚它的利益？還是獨自過著自己的日子，讓旅程中學到的一切散發出去，讓它自然而然改變，提振周遭的人，讓他們更有活力，進而擴及全世界？為了展現所得到的萬靈丹，到底要選擇內在還是外在的途徑？顯然，蘿絲選擇了後者，她保留了非常世界得到的寶藏，並把它傳到全世界，這寶藏就是她從凱爾特故事中所學到的教訓，故事裡的英雄回來之後，對大家吹噓著冥界探險的經驗，本以為可以大撈一票，最後卻發現除了海藻外什麼也沒有。但是有個像蘿絲一樣的稀有動物守住了仙子的祕密，過著幸福的日子，而且還長命百歲。

無論是三等艙演奏的民俗樂曲，還是情感澎湃的配樂，詹姆斯．卡麥隆都不忘頌揚他的蘇格蘭老祖宗，它和頭等艙內的歐洲宮廷舞蹈及聖堂音樂大相逕庭，為電影憑添詩意，《鐵達尼號》是個由昔日凱爾特吟遊詩人主講、配上風笛和豎琴演繹的史詩。

視覺詩意（visual poetry）[26]與結構上的連通性，同樣為電影氛圍加持，比如凱爾特人的蛇紋

25 Middle Passage，從歐洲到西非，再經大西洋到新世界（美洲）的販奴航線。

26 是指透過文字的形狀，或藉由把文字、符號排列組合，所造成的特殊視覺效果。

石彩色穗帶。此外，還有簡單的兩極對比：船首和船尾、甲板上面和下方、頭等艙和三等艙、光明與黑暗，猶如數學構圖般的對稱軸。卡麥隆的構思提供了許多富想像力的譬喻：船代表世界，鑽石象徵價值和愛情，時鐘代表轉瞬而逝的光陰，主樓梯的天使塑像象徵蘿絲的清純無瑕。在一首流行歌曲的浩瀚宏聲中，這部電影為觀眾提供了對照自己、解讀自己人生方式的譬喻。

這部電影最終的萬靈丹，就是**滌淨**。亞里斯多德認為，這是有益健康的情緒釋放，也是觀眾最想要的收穫。觀眾會獎勵所有能觸動他們感受的故事。我們都會自我保護，不讓情感外露，這部電影卻反覆地把驚人的特效和強烈的情緒灌輸給觀眾，甚至連最厭倦疲憊、心防最重的人也無法無動於衷，一定可以釋放出壓力。驚慌失措的乘客爭搶著救生艇，傑克和蘿絲努力求生，罹難者驚恐慘死的畫面，在在都讓觀眾緊繃的情緒到達難以忍受的地步。為了避免大家離席，為了讓觀眾再度走進戲院多看幾遍，電影一定會滿足觀眾，給大家一點甜頭。這部電影釋放的情感，讓他們永遠看不過癮。不分老少，觀眾害怕得全身顫抖，大哭一場，體會無與倫比的感官刺激。

目睹這場盛大場面的觀眾，隨著劇中角色經歷了考驗磨難。坎伯曾說，祭典的用意就是讓你筋疲力盡，折磨得無力抵抗，如此你才能感受這超乎尋常的體驗，自動敞開心房。把觀眾折磨得半死，似乎也是《鐵達尼號》的策略之一，它讓你深陷在鐵達尼號的世界裡，讓觀眾體會乘客的感受。

對導演和觀眾來說，在這個人人只顧自己、疲倦厭煩的時刻，要完全釋放情緒，需要很大的勇氣。《鐵達尼號》、《英倫情人》（*The English Patient*）、《梅爾吉勃遜之英雄本色》、《與狼共舞》和《光榮戰役》等電影，讓全場觀眾哭聲四起，這個成果其實相當冒險。漆黑一片的戲院提供大家某種保障，觀眾可以默默哭泣，沒有人看見他們情感脆弱的一面。身為導演的感受卻被公開坦露，受盡旁人冷嘲熱諷，他們的勇氣值得尊重。

《鐵達尼號》之後

《鐵達尼號》對影壇有什麼深遠的影響？它的賣座告訴我們，有時候豪賭還是能大獲成功的。耗費巨資的大製作，經過長期觀察，基本上還是有賺頭。即便是一九六〇年代差點害慘二十世紀福斯公司的《埃及豔后》（*Cleopatra*），最後還是回本了，甚至成為福斯的至寶。《鐵達尼號》很快就獲利，它的成功經驗激勵了其他的電影公司，願意砸下大把銀子大賺一票。

以短期的觀點來分析，某些電影公司高層反而把預算抓得更緊。儘管福斯和派拉蒙的高層賭贏了這部片子，但《鐵達尼號》上映前令人提心吊膽的經驗，他們可不想再經歷一次。當然，他們還是沒有否決拍攝《鐵達尼號》那樣高成本電影的可能性，但前提是各大電影公司高層都認同這部電影值得冒險砸大錢。

未來，其他電影的製作預算還是可能超過《鐵達尼號》的規模。盛大場面永遠有人支持，尤其是感動人心的大製作。只不過對照支出，低成本電影可能賺得更多。好萊塢主要片廠從獨立製片的成功範例中學到不少，他們一邊砸錢拍大片，一邊以較低的預算為精心挑選的特定觀眾族群拍片，讓公司賺錢。

有些導演可能受卡麥隆的影響，以年輕人的愛情故事作為劇本的主軸，因為外界普遍認定，《鐵達尼號》之所以大賣座，愛情戲居功厥偉。「成本昂貴的大戲，如果是通俗的愛情劇，就更有機會大賣，尤其是年輕人的愛情故事。」由於它能吸引觀眾，故成為好萊塢的經驗法則。

有些影評人擔心，《鐵達尼號》薄弱的劇本會變成習慣。這部電影的賣座，讓之後的編劇被迫降低劇本水準，為的只是吸引大量觀眾，抵銷高額製作成本。雖然這倒不是什麼新聞，電影公司和製片總是認為大製作的電影比較有吸引力。不過另一種可能的狀況是觀眾希望看到更精緻、品質更高的影片，回饋那些努力讓故事更精彩、更感動人心的導演。

協同作用：一加一大於二

詹姆斯．卡麥隆提到，《鐵達尼號》的協同作用（synergy）發揮了極佳的效果。所謂的協同作用，指的是把各種元素結合在一起，相互加乘之後的效果，大於個別部分的總和。就像化學元素經過化合作用，產生了意想不到的力量與能量。因此表演、布景、戲服、音樂、特效、故事脈絡、觀眾的需求和藝術家們的專業技能全部結合，成為不可思議的統一整體。合體之後所爆發出的情感和轉化能量，遠比個別部分相加來得更大。

協同作用中，部分運用了中心思想和英雄旅程的原型，諸如試煉、跨越門檻、苦難折磨、懸念、死亡、重生、拯救、逃跑、追逐、神聖婚姻等。這些手法讓觀眾在漫長的故事中找到參照的標準，讓故事前後連貫，達到最大的宣洩效果。以英雄旅程的傳統手法來看，《鐵達尼號》探索的是死亡，但它卻成為一部全然擁抱生命的作品。

基本上，這部電影之所以大獲成功實在是個難解之祕，彷彿是觀眾與故事間的祕密協議。跟著迷你潛艇的探勘隊成員，想以光線照亮那個謎團，最終還是只能滿懷納悶，知難而退。

獅子王——以英雄旅程概念打造的動畫佳片

一九九二年夏天，迪士尼動畫電影部門請我審核《叢林之王》拍片計畫的故事素材。它後來成為大家熟知的電影《獅子王》，也是迪士尼至今最成功的動畫電影。當時，我只是再次運用英雄旅程概念，挑出故事的癥結而已。

開車前往加州格蘭岱爾（Glendale）某工業區的「動畫國度」途中，我思索起這個拍片計畫。這是個與眾不同的企畫案，迪士尼的傳統總是改編人氣兒童文學故事或名著，這是破天荒第一次構思出原創故事概念，由當時的動畫部門大當家卡森伯格（Jeffrey Katzenberg）和年輕的動畫團隊在公司專機上進行。當時他們正看完新作《美女與野獸》的試映，從紐約搭機回來。

卡森伯格才剛轉換跑道，懷抱滿腔熱情投身動畫，他和一票動畫師討論到一個話題——何時第一次覺得自己長大了。他說起自己的經驗。大家一致認為這是有趣的電影題材。大夥兒開始討論適合這類故事的設計與情節，靈機一動，想出一個以非洲動物為主軸的好點子。從一九四二年的《小鹿班比》（*Bambi*），迪士尼就沒有拍過以動物為主角的動畫電影，所以這個題材還算新鮮，同時可以善用大眾對大自然相關娛樂表演的喜愛，更可以避免把人物繪成卡通所面對的種種問題。要畫卡通人物，必須以特定種族為代表，挑選特定髮色和膚色。相貌不同的觀眾可能無法認同故事中的角色。拍動物卡通，這種問題完全迎刃而解，人類的種族和特徵無關緊要。

他們擷取莎翁的《哈姆雷特》（*Hamlet*）為靈感，寫成一個關於父子親情的故事。卡森伯格希望加入其他故事元素，強化動畫電影的故事結構，如此一來，《奧德賽》或《頑童歷險記》（*Huckleberry Finn*）的表現手法，就和《一夜風流》及《四十八小時》的主題和結構合而為一。

《獅子王》與《小鹿班比》題材一樣，卻因為加入《哈姆雷特》的故事元素，讓故事變得更豐富、更複雜。故事情節包括善妒的叔叔害死了英雄的父親，非法篡奪王位，還沒準備接班的少年英雄默默積聚他的意志，伺機反擊。

在讀過《叢林之王》的內容後，首先要做的就是仔細閱讀《哈姆雷特》，並挑出可以利用在劇本的元素。我以英雄旅程分析《哈姆雷特》，說明它的轉捩點和進展，接著列出《哈姆雷特》中幾段令人難忘的經典台詞；編劇利用這些文句，便能鮮活地喚起大家對莎翁舊版故事的回憶。迪士尼動畫片向來標榜老少咸宜，打鬧的情節給小朋友看；插科打諢的俏皮話和舉動，則是為青少年設計；深奧微妙的笑話[27]則給大人看。莎翁原版的精神也出現在劇本裡，特別透過壞叔叔刀疤（由英國男星傑瑞米．艾朗[28]配音）傳達出來。這個角色以原著中發瘋的哈姆雷特為藍本，滑稽、尖酸刻薄，還會故意對成人觀眾眨眼示意。

我抵達迪士尼動畫總部，踏入日後變成《獅子王》的非常世界。所有動畫師的小隔間都貼著非洲動物的照片和圖畫，有幾位工作人員為了尋找靈感，還去非洲參加狩獵攝影之旅。劇場裡架著分鏡表，我和眾家動畫師及設計師坐在一起，準備觀賞導演勞伯．明克夫（Rob Minkoff）和羅傑．艾勒斯（Roger Allers）的最新發表會。

這是以英雄旅程的概念測試大型拍片企畫案的好機會。當天有好幾百人為故事提供意見，我只不過是其中之一，而我的反應和主張竟然影響了最終結果。動畫師們講述後來變成《獅子王》的故事時，我邊看邊做筆記：

隨著開場〈生生不息〉（The Circle of Life）的律動，這群非洲動物齊聚一堂，慶祝小獅子辛巴誕生，他父親木法沙是榮耀石（Pride Rock）的統治者。有一隻名叫拉飛奇的怪怪老狒狒，也是參與盛會的賓客，不過他卻被國王的參謀沙祖——一隻整天窮操心的鳥——給趕跑了。辛巴長成一頭活潑可愛的小獅子，老唱著：「等我來當王。」他沒有乖乖聽父親的話，卻跟著他的玩伴小母獅娜娜偷偷跑去令人毛骨悚然的大象墳場探險，他們被兩隻長相可笑的凶惡土狼恐嚇，這群土狼是木法沙那善妒的弟弟刀疤的奴僕。木法沙救了兩隻小獅子，並把辛巴嚴厲訓斥了一頓，因爲他沒有聽話。

由於刀疤使陰耍狠，辛巴才剛開始向父親學習爲君之道，木法沙就慘遭一群驚逃亂竄的羚羊踐踏而死。刀疤讓辛巴相信，都是因爲自己才害死父親，辛巴擔心刀疤會殺了他，穿過沙漠逃亡。這個行爲跟哈姆雷特在叔父弒君後逃離丹麥一樣。

到了第二幕，飽受內疚折磨的辛巴，進入蒼翠繁茂的叢林非常世界，他在那裡認識兩個有趣的同夥，講話如連珠砲的狐獴丁滿，還有胖嘟嘟的疣豬彭彭，他倆堪稱是獅子王版的「羅生克蘭」與「蓋登思鄧」[29]。爲了讓他拋開罪惡感，他們教導辛巴放輕鬆的道理，就是要「哈庫拉．馬塔塔」（Hakuna Matata），同時炫耀自己如何靠叢林裡取之不盡的蟲子爲生。辛巴長大了，

27 指的是需要門檻才聽得懂其中典故的笑話。

28 Jeremy Irons，奧斯卡影帝。

29 羅、蓋二人是哈姆雷特的同學與侍從，也是莎劇《哈姆雷特》的兩大配角。

變成孔武有力的少年雄獅。有一天，他跟一頭威脅彭彭的獅子大打出手，沒想到那頭獅子就是娜娜，她已經變成漂亮、身手矯健的年輕獅小姐。他們深情對唱，愛苗滋長。但娜娜有任務在身，她把刀疤在榮耀石倒行逆施、視眾動物爲奴隸、想納她爲妻的惡形惡狀都告訴辛巴。她求他回去，接掌本就屬於他的王座。但辛巴的罪惡感仍揮之不去，對自己的能力也沒有把握，他猶豫不決，就像諸多英雄一般，不想急著離開快樂的非常世界。他父親的靈魂忽然出現了（就如哈姆雷特父親的鬼魂在第一幕現身一樣），要求辛巴勇敢面對自己的命運。

第三幕，辛巴甩開自己的罪惡感，回到榮耀石對抗刀疤。他倆爆發驚天動地的搏鬥，辛巴的「男兒氣概」和成爲國王的正當權力，都在此時遭受最終考驗。辛巴的盟友前來助他一臂之力，刀疤失去權勢，得到應有的報應，呼應他之前見死不救、讓木法沙摔死的命運。辛巴繼承父親的王位，〈生生不息〉的樂章持續下去。

發表會落幕，在《獅子王》故事中，不難看出英雄旅程的要素。辛巴是典型的英雄，他在**平凡世界**是權貴階級，而且有朝一日會當上國王。他的第一次**召喚**，是父親要求他必須長大，正視成為一國之君的重責大任，贏得統治這個國度的權力，成為國王。在許多預言和童話故事中，這件事常用來譬喻長大成人。結果這小子趾高氣昂、不受教的性格，構成了**拒絕召喚**。他倒是接受了其他**召喚**——抵不住誘惑，跑去禁地探險，以及青梅竹馬娜娜的愛情召喚，最劇烈的召喚則是父親的死——召喚他進入人生的新階段。為求活命，只好逃離家園。

故事從頭到尾，辛巴遇上許多**導師**。父親是他的第一位恩師，指點他為君之道和生生不息的真諦，他也從沙祖身上學到民主與治國的才能，還跟拉飛奇學到生命的神奇面。到了第二幕，他的**導師**換成丁滿和彭彭，他們傳授「哈庫拉・馬塔塔」的生活態度。第二幕尾聲，娜娜教導他愛與責任；他父親的魂魄則成了超自然的恩師，鼓勵辛巴勇敢面對自己的命運。在高潮部分，娜娜、丁滿和彭彭都成了他的**盟友**，一起對抗刀疤。以辛巴的觀點來說，娜娜有點像**變形者**，她從兒時玩伴變成優雅矯健的母獅，對他展現愛情的面貌，但也要求他要有所作為，拯救他的子民。

刀疤與他的嘍囉（土狼）則展現**陰影**的特質。刀疤代表的是君權的黑暗面，他奉行極權主義，毫無同情心。這個角色被解讀成殘酷的大人，年輕時遭遇挫敗的創痛，成為他善妒、憤世嫉俗、嘲諷挖苦人的藉口。他有嚴重的被害者情結，成為一輩子受到打壓的被害者，掌控權力後，反倒讓他變成專制暴君。我們的英雄辛巴也很可能變成這樣的陰沉角色。如果辛巴無法拋開他的罪惡感，擔負起責任，就可能跟刀疤一樣，變成疏離的暴戾男子，等著利用別人的弱點。土狼是階級比獅子低的動物，他們吃腐肉為生，而不是有骨氣地靠自己捕捉獵物過活。他們是恃強欺弱的混混，樂意追隨暴君，折磨暴君的子民，對百姓作威作福。

狒狒拉飛奇是瘋瘋癲癲的巫醫，劇本裡最有意思的角色之一，兼具**導師**和**搗蛋鬼**的特性。早先版本的劇本裡，我覺得他的功用不夠明顯。他是個喜劇角色，這古里古怪的傢伙，每次亮相都會發出神祕的喧鬧聲，卻沒有人把他放在眼裡。國王當他是討厭鬼，只要他靠近小辛巴，國王的鳥國師沙祖就噓噓地把他趕走。劇本第一場戲之後，他幾乎無所事事，大多是出來搞笑，反而像**搗蛋鬼**，而非**導師**。

分鏡表介紹後的會議，我建議拉飛奇的角色可以稍微穩重點，讓他變成**導師**。也許沙祖還是覺得他很可疑，還是想趕走他，但較睿智且更具慈悲心的木法沙願意讓他接近獅寶寶。我心血來潮地打算凸顯那一個儀式，我參考了浸禮與受洗儀式的加冕典禮中，把聖油抹在新皇或新后額頭的儀式。拉飛奇可能拿著莓果汁或叢林裡的東西，祈神賜福獅寶寶。有位動畫師說，拉飛奇有一支繫著奇形怪狀葫蘆的枴杖，大夥想出一段戲碼，讓拉飛奇以謎樣的姿勢撬開其中一枚葫蘆，再以五顏六色的汁液點在獅寶寶額頭上。

我也想到其他宗教的儀式，高舉天書、聖像和手工製品以示崇敬。我憶起小時候去過的天主教堂中，教堂內透過彩色玻璃的七彩光束落在祭壇上，營造出震撼的視覺效果。我心生一計，拉飛奇對著齊聚一堂的動物們高舉獅寶寶時，陽光穿透雲層，灑落在小獅子身上，為他蓋上天授戳印，形同對這個特別的孩子和木法沙皇族世系的認可。那一刻，你幾乎聽得出屋裡火花四濺。這個畫面馬上浮現眾人腦海，我感到一股震顫，背上直打哆嗦，每當概念展現出故事真理時，我就會有這種反應。

在這階段，木法沙的死是大家激辯的主

導師將英雄標記為中選的領導者。

題之一。部分動畫師認為，以圖畫描述父母親死亡（即使是動物也一樣）實在太沉重了。分鏡表中，木法沙被一大群受驚嚇亂竄的羚羊踐踏慘死，小辛巴慢慢走近父親，輕輕推了推、嗅了嗅木法沙，想尋找父親的生命跡象，最後發現，爸爸死了。有人覺得，這一段畫面對小朋友衝擊太大。

有些人則說，迪士尼電影中經常呈現出人生黑暗、悲痛和殘酷的一面，儘管經常因此遭受批評，但從小鹿班比喪母，到《老黃狗》[30]中死掉的家犬老黃，這類情節已成為迪士尼的傳統。華德・迪士尼[31]賜死老黃狗，引起排山倒海而來的爭端，他仍舊硬挺過來。後來他覺得把備受喜愛的角色處死，違背了和觀眾的盟約。到了迪士尼拍動畫版《森林王子》（*The Jungle Book*）時，這問題又被提出來討論，華德堅持「不可以讓熊死掉」。

最後，我們決定《獅子王》要直接面對死亡，依照原本分鏡方式來拍攝。我們力主的觀點是，這部電影是力求逼真、貼近大自然紀錄片，觀眾應該習慣動物的弱肉強食與殘暴的真實面。況且這部電影是給所有觀眾看，不是只為可能會受驚嚇的小孩拍的。我同意他們的選擇，這比較符合我們想要描繪的動物世界。不過第二幕偏離了現實狀況，不顧一切奮力求生的情節，變成了無憂無慮的搞笑喜劇，讓我有點失望。

---

30 *Old Yeller*，迪士尼在一九五七年推出的溫馨電影。

31 Walt Disney，迪士尼動畫之父，經典作品包括《米老鼠》、《白雪公主》。

第一幕去大象墳場探險，某個結構性要素讓我頗為困擾。我直覺認為，雖然這場戲很不錯，地點卻不對。探訪陰森的死亡之地，我覺得比較適合擺在第二幕的考驗磨難階段。第一幕辛巴失去了父親，分量已經很重了，我認為大象墳場這段讓第一幕過長，且不斷籠罩在死亡氣息中。我建議他們，把大象墳場保留到第二幕的危機，設定為死亡與重生階段的**洞穴最深處**，讓辛巴在第一幕改犯其他比較無傷大雅的小錯，以測試木法沙的耐性。但我的建議沒被採納，誰知道修改過會有何不同。

我倒是覺得，第二幕的轉折讓這部電影失色不少。第一幕栩栩如生的動物場景，到了第二幕卻被老掉牙的迪士尼卡通風格取代，尤其是丁滿和彭彭的搞笑演出。辛巴是頭強壯的肉食動物，卻讓他靠吃蟲子為生，一點都不符合事實。我認為這部電影錯失大好機會，沒能接續第一幕的承諾，先出現一連串逼真的**試煉**，然後在電影中段導出威脅性命的**考驗磨難**。應該有人教導辛巴真正的求生技能，如何悄悄追蹤獵物、獵殺對方，如何爭取屬於自己的東西。我提出幾個可行方案，可以由丁滿和彭彭教他，辛巴可能認識另一頭傳授他求生技能的獅子，或者拉飛奇現身代替木法沙，接手教誨辛巴的責任。我主張寫一場戲，讓辛巴遭遇真正的考驗，體會真正的**考驗磨難**，在跟鱷魚、水牛、豹或其他難以對付的敵人纏鬥時，發現自己成熟長大。

依我之見，辛巴從驚惶的小獅子長成活蹦亂跳的少年獅，過程發展太快，只以幾個穿過木橋或畫面變暗的簡短鏡頭，就交代他的成長。如果加入學習獵食的剪接畫面，讓大家看到他一開始動作滑稽與之後的自信滿滿，即是個讓人印象更深刻的敘事方式。丁滿和彭彭為故事添加不可或缺的笑料，卻無法表現辛巴的成長階段，以及他必須學會的課題。丁滿和彭彭教導他如何放鬆、享受生活，但沒辦法提供辛巴實際的需求。在第二幕學到的經驗（悠然自得、放鬆、享受生活、不要緊張、可以使壞、稍微粗魯點沒關係、當你發現愛情降臨時要接受它），都無法讓辛巴為終將面臨的**考驗磨難**做足準備。

同時，我認為拉飛奇應該有更多事可做。我希望他更像梅林，這個閱歷豐富的智者，也許曾是國王的參謀，他必須裝瘋賣傻，讓自己看起來對篡位者沒有威脅，以便挑起照護年輕王子的責任，看著隱姓埋名的王子日漸長大，並訓練他，等待王子準備就緒、奪回王位的那一刻到來。我建議把拉飛奇編入第二幕，扮演**導師**角色，讓他陪伴辛巴進入**非常世界**，發揮**導師**的作用：提供英雄所需，讓英雄完成旅程，無懼死亡。我們要拉飛奇傳授辛巴紮實的求生知識，因為丁滿和彭彭辦不到。在我的想像中，辛巴抵達非常世界後不久，拉飛奇就出現了，他將引導辛巴經歷一連串艱險的考驗，讓辛巴做好與刀疤一決高下的準備。當然，丁滿和彭彭還在，他倆只要扮演討人喜歡的搞笑角色就好。

之後的發展，拉飛奇這角色的分量愈來愈重。動畫師們最後把他設定為真正的**導師**，是個冷淡、脾氣差的禪學大師，對辛巴提出逆耳忠告和當頭棒喝，同時賦予辛巴靈感，指引他看見父親的魂魄。在電影中，他雖然沒有如我所願，充滿活力、無所不在，不過第二幕的前半段，還是給他加了兩場戲。拉飛奇目睹榮耀石遭到刀疤蹂躪的慘狀，他以為辛巴已死，哀傷地抹掉洞穴壁上的辛巴素描。之後，拉飛奇的巫醫威能告訴他，辛巴還活著。他為石壁的小獅子圖加上雄獅的鬃毛，召喚年輕英雄面對自己的命運。

在第二幕最後，拉飛奇真的採取行動，帶領辛巴踏上願景的探索之旅。這一段有幾分**召喚**、**拒絕召喚**和**考驗磨難**的味道，辛巴遇上了死亡（父親的鬼魂），贏得了**獎賞**——就是增長的自信心與決心。

與父親的鬼魂打照面，也是從《哈姆雷特》借用的片段，但莎翁的原著中，年輕英雄是在第一幕見到亡父的鬼魂。在《獅子王》中，這場戲的張力十足，不過小朋友可能看得一頭霧水。在看電影時，我經常聽到有小朋友問爸媽：「他之前不是死掉了嗎？」或「他又活回來了嗎？」之類的問題。亡父的幽靈現身，讓人大吃一驚，也讓人感動莫名，但這一段主要表現在口語與智識上。辛巴獲得亡父鼓舞的建言，但是他學到的教訓卻不能被歸類為試煉。拉飛奇給他的教誨更具體，這位狒狒巫醫輕叩他的腦袋，教他學會放下過去的錯誤。

以分鏡表介紹時，辛巴回到榮耀石的詳細過程還沒出現。我們討論出幾種選項。辛巴可能跟娜娜、丁滿與彭彭離開**非常世界**，說好一起對抗刀疤。或是辛巴在與丁滿、彭彭分道揚鑣後，跟娜娜一起回去，丁滿與彭彭稍後改變心意也跟來了。最後的決定是，辛巴在夜裡獨自離去，娜娜、丁滿與彭彭隔天一早才發現他已經離開。拉飛奇告訴他們，辛巴動身去取回應得的地位，他們加快腳步追上他。

第三幕，很快就進展到對決的高潮，不過這場戲的重點還是辛巴揮之不去的罪惡感，他依舊認為是自己害死了父親。刀疤重提往事，就是要辛巴承認，他該為父親之死負責，讓其他獅子群起反抗辛巴。這一段編劇狗血撒太多，故事看起來太誇張、太戲劇化，把辛巴變成深受憂鬱所苦的主角，這應該比較適合擺在小說中，而非以動物為主的動畫片裡。不過第三幕倒是**復甦**登場的時刻，辛巴沒有逃避，而是承認自己該為父親之死負責。

《獅子王》的重頭戲都由雄性角色包辦，女性相形見絀的分量可能招來非議。娜娜這角色其實頗能發揮，辛巴之母太過被動，有點浪費。第一幕調教辛巴，以及第二幕反抗刀疤等片段，她的戲分應該更吃重。茱莉．泰摩（Julie Taymor）導演的百老匯版《獅子王》，就改善了電影版重男輕女的狀況，加重女性角色的分量，讓拉飛奇變成女巫醫。

《獅子王》上映時，大家都很忐忑不安，製作團隊的人根本不知道觀眾對這部電影的接受度如何。靠著《小美人魚》和《美女與野獸》，迪士尼動畫片的人氣扶搖直上，許多人懷疑《獅子王》沒辦法超越上述兩部電影。後來，大家都鬆了口氣，因為它的票房更好，成為目前最賣座的動畫片，也是史上最賺錢的影片。原因是什麼？也許是片中動物畫得栩栩如生，加上朝氣蓬勃的非洲風音樂，都讓觀眾大呼過癮，不過還得感謝故事中隨處可見的英雄旅程模式的影響力。成長的艱鉅考驗，以及重拾在世界上的合理位置，正是英雄旅程最典型、最打動人心的基調。英雄旅程的常見定律，並不是指引《獅子王》的唯一準則。事實上，大家當時更在意的是滑稽戲和純粹的歡樂。我可以告訴各位，《獅子王》是特意應用英雄旅程的概念，讓影片更貼近廣大觀眾也更好看的絕佳實例。《獅子王》無可挑剔的英雄之旅確保了它的長壽，至今不僅已催生了一部百老匯音樂劇，以及一部由強．法夫洛（Jon Favreau）執導的真人版電影（二〇一九年上映），而且在Disney+上還能找到無數的續集和動畫。

黑色追緝令——解讀昆丁．塔倫提諾[32]與艾凡利合作的故事劇本

上個世紀九〇年代之後，年輕人最津津樂道的電影莫過於《黑色追緝令》。他們很想知道，如何找出這部電影英雄旅程的架構。悖離傳統結構、主要內容、框架、對白和剪輯，讓年輕人趨之若鶩。他們喜歡片中充斥的激情，熱愛嘲諷式的幽默。劇中連篇的粗話和暴力情節，有些人雖然覺得不太舒服，但大多數觀眾都喜歡這部電影，證明非正統的題材和不媚俗的風格還是能拍得

好看，寫下亮麗的票房。儘管《黑色追緝令》別具創意，我們還是能以沿用多時、值得信賴的英雄旅程來解讀它。若以這個角度觀之，這部影片其實至少有三位英雄（文森、朱爾斯和布區）各自經歷的旅程。

後現代寫照

年輕人對《黑色追緝令》反應熱烈，可能是因為這部電影反映出他們從小培養的後現代藝術鑑賞力。後現代主義是百年來世界在戰爭、社會混亂和科技的快速變化下，分崩離析、碎裂成千千萬萬片所造成的結果。感知的途徑，被機器與電子化的忙亂步調破壞殆盡。現在年輕人更有興趣的是，自以往藝術和文學風格中拔除，密集出現、疲勞轟炸的隨機影像和簡短的故事片段。這些小碎片或許都有一致性，也遵循舊有故事世界的規矩，它們卻沒來由地衝擊年輕一輩的知覺意識。

年輕人把世界視為破碎鏡子中的影像，無論他們是拿著遙控器隨便亂轉、故事沒看完就換台，或是看到MTV的剪輯風格、戛然而止的故事，他們對於在故事情節、時空背景和類型上玩的花樣，很快就習以為常。由於電視的特性，經常把影像和時代背景混用，後現代的孩子都能接受大雜燴。年輕一輩的穿衣風格，可能從一九六〇年代的嬉皮風橫跨到重金屬風，從牛仔到衝浪高手，從饒舌風到學院風。他們擅長慣用語，以及各種可供選擇的態度和看法。靠著互通有無，具備多媒體功能的電腦，年輕人自在隨意地取用零碎的娛樂和資訊，不必掛慮舊世界的時間和順序。

《黑色追緝令》的風格和內容，反映出這種後現代現狀。後現代主義的影響，在這部電影獨樹一格的架構中最為明顯，完全忽略傳統電影重視的時間順序（線性時間）。影片的編排順序似乎被武士刀亂砍一通，事實上，所有場景的順序都經過審慎挑選，與主題前後呼應，創造出明顯的情感影響力。在電影的主要內容裡，看得見後現代主義的影子。文森和米雅跳舞的夜店就是後現代的完美縮影。活在現代的角色，發現身邊都是舊時的偶像人物，諸如瑪麗蓮·夢露、詹姆斯·狄恩、貓王、珍·曼絲菲[33]、艾德·蘇利文[34]、巴弟·哈利[35]、狄恩·馬丁[36]和傑瑞·路易斯[37]。這些人大多不存在人間，卻透過不朽的影像詭異地活到現在。一九三〇年代，在未曾出現於電影中的音樂伴奏下，文森和米雅跳著一九六〇年代的新奇舞步。《黑色追緝令》是流行文化的一部分，挾著過往的影像與聲音，從當前的集體無意識中源源而出。

---

32 Quentin Tarantino，集導演、編劇、製片和演員於一身，被譽為「電影鬼才」，他和艾凡利（Roger Roberts Avary）以《黑色追緝令》共同獲得奧斯卡最佳原著劇本獎。

33 Jayne Mansfield，一九五〇至一九六〇年代，美國著名的金髮尤物和性感偶像，但因車禍在三十四歲就香消玉殞。

34 Ed Sullivan，著名電視主持人，他每週日晚上播出的《蘇利文電視秀》，堪稱美國重要社會文化指標。

35 Buddy Holly，因墜機英年早逝的搖滾歌手，他的音樂風格對披頭四等後輩影響深遠。

36 Dean Martin，演歌雙棲巨星。

37 Jerry Lewis，演歌雙棲巨星，和狄恩·馬丁曾是著名的喜劇搭檔。

相對性與世界文化

講到文化相對性（relativity），《黑色追緝令》也洋溢著後現代風味。儘管電影的故事情節安排在美國，全片卻充滿世界文化和全球觀點。電影裡的角色不斷對照其他文化和標準。朱爾斯和文森討論到，美國速食到國外就換了怪名字，還有奇怪的吃法，他們對其他國家的毒品法規也相當驚訝。布區是個老美拳擊手，他和一個南美洲來的計程車女司機，對於人名在不同文化下代表的意義交換意見，她的名字在西班牙文很詩情畫意，不過布區卻說，我們的名字在美國都沒啥寓意。這種對其他文化的看法，也許就是這部電影在全球大受歡迎的原因之一。

《黑色追緝令》中的角色熱烈討論的價值體系，反映「所有道德規範都不再適用」的後現代觀點。朱爾斯和文森針對足部按摩的道德意義，還有彈孔樣式的重要性爭論不休。文森認為，沒意義的意外事件不必回報；朱爾斯覺得，要徹頭徹尾改變行為，神蹟才會降臨。在後現代的世界中，每件事都是相對的，其中道德觀最極端。觀眾把朱爾斯當成冷血殺手，但是與他周遭那些人相比，他看起來還頗像個英雄。這個故事告訴我們，對道德觀的狹隘評斷準則，在西方社會早就過時了。在新世界中，每個人都必須選擇自己的道德規範，要激烈辯論，靠它活著或死去。

黑色追緝令中的三角戀愛

《黑色追緝令》激盪出的流行文化氣流之一，就是黑色電影的傳統，以及影響它最深的起源，也就是一九三〇、四〇年代流行雜誌刊登的硬派偵探犯罪小說。這部電影和《鐵達尼號》一樣，運用了三角戀愛這個有效的原型。《黑色追緝令》中的大人物是神祕的犯罪集團首腦馬賽魯・華勒斯，而妙齡女郎是馬賽魯的老婆米雅，文森則是年輕小伙子。他照例發現自己被妙齡女子吸引，這考驗到他們對老大的忠心。文森熬過考驗磨難，沒有背叛老大，像尋找聖杯的騎士，抗拒難以抵擋的肉體誘惑。不過，我們之後就會看到在另一個地方，文森在英雄旅程的另一條支線中，無法通過心靈上的更高考驗。

開場白：平凡世界

在《黑色追緝令》稱為「開場白」的開頭片段，有兩個年輕人坐在「洛杉磯一家平凡無奇的Denny's餐館的咖啡廳」聊天。還有什麼比這個世界更平凡呢？不過，這年輕男人（南瓜）和女子（甜心兔）原來在討論各種持械搶劫的優缺點。這是個與眾不同的**平凡世界**，是輕度罪犯氾濫的黑社會，是多數人都不願想像的世界。想到有群伺機打劫或宰掉我們的蠢蛋，就在最愛的廉價咖啡店裡待著，也許就坐在對面，怎麼不讓人渾身發毛。

南瓜開口的第一句話，就意味著**拒絕召喚**。「不，別鬧了，太危險了。這類鳥事我做太多了。」顯然甜心兔剛發出**召喚**，提議去搶另一家小酒店，他倆對於犯罪的對白到現在（他們的**平凡世界**）仍繼續著。操著英國腔英語的南瓜，看不起開小酒店的亞洲佬和猶太人，他說服甜心兔和他一起搶餐館，因為那裡沒有保全人員，也沒有監視攝影機，員工也沒必要強出頭當英雄。他此時勉強是個**導師**，提到一樁搶匪靠著威嚇和騙術掌控大局的銀行搶案。南瓜和他傻傻的女友，你一言我一語地煽動對方，愈講愈興奮，揮舞著槍，眼看就快要有人送命了。重新翻紅的衝浪音樂奏出，觀眾一陣暈眩地被丟進主旋律中，電影開演。

這段開場運用了「迷失方向所導致的暗示性」的電影定律。你不知道這兩個笨蛋是不是故事的英雄，或只是穿插一下跑龍套（最後果然如此）。導演刻意把你搞得昏頭轉向，猜想這兩人的重要性，你還會想揣測，這兩個急性子跟餐廳其他人的下場究竟如何。

文森與朱爾斯

此時，我們頭一次見到主角文森和朱爾斯，開著一部美國車。他們身在**平凡世界**，談論歐洲國家的速食店菜單，以及吃東西習慣和美國有什麼不同。文森在歐洲待過一陣子，那裡什麼都不一樣。在法國麥當勞的麥香堡（Big Mac）叫做Le Big Mac，荷蘭阿姆斯特丹的毒品法規也不一樣。他曾親臨這個**非常世界**，是個重溫先前歷險滋味的英雄。

文森和朱爾斯在一幢公寓大樓前停下，從後車廂拿出槍枝。感覺上，這對他們來說似乎只是在平凡世界正常上班，宛如例行公事。

他們逼近公寓，準備執行任務，此時他們的話題轉到犯罪集團首腦華勒斯（大人物）的老婆米雅（**變形者**）。對文森來說，這是第一個**歷險的召喚**，老大交付文森一個任務：在他去佛羅里達期間，要充當男伴護送他老婆，這令文森左右為難。此次召喚的危險性，在一段足部按摩的深奧哲學討論中，已經講得很明白（代表**拒絕召喚**）。朱爾斯指出，有個叫做洛咯摸拉的薩摩亞幫派分子，只是單純幫米雅按摩腳，就遭人從自家陽台丟到溫室裡。朱爾斯認為，相較於他犯下的罪行，這懲罰根本是小巫見大巫。其實，文森很清楚，足部按摩可能變成肉慾，而且會送命。儘管如此，他還是接受召喚，擔任米雅的護花使者。他保證不會跟米雅惹出事端，否認他會假護花真約會，朱爾斯仍舊很懷疑。

在門口猶豫良久，兩人**跨越門檻**，進入三個顯然「少根筋」年輕人的公寓。他們手上有老大想要的東西，而且想要逼老大做個交易，交換神祕手提箱裡的東西。朱爾斯眼露凶光，緊盯他們的領袖布瑞特，並把他的速食吃光，質問這些東西打哪買來。原來這不是溫蒂或麥當勞的漢堡，而是夏威夷大祭司漢堡。祭司是夏威夷的魔術師，暗示不可思議的魔力即將降臨。手提箱裡當然有神奇魔力，當文森打開箱子檢查時，裡頭發光的東西令他著迷。手提箱裡到底是什麼？不重要，因為它只是類似馬蓋文罷了。塔倫提諾為了遵循希區考克的慣例，懶得告訴你裡頭是什麼東西。只要它對劇中角色很重要，值得冒生命危險就夠了。它是聖杯或金羊毛，代表吸引英雄踏上征途的所有欲望。

文森和朱爾斯面對這三個嚇得半死的小伙子，他倆此時成了傳達致命**召喚的使者**，此時的使者是死神的盟友、**陰影**的手下。他們是敵方的特務，是報應女神，懲罰違抗眾神命令的人。這個例子所指的神就是馬賽魯。布瑞特和羅傑為了手提箱這件事，居然想騙老大，得罪他老人家。

朱爾斯讓人見識到他的威力，沒有出言挑釁就槍殺了羅傑。在處決布瑞特前，朱爾斯照例朗誦起《聖經》〈以西結書〉（Ezekiel）第二十五章第十七節，這可是朱爾斯的招牌：「正義者的道路，遭到自私之人的不公正，以及邪惡之人的暴行包圍威脅。以慈善和好心為名的人有福了，他帶領著弱者走出幽暗的山谷，因為他是弟兄的看守人，是迷途孩子的尋得者。我要向他們大施報復，發怒懲治他們，他們企圖毒害並消滅我的弟兄，我報復他們時，他們就知道我是上帝。」

這一大段聲明，實際上是這部電影的主旨，它是可做多方解讀的聲明。朱爾斯在朗誦時，似乎只認同部分要旨，就是「大施報復，發怒懲治」這段，因為等他一發表完這段話，他和文森就對布瑞特開槍掃射。

接著，奇蹟發生了。一直在現場的馬文（朱爾斯的朋友），在角落嘀嘀咕咕，第四個年輕小伙子忽然從浴室衝出來，拿著重機槍朝朱爾斯和文森開火。猶如奇蹟發生，因為子彈好像沒有用，反倒是這小伙子的兩條腿被朱爾斯和文森打得稀爛。

這一連串情節，建構兩位主角的平凡世界。他倆是黑幫老大的打手，地位比咖啡廳的兩個小咖高了一兩級，卻也沒高到哪去。他們想在兩人之間成功發展出一套倫理體系，一套關切責任與榮譽的底線。到目前為止，這兩位英雄都走在同一條路上。他們對剛剛發生的神蹟反應不同，因此分道揚鑣。

文森與華勒斯的老婆

銀幕上出現一張字幕卡，表示開場白或架構安排結束，這個低俗小說[38]的第一段短篇故事即將展開。在文森與米雅出場前，編劇介紹兩個新角色給大家認識，也就是馬賽魯及布區。在鋪陳布區的線索之前，必須先安排這一段。馬賽魯被形容是「黑道和國王的混合體」，他跟被打得很慘的職業拳擊手布區坐著講話。在布區的英雄旅程中，他正在自己的**平凡世界**中，接到要他在比賽中放水的黑暗**召喚**。

馬賽魯身兼**使者**和**導師**，如同神一般，你只能仰望他的背影，他擁有**導師**的智慧，對人生也有一套自己的哲理。更值得注意的是，他的頸背上貼了一塊ＯＫ繃，是因為要把大光頭剃乾淨才割傷的嗎？抑或那塊ＯＫ繃是掩飾更邪惡的真相：仿效一九五〇年代的經典電影《火星人入侵地球》（*Invaders from Mars*），移植外星人腦袋的傷口呢？這疑點就像手提箱裡會發光的東西一樣，是導演拒絕解開的謎團。

馬賽魯勸布區放下自尊，不要再想著要當羽量級世界拳王，以換取穩賺不賠的東西。布區毫無遲疑就接受了放水的召喚，馬上收錢。他似乎接受了召喚，事實上，後來他打算**拒絕**這特別的召喚，想打贏這場拳賽，他要賭自己獲勝，大撈一票。

文森和朱爾斯帶著手提箱走進來，他們的裝扮和前面的戲不同。他們穿著T恤、短褲，這樣的穿著在酒吧裡看來格格不入。我們之後會發現，最後一次見到文森和朱爾斯，已經過了好幾天，他們曾經歷好幾次重大的**考驗磨難**。

文森和布區發生衝突，他取笑布區是蹩腳的拳擊手，這是**試煉**、**盟友**、**敵人**階段典型的對峙場面。文森向布區下戰帖，布區卻不願接受挑戰。布區偶然碰上的這場**試煉**，顯示文森對前輩不敬的毛病。文森應該知道，布區是個閱歷豐富的英雄，也許是**導師**，能夠提點文森，文森卻尋人家開心。布區**拒絕**接下挑戰，顯示出他的成熟謹慎。他一定觀察出來，文森其實是馬賽魯的朋友，他明智地決定不去計較，至少不是現在。不過文森的自負高傲反倒讓可能的**盟友**變成**敵人**。

---

38 pulp fiction，它就是《黑色追緝令》的英文片名。

現在，故事主線跟著文森走，他之前接受了**召喚**，要當米雅的男伴。為了符合黑社會電影的主題，文森在**穿過門檻**應付米雅之前，找上自己的**導師**：他的藥頭蘭斯。導師的祕密藏身處是一幢位於回聲公園的老房子。這位導師就像為獵人準備魔水和草藥的巫醫，提供各種海洛英供文森挑選。文森付了一大筆錢，買下藥性最強的海洛英。

文森飄飄然、暈陶陶地去接米雅。這是文森的另一個毛病，毒癮讓他渾身無力。文森進了馬賽魯的家，**跨過一道門檻**。他走過幾座詭異的金屬雕像，某些原始文明中，它們就像**門檻守衛**。在某種意義上，這代表眾神都正在看。

屋內的米雅，在神聖的領地內扮演老大，玩弄馬賽魯的玩具。如同許多黑色電影中的大角色一樣，她居高臨下，從隱密的房間觀察動靜，她沒有現身，以聲音遙控文森。這個**非常世界**的規矩不同。在文森的**平凡世界**中，他和他的槍就是絕對的主宰。在這裡，卻有個光著腳丫的女人握有生殺大權。當晚由她掌控，主題音樂也要由她定奪。

文森深入**非常世界**，他帶著米雅到達一個地點：那家一九五〇年代風的詭異咖啡廳，迎接他的是**試煉**、**盟友**和**敵人**。Jackrabbit Slim's餐館是後現代世界的典型，過去的影像源源不斷地被剁碎再利用，並賦予新的任務。瑪麗蓮．夢露、貓王、巴弟．哈利等傳奇人物的臉孔都變成女侍和男侍[39]，專門負責送漢堡。

在英雄旅程第六階段常見的酒吧場景，米雅和文森互相**考驗**對方。選擇菜單相當重要，暗示著他們的性格。兩人把香菸捲成陽具狀，點火抽了起來。他倆藉由試探性的對話摸清對方的底細。文森大膽地考驗米雅，探問那個被扔出窗外的老兄與她的關係。他沒有一口咬定她的不是，而是婉轉地探詢，因此通過她的**考驗**。他們結為**盟友**。

米雅起身說，想要「在鼻子上沾粉」（其實就是吸古柯鹼），才發現他們有另一個共同點。她跟文森一樣，因為毒癮而變得虛弱，這導致她飽受**考驗磨難**。

參加舞蹈競賽就是暗示進逼，讓他倆一步步靠近攸關生死的性愛中。從他們在舞池快意共舞的模樣看來，顯然之後會大享魚水之歡。兩人盡情舞動，手勢反應出**變形者**的原型，在向愛進逼的過程中，他們試了好幾種不同面貌和身分。

文森和米雅回到她家，面臨了**至高磨難**。米雅看來風情萬種，文森卻躲進浴室裡，讓自己冷靜下來。他對著鏡子自言自語，說服自己不要跟米雅發生性行為。他至少在這方面通過了重要的**試煉**，儘管面臨強烈誘惑，仍然對主子忠心耿耿。他的動機也許沒這麼高尚，他只知道如果真的和米雅胡搞，馬賽魯可能會發現，然後宰了他。但他還是通過了**考驗**。

這段期間，米雅在文森的外套裡發現海洛英，她誤以為那是古柯鹼，猴急地狂吸起來，然後昏了過去。文森發現她鼻子冒血，嚇得半死。此時的文森，不但面對米雅的死亡，自己也小命難保，因為萬一米雅死掉，他也會被殺頭。引來這場要命麻煩的正是他的弱點（海洛英），還有米雅對感官刺激的貪求。

文森帶著米雅衝到導師家（**回歸之路**），發狂地找到一本醫學書籍、一支簽字筆，還有一大管腎上腺素。文森鼓起英雄之勇，把針頭插入米雅的心臟。這詭異的景象，彷彿把經典吸血鬼電

39 電影中，這家餐館的服務生都是跟一九五〇年代著名藝人有明星臉的人。

影倒過來演，把木樁插入心房，就是能讓她突然活過來的**復甦**方法。文森如《亞瑟王傳奇》的朗斯洛一樣，有高超的神力，能夠把人從冥界搶救回來。

文森把米雅送回家（**帶著仙丹妙藥歸返**），蒼白憔悴的她，送給他某樣**萬靈丹**：某個試播電視節目（她有露面）講過的冷笑話。兩人分別時得到另一個**萬靈丹**：共同經歷**考驗磨難**的兩人，友誼和互相尊重油然而生。他們答應對方，不會把發生的一切告訴馬賽魯。你會想，如果馬賽魯出了什麼事，這兩人可能就會在一起了。

布區的故事

現在，故事轉到另一條線，來看看拳擊手布區的英雄旅程。故事把我們帶到布區早年的**平凡世界**，場景是他小時候住的郊區，時間是一九七二年，他正在看電視卡通《駭速快手》[40]。

空軍飛官昆斯隊長帶來布區父親和祖先的金錶，並且以**使者**或**導師**身分對布區發出**歷險的召喚**。昆斯隊長滔滔不絕，追述布區家族的歷代美國阿兵哥和這支錶的淵源，以及自己和布區的老爸在越南戰俘營受苦的**磨難**。這支錶成了一脈相傳的標誌，堪稱某種象徵，就像英雄繼承自先祖的魔劍。但是，布區的父親卻把錶藏在某處五年，過世後，昆斯隊長在差不多的位置又把錶藏了兩年。這段瑣碎的經過把我們拉回現實。這位軍官善盡**導師**的**贈與**職責，把錶交給布區。

接著我們被拋回當下，看見布區接到另一個**召喚**。這次是經理喊他上台，去打那場他應該要放水輸掉的比賽。

金錶

字幕卡講得很清楚，我們現在要繼續另一段英雄旅程的主線。從外頭計程車裡放送的廣播，我們知道布區沒有遵照馬賽魯的約定，他不但沒放水，反倒打贏比賽，擊斃對手。他拒絕馬賽魯的**召喚**，卻回應了其他的召喚，使出奮戰精神的**召喚**，以及唬弄馬賽魯、大賺一票的誘惑**召喚**。

布區**跨過門檻**，跳窗而出，落在垃圾子母車裡。他搭上計程車，開始褪去職業拳擊手的特性，把這部分的人生拋諸腦後。在**試煉**、**盟友**與**敵人**場景中，你可以從他與哥倫比亞來的女司機伊絲美瑞妲．薇拉洛珀（Esmerelda Villalobos）的對話中探出他的觀點。她說自己名字的寓意很美，詩意盎然（意思就是「狼之伊絲美瑞妲」），布區卻回道，他的名字跟大多數老美的名字一樣，沒什麼特殊意義。文化相對性的調調再度出現。她好奇到有點病態，問他殺人到底是什麼感覺。她一點也沒被嚇到，反倒興致勃勃。凡事都有相對性。布區為自己的殺人合理化，如果他是比較厲害的拳擊手，他就不會死。他結交了這個盟友，而她答應不會告訴警察見過他。

不過，他的行為是與馬賽魯及其手下為**敵**。我們看見馬賽魯派爪牙四處追捕布區，如有必要，即使殺到中南半島也在所不惜。

40 一九六〇年代末期，紅遍日本的賽車卡通。

在**進逼**階段，布區打了通電話，調查贏來的錢。他到汽車旅館，和法國女友法比安會合。他們計畫著等拿到錢就逃離美國遠走高飛。兩人打情罵俏（親密**進逼**情節的特徵）講的話，看來反倒比較像文森和朱爾斯稍早的那串閒扯。兩段對話都有文化相對性和不同的價值體系。此時的對比扯上了性別，他女友想讓布區了解，她對女性挺個大肚腩的確切看法。他們嘿咻起來，這一夜在錯覺中落幕，兩人以為一切都會順利。

第二天一早，全新且迫切的**歷險召喚**響起，布區發現，他沒把父親的金錶從公寓帶來。他沒跟任何導師商量，戰勝可能被馬賽魯逮住的恐懼，回家取那只金錶。他開車駛向公寓，**跨過了門檻**，進入步步險境的**非常世界**。

布區小心翼翼地**進逼**他的公寓，拿到那只手錶，**掌握寶劍**，卻碰上馬賽魯派來殺他的門檻守衛。此人正是文森，他本來在廁所看書（彼得．歐唐諾的間諜漫畫《布蕾絲》[41]）。傻呼呼的文森犯下致命的可悲錯誤，他完全沒把對手當回事，還把槍擺在廚房流理台上。布區聽見廁所沖水馬桶的聲音，抓起槍殺了文森。對布區來說，這是個差點掛掉的**考驗磨難**，對文森來說，卻是個悲慘的**高潮**，因為自己沒大沒小的缺陷而送掉性命。他遭到因果報應的嚴懲，把面子丟光了，因為他被逮到時手無寸鐵逃出廁所。此時，我們還不知道文森顯然得為自己不承認奇蹟（先前他閃過了第四個人發射的子彈）而付出代價。這時候的他掛點了，看起來就像是拒絕承認神蹟所受到的天罰。

布區把**獎賞**的手錶收進口袋，踏上**回歸之路**，跟女朋友會合。他在途中居然遇上他的**陰影**馬賽魯。他看見馬賽魯正要過馬路，於是加足馬力開車撞上去。不過布區的車撞上了另一輛車，他也受傷了，眼前一片暈眩，這個逆轉來得真快。旁人都以為馬賽魯死了，他卻活了過來（**復**

甦），帶著槍，步履蹣跚地朝布區走來。

布區搖搖晃晃地進入「梅森—迪克森槍械店」，馬賽魯跟著進去（**回歸之路**階段常見的**追逐**）。布區揮拳毆打馬賽魯，就在要幹掉對方之際，帶著獵槍的老闆梅納阻止了他。

布區和馬賽魯不曉得自己無意間墜入**洞穴最深處**，情勢遠比之前更加險惡，這裡是比他們生存的黑社會更加黑暗的地獄。梅納把布區打昏，把兄弟柴德找來，柴德和他一樣是個**陰影**，投射出美國白人男性文化最卑劣的一面。馬賽魯和布區醒了，被關在更深的洞穴中，也就是商店下方的地牢裡，兩人都遭五花大綁，嘴巴裡塞著性虐待道具。

柴德從深坑的地板下拎了個戴皮面具的傢伙上來。無論這位金普是兄弟檔的智障弟弟，還是被他們這夥人虐打逼到發瘋的可憐蟲，在在都暗示即將降臨在馬賽魯和布區身上的可怕遭遇。邪惡兄弟檔先挑馬賽魯下手，以酷刑伺候。他們把他帶進另一位受害者羅素曾待過的房間。這段歷險讓人覺得以前曾有其他人經歷過類似遭遇，但沒能戰勝死亡。

布區聽見兄弟檔強暴馬賽魯的聲音，這場**痛苦的折磨**讓馬賽魯的男子氣概毀於一旦。這場戲又是相對性的觀點。無論我們怎麼嚴厲批判馬賽魯和布區的為人處事，這世上還有更壞的混蛋、更低下的地獄。以一般人的觀點，馬賽魯和布區看起來都像歹人或**陰影**，但相較於槍械店這群人，他們卻變成**英雄**了。

41 *Modesty Blaise*，後來曾改編為電影與小說。

布區趁機一拳打倒金普，他身子軟倒在地，被拴在身上的鏈條吊死。布區往樓上逃，來到門邊，隨時都可離開，這時知覺危機出現，他決定發揮英雄**犧牲小我的精神**，冒生命危險回去救馬賽魯，儘管他知道馬賽魯因他沒放水輸掉拳賽而想取他性命。他就近從武器堆中挑了一把武士刀（**掌握寶劍**），再次墜入**洞穴最深處**，接受最終極的**考驗磨難**。

布區殺了梅納，馬賽魯抓起一把獵槍，一槍正中柴德的胯下，馬賽魯重獲自由，本來必死無疑的他重新生龍活虎，這是**復甦**。布區英勇的舉動抵銷了他打死交戰拳擊手的失德案底。馬賽魯也因此經歷**改頭換面**，他對布區**開恩**、網開一面，只要布區不把這裡發生的事講出去，並且遠離洛杉磯。此時，他召來一位**導師**狼先生來處理善後。

布區**掌握寶劍**，寶劍是騎上某個惡形惡狀飛車族的機車。駕馭著坐騎的英雄踏上**回歸之路**，與他的仙女會合。雖然他恐怕拿不到賭贏的錢，英雄卻獲得更可貴的人生**萬靈丹**。他和法比安騎著取名為「葛瑞絲」[42]的機車（名字饒富深意），是贈與在英雄旅程中做出正確道德抉擇者的**萬靈丹**。

邦妮危機

文森和朱爾斯這條線重新登場，朱爾斯在年輕小伙子的公寓裡朗誦《聖經》，觀眾第二次聽到這段經文。年輕人突然衝出來，對著他們倆一陣掃射，顯然這是一場與死亡交手的**考驗磨難**。按理說，他們應該掛了，但他們卻沒死，四周的牆壁被打得坑坑疤疤。

與死神擦身而過，兩個年輕人的反應南轅北轍。文森沒多想什麼，只認定是走運或巧合，而朱爾斯卻因此**對神心生崇拜**。他認為這是天方夜譚、是神蹟，這是上天要他轉變看法的徵兆。他倆的反應算是某種**考驗**，文森看似過不了關，朱爾斯卻成功通過考驗。朱爾斯藉由這次經驗得到**獎賞**，就是心靈意識的提升，文森卻一無所獲。

我們早就看到布區殺了文森，所以這幕算是文森的某種**復甦**。我們之前看到他已經死了，現在卻看到他重新活過來。這場戲再度展現碎裂的後現代時間概念，告訴大家線性時間的概念是一種主觀的常規。

經歷死亡—重生關頭的文森，在踏上**回歸之路**時犯下致命的失誤，原因又在他不知尊重的缺點上。他對死亡的器械不夠尊重，在車裡大力揮舞著槍，子彈意外射穿後座同夥馬文的腦袋。

朱爾斯意識到必須好好善後，把車開到死黨兼**盟友**吉米．狄米克（由導演塔倫提諾飾演）的家。這位中產階級分子和犯罪集團間的關連，電影裡沒有特別交代。他擔心上晚班的老婆邦妮下班回家會大發雷霆。在這段情節中，導演大人把黑社會犯罪集團和一般人所在的世俗世界做對比。好笑的是這群人害怕潑婦邦妮，反倒不怕殺人放火的官司。

朱爾斯和文森想辦法把身上弄乾淨，但效果不彰。朱爾斯把文森訓了一頓，嫌他把客用毛巾弄得到處是血，再次顯示文森粗心大意、沒大沒小的特質，我們都清楚他會因此送命。文森可能再次把**盟友**（吉米）變成**敵人**。

42 Grace，榮耀、恩典、優雅之意。

朱爾斯打電話向馬賽魯求助，結果找來**導師**兼**盟友**狼先生（哈維．凱托[43]飾演）。狼先生本名溫斯頓．伍爾夫（Winston Wolf），和故事另一條支線的盟友計程車女司機伊絲美瑞妲．薇拉洛珀，也就是狼之伊絲美瑞妲，有密切的關連。這兩個角色都發揮了民間故事中動物幫手的功用。

狼先生顯然是個解決問題的專家，他對處理引禍上身的證物頗有一套。他火速趕來接掌大局，很有威嚴地發號施令。不過，文森依舊目無尊長，不把指令當回事。狼先生幽默以對，展現出絕對的權威，明確表示他是來**拔刀相助**的，文森不該跟他**為敵**。

狼先生忙著指揮大局，文森和朱爾斯清洗滿是血跡的汽車。這整段情節都是這群人漫長的**復甦階段**，他們在踏上**回歸之路**前，先把交通工具清洗乾淨。至於吉米則**犧牲小我**，提供床單、毛巾給他們，不過狼先生很快就補償他，給了一筆錢買新家具作為**獎賞**。

然後，狼先生就像引導勇士體驗淨身苦難而**復甦**的巫醫，命令文森和朱爾斯脫掉血衣，兩人以肥皂清洗身上血漬時，狼先生要吉米以冰水沖刷身體，接著吉米發新衣服給他們。值得一提的是，新衣服都是年輕男孩穿的短褲和T恤，兩人看起來活像小毛頭或大學生，而非冷血的幫派分子。他們像回歸的獵人，體驗死亡—重生的儀式，再度變回清純的少年。如今他們洗去經歷過的死亡，再度進入**平凡世界**。他們從頭到尾都抓住那個神祕的手提箱，這箱子就是他們在**考驗磨難**階段（那群雅痞的公寓）帶回來的**萬靈丹**。

狼先生護送他們到一座汽車廢棄場，把屍體跟汽車一塊銷毀。他和兩人道別，順便帶走他的小女友瑞可兒（廢棄場老闆的女兒）。這一幕告訴我們，身經百戰的師傅，如何藉由這部電影所規範的「正當」行為，享受他贏得的**萬靈丹**。他還稱讚朱爾斯懂得尊重前輩，很有格調。

尾聲

故事終於回到開始的小餐館場景，進入尾聲。南瓜和甜心兔還在策畫搶劫行動，朱爾斯和文森回想起發生過的種種。朱爾斯堅稱他們當天見證了奇蹟，文森對此卻不屑一顧。朱爾斯決定以後要選擇不同的日子，就像影集《功夫》的男主角甘貴成一樣，雲遊四海。這似乎意味著他想走上正途，尋求寧靜，不想再過著打打殺殺的日子了。他真正經歷了精神上的**復甦**和改頭換面的階段。文森不覺得有什麼重要，他起身走進廁所，同樣的舉動終究讓他送掉性命

南瓜和甜心兔開始大叫，揮舞著槍，朱爾斯的決心面臨最終**考驗**。南瓜企圖奪下神祕手提箱（**萬靈丹**），他打開它，完全被它迷住，朱爾斯卻先發制人。南瓜的意圖和童話故事中冒牌貨的老梗很像，都在英雄準備取得獎賞時現身。

朱爾斯沉著、認真地跟南瓜和甜心兔說話，他和南瓜談成一筆交易，自掏腰包付錢給南瓜，希望他不要動手提箱。在這最終的時刻，我們在生死之間得到平衡。朱爾斯第三次朗誦《聖經》的經文，對他來說，這一次代表的意義卻大不相同。過去的他自認是上帝的憤怒表徵，送不義者去死亡，如今他自認是慈悲與公理的指標，成為受人祝福的人，這個人「代表寬容和善心，引領弱者穿過幽暗的深谷」，他的中心思想已經從濫殺晉升到行俠仗義的新階段，讓他永遠善用自己

43 Harvey Keitel，好萊塢硬裡子演員，著名作品還包括《鋼琴師與她的情人》、《獵殺U571》。

的好身手。他有能耐把極度危險的局面大事化小，帶著**萬靈丹**全身而退。任何**決鬥時刻**通常至少會死一個人，值得讓狼先生精心為他辦好後事。朱爾斯從陰影（殘酷的殺手）成長為真正的**英雄**。南瓜與甜心兔得以活著離開，因為他們做出正確的決定，乖乖聽命於朱爾斯所贏取的**萬靈丹**。如果他們夠聰明，就會攀上心靈的階梯，準備踏上朱爾斯與文森體驗過的歷險。

文森和朱爾斯帶著裝滿**萬靈丹**的手提箱離開。故事「結束」，但我們知道在線性時間中，故事還長著。現在文森和朱爾斯將帶著手提箱去酒吧，把它交給馬賽魯，文森不把布區放在眼裡，他和米雅經歷**考驗磨難**。布區不會放水，他先殺了文森，跟馬賽魯挺過一場**考驗磨難**。如果這些事件都依照時間順序重新安排，真正的結局應該是布區和女友跳上機車揚長而去的那一刻。

《黑色追緝令》的主題，似乎是在講人受到考驗磨難試煉。在對抗死亡時，不同的角色各自有不同的回應。儘管這部電影洋溢著相對性的風格，作者似乎自有其道德觀點。他們替天行道，以死懲罰文森，因為他違背了這部電影的道德規範；他們讓朱爾斯和布區以活著作為獎勵，因為在這部電影的架構中，兩人做出正確的抉擇。本片儘管不墨守成規，但仍相當傳統，嚴格遵循了約翰·福特或希區考克電影的道德準則。

最有意思的就是文森這角色，他在兩個完全不一樣的場合遭遇考驗磨難，得到南轅北轍的結果。文森在愛與忠誠的舞台，擔任米雅的男伴，展現出騎士風度與無畏勇氣，一如舊日的騎士一般，他因此短暫存活。但是在尊重更高權能及老經驗前輩的舞台，他一敗塗地，而且很快就得到報應。相對性的基調再次響起，暗示即使能輕鬆掌控人生的某一面舞台，並不意味能全方位駕馭自如。

文森、朱爾斯和布區互相交織的英雄旅程，呈現出所有英雄的可能面向，包含戲劇性、悲慘、滑稽，以及卓然出眾。《黑色追緝令》猶如坎伯對神話所下的定義：「故事型態不斷變化，主題卻令人訝異地恆常不變……它不斷以挑戰性的方式暗示，那尚未經歷過的，遠比我們所能知道或聽到的還要更多。」

水底情深——在水底形塑魔幻現實主義

《水底情深》廣受好評，不僅票房成功，並獲得了無數獎項，其中包括奪得奧斯卡最佳導演、編劇、演員和全體製作人員等十三項大獎。導演戴托羅和共同創作劇本的凡妮莎．泰勒（Vanessa Taylor）本著魔幻現實主義的精神，精心打造了這個童話、寓言和恐怖交融的多敘事體，向我們展示了一個細節豐富且可信的世界，穿透了一些奇怪而超凡脫俗的事物。就像戴托羅之前的《羊男迷宮》（*Pan's Labyrinth*）和《地獄怪客》（*Hell-Boy*）等作品，這個怪物可能看起來很奇怪、很嚇人，卻有著令人讚佩的人性，他把恐怖留給了具有貪婪、欲望和殘忍的普通人類。

這部電影創作精緻，充滿詩意，並且運用豐富的隱喻和符號，以不同的方式重複出現的雞蛋，暗示了試圖拯救怪物的瘖啞清潔女工伊莉莎的潛能。水無處不在，滴落，流動，滲出，沸騰，是一種將伊莉莎與她心愛生物聯繫起來的媒介。每一種顏色和構圖，每一個情節元素，每一個角色細節和音樂音符都經過深思熟慮，形成一個連貫的設計。旁白發自於敏感的藝術家基爾斯在書架旁的敘事，戴托羅曾表示，這部電影是基爾斯的遐想，就像一幅動人的畫作，看上去可能不真實，卻捕捉到他記憶中對伊莉莎的印象。

《水底情深》充滿了戴托羅對電影的熱愛，伊莉莎和她的同性戀鄰居基爾斯都喜歡古老的音樂劇，他們的公寓位於播放《聖經》史詩的電影院上方，在本書第二部英雄旅程所述的獎賞時刻，一個充滿渴望又異想天開的幻想故事，變成了一部完整的電影音樂劇，伊莉莎和怪物就像歌舞片巨星佛雷．亞斯坦和琴吉．羅傑斯[44]一樣跳舞。此外，還參考了另一類總是在昏暗深水中游泳的影片，如《黑湖巨怪》（*The Creature from the Black Lagoon, 1954*）及其續集《造物復仇》（*Revenge of the Creature, 1955*），以及《怪物就在我們之間》（*The Creature Walks Among Us, 1956*）。

這些雖是不起眼的B級電影，但在我的童年（和戴托羅的童年）上映時，就讓我們產生了特殊的共鳴。環球影業最著名的怪物吉爾曼[45]，就像他的前任弗蘭肯斯坦[46]一樣，喚起我們一種愉快的複雜情緒。一方面，我對吉爾曼的力量和陌生感到非常震驚——他那雙炯炯有神的大眼睛，以及鱗片狀的皮膚。另一方面，我對這種孤獨的存在感到同情，他可能是史前時期留下來的最後一種生物，雖然殺死了那些侵犯他領域的人，但他並不是一個徹頭徹尾的野蠻人，而且懂得欣賞美麗，他忘情地在一個毫無戒心的泳裝少女身下游泳，渴望用他的蹼爪愛撫她的腿。這是我在汽車電影院看的第一部電影，那時我一定是五歲，不知何故，吉爾曼跟著我一起乘車回家了，一個巨大的、無言的存在，一個新的怪物，在我的潛意識裡游來游去。當我不得不在半夜起床響應大自然的呼喚時，他出現在我的夢中，並潛伏在走廊裡，他的陌生讓我膽戰心驚，但同時我也因為他而感到安心。

《黑湖巨怪》也給戴托羅留下了深刻的印象，他說小時候看這部電影時很同情吉爾曼，對吉爾曼沒有得到那個女孩感到非常失望。他表示，「非常盼望他們最終能在一起。」後來，作為一名成功的電影製作人，他與環球影業的高層就執導《黑湖巨怪》重拍計畫中的怪物進行了協商，但雙方無法就他以怪物為核心的思考取得共識，因此戴托羅離開了這個計畫。但《水底情深》與《黑湖巨怪》的故事完全不同，雖有一些共同的DNA，但這部片不是怪物電影的複製品，而是對過去的一種回答，是以現今年輕觀眾的想像所激起的情感和願望來重新思考的。

開場畫面和序幕

從第一個場景開始，我們就已經在無意識中游泳，那是個泡泡交織飛舞的水域。在旁白中，敘述者基爾斯（李察・傑金斯[47]飾演）為我們講述了這個故事夢幻般的序幕，構築了一個關於沉默公主的童話故事，一個關於愛與失落的故事，以及一個試圖摧毀這一切的怪物。我們滑入一個水下房間，日常用品、桌子、椅子和時鐘都在優雅地漂浮著，我們的英雄伊莉莎（莎莉・霍金

44 Fred Astaire和Ginger Rogers是美國著名舞台劇、電影演員、舞者和歌手，兩人經常搭擋演出，光是電影就有十部。

45 Gill-Man，一九五四年上映的黑白電影《黑湖巨怪》及其續集中的半人魚怪物。

46 Frankenstein，最早出現於《科學怪人》，原本是製造出怪物的科學家之名，爾後人們便常以此名來稱呼怪物。

47 Richard Jenkins，美國舞台劇、電影和電視男演員，曾以《幸福來訪時》、《水底情深》榮獲奧斯卡最佳男主角及最佳男配角提名。

斯[48]飾演）是一位睡美人，穿著睡衣，戴著睡眠面罩，漂浮在這個超現實的空間中。當水元素消失，物體和伊莉莎安頓下來之際，鬧鐘響起，把伊莉莎從她的水夢中喚醒。

平凡世界

一九六二年的某一天，伊莉莎開始她的日常儀式，準備去巴爾的摩的政府機構上夜班，她在午餐時煮雞蛋，脫掉長袍，泡在浴缸水流的懷抱中，以上是一位敏感的藝術家精心構築的幻想，用親密的方式來介紹我們的故事主人公，每件物品似乎都呈現出雅緻的綠色調，所有一切都被網羅在一張詩網中，如詩的韻腳是開場鏡頭中的氣泡，以及她煮蛋時水沸騰的泡泡，還有雞蛋與蛋形計時器，限縮了她在浴缸中的感官愉悅，兩者都預示著以雞蛋作為禮物，將是伊莉莎和兩棲人（Amphibian Man）的連結。

透過日常行為，巧妙勾勒出伊莉莎這個角色，我們可以看到，她以自己的鞋子為傲，並且擁有一系列能表達她個性的精美鞋子，她是例行公事和儀式性的生物，每天看一則鼓舞人心的日曆格言，精確地測量她的時間和任務，照鏡子時研究脖子上的橫紋傷疤，這傳達了所有的英雄都得承受**傷口**的明顯標記。

伊莉莎身著柔和的綠色衣服，跨過走道，短暫地拜訪住在隔壁的同性戀藝術家朋友基爾斯，他是伊莉莎的忠實**盟友**，也正踏上自己的英雄旅程，面臨商業藝術家職業生涯的終結和令人擔憂的晚年，他們都住在一個老舊的電影院樓上，電影院裡正在播放一部關於〈路得記〉（Old Testament Figure Ruth）的《聖經》電影，基爾斯畫架旁隨時開著的電視機，讓我們知道他喜歡與伊莉莎分享老歌舞片。

伊莉莎是個體貼周到的人，獨自一人坐公車去一個祕密的政府機構上班。在那裡，她與樸實且會保護她的朋友塞爾達（奧塔薇亞・史班森[49]飾演）一起上大夜班，擔任清潔工。像基爾斯一樣，賽爾達是另一個**盟友**，能夠讀伊莉莎的手語。

歷險的召喚

當一個新的「資產」被裝在精心設計的密封容器中運入實驗室時，引起了轟動，伊莉莎和塞爾達被叫去清理容器周圍，而伊莉莎被裡面傳來的奇怪聲音迷住了。

這個資產是一個來自南美的有鰓兩棲人（道格・瓊斯[50]飾演），正由一位深思熟慮的科學家

---

48 Sally Hawkins，英國女演員，曾獲金球獎最佳女演員銀熊獎，兩度入圍奧斯卡獎。

49 Octavia Spencer，非裔美籍女演員，以《姊妹》榮獲金球獎和奧斯卡最佳女配角獎，以《水底情深》提名奧斯卡最佳女配角。

50 Doug Jones，美國一名經常演出科幻片、驚悚片的男演員，作品有《地獄怪客》、《驚奇四超人》等。

霍夫斯特勒博士（麥可・斯圖巴[51]飾演）進行研究，但命運掌握在一個殘酷的政府特務史崔克蘭（麥可・夏儂[52]飾演）手中。在運送兩棲人來此地之時，史崔克蘭與兩棲人發生衝突，他只想看到怪物在死前受苦。

下班後，伊莉莎和基爾斯一起去一家小酒館，他喜歡在那裡點綠色的酸橙派，這真是一個嘗試與英俊的櫃台年輕人攀談的好藉口。回到家後，基爾斯在電視上看到與種族衝突有關的新聞報導，他轉台了，寧願生活在早期有輕鬆音樂劇的夢幻時代，聽著「勇於冒險的年輕人在飛翔展藝」之類的老歌。我們也看到伊莉莎重複她的日常生活，時間飛快流轉，意味著她就像在跑步機上做著反覆動作的人。

回到實驗室，霍夫斯特勒的原型功能還沒有被揭示出來，但史崔克蘭顯然是個最黑暗的**陰影**，在經典的「反派特務」橋段中，他闖入塞爾達和伊莉莎正在打掃的洗手間，在她們面前無禮地小便，並粗暴地吹噓他用來折磨這個怪物的陰莖狀電擊棒。當他離開時，她們聽到怪物可憐的呻吟聲，在伊莉莎心底在響起了一種**歷險召喚**。

伊莉莎和塞爾達被緊急叫去清理實驗室裡的一灘血，原來史崔克蘭被兩棲人咬掉了兩根手指頭，伊莉莎找到了斷掉的手指，（畫外音）通過手術，它們被重新連接到史崔克蘭的手掌上，儘管手指已被嚴重感染而毀壞。就像許多童話和黑色電影的陰影人物一樣，殘缺的手指是他內心腐敗的象徵。

在家裡，伊莉莎興奮地告訴基爾斯想一睹這個怪物，但基爾斯一門心思都在自己主演的悲劇之中，那是一場走向無用和垂老的悲劇。他悲傷地戴著假髮，試圖讓自己看起來年輕一些，但又不禁哀嘆起自己衰老的臉，作為商業藝術家的職業生涯即將結束，儘管他極力取悅最後一個客戶，對其寄予厚望，但他抒情風格的繪畫插圖正被粗俗的表象攝影所排擠，和伊莉莎一樣，基爾斯也站在門檻上。

跨越門檻

第二天晚上，伊莉莎**跨越了一道門檻**，她在實驗室裡找到了與兩棲人獨處的時刻，某種東西，也許是對這個孤獨、無語的存在的一種親近感，促使她伸手拿一顆水煮蛋作為禮物，並剝好殼給他，然後他展現出自己的完整形象時，伊莉莎感到有些恐懼——高大、奇怪、令人震驚，但很快就克服了恐懼，欣賞他的美麗和威嚴。此刻，以及接下來的場景中，他們結成了聯盟，浪漫地聯繫在一起，作為故事的雙重英雄。然而，這個生物結合了可怕的野性和溫柔的優雅，使他成為伊莉莎英雄的**變形者**，成為喚醒她內心可能性的催化劑。

51 Michael Stuhlbarg，美國男演員，曾於多部電影中扮演真實人物。

52 Michael Shannon，美國男演員，也是一名音樂家，曾多次榮獲奧斯卡最佳男配角提名，作品包括《真愛旅程》、《夜行動物》、《居住正義》等。

試煉、盟友、敵人

史崔克蘭對伊莉莎和塞爾達進行例行性的威脅審訊，警告他們遠離他認為應該被完全摧毀的邪惡生物。他問伊莉莎的姓氏埃斯波西托（Esposito）是什麼意思，沒有人回答，在拉丁美洲國家，它意味著「孤兒」或暴露於郊野風雨中，換句話說，是被隔絕在孤兒院外的孤兒，關於她的出生，人們只知道有人殘忍地割斷了她的聲帶，然後拋棄了她。

初升的太陽照亮了伊莉莎回家的巴士，象徵著她可能露出曙光的新生活。

當史崔克蘭回到一九六〇年代過於完美的妻子和孩子身邊時，同樣的陽光照在他身上。他那精力充沛的妻子把他叫到臥室。他想起了與伊莉莎的相處，喚醒內心殘虐的衝動，她的無語在某種程度上讓他感到興奮。他將此投射到與妻子的殘酷性交當中，摀住妻子的嘴巴，制止她的叫聲，以模仿伊莉莎的沉默。

伊莉莎想要加深與兩棲人的關係，於是決定夾帶一台令兩棲人著迷的手提黑膠唱片機去上班。他們一起吃雞蛋，互相學習。在家裡，她為他挑選唱片，在大廳裡跳舞，為戀愛而歡愉。在工作中，塞爾達和霍夫斯特勒博士注意到了她的變化，並隱密地觀察她。

進逼洞穴最深處

霍夫斯特勒和伊莉莎一樣，認為怪物是大自然的奇蹟，然而他是一名俄羅斯特務，被派來監視這個怪物，以防它被證明具有戰略價值。他與他的上級馬霍考夫（奈傑．班尼特[53]飾演）祕密會面。馬霍考夫是一位粗魯的官僚，不欣賞怪物的科學奇蹟，並明確表示霍夫斯特勒可能不得不殺死他，以防止美國人從各方面發現他的戰略價值，並從中獲利。在這一點上，霍夫斯特勒是一個**變形者**，在成為伊莉莎與怪物的**盟友**、**陰影**或威脅之間搖擺不定。

與此同時，史崔克蘭的上司——嚴厲的霍伊特將軍（尼克．西塞[54]飾演），訪問實驗室時，讓他的壓力隨之增加。透過這段戲，我們了解到兩棲人在他被發現的地方被當地人尊為神，霍夫斯特勒希望藉由觀察研究來探知結果，但史崔克蘭強烈主張殺死他，並解剖他，藉以了解他的祕密。霍伊特將軍下令暫時讓這個怪物存活，但他有權隨時下令將其摧毀。

回到家，伊莉莎強烈地懇求基爾斯幫助她釋放怪物，讓這個生物自由，這是基爾斯英雄旅程中的**歷險召喚**。但基爾斯**拒絕召喚**，他背棄了伊莉莎，帶著剛剛完成的畫要去交給客戶，這是他重振職業生涯的最後希望，可惜一無所獲；客戶甚至沒有看就拒絕了他的作品，並關閉了任何未來工作的機會。

絕望中，基爾斯鼓起勇氣，在咖啡店與迷人的年輕人交談，但希望之門也在這裡關閉，因為這個年輕人表明自己是反同人士，而且正拒絕為一對黑人夫婦服務，可見他還是個種族主義者。

感覺自己沒有什麼可失去的基爾斯，**跨過一道門檻**，同意幫助伊莉莎釋放兩棲人，用他的藝術技能偽造一張身分證，並將一輛麵包車塗裝成貌似洗衣車（**進逼**）。他為她精心策畫救援行

---

53 Nigel Bennett，英裔加拿大籍導演、演員和作家。

54 Nick Searcy，美國演員，作品有影集《火線警探》等。

動，並對自己的無所畏懼感到自豪，儘管伊莉莎承認自己也感到恐懼。這個計畫是讓伊莉莎關閉監視器鏡頭幾分鐘，同時將生物偷偷帶進洗衣車，讓基爾斯載走。

馬霍考夫給了霍夫斯特勒一個可以關閉實驗室電源和照明的裝置，以及一個用於殺死兩棲人的強力毒藥注射器，兩棲人面臨的死亡威脅日益嚴重。

當我們英雄的壓力愈來愈大，史崔克蘭卻彷彿站在世界之巔，一如他衝動暴力地開著自己的全新藍綠色凱迪拉克，趾高氣昂地揚長而去。在工作場合中，他編造了一個理由，好讓伊莉莎進入他的辦公室。在那裡，他粗暴地向她走來，試圖撫摸她脖子上的傷疤，她逃離了那令人毛骨悚然的觸摸，意識到他再過不久就會發現他們正在進行的計畫。

考驗磨難

伊莉莎啟動了她的計畫。當她在裝有化學物品的桶子上搖搖晃晃、驚疑不安地將監視器鏡頭從貨物裝卸區調開時，被霍夫斯特勒博士注意到了，並意識到伊莉莎正在試圖拯救怪物，他變成了**盟友**和**導師**，給了她導師的禮物：兩棲人項圈的鑰匙，以及如何讓他在鹽水中存活的說明。

基爾斯在麵包車裡經歷了一場英雄的**考驗磨難**，被一名威脅他要開槍的**守衛**攔住。幸運的是，霍夫斯特勒博士即時用能殺死怪物的毒藥殺死守衛，並摧毀實驗室的照明系統，來幫助基爾斯和伊莉莎。此時，伊莉莎用放洗衣籃的有輪推車移動兩棲人，但意外地被塞爾達攔住了片刻，塞爾達充當了**門檻守衛**，擋住了她的去路，並反對她的計畫。但在看到霍夫斯特勒博士的支持救援時，塞爾達決定幫助伊莉莎，再次成為**盟友**，並為他們的危險處境而擔憂。

基爾斯開車載著伊莉莎和怪物離開，不小心撞到了史崔克蘭的新凱迪拉克，而史崔克蘭無用地向撤退的貨車開槍，沒有意識到這是伊莉莎所為，以為此乃俄羅斯間諜小組的傑作。他很生氣，卻也害怕被他的老闆暨父權象徵的將軍視為失敗者。霍伊特將軍威脅他，如果不盡快找回兩棲人，就會毀掉他的職業生涯。

伊莉莎將兩棲人安放在她的浴缸裡，但面臨著**危機**和**考驗**，因為他瀕臨死亡，喘著粗氣，直到她想起霍夫斯特勒博士建議讓他留在鹽水中，才急忙從櫥櫃裡拿出鹽來混入浴缸的水中。在經典的死亡與重生畫面中，兩棲人似乎死了片刻，但在伊莉莎和基爾斯的解救下復活，他們因為在考驗中倖存下來而獲得了歡笑**獎賞**。

時間寶貴，伊莉莎囤積了鹽，並與這個生物建立友好情誼，因此他們的關係更緊密了。她計畫在幾天後十月雨水灌滿河道時，將他放到一條連接大海的運河中。

當伊莉莎去工作時，基爾斯與兩棲人為伴。基爾斯向兩棲人訴說著自己的孤獨和與時代格格不入的感覺，兩棲人似乎能懂，並同情基爾斯。然而，在基爾斯睡著時，兩棲人從水中起來，在公寓裡來回漫遊探索，看到基爾斯的一隻貓對他張牙咧嘴，發出嘶嘶叫聲，他回以嘶嘶聲，並咬掉了牠的頭，基爾斯被貓咪瀕死的尖叫聲驚醒，衝著兩棲人大喊大叫，兩棲人害怕地從公寓跑走，經過基爾斯時抓撓了他的手臂，對基爾斯來說又是一次瀕臨死亡的**考驗**。

與此同時，伊莉莎和塞爾達受到史崔克蘭更嚴厲的質疑，但她們堅稱在怪物被綁架當晚沒有發現任何異狀。後來，霍夫斯特勒博士偷偷接近塞爾達和伊莉莎，希望得到兩棲人沒事的保證，並敦促他們盡快釋放他。伊莉莎認為霍夫斯特勒博士是個好人，他以舊世界的禮貌透露他的名字是狄米崔[55]，很榮幸認識她們。

在基爾斯的緊急電話催促下，伊莉莎開始尋找失蹤的兩棲人，順著他血淋淋的爪印蹤跡，終於在劇院裡找到他，看到他驚奇地注視著銀幕上播映的《聖經》史詩故事，她擁抱他，並帶他回到樓上。

獎賞

兩棲人與基爾斯和解，撫摸他的頭皮和手臂傷口，以示祝福。他與伊莉莎在浴缸裡親密的時刻，這個生物好奇地撫摸著她脖子上的傷疤，她嚇得跑開了，但在戴上眼罩準備睡覺時改變了主意，去找兩棲人。她脫掉衣服，走進浴缸，拉上浴簾。讓我們想像他們的擁抱……

當晚，伊莉莎去上班時，被車窗上因風吹而流轉的水滴給催眠了，尤其是當兩滴飛舞的水滴融合時，更是深深沉浸在性感繾綣的迷幻中。在工作中，伊莉莎的微笑讓塞爾達隱約覺得不對勁，想必是怪物吉爾曼發生了什麼事，於是伊莉莎分享了一些關於他生理結構的私密細節。

霍夫斯特勒博士受到多疑的史崔克蘭和馬霍考夫的壓力，後者警告他，必須在該生物被殺死後準備快速撤離，於是他假裝殺死了生物，並聲稱已經把屍體處理掉了，但馬霍考夫不信任他。

在與兩棲人一起的家中，伊莉莎突發奇想，用毛巾封住浴室的門，這樣她就可以用水淹沒房間，與她的魚人一起性感共游。但當劇院老闆抱怨天花板漏水時，樂趣結束了。基爾斯打開浴室的門，被洪水沖倒。

基爾斯意識到兩棲人擁有神一樣的力量，因為兩棲人觸碰他的手臂後，傷口便痊癒了，甚至頭頂上還長出了濃密的新生頭髮。「他」的字意代表了轉化和恢復活力，是從英雄磨難中倖存下來的**獎賞**。然而，這個生物似乎正在衰退，他們意識到必須儘快放他走。

日曆上標記的那一天終究到來了，伊莉莎悲傷地坐在兩棲人身邊，在一段奇想的片段中，她對他唱著：「你永遠不會知道我有多愛你……」並與兩棲人一起欣喜共舞在華美的好萊塢黑白電影中。

回歸之路

史崔克蘭開始瘋狂暴烈地**追殺**兩棲人。他確信霍夫斯特勒博士密謀拯救怪物，於是尾隨其前往一家水泥廠。在馬霍考夫的命令下，霍夫斯特勒因未能摧毀怪物而被槍殺。史崔克蘭到達，殺死了馬霍考夫和他的隨從，然後殘酷地折磨垂死的霍夫斯特勒，才發現兩棲人是被那些卑微的女清潔工給救走的。

史崔克蘭衝進塞爾達的公寓尋找兩棲人。塞爾達沒有骨氣的丈夫透露兩棲人和伊莉莎在一起，塞爾達希望能在史崔克蘭到達他們的公寓前設法警告伊莉莎，快點帶怪物和基爾斯逃走。然而史崔克蘭從日曆上的字跡找到線索，就在伊利莎正與兩棲人百感交集地訴說告別之情時，及時趕到運河附近。

---

55 Dmitri，出自希臘神話，有大地女神的意思，但為男性名字。

復活

史崔克蘭擊倒基爾斯，並用手槍射殺了伊莉莎和兩棲人。基爾斯恢復（**復甦**）後，用一塊木頭敲打史崔克蘭的頭。血淋淋的史崔克蘭看到兩棲人用自己的力量來治癒自己，突然**頓悟**（epiphany）了，在兩棲人用爪子割斷他的喉嚨之前，意識到「你真的是神」。

帶著仙丹妙藥歸返

兩棲人給了基爾斯最後的祝福，在回歸前得到慈愛的擁抱，並將垂死的伊莉莎抱在懷裡，潛入運河，綠色光柱在她漂流的身體周圍游動著。基爾斯在畫外音中告訴我們，他相信他們在一起生活，彼此相愛。為了取信觀眾，我們在畫面上看到兩棲人正在治癒伊莉莎的子彈傷口，並撫摸她的頸部疤痕，使它們變成了鰓（**復活**，**萬靈丹**）。她喘息著，驚醒了，但很快就可以呼吸，他們在綠色光柱中一起旋轉。基爾斯用很久以前寫的一首詩點出了**萬靈丹**：「觸摸不到你的形狀，因為你包圍了我。你的出現，讓我的雙眼滿溢你的愛，讓我的內心臣服，因為你無所不在。」（顯然是譯自十二世紀蘇菲派神祕主義者哈金・薩納伊[56]的詩）

《水底情深》是如畫的、壯麗的、抒情的和超戲劇化的，創造了一個高度兩極分化的世界，惡棍非常非常糟糕，好人非常非常好。戴托羅以一種靈巧、自信、有時幽默的方式，運用符號形成結締組織，將作品結合成一個連貫的設計。他把雞蛋變成了伊莉莎體內潛在生命的象徵，透過蛋形計時器的形像，將雞蛋有誕生的可能性與時間的無情推進相結合，我們被提醒，生命的時鐘總是在滴答作響，伊莉莎只有很短的時間能與兩棲人建立連結，也只有短短五分鐘可以將他從實驗室裡救出來，並且只有幾天的時間可以享受與兩棲人的戀愛，然後就必須將他送回大自然。基爾斯本身就提醒著時間流逝，警告伊莉莎不要像他一樣孤獨和沮喪。

雞蛋的象徵很兩極，與電影中的許多事物一樣，有時是連結伊莉莎和兩棲人的友善物品，在其他地方卻是危險的事物，當史崔克蘭發現她為怪物帶來的蛋時，對伊莉莎起疑。角色也極端地兩極分化，像基爾斯和塞爾達這樣鼓勵她、引導她的盟友，也曾短暫變成了阻礙她前進的凶猛門檻守衛。霍夫斯特勒博士是一個精巧的變形者，起初看起來是一個威脅兩棲人的陰影，然後變成了最有力的盟友，協助逃跑，甚至擔任導師的角色，告訴伊莉莎讓兩棲人活著的祕方。

乍看之下，這部電影似乎是英雄旅程的簡單童話版本，但實際上在標準模式和原型的巧妙處理上做了相當微妙的變化，應用自如，並具有很大的靈活性。

誰是英雄？

這部電影將英雄的特質分配給包括反派在內的主要角色，採取一種非正統但有效的方法敘述英雄旅程，讓觀眾有很多種選擇，將自己的感情投入到誰身上。伊莉莎是劇中的主角，這部作品是她的愛情故事，冒險營救這個生物是她的選擇。但基爾斯獨自完成了自己的全部英雄旅程，在

56 Hakim Sanai，波斯詩人，對伊斯蘭文學與宗教有重要的貢獻。

某些方面來看，比伊莉莎的更複雜、更全面，他花了很長時間追求自己無法恢復青春的渴望，巧妙拒絕加入伊莉莎的冒險召喚，但最終還是以同意加入冒險才跨越門檻，之後在肉體的考驗中面臨死亡，並獲得重新煥發的活力和青春，最後在另一次死亡與重生的遭遇中倖存下來，為我們提供了自己得以復活的萬靈丹——他對伊莉莎和兩棲人的記憶，以及他相信他們的愛超越時空，像水一樣無形卻無處不在的信念。

伊莉莎和基爾斯分擔如此多的英雄角色功能並不奇怪，因為戴托羅曾說過，他將這兩個角色視為一個整體來設計，例如他們的生活空間，就好像以前的一個大房間被分割成兩間公寓，幾乎就像同一個大腦的腦葉。儘管如此，他們的英雄特質還是有著不同的風格。伊莉莎屬於堅定的、熱切的英雄，沒有拒絕任何召喚，也沒有明顯的缺陷需要克服，只是很衝動而已。但基爾斯一開始拒絕加入伊莉莎的冒險團隊，並否認自己年事已高的事實，他其實充滿了缺陷——懦弱、害羞、自欺欺人和虛榮，但這反倒使他在某些方面成了一個更全面、更有吸引力的英雄。

塞爾達顯然是伊莉莎的盟友，並短暫成為了門檻守衛，但她的旅程也很英勇，她不顧自身安危幫助另一個人，我們不知道她的英雄旅程會如何結束，但會希望她的任何威脅都會隨著史崔克蘭的死亡而消失，不會因違反保密法而入獄，但肯定會和她懦弱的丈夫算帳，因為他告訴史崔克蘭在哪裡可以找到兩棲人。

霍夫斯特勒博士是另一個分享英雄外衣的角色，在他自己的旅程中，他是一個英雄，搖擺於間諜職責和對兩棲人的科學敬畏之間。但對觀眾而言，這一點在剛開始時是隱性的，他暫時充當了一個變形者，用來製造一種圍繞於怪物身邊的神祕感和陰謀漩渦，透過一連串的劇情揭露，我們才慢慢了解到他是一名負責殺死兩棲人的俄羅斯間諜，但科學家真誠高尚的天性要求他幫助伊莉莎，而他做出了至關重要的英雄選擇，冒著生命危險伸出援手，不幸的是，他的旅程以悲劇告終，成為故事裡必要的犧牲品，然而他的死有一個敘事目的，就是呈現史崔克蘭是多麼無情，如果他抓住了伊莉莎和兩棲人，他們會被他如何對待。

戴托羅甚至在電影的陰影設計中，為史崔克蘭的英雄旅程留出了空間，他是這部作品中明顯的反派，但在他自己的心目中卻是一個純粹而正當的英雄。戴托羅曾表示，他與演員麥可·夏儂分享過一個想法：如果這部電影在二十世紀中葉製作拍攝，那麼史崔克蘭就會成為主角。戴托羅煞費苦心地為角色穿上完美無瑕的西裝和領帶，或許卡萊·葛倫在他最英勇的時候也會穿呢！從史崔克蘭的角度來看，這是一部怪物電影，而他是從憎惡地獄而來、被塗抹過聖油的人類救世主，他被咬斷卻重新連接不良的手指可被視為英雄的傷口，以及腐敗的陰影跡象，如果他是自己電影中的英雄，那將是一場悲劇，他犧牲自己的生命，試圖從自認為是威脅的怪物手中拯救社會，卻徒勞無功。

兩棲人則獨自展現了英雄旅程的元素，儘管他起初的原型是受害者，在家鄉被綁架，受盡折磨，無助地被枷鎖勒住。一開始我們可能會認為他是這部電影的怪物，基爾斯在開場的畫外音中提到了他，但當他與伊莉莎互動時，開始變得益加人性化，雖然外表令人生畏，但他對她溫柔的接近卻以優雅的態度回應，一直到獲救後，他才升格為英雄，並活躍於劇情中，開始探索公寓大樓陌生的新世界。當他面對基爾斯咆哮的貓，殺死牠，然後走進電影院時，經歷了一次輕微的考驗，伊莉莎救了他。但當他幾乎死於缺乏鹽水時，則經歷了嚴苛的考驗。復活後，他享受與伊莉莎親密關係的英雄獎賞。在最後的復活對決中，再次因史崔克蘭的子彈而瀕臨死亡，但以自己的神力治癒並重生，雖然最後一幕可能是基爾斯的一廂情願，但似乎兩棲人賦予了伊莉莎最後的重生靈藥，治癒了她的傷口，並將她的傷疤變成一種新的生活和呼吸方式。

誰是導師？

儘管《水底情深》中沒有明顯指涉哪個角色是伊莉莎的導師，但導師的形象表現在下列幾個面向：霍夫斯特勒博士憑藉他的醫學能力和建議，確實像個導師。基爾斯以結結巴巴、激動的方式向年輕的自己說了一些導師的建議，但被伊莉莎聽到了：「如果我能把我的大腦……這顆心……放進去……如果我能回到那時，當我十八歲的時候……我對任何事情一無所知……我會給自己一些建議，我告訴你……我會說：好好照顧你的牙齒，去他媽的。還有很多很多。」而伊莉莎的勇氣和決心追求夢想的典範，則是指導了憂懼的基爾斯。霍夫斯特勒的上級馬霍考夫，以及史崔克蘭的上司霍伊特將軍，表露出陰險導師的樣貌，他們鼓勵卻也威脅被約束的屬下，如果他們未能取得成果，將會受到嚴厲的懲罰。

陰影

顯然地，陰影的原型是那些威脅伊莉莎和兩棲人的力量化身，如史崔克蘭、霍伊特將軍和馬霍考夫，但在整個設計上還有更長的陰影，即二十世紀中葉壓抑的、男性的主流文化，其影響仍然揮之不去。反派角色的行為，可以被解讀為我們害怕自然，並試圖支配和利用自然，將其武器化或以此謀利，假如做不到，我們寧願摧毀它，也不願學會忍受它。

在基爾斯的開場畫外之音中，警告說有一個「試圖摧毀這一切的怪物」，這有點誤導，在傳統的怪物電影中，奇怪的生物是會讓人擔憂恐懼的怪物，但在戴托羅的宇宙中，這生物非常人性化，不尊重世界奇蹟的殘忍人類才是真正的怪物。

史崔克蘭的性格充滿了邪惡，是一個虐待狂，從折磨兩棲人中獲得樂趣，讓伊利莎對他的淫穢幻想感到噁心，用扭曲方式解釋《聖經》故事來支持自己的世界觀，出於個人因素而討厭兩棲人，費了很大的力氣去抓捕他，然後被咬到，認為怪物的存在是自己對上帝看法的侮辱，看起來根本就是史崔克蘭強烈的懷恨心態。

戴托羅將史崔克蘭這個角色解釋為「他自己不切實際欲望的受害者」，他說：「史崔克蘭代表了我覺得可怕的三件事：秩序、確定性和完美，他想要掌控這三樣東西，但這是不可能的，因為這三件事代表著對生命的折磨，沒有人能擁有其中的任何一種。」（《浮華世界》訪談，二〇一八年一月十日）

結論

《水底情深》想要論述的觀點很多，除了實現戴托羅對怪物愛情故事的願望，還能宣稱是對好萊塢經典電影魔力的致敬、對男性統治的批判、對自然的同情吶喊、對社會弱勢群體的熱情擁抱，以及警告時鐘在滴答作響，我們只有這麼多時間來改變自己和改變我們的生活。戴托羅以令人欽佩的簡練敘事和故事節奏，來經營這個雄心勃勃的設計。他以大量逼真的時代細節為他的奇幻故事奠定基礎，重建的一九六二年凱迪拉克汽車經銷商，是布景設計的一個小傑作，一個微小但有說服力的細節，敲響了我童年時代的真實鐘聲。在史崔克蘭開著新車回家的場景中，我們看到他兒子和女兒在客廳地板上玩耍，兒子正在玩塑膠牛仔和印度人偶，還有一個平版印刷的錫製牛仔小屋，跟我在一九六二年的時候一模一樣。

作為《黑湖巨怪》電影的粉絲，如果戴托羅完全忽視那些重要的神話元素，我會感到失望，但我何其幸運，他用幾個場景來向他們致敬，這些場景與環球電影產生了共鳴，而非只是表面上的複製。當兩棲人開始探索基爾斯和伊莉莎的公寓，然後走到下面的街道和劇院時，我不禁想到了《怪物就在我們之間》，該片中的怪物滲透了平凡世界，並造成破壞和恐慌。戴托羅如願地透過「怪物」的眼睛說故事，在《水底情深》中，他是令我們恐懼的生物，而不是旁觀者。接近尾聲的那一刻，兩棲人抱著伊莉莎潛入運河，這讓我想起了環球電影三部怪物電影中出現的標誌性鏡頭，當吉爾曼抓住一個美麗的、尖叫的女人時，接下來總會出現兩人一起躍入水中的恐怖時刻，將她帶到他的水下巢穴中，墮入未知的命運。在《水底情深》中，兩棲人的意圖很快就昭然若揭了；他治癒了她，並將她變成一個可以在水中與他一起生活、相愛的存在。誰知道呢？或許這也是吉爾曼的本意，如果他在一九五〇年代沒有受到煩人科學家和猛男冒險家的騷擾，他也許會創造同樣的奇蹟。

《水底情深》是一部大眾娛樂電影，幾乎得到了觀眾和影評的普遍掌聲，但也有少數人指出了一些小缺陷。儘管伊莉莎是莎莉·霍金斯飾演的一個引人入勝且令人難忘的角色，但並沒有完全發揮英雄的潛力，她對於歷險召喚沒有任何猶豫或懷疑，觀眾對她可能會做些什麼也沒有太多懸念，因為她沒有任何明顯的缺陷需要克服。然而，對於大多數人來說，她明亮、活潑的性格魅力彌補了所有缺點。

《水底情深》有時會超出邏輯限制，例如，對於「這實驗室曾經處理過的最重要資產」的安全性是如此鬆懈，以至於當承載兩棲人的容器被推入時，兩名清潔工被允許目瞪口呆地看著，而且莫名其妙地無人看管兩棲人，讓伊莉莎得以和他單獨度過很多浪漫的進逼時光，甚至實驗室裡所有的監視鏡頭不知何故竟看不到她。然而，我們應該記得，《水底情深》不是嚴格的邏輯練習，而是基爾斯俏皮、詩意的遐想，在這種幻想中，對沉悶現實的背離並不重要。

儘管背景設定在遙遠的一九六〇年代，但這部電影及時引起了現代觀眾的共鳴，他們回應了對「他者」的寬容主題。戴托羅透過幾個邊緣人來說這個故事——伊莉莎的沉默，塞爾達的族群不平等遭遇，基爾斯的性別認同和害羞，兩棲人奇怪而特殊的天性讓「正常人」害怕。他們都被社會所謂的正常觀念所蔑視和威脅，但角色對彼此的愛超越了這一切。說起童年時代與天主教信仰融合的終極恐怖電影怪物，戴托羅表示，「小時候，這些角色拯救了我。在人們看來恐怖之處，我看到了美麗；在人們看來正常之處，我看到了恐怖。我意識到，真正的怪物在人心。」（接受Collider.com克莉絲汀・羅許〔Christina Radish〕的訪談，二〇一八年二月十二日）

戴托羅曾表示，他對《水底情深》的抱負是「製作一部人們走出戲院時可以哼唱的電影。不是音樂，而是電影。你可以哼唱性、愛、生活、同理心。」（Indiewire電影網的獎項聚焦系列，二〇一八年一月二十三日）當他談到哼唱時，我認為他指的是我所說的改變觀眾的振動頻率，用圖像、聲音、引人注目的角色刺激他們的感官、情景和詩意的聯想。在《水底情深》中，他創造了一種夢幻而誘人的情緒，像一首精心製作的音樂，改變了觀眾的微妙振動。由於他的遠見和用心，對細節的關注和對電影的熱情，觀眾可以「哼」出對古老英雄旅程的非傳統新想像。

星際大戰——印證英雄旅程的史詩巨作

透過熱門電影，我們探討了英雄旅程的排列組合，在本篇結束前，我必須好好稱頌《星際大戰》系列電影歷久不衰的深遠影響力。星戰系列第一部電影，現在重新命名為《星際大戰四部曲：曙光乍現》（*Star Wars Episode IV: A New Hope*），在一九七七年問世。當時我才剛領會坎伯的概念，而這部電影卻令人驚訝地完全驗證我從坎伯概念中發現的神話格局。它完全展現坎伯描述的英雄旅程概念，幫助我想通這個理論，並測試我的主張，它很快就變成劃時代巨片，不斷打破電影所能創下的各種紀錄，樹立更高的標準。

我開始教授「神話架構」課程時，這部電影是很實用（而且很多人看過）的範例，用以說明英雄旅程的進程和原理。在英雄旅程架構下，各角色的功用簡單明瞭，十分清晰。這部電影成為流行文化的表達交流方式，創造出實用的隱喻、象徵和慣用語，讓我們藉以表達對善與惡，以及對科技與信念的看法。《星際大戰》系列繁衍成一個總值十億美元的龐大產業，旗下囊括續集、前傳、衍生作品、經銷權，還有遍及全球的玩具、遊戲、收藏品商機。好幾個世代的人們都在它的薰陶下成長。它鼓舞了無數藝術工作者，不要侷限自己，放大視野，追逐創作夢想。它產生和古神話相同的作用，樹立可供對照的標準，帶給我們隱喻與意涵，激勵大家擺脫約束，超越自我。

即使一九七七年的《星際大戰》是部僅此一回、沒有續篇的電影，它對文化的影響力仍是非常可觀，但因為一九八〇年續篇《星際大戰五部曲：帝國大反擊》和一九八三年《星際大戰六部曲：絕地大反攻》，讓它的影響力連翻成三倍。星戰系列的推手喬治．盧卡斯，一直都打算要拍像華格納《指環》系列那樣的浩瀚巨作。接下來十六年，影迷都在納悶，盧卡斯是否能達成推出更多電影的承諾，把這冒險故事向前推溯至過去，或者推到未來。在通稱為「延伸宇宙」[57]的浩瀚世界裡，許多支線和背景故事都被編入漫畫、寫成小說、拍成卡通和電視特別節目。直到一九九九年，盧卡斯才重操舊業，拍攝三部前傳，敘述路克天行者和莉亞公主上一代的故事，披露本系列電影頭號魔頭——達斯維達行為的前因後果和人格缺陷。

要整合規畫如此大格局的六部電影，似乎反映出對世界和神話的兩極化觀點，讓我們得以徹底探究英雄人物的光明與黑暗面。一九七〇和一九八〇年代問世的星戰系列電影，都展現出正面、樂觀的英雄氣概。年輕的英雄路克天行者，被權力和欲念強力誘惑，最後獲得勝利，並在道德上得到平衡，這就是坎伯所謂「主宰兩個世界」的典型範例。到了三部前傳：一九九九年的《星際大戰首部曲：威脅潛伏》（*Star Wars Episode I: The Phantom Menace*）、二〇〇二年的《星際大戰二部曲：複製人全面進攻》（*Star Wars Episode II: Atack of the Clones*），和二〇〇五年的《星際大戰三部曲：西斯大帝的復仇》（*Star Wars Episode III: Revenge of the Sith*），這三部電影的戲劇意圖反倒與過去大相逕庭。儘管穿插了輕快幽默的笑點，電影從頭到尾都籠罩在黑暗悲痛的氛圍中，顯示人類的心靈已經遭到憤怒、驕傲與野心等致命缺點摧毀。

這系列的電影所貫穿的神話主軸，就是吸引人的父子親情。養父和師傅，比如歐比王肯諾比、金魁剛、路克的歐文叔叔、雲度大師等正派男性楷模所發揮的影響力，電影中都著墨不少。

---

57 Expanded Universe，星戰迷通稱它為ＥＵ。

這系列電影也相當關注親子關係的疏離，諸如父親不在身邊及反派男性角色等因素，對年輕人個性帶來的衝擊發展。

前三部曲電影描述的是路克天行者踏上征途，想要找出父親的真實身分，還有他與自己黑暗天性交戰的過程。一九七七年上映的星際大戰四部曲，多少遵照《亞瑟王傳奇》的模式，年輕貴族在卑微低下的環境中成長，卻對自己的出身渾然不知，某個類似梅林的角色（歐比王）照管他，交給他威力強大的武器。這把光劍原屬於他父親，跟亞瑟的神劍（Excalibur）很像。

接下來兩部電影，路克查出更多的身世訊息，得知莉亞公主是他的雙胞胎妹妹。他和代理父親的關係將持續發展下去，卻失去了歐比王這個言教、身教的榜樣（他的鬼魂仍引領著路克），不過也得到另一位父親般的長輩——尤達大師。當他學會駕馭原力，也受到惡毒的達斯維達所代表的黑暗面誘惑，達斯維達最後向路克透露，自己就是他父親。路克像之前的英雄一樣，必須面對父親並不完美的事實，自己身上也同樣具備危險的因子，就是這種因子把父親變成暴君和魔鬼。這段情節有點類似華格納筆下的角色齊格飛，年輕英雄必須重鑄一把斷劍——象徵上一代的挫敗。

路克在《星際大戰六部曲：絕地大反攻》中通過復甦的重大考驗。當時他有機會也有動機殺掉父親，卻因為維達大臣邪惡地昭告，要把路克的妹妹莉亞公主變成原力的黑暗面。路克放過父親，表明他選擇維護原力的光明面。對他來說，影響達斯維達的邪惡帝國皇帝，算是某種邪惡的父親形象，此時皇帝開始以威力強大的原力閃電摧毀路克。達斯維達見到兒子即將死去，大為震動，他逆極投向原力的光明面，一把抓起帝國皇帝，將對方丟入爐心致死。與皇帝一番苦戰，維達命在旦夕，他要求路克摘下他的盔甲。在科技打造的面罩下，只見虛弱的血肉之軀。他央求兒子原諒，兒子也應允了。路克儘管受了傷、四肢殘缺，且受到自己的黑暗潛質誘惑，最後仍是個正氣凜然的英雄。他明理地運用自己的力量，對於父親砍掉自己的手臂，甚至企圖殺害他，他都能寬恕。在六部曲最後的某個畫面中（理論上是這系列電影的最終結尾），達斯維達的鬼魂慈祥地照護著兒子，歐比王和尤達大師的鬼魂則站在他身邊，形成三位父親形象。

在六部曲推出十六年後，喬治．盧卡斯回頭繼續未完的大業，把前三部補上，並詳述路克之父、年輕的絕地武士安納金天行者的優越統治力，以及他墮落變為邪惡達斯維達的經過。盧卡斯在一九九九年的《星際大戰首部曲：威脅潛伏》中，繼續探究父子與師徒的關係。起初看到年輕的歐比王，接受睿智的長老金魁剛訓練。金魁剛和銀河系的艾米達拉女皇找到一個聰明、意志堅強的九歲男童安納金天行者，他是沙漠星球塔圖因的奴隸，他的兒子路克天行者，之後也是在這裡被撫養長大。反常地，這個孩子竟然擅長機械組裝和駕駛飛機，一個預言曾說：「這個被挑選出來的人物，將為原力帶來平衡。」看來就將要實現了。但是邪惡的禍端早已在這孩子身上顯現，他脾氣暴躁、難以駕馭。只有尤達大師注意到這孩子的不對勁，並發出警告：自負與憤怒可能會支配他。

有趣的是，在這個關於父子關係的故事裡，安納金沒有所謂的父親。就像以前神話中的英雄一樣，他的降生幾乎是超自然的奇蹟，也就是「無原罪受孕」（immaculate conception），因為讓他母親受孕的不是人類父親，而是某種稱為「迷地原蟲」的離奇微生物。絕地武士相信，他們是得到原力的途徑。《星際大戰》系列電影中，道德準則的重要元素是，人類如何藉由科技和機器的加持或調整，讓有機生物轉變為未來物種。星戰系列電影始終不忘警示：儘管科技的發展令人不可思議，我們卻必須戒慎小心，千萬不要失去平衡，讓未來降臨眼前的化學與機械取代了人性。安納金因為沒有父親，導致他不斷尋找父親，同時也抗拒父親的形象。這也是他之所以變成可怕的半人半機器（達斯維達）的原因。

這系列電影有著複雜的年表，讓欣賞前傳的觀眾難以理解。另一方面，少年安納金似乎具備英雄特質，他是個重要角色，我們也關切他的命運。可是要觀眾完全認同一個後來成為「科幻版」的希特勒或成吉思汗的角色，實在很困難，儘管他最後會得到救贖。雖然三部前傳的票房十分亮眼，但觀眾觀賞時的戲劇體驗卻大大減弱了，因為大家早就知道這位主要的英雄人物命中注定是個卑鄙的反派。很多人以客觀超然的心態來看前傳，他們沒辦法看穿英雄所經歷的痛苦掙扎，然而，在觀賞第四部曲到第五部曲時，卻懂得路克天行者的感受。

有些觀眾需要認同正派角色，把目標從安納金轉到三部前傳的其他角色上，比如金魁剛、歐比王、艾米達拉女皇等。這三部前傳還是延續這系列電影的冷冽氣氛，這是盧卡斯在試圖創作這部錯綜複雜的巨作時，所冒的部分藝術風險。隨著前傳陸續登場，安納金的故事變得愈來愈黑暗。在《星際大戰二部曲：複製人全面進攻》中，自負與傲慢傷害了天才安納金。他對父親形象的長輩愛恨交織，讓他反抗歐比王、尤達等正派的榜樣，反倒找上反派的父親形象，諸如參議員帕普汀或西斯大帝等，幫忙出歪主意。

少年安納金與艾米達拉女皇不為人知的戀情與婚姻，喚醒他最人性的一面：愛，但他愛人的能力卻因母親死於沙人之手而扭曲。安納金發現母親遭野蠻人殘暴虐殺，讓他對母親之死反應過度，以大開殺戒來報復，他成為觀眾眼中最無可救藥的角色。這段情節讓人聯想到約翰．福特導演的西部片《搜索者》。

在《星際大戰三部曲：西斯大帝的復仇》中，憂慮失去摯愛艾米達拉女皇的恐懼在安納金心中縈繞不去。他夢見她在分娩時死去，預知的夢境更讓人憂心忡忡，藉由這個弱點，讓他輕易就受到參議員帕普汀誘惑，參議員跟他打包票，有種仙丹妙藥能救活摯愛之人。安納金接著做出更多不智的決定，他阻擋正派的絕地師傅雲度大師殺掉帕普汀，讓帕普汀殺了雲度。當艾米達拉要求他別再拋頭露面時，他又犯下大錯，選擇繼續擔任星系的重要人物，巴望有朝一日能夠推翻帕普汀。

矛盾的是，安納金最害怕的那件事，幾乎是他一手造成的。他懷疑艾米達拉背叛他，勾搭上歐比王，因此差點兒把她勒死，她生下未來的路克和莉亞後就心碎而死。安納金與歐比王的最後決鬥，讓他徹底入魔，歐比王砍斷他的雙臂和一條腿，他只能一路翻滾，跌進滾燙的火山熔岩裡。帕普汀的真實身分被揭露，他就是邪惡的陰謀家達斯西帝（即西斯大帝），他救了安納金，利用機器把他變成半人半機器的達斯維達。在這個黑暗悲哀交織的高潮中，被送交養父母撫養的小嬰兒路克與莉亞，成了唯一的希望。路克被送去塔圖因星球的叔叔和嬸嬸家，莉亞則由奧德朗星球的貴族奧剛勒家族撫養。

觀眾與影評對這三部前傳反應不一，有的對片中的笑點大肆批評，如恰恰冰克斯等丑角，有人大失所望，認為盧卡斯江郎才盡，前傳少了第四部到第六部曲生氣蓬勃的活力。比較合理的解釋是，前傳之所以有明顯差異，是因為盧卡斯回頭拍攝年輕時的創作時，已經踏上截然不同的人生階段。一九七〇與八〇年代，盧卡斯拍攝系列前三部電影時，他距離童年時代不算遠，還保有年輕人的樂觀與憧憬。到了一九九九年，反璞歸真的道路更加漫長，他再也不是那個天不怕地不怕的青年導演，而是個盡責的家長與多家公司的負責人。盧卡斯在《星際大戰首部曲》中，雖然進入故事主角安納金天行者的童年，在電影裡的天才兒童，言行舉止反倒像個厭世的成人。

儘管盧卡斯曾說，這六部電影已經把他最初的願景都拍完了，但他所打造的這個宇宙，仍在無數的小說、漫畫、動畫及遊戲中繼續演繹下去。和原創者當初的意圖相去甚遠，這個宇宙有了自己的生命，它被一群自認擁有這個宇宙的影迷美化，並改寫成故事。例如，當Disney+《曼達洛人》（*The Mandalorian*）推出時，粉絲們就接受了一個小角色，將他命名為「尤達寶寶」（Baby Yoda），甚至在迪士尼還沒推出產品或行銷之前，就對這個小動物玩具產生了巨大的需求，成了最新的明星產品。

我在二〇〇一年參與了紀錄片《遙遠的銀河》（*A Galaxy Far, Far Away*）的製作工作，深入探究這系列電影的重新上映，讓大眾想像力破表，創造了天馬行空的「星際大戰現象」。這部紀錄片以輕鬆的角度看待星戰迷過度沉迷的現象，以及這系列電影在他們生命中的重要性。由於父子親情在星戰系列中分量頗重，眾家電影人對《星際大戰》下了一個重要結論：它是少數結合各個世代，讓父子關係緊密的文化大事。這樣的結論並不讓人意外。許多接受紀錄片採訪的年輕人都說，《星際大戰》是少數可以跟老爸一起分享的電影，這系列電影，也成為全家人的重要回憶。儘管《星際大戰》系列電影並非盡善盡美，但仍令人驚豔，它具備神話般的想像力，延續史詩的傳統，證明了在英雄旅程的中心思想中，豐富的精神力依舊源源不絕。

THE WRITER'S JOURNEY

作家之路

英雄旅程模式的優點，在於它不但描述神話和童話故事的模式，也為作家（或者一般人）指引出精確的方向。

英雄的旅程與作家之路其實是一樣的。開始著手撰寫故事的人，很快就會面臨英雄旅程的所有考驗、試煉、苦難、喜悅和獎賞。在內心的景觀中，我們與英雄旅程的陰影、變形者、導師、搗蛋鬼和門檻守衛相遇。寫作通常是探索心靈深處，並帶回心路歷程這個萬靈丹——寫出好故事的艱辛歷程。如果自信不足或搞不清楚目標，也許就是潑我們冷水的陰影。編輯或某人的主觀論點可能會是阻撓我們前進的門檻守衛。意外、電腦出狀況、時間拿捏不好、缺乏自制力恐怕將如搗蛋鬼一樣地折磨我們。幻想功成名就，做著不切實際的白日夢，也許是誘惑、混淆、迷惑我們的變形者。截稿日、編輯的決定或發售作品的痛苦，也許都是試煉與考驗磨難。我們看起來彷彿死定了，但之後都能復甦，重新寫作。

但我們還是要抱持希望，因為寫作很神奇。即使是寫個最簡單的作品，幾乎都是超自然、接近心靈感應的體驗。你想想：我們可以在一張紙上，依序寫下幾個抽象的標記，而遠在另一個世界或千年以後的人們便能讀出我們深刻的想法，完全超脫時間與空間的藩籬，甚至生死的阻隔。

許多文明都認定，字母系統的文字不僅只是用來溝通交流、記載買賣交易或回顧過往而已。

他們認為，文字是有影響力的神奇符號，能用來迷惑他人、預測未來。古北歐民族使用的如尼字母（Rune，又名盧恩文），以及希伯來人的字母系統，都是以簡易的字母拼字，但這些字母都蘊含深意。

我們的文字中，保留了這種奇妙的魔力，教導孩子熟練地運用字母把字寫出來的能力：也就是拼字。當你正確地把字「拼」（spell）出來，你其實就是在施展魔法，賦予這些抽象、多變的符號意義和力量。有句話說：「棍棒與石頭也許會傷及筋骨，但文字無損毫毛。」這段話顯然毫無根據，我們都知道，文字能傷人，也有療癒的能力。普普通通的一封信、一份電報或一通電話都能讓人大受打擊。寫在紙上的記號或話語產生的共鳴，只不過幾個字罷了，比如說「有罪」、「預備，瞄準，開火！」、「我願意」或「我們願意買下你的劇本」，都能把我們結合在一起、責難我們或為我們帶來歡笑。它們的魅力能傷害我們，也能讓我們的傷口痊癒。

療癒能力，是文字最神奇之處。作家就像古代民族的巫醫或女巫醫，都有醫治人的潛能。

作家與巫醫

巫醫向來被稱為「療癒師」。巫醫就像作家，因為夢想、眼界或獨特的經歷使他們與眾不同。巫醫也和許多作家一樣，為了讓工作盡善盡美，得承受艱難的考驗。他們可能染上重病，或墜落懸崖、粉身碎骨，還可能被獅子吞進肚子，或被熊抓傷。他們被大卸八塊，又以其他方式被重新拼湊起來。就某種意義來說，他們死而重生，這樣的體驗賦予他們特殊的能力。

通常，這些獲選為巫醫的人，都是在特別的夢境或幻景中受到眾神或精靈欽點，他們被帶往其他世界，經歷駭人的考驗磨難。他們被安置在桌上，所有骨頭都被移除敲斷。他們眼睜睜地看著自己的骨頭和內臟分離、下鍋烹煮、重新組合。他們就像無線電接收器，能夠被轉到新的頻道。身為巫醫，他們可以接收到其他世界傳來的訊息。

他們帶著新獲得的力量回到部落，擁有周遊其他世界，把故事、隱喻或神話帶回來的能力，能指點迷津、治療傷病，並賦予生命嶄新的意義。他們聆聽部落人民難以理解、光怪陸離的夢境，並以說故事的方式提出指引，因人施教。

作家也擁有巫醫的至上能力。我們不但周遊其他世界，還能超越時間與空間的限制，創造出其他世界。寫作時，我們真的到想像中的其他世界走了一遭。努力認真看待寫作的人都清楚，這就是作家之所以需要離群索居、全神貫注的原因，因為我們的確到了另一個時空。

以作家身分跨入其他世界的我們，不單只是做做白日夢而已，我們還扮演巫醫的角色，身負神奇之力，把那些世界封存起來，並且把經歷帶回來，以說故事的方式和眾人分享。我們的故事具有療癒的能力，讓世界煥然一新，傳達譬喻給人們，好讓他們更加了解自己的人生。

當作家把老祖宗的原型和英雄旅程模式運用在現代故事上時，我們等於是站在古代神話作者和巫醫的肩上。當我們試圖以神話中的至理名言療癒人心，我們就成了現代巫醫。神話中經久不衰、傻里傻氣的問題，也是我們的疑問：我是誰？我來自何處？我死了會怎樣？那究竟意義何在？哪裡是我適合之處？我的英雄旅程會朝哪裡而去？

APPENDICES

附錄

THE REST OF THE STORY

成就好故事的額外技巧

故事不是僅由情節和人物組成，因此要成為一名有影響力的說故事人，需要運用多種手法來傳達你的想法，並且要能反映你對現實的看法。在這一章裡，蒐集了一些已獲說故事高手驗證的心理和情感表達工具，提供你更具深度與廣度的寫作基本技巧、原則及心理學上的實際運用。

真正重要的交易是什麼？

好萊塢是一個不想滅頂就要會游泳的行業，成敗全靠自己，而且幾乎沒有在職訓練。我的職業生涯初期，在獵戶座影業（Orion Pictures）擔任看劇本（reader）的工作，當時曾經上了一堂受益良多的課。我們的故事編輯米姬．利維（Migs Levy）是一位經驗豐富的專業人士，她召集了一次以觀眾角度看劇本的會議，告訴我們沒有人知道場景是什麼。我很訝異，本以為自己很瞭。過去我在影視學院習得的觀點是：一個場景是一部電影的一個片段，發生在一個地點和一段時間之內，在該時該地發生了一些動作或給出了一些訊息。

「錯了！」她繼續解釋，場景是一種商業交易，或許不涉及金錢，但總是會涉及角色之間的契約或權力平衡的一些變化。所以，場景是兩個或兩個以上的人，他們之間所達成的一種交易，他們在此進行談判或協商，直到新交易拍板定案，此時場景就應該要結束了。

這可能是對長期建立的權力結構的顛覆，例如，弱者透過訛詐奪取政權，人民起來反抗獨裁者，有人試圖離開一段關係或克服上癮症。

又例如，訓練了一個新聯盟或創造敵對團體。兩個互相憎恨的人達成了一項新協議，相約在危險的情況下一起工作。一個男孩約一個女孩出去，她接受或拒絕他的提議。兩個歹徒結成聯盟以消滅對手。暴徒強迫警長將一名男子交出，處以私刑。

場景的核心是達成新交易的談判，當交易完成時，該場景就結束了。如果沒有新交易，就不會有下一個場景，或者至少不是一個在劇本中能發揮作用的場景，它會被刪減或重寫成一些重要權力交換的備選事件。

故事編輯點出，許多編劇也不知道場景是什麼，於是放進一些非場景，只是為了「塑造人物」或得到展示的機會。他們不知道何時該開始和結束一個場景，在介紹和閒聊上浪費時間，在事件結束後很久才把場景拖出來。場景就是交易。交易完成了，就下台一鞠躬。

我發現這個原則對於確切說明場景的本質非常有用，而且以宏觀面來看，也適用於判別劇本中更大的問題，因為每個故事都是重大交易的重新協商，是社會上對立力量之間的契約。浪漫喜劇是男女關係的重新談判。神話、宗教故事和奇幻作品，重新塑造了人類和宇宙中更強大力量的運作關係。在每一個超級英雄冒險和道德困境的故事中，善惡之間不安的平衡與衝突都被重新評估。許多電影的高潮是法庭判決、制定新協議、對不法行為者做出制裁、宣布某人無罪，或對有爭議的交易條款做出判決。在所有情況下，我們完成一項交易後，又會再進行一項新的交易。

電影中重要交易完成之時就是電影該結束的時候。現今許多電影在劇終後還繼續演，對觀眾來說，故事早已完結。觀眾知道，當最後一項交易完成就大局已定，如果電影製作人還繼續進行額外的炫目場景、尾聲和快轉到十年後等，他們就會焦躁不安。小時候去汽車電影院看電影時，我注意到很多看雙票電影的人，在第二部電影快結束前就已發動引擎離開了。對他們來說，當怪物被殺死或凶手落網時，整部電影就結束了，不需要留下來看英雄親吻女孩，然後騎馬奔向落日。「交易完成，下台一鞠躬」，對於場景和故事的整體結構來說，都是一個很好的規則。

和觀眾訂立盟約

如果場景是一種交易，那麼什麼是故事呢？有一個答案是，這也是一個交易，但不是存在於角色之間，而是在你和你的觀眾之間。條款是這樣的：他們同意給你一些有價值的東西，他們的錢，還有一個更有價值的事物，他們的時間。如果你是一名編劇，就是要求觀眾在九十分鐘內只關注你；如果是小說家的話，則需要更長的時間。請試想，集中注意力一直是宇宙中最稀有且最有價值的商品之一，現今更是如此，因為有很多事情都在爭奪人們的注意力，對於觀眾來說，即使是幾分鐘的專注時間，也是巨大的投資，比他們花十美元左右買一本書或一張電影票要高得多，所以你最好想出一些非常棒的東西來完成你的交易。

有很多方法可以履行與觀眾之間的契約，我曾經認為「英雄旅程」就是一套完備的模式，並且是絕對必要的方法，我現在依然覺得它是最可靠的履約保證，為觀眾的生活提供宣洩和隱喻，包括嘗試死亡和轉變。總的來說，觀眾傾向以閱讀的方式進入故事，而且很難找到哪一個故事沒展示一些英雄旅程元素的。但我發現，靠此一途還不足以支持你完全履行契約。

至少你必須有趣，換句話說，要能夠用一些新奇的、令人震撼的、令人驚訝的或懸疑、聳人聽聞的事物來吸引他們的注意力；也就是說，吸引他們的感覺，給他們一些感性的或發自肺腑的興奮，一些他們可以在五感中體驗到的感受，像是速度、動作、恐怖、性感。

笑聲是另一種履約方式。人們是如此渴望歡笑，以至於一部讓你大笑幾次的電影可能會大受歡迎。如果電影兌現了約定的笑聲條款，觀眾就會忽略故事是否愚蠢或毫無意義。他們不會為了感人肺腑、發人深省的英雄旅程去看一九五〇年代的《戰地神騾》[1]，也不會指望阿爾文和花栗鼠們[2]能改變他們的生活。

好好帶領觀眾進入另一個時空，也能滿足你們的約定。我不太記得《無底洞》的確切內容了，但記得在一個炎熱的夏日午後，我被帶到涼爽黑暗的海底呆了兩個小時，感覺得到了很好的回報。詹姆斯．卡麥隆擅長創造整個世界，《鐵達尼號》是個優雅封閉的宇宙，《阿凡達》（*Avatar*）塑造了讓人心醉的星球，都是非常成功的作品，因為它們都有好好地滿足契約中「帶我去另一個地方」的精神。

以深受觀眾喜愛的明星組合作為電影的吸睛卡司，一直以來都是製作公司履約的方式，令人屏息的電影預告片宣稱：「你愛的《金屋藏嬌》（*Adam's Rib*）裡的史賓賽．屈賽[3]和凱薩琳．赫本，又在《不是冤家不聚頭》（*Pat and Mike*）裡相遇了！」讓心愛的明星穿上不同的戲服，又是另一種滿足娛樂契約的方式，「如果你認為羅素．克洛[4]穿著劍客騎士裝很好看，你也會愛上他穿著羅賓漢套裝！」

純粹的新穎性對觀眾來說非常重要，這證明了他們投入時間和注意力的合理性。能夠談論每個人都在談論的電影，無論是《驚魂記》、《亂世浮生》、《黑色追緝令》、《追殺厄夜叢林》

（*The Blair Witch Project*）、《受難記：最後的激情》（*The Passion of the Christ*）還是《300壯士：斯巴達的逆襲》（*300*），對人們來說都很有價值。為了履行合約中的這項條款，電影裡面最好有一些真正奇怪的、可怕的、令人震驚的、驚心動魄的或令人驚訝的東西，這樣人們在看過之後可以有意識地談論它。

履行娛樂契約最有力的方式之一，就是實現大部分觀眾心中的深切願望——在《侏羅紀公園》看到恐龍再次行走，在《超人》中體驗飛行和揮舞超級力量，被《暮光之城》（*Twilight*）中性感的青少年吸血鬼引誘。華特．迪士尼意識到童話故事是由願望驅動，並提供人們渴望的、有益健康的幻想體驗，因此他們的電影中滿是能夠許願的神仙教母、巫師和精靈。

有時，電影以單純捕捉時代精神中的某些議題，亦即當下的主流情緒，來履行契約。電影有時會意外地與當前的問題扣合，著名的《大特寫》（*The China Syndrome*，直譯稱中國綜合症

---

1 *Francis the Talking Mule*，主角於二戰時在緬甸遇到一匹會說話的騾子，牠不但指點他躲避砲火的方法，還帶他出生入死。

2 電影《鼠來寶》系列的主角群。

3 Spencer Tracy，於一九九三、一九九四年榮獲奧斯卡金像獎最佳男主角獎，曾被美國電影學院選為百年最偉大男演員。

4 Russell Crowe，紐西蘭籍男演員，曾獲奧斯卡金像獎、金球獎最佳男主角獎，作品有《神鬼戰士》、《羅賓漢》、《美麗境界》等。

候群）是處理虛構的核電廠熔毀事件，就在三哩島核事故發生後幾天內上映，成為每個人都想觀看的電影。《型男飛行日誌》（*Up in the Air*）講述一名任職人力資源公司的男子，飛行全國各地，專門替資方處理裁員問題，這部電影有很棒的題材，也有精湛的演出，而且在適當的時機上映，因而引起了人們的共鳴，就像許多美國人剛好發現自己失業一樣。當然，電影也可能被時事扼殺，在九一一事件襲擊美國之後，許多電影被擱置，因為它們標榜高樓被襲擊和摧毀，那不是人們當下希望的履約方式。

起初，我拒絕認為這一切都是在兜售和買賣——這不能只關乎商業，不是嗎？但又不得不承認在某種程度上，它是。自《聖經》開始，我們就按照契約生活，因為《聖經》記載了上帝和祂的創造物之間的契約或買賣，我們都與社

《型男飛行日誌》透過傳達時代精神來履行契約。

會上其他人達成了一項不成文的協議，稱為社會契約，謹守我們自己的行為舉止，以換取我們的自由和相對安全。文明社會的基本文件，從《漢摩拉比法典》、婚約到《權利法案》，都是宣布新協議條款的合約、協議或聲明。最後，請確保你在講故事時已經想過全部完整的故事，在每個場景中「發生了什麼事？」，以及「真正重要的交易是什麼？」想想你的客戶、你的聽眾，在談判桌上投入了多少注意力和時間，你得努力履行契約，至少要做到讓他們開心、滿足他們的願望，可能的話，帶給他們刺激感和娛樂感，甚至稍稍讓他們有所轉變。

STORIES ARE ALIVE

故事有生命

「人類所有的成就，都源於創造性的幻想。
那麼，我們憑什麼輕視想像力？」

——榮格

「很高興見到你，希望你猜到我名字。
但是迷惑你的，是我遊戲的本質。」

——滾石合唱團經典歌曲〈同情魔鬼〉[1]

建議：故事是活的，它有意識，能回應人的情緒

一九八〇年代，迪士尼大改造期間，我獲邀審核世界各地的主要童話故事，希望從中尋找能夠改編為動畫的題材，迪士尼重點放在重新詮釋格林兄弟的《白雪公主》、《灰姑娘》，以及法國作家佩羅[2]的童話《睡美人》等歐洲民間故事。這是個重開記憶之門的契機，我可以回到童年，重新拜讀《長髮公主》和《精靈小矮人》等愛書，它們是迪士尼未曾改編過的故事[3]。我可

以從不同文化中擷取形形色色的故事，找出其中的相似與相異之處，再從這個大樣本中萃取出寫作的準則。

這些故事是人類心智創造出來、深具影響力且不可思議的作品，在瀏覽這些兒童文學期間，我這個成年人推敲出幾個和故事相關的結論。比如說，我開始相信**故事有療癒的能力**，我認為故事可以幫助人類應付艱困的情感處境，像是某人在人生某個階段，遇到同樣困境，這樣的例子可能就能激勵我們，換個角度來過日子。我相信對人類來說，**故事具備生存價值**，故事是人類演化的重要步驟，讓我們以隱喻角度思考，並把人類累積的智慧以故事的形式一代代傳下去。我認為**故事就是譬喻**，人們扮演故事角色，藉此調整自己的人生。

我認為大多數故事必備的譬喻，就是旅程的隱喻。**我還認為好的故事至少要有兩段旅程——外在與內在各一**：在外在旅程中，英雄試圖完成艱困之舉或取得某件東西；而在內在旅程中，英雄面臨心靈上的危機，亦即導致他徹底轉變的人格試煉。我認為故事是**指引方向的裝置**，功用猶如指南針和地圖，讓我們摸清方向，更理智，更能與外界連結，更加清楚自己的身分、職責，以及和其他人的關係。

在我對故事的所有看法中，其中有一點在替商業電影研擬故事時尤其好用：**故事是活的，它們有意識，能回應人的情緒和期盼**。

我一直猜想，故事其實是有生命的。它們似乎有意識，而且有目的。故事就像生物，有自己的概念，腦袋裡自有想法。它們有求於你，它們想把你搖醒，讓你更清醒、更有活力。它們以寓教於樂的方式，讓你了解一些道理。一些表面上看起來好玩的故事，會讓你碰上左右為難的道德抉擇，讓你面臨困境，把最後結果呈現給你看。它們想要改變你，讓你一點一滴建構出故事中的角色。它們讓你對比自己和角色的行為，試圖改變你，讓你變得更具人性。

活生生、有意識、自有用意的故事本質，在讀者耳熟能詳的童話故事中，俯拾皆是，比如說格林童話中的《精靈小矮人》（*Rumpelstiltskin*）就是一例。故事敘述小矮人擁有把稻草紡成金線的魔力，他的祕密願望就是擁有一個人類的孩子。這故事流傳在許多文化中，小矮人的名字又怪又好笑，在瑞典叫作「布勒里巴西厄斯」（Bulleribasius），在芬蘭叫「提太林吐烏爾」（Tittelintuure），在義大利叫作「普拉賽迪米歐」（Praseodimio），在荷蘭是「里派斯提里耶」（Repelsteelije），而法國則叫作「咕哩咕哩估勒叮門奴佛勒汀」（Grigrigredinmenufretin）。

小時候，這個故事讓我腦海裡冒出無數疑問。這個小矮人究竟是誰？他的魔法從何獲得？他為什麼想要人類的孩子？故事中的女孩應該學到什麼？多年過去，在迪士尼動畫部門工作，回頭探究那個故事時，當年的謎團仍在。這個民間故事的深刻寓意，幫助我體會故事的確是活的，它們主動回應願望，把意念和強烈的情感灌注在角色裡。它們還會提供能為我們指點迷津的經歷。

---

1 Sympathy for the Devil。

2 Charles Perrault，十七世紀法國作家，但最著名的作品是他的八篇童話，包括《睡美人》、《小紅帽》。

3 即二〇一〇年上映的動畫《魔髮奇緣》。

精靈小矮人的故事

這個眾所周知的故事，開頭是有個可愛的少女身處險境，這角色的原型是個需要幫助的少女。她開磨坊的父親對國王吹牛，說女兒天賦異稟，甚至能把稻草紡成金線。迂腐的國王說：「這種天分太神奇了，我喜歡！」他把少女關進城堡的房間，屋裡只有一架紡車和成堆的稻草。國王警告她，如果不能如她父親保證的把稻草紡成金線，次日清晨就要處死她。

少女六神無主，開始哭泣。此時門打開，有個小矮人（故事指稱「侏儒」）走進來，問她為何哭得如此傷心。她激烈的情感把小矮人引來。她說明自己的處境，矮人回道沒問題，他能把稻草紡成金線；但他反問，如果完成任務，她要如何回報？她把項鍊交給他。他馬上坐下開始紡稻草，呼，呼，呼，在捲軸上把稻草紡成金線。

翌日清晨，小矮人不見了。國王看到金線很高興，但他貪得無厭，把少女關進一個更大的房間，裡面擺了更多稻草，再次命令她，破曉前要把所有稻草紡成金線。如果辦不到，她就死定了。屋裡只有她一個人，當晚，少女又絕望地哭了起來。小矮人彷彿被她的情感召喚，再度現身。為了逃脫困境，這次她把戒指給他。呼，呼，呼，稻草被紡成金線。

第二天早上，國王發現稻草不見了，取而代之的是更大捆的金線，他開心得不得了。貪婪的國王把女孩關進城堡最大的房間，屋裡塞滿稻草。天亮前，如果她把稻草變成金線，他就會娶她為妻，要是做不到，他就要處死她。

女孩被關在房裡，她的哭聲第三次引來小矮人，她沒有東西可以送他了。他問道：「如果妳當上皇后，能否把第一個孩子給我？」

女孩無法顧慮以後的事，她答應了。呼，呼，呼，堆積如山的稻草全被紡成金線。國王取走金線，依約娶了女孩。一年過去，成了皇后的女孩生了個可愛的寶寶。

有一天，小矮人出現，向她索討孩子，當成救她性命的報酬。年輕的皇后嚇壞了，她願意把王國所有的財富給他，小矮人卻拒絕：「對我來說，活著的東西遠比世上的寶物更珍貴。」少女傷心欲絕，放聲痛哭。一如以往，小矮人很容易受人類的情感觸動，於是稍稍讓步。他提出新的協議，三天內，如果女孩猜得出他的名字，就能保住孩子。他自信滿滿地認為，她一定猜不出來，因為他的名字與眾不同。

皇后徹夜難眠，拚命思索她聽過的名字，同時派信差到處收集稀奇古怪的名字。第一天，小矮人來見她，她試了所有名字，卻全部猜錯。第二天，她派出更多信差到王國的偏遠地區，收集更加詭異的怪名字，小矮人的名字依舊不在其中。他大笑離去，小矮人認定自己將會得到孩子。

第三天，皇后最忠貞可靠、奉派到天涯海角的信差回報，說他大有斬獲。他四處漫遊，沒有找出新的怪名字，卻偶然在一座山頂上發現一棟小屋，屋子前面火焰熊熊，有個怪模怪樣的小矮人在火邊跳舞。信差聽到他喊著某首押韻的短歌，顯示他的名字就叫做「倫佩爾斯提特斯金」（Rumpelstiltskin）。

小矮人第三度來到皇后的房間，認定她絕對猜不出他的怪名字。在故意亂猜了兩次（「康拉德」？「哈利」？）後，她猜對了：倫佩爾斯提特斯金！故事倏地畫下句點。小矮人大呼小叫，吶喊說是魔鬼把他的名字告訴她，他氣急敗壞，右腳重重踩在地上，沒入地板，深陷土中。他的雙手抓住另一條腿，居然把自己撕裂成兩半！

對縱容自己從人類母親手中奪取嬰孩的人而言，這結局再恰當不過，但似乎有些不對勁？

這個能夠進入上鎖的房間、能夠把稻草紡成金線、有特異功能的小矮人，究竟是誰？儘管故事只稱之「小矮人」或「侏儒」，他在民間故事中，絕對是個神仙輩的人物，甚至可能是個小精靈或地精。說書人避免直呼其名，因為大家都知道，仙界中人對自己的名字和身分都很敏感。不過，中古時代聽過這故事的人，一下子就能感覺出來小矮人是仙界的超自然生物。如同那個世界的其他外來客，只有他想要或在某些特定人面前才會現身。他跟仙人一樣，對人類小孩很有興趣，會被人類流露的強烈情感所吸引。

自古以來，仙境故事中的角色通常帶點悲哀色彩，也許是因為他們缺少某些人類習以為常、甚至根本不重視的東西。根據某項論點，他們無法繁衍後代，所以著迷於人類的孩子。有時候，他們會在夜裡劫走小孩，比如莎士比亞作品《仲夏夜之夢》（*A Midsummer Night's Dream*）的仙后泰坦妮雅（Titania），搶了某個印度小王子當成自己的寵兒。有時，仙人會把小孩從搖籃裡偷走，放幾塊木頭或沒有靈性的冒牌貨（通常稱為掉包嬰兒）[4]代替。

仙界對人類情緒的感受力可能和我們不一樣，他們對人類的感情衝動很好奇、很感興趣。他們彷彿身在平行的時空中，受到人類強烈感情的召喚，進入我們的世界。傳說中，惡魔與天使都會受到祭典和集氣的召喚。有些專家認為，仙境中人不懂愛或悲苦等普通的人類感情，卻非常想知道自己缺少什麼。

長大後重新體驗《精靈小矮人》，對於女孩絕望的眼淚這麼快就招來小矮人，令我非常驚訝。女孩的淚水包含了求救和盼望，行之文字可能是：「求求你，把我救出去！」顯然，在人類專心祈求時，仙界之人會特別受到人類的情緒所吸引。故事中，女孩祈求的是儘早脫離這走投無路、絕望的局面。神話故事的因果思維中，女孩落淚是個正面舉動，所以產生正面的結果。她無助地哭泣，所以對身邊的精靈送出求救訊號。「我父親說我有那種超能力，真的沒有人會嗎？有人能讓我從這不安的地方脫身嗎？」故事聽到了，派出一位使者，一個身懷超能力的生物出現，應允了她未說出口的願望，讓她得以脫身。

一如以往，故事總是暗藏玄機。女孩躲避困境的代價很高，從實體的寶物，如項鍊或戒指，逐步升高到生命。女孩當下無法多想，生孩子是很久以後的事。如果那天真的到來，她應該可以想出辦法，搞不好小矮人根本不會怎麼樣。無論風險有多大，為了離開那間屋子，為了避開國王的懲罰，她什麼都答應。激動的情緒傳達出想要逃走的期盼，她招來小矮人，也招來了歷險。

期盼的力量

我開始理解，期盼也許就是寫作的基本原理。英雄總出現於艱困或難受的局勢中，他們當時通常是祈求能逃脫困境或改變現狀。願望大多以言語表達，許多電影的第一幕就講得很明白。《綠野仙蹤》中，桃樂絲唱的〈彩虹曲〉（Somewhere over the Rainbow）是她的希望，但願能「逃到一個可拋開煩惱的仙境」。《愛情不用翻譯》（*Lost in Translation*）的史嘉麗・喬

4 changeling，指被仙人掉包後留下來的孩子。

韓森[5]，在電影的第一幕，與比爾・墨瑞[6]在日本飯店酒吧交談時，講出電影的主軸「真希望能睡得著」，這句台詞意味著她盼望得到心靈和情感上的寧靜。

故事一開始就把願望表達出來（即便願望很可笑），對觀眾來說，就有了定向的重要功用。它給故事一條有力的主線，或是「渴望的路線」[7]，整合英雄內在和周遭的勢力，以達到確切的目標，即使後來目標受到重新考量與評估。願望會自動讓故事產生強烈的極性，在協助與阻擋英雄達到目標的兩股勢力間製造衝突。

如果表達願望的不是故事角色，也可能由角色遭遇的危急情勢表現出來。對身處困境的角色極度感同身受的觀眾，將暗暗祈求，希望英雄幸福快樂、凱旋歸來、重獲自由，讓自己與把故事分裂成兩極化的勢力結盟。

不管願望有沒有被說出來，故事還是聽得到，故事似乎受到願望所蘊含的強烈情感吸引。榮格門上方刻了一段座右銘：「Vocatus atque non vocatus, deus aderit.」簡單翻譯就是：「無論是否受到召喚，神仍舊會出現。」換句話說，當情感上的需求極為迫切時，內心就會發出想要改變的祈求，無論說出口或沒說出來的願望，都能召喚故事與歷險。故事對人類期盼的回應，通常會派出信差，有時是個像「倫佩爾斯提特斯金」那樣的小矮人。派來的這個媒介，一定能引領英雄體驗某種特別經歷或歷險，也就是教導英雄和觀眾學到東西的一連串挑戰。

故事中會出現壞人、敵人、盟友幫助或考驗英雄，並傳授符合故事主旨的道理。故事也會設下考驗英雄信念與人格的道德衝突，我們也會對照戲中的角色，檢視自己的行為。

歷險的特色，就是不按牌理出牌。故事很微妙，也很難懂。就像神仙傳說中的媒介一樣拐彎抹角、迂迂迴迴、惡搞使壞，帶給英雄一連串無法預料的阻礙，挑戰英雄做人處事的方式。故事通常會應允英雄的願望，以出人意料的方式傳授英雄人生的大道理。許多人生的大道理都被歸結為短短一句「祈願時要想清楚」，無數的科幻、愛情及勵志故事中，都以此訓誡過我們。

想要vs.需要

故事藉由「願望」這個觸發裝置布下種種事件，英雄被迫逐步演變，進入更高的感知境界。英雄盼望得到他當下最想要的東西，但故事會教導英雄眼光要放遠，得到他真正需要的東西。英雄也許認為，他想要贏得競賽或找到寶藏，故事卻告訴英雄，他需要在道德或情感上學得教訓：要怎麼成為團隊的一分子？如何讓自己更懂得變通、更寬宏大量？該如何自我保護？故事在應允最初的願望時，會以令人恐懼或威脅生命的事件考驗英雄，讓他修正自己的缺點。

為了阻礙英雄達到目標，故事可能對英雄的身心不利。故事的用意，似乎要從英雄身上取走什麼（如生命），事實上，故事卻出於好意，它真正的目的，是要教導英雄必須具備的道德啟示，填補英雄性格上缺乏的東西，或提高他對世界的認知。

---

5 Scarlett Johansson，好萊塢新一代性感女神。

6 Bill Murray，代表作包括《魔鬼剋星》、《今天暫時停止》、《愛情不用尋找》。

7 desire line，指A點到B點之間，人會傾向走直線。

這個道理通常以特定且例行的方式呈現出來，反映出一種更普遍的準則，我們通稱為NOBA（Not only……but also，不但……而且）。NOBA是一種修辭技巧，是在「算命」體系（如《易經》、塔羅牌）中呈現訊息的方式。「不但……而且」的意思是：你對真相知之甚詳，這個真相卻有另一個面向是你一無所悉的。故事藉由角色的行為告訴你，你的習性不但妨礙你進步，如果你繼續執迷不悟，這些習性將會毀了你。故事可能告訴你，你不但會身陷困境，但這些困境也是你邁向最後勝利的途徑。

美國著名劇作家埃格里以「那齣蘇格蘭劇」[8]的著名例子告訴我們，故事的前提是，馬克白堅定不移的雄心壯志必將導致他的毀滅。馬克白一開始並不這麼想。他認為，要有堅定不移的雄心才能得到權勢，成為國王。但馬克白渴望權力的這個故事，卻以NOBA的形式教導他這個道理。雄心壯志不但可以讓人當上國王，也會導致馬克白的毀滅。

對律師來說，「但是」、「然而」這類字眼，在擬定條款和條件時很實用，在修辭和寫作上，這兩個詞也是強力的手段。故事像一個長句子或一段文章：主詞是英雄，受詞是英雄的目標，動詞是英雄的情感狀態或實際舉動。「某人很想要某樣東西，並且付諸行動得到它。」NOBA概念把「但是」或「然而」引入句子裡。現在，句子變成：「某人很想要某樣東西，並且付諸行動得到它，但仍有無法預料的後果，迫使他為了活下去做出調適或改變。」

精彩的寫作，目的是讓觀眾跟著英雄一起祈求。為了達到目標，故事透過「認同感」這個過程，讓英雄遭遇厄運、犯下情有可原的錯誤或判斷，以博取大家的同情。一流的作者把角色塑造得討人喜歡，或賦予這些角色常見的動機、欲望和人性弱點，讓觀眾更加入戲，把自己投入故事人物的命運中。就理想的狀況而言，英雄經歷的遭遇，在情感上產生某種程度的聯繫，同時也發生在觀眾身上。在戲劇中，故事和英雄不是唯二能激發作用的動因。觀眾對戲劇也有其重要的作用，他們投入感情，熱切希望英雄得勝、學到教訓、挺過難關，並成功茁壯。英雄受到威脅時，他們會感同身受，彷彿他們的期望沒有獲得應允，真正的需求沒有得到滿足。

英雄的祈願，對許多人而言，是我們背地裡都懷抱的願望和渴求認同感的極致。事實上，那就是大家看電影、看電視、讀小說的主因——希望如願以償。作者通常會讓大家心想事成。迪士尼帝國藉著祈願的信念打造企業形象，從公司的招牌曲〈星願〉（When You Wish upon a Star）[9]，到《睡美人》和《灰姑娘》中應允願望的神仙教母，再到《阿拉丁》（*Aladdin*）中答應可以許三個願望的精靈。好萊塢電影公司高層和暢銷小說家努力想弄懂觀眾的祕密期盼，以實現這些願望。近年幾個大受歡迎的故事圓了許多人的奇幻願望，諸如跟恐龍同行、踏上外太空行星、在神祕國度尋覓刺激冒險經驗、回到過去歷險、跨越時空與生死藩籬等。所謂「真人實境電視節目」，每晚都在答應人們的請求，讓凡夫俗子享受在千百萬人面前亮相的興奮滋味，爭取飛上枝頭成為巨星或致富的機會。政客和廣告商也利用民眾的願望，承諾賦予大眾安全保護，享有內心平靜或美好的日子。好萊塢最厲害的行銷手法，就是一開始直接問：「你是否盼望自己能夠……

---

8 the Scottish play，指的就是莎士比亞劇作《馬克白》。因為流傳於劇場的迷信認為，如果劇場裡有馬克白，就會倒大楣，因此只要在劇場內，就以「那齣蘇格蘭劇」代替《馬克白》。提及劇中人物馬克白時，則以「那位蘇格蘭王」取代。

9 這首歌是動畫《木偶奇遇記》的主題曲。

（飛翔、隱形、回到過去彌補犯下的過錯等）」把英雄的願望與許多人內心的強烈渴望連結起來。

觀眾的願望

觀眾為自己和故事中的英雄許下什麼願望，值得作者費心思量。身為作者的我們，必須和讀者及觀眾過招。藉由故事的角色勾起大家強烈的願望，然後再以大量的篇幅阻撓願望達成，讓角色永遠無法一償宿願。通常最後才能應允願望，展現出角色歷盡千辛萬苦、克服重重阻礙才達到願望。呈現出英雄重新考量的過程，從想要達到願望，轉變為真正的需要，最後達到願望。

我們執意阻撓觀眾深切的渴望，其實擔負了極大的風險。拒絕觀眾「讓英雄幸福快樂、心滿意足」願望的電影，票房恐怕很難看。因果報應的情節：英雄所受的苦應當得到報償，壞蛋讓別人吃的苦頭，將分毫不差地報應在自己身上，這樣才能讓觀眾暗暗喝采。如果違背因果報應的道理，報償、懲罰和教訓不符觀眾對角色的期待，觀眾就會覺得這個故事有問題，然後敗興而歸。

我們對英雄懷著希望，對壞蛋也一樣。家母對熱門電影與小說的批評向來敏銳，我記得某部電影的壞人對她的英雄惡形惡狀，當時她輕聲嘀咕道：「我希望他死無葬身之地。」如果那部電影沒讓壞蛋惡有惡報，她就會大失所望，說那是大爛片。

有時候，阻撓觀眾的渴望是個效果不錯的策略。跟觀眾的臆測相反，反映出現實的殘酷或描述悲慘、失敗的處境，反倒能讓觀眾引以為戒。比如小說《長日將盡》[10]和同名電影中的英國豪門總管，大半輩子都無法與人建立情感上的關係。在我們來看，徹底克制私人生活就是他的願望，這是他絕不妥協的領域。然而，這願望暗藏著更強烈的渴望，就是和其他人建立情感交流，以及身體上的接觸。觀眾熱切希望他能幸福，把握晚年的親暱關係。他忠於自己的悲慘性格，卻沒能抓住改變的契機，電影落幕，我們發現他雖然得到想要的（隱私和自制），但永遠得不到他需要的，或我們對他與對自己的期盼。這個故事是要我們引以為戒，如果我們不把握生命提供的機會，終將落得孤獨失意。這個案例中，我們應該體會到，若不對愛敞開胸懷，可能落得跟故事角色一樣悲慘。我們想要他幸福快樂的盼望，被認知的需要取代了。

故事重心擺在諸多人生故事衍生的願望上，只是活化故事情感機制的「動詞」之一。願望一定要以行動表達出來，夢想一定要讓它成真，要不然故事（或某人的人生）都將原地踏步，只會拘泥於不切實際、永無休止的白日夢。許願很重要，它是內心金字塔的第一階，渴望的種子會長大。它構成故事的最初意圖，或某人人生的新階段。「祈願時要想清楚」的箴言，適用於許多案例。故事一次又一次地告訴我們，願望是想像力的強烈展現。在諸多故事中，這概念再三得到印證，人類的想像力在專注於某個願望時尤其強大，眾多故事也再三斷言，想像力難以控制。願望和想像一起作用，打造出想要的東西、想得到的人、想要的某種情境或結果的內在形象，因為形象太逼真生動，因此得以召喚歷險現身，讓英雄啟程上路，邁向實現祈願的方向，但英雄通常要

10 *Remains of the Day*，日裔英國作家石黑一雄的作品，同名電影由奧斯卡影帝安東尼・霍普金斯與影后艾瑪・湯普遜主演。

採取意料之外且困難重重的方式才能成功。一開始，這些形象可能很模糊，或雖然很詳細卻太過美好虛無，是缺乏真實體驗而對未來產生的幻想。

若要讓故事或某人的人生向前邁進，就必須戳破幻想泡沫，把許願轉換成其他東西，也就是採取行動，開始金字塔的第二階。電影的精髓，在導演一聲令下喊「開拍」，演員們就開始動作。「Actor」（演員）這個字的字根，就是「do-er」（做動作者）。夢想和願望，一定要付諸行動，經歷現實考驗。

從願望到意志

遭遇衝突和阻礙，讓角色進化到情感金字塔的更高階段，也就是意志。意志與純粹的許願是截然不同的內心狀態。武術和古希臘、羅馬哲人教導人們要建立堅強的意志力，才能把願望轉化為行動，即使遭逢障礙或破壞，這個成長中的人格也能快速地將重心拉回到意向及目標的中心線。意志力，是專心地把願望轉為堅定意向，逐步達到目標的精神。首度遭遇挫折時，願望可能就煙消雲散，但意志卻能堅持下去。

意志力就像過濾器，能區隔只許願卻不動手的人，跟扛起責任讓自己變得更好、願意付出代價改頭換面的人。有了專注的意志，角色才能承受生命中重大的打擊和挫敗。武術和故事一樣，它能強化意志力，對打能讓習武的人愈練愈堅強。他們不斷地面臨具挑戰性且艱難的處境，在此成長中的人適應力愈來愈好，愈來愈習慣面對衝突和競爭，也更具有克服一切險阻的決心。

跟許願一樣，意志力也會召來外力。堅強的意志力對世界送出訊號，有人極度想要某樣東西，為達到目的，願意付出極高代價。這類宣示引來各式的盟友和敵人，每個角色都傳授了一套道理。

意志與願望一樣，都必須妥善運用。追求權勢的意志可能招致危險，過度堅強的意志可能壓制或犧牲掉脆弱的一方。不過，超越純粹許願的強烈意志，是人類成長的必經階段。

需求和意志有密切的關連性。兩者都是由祈願或想要的概念演進而來。一旦超越了祈願階段，了解自己真正的需求，就能專心把不具體的願望變成更加凝聚的意志，而你在各方面就都能一心一意地朝著清楚可行的目標邁進。《精靈小矮人》中的少女，一開始是個逆來順受的受害人，她痛哭、孤伶伶地坐在屋裡，希望自己身在他處。等她年紀稍長，了解自己必須保住孩子的性命，她拚命集氣，不斷提出請求，直到達成目的。

電影和幻想故事（尤其是迪士尼的故事），往往表現出祈願的神奇力量，卻只有點到為止，略過金字塔的其他階段，而以暗示的手法代替。幻想故事通常只會將篇幅用在探究祈願的機制，發展出「祈願時要想清楚」的概念，告訴我們，為了順應實際情況，要把願望去蕪存菁或重新改寫，倒不必非得進化至更強大的內心狀態，也不必集氣以求得想要的結果。有時，故事結束時仍懷抱著希望，不是因為堅強的意志力，而是新的願望，把原本目標不明確的意念，轉到下一個對象上。

願望和意志，可能是利己的內心狀態。在人類情感發展的金字塔上，當然有更高的層次，包括學習去愛、懂得憐憫其他生物，在少數宗教（心靈）故事中，還要學會超脫人類的欲望，並與更高層的意識合而為一。對作家來說，願望和其進化版（意志）顯然都是重要的手法，也是每個人成長的必經階段。而願望似乎還能讓故事變得更生動有趣，有知覺地展開一場讓我們獲益良多的歷程。

那麼，一心想要得到人類孩子卻無法如願，最後把自己撕裂成兩半的小矮人怎麼辦？故事的結局似乎沒有還他一個公道。沒錯，他想從一個母親的手中劫走孩子，但他是否有權擁有那個孩子呢？皇后不是好媽媽，她曾想以孩子的命換取自己的自由；而孩子的父親國王也可能是個糟糕的榜樣，因為他曾威脅未來老婆要殺她。我們都知道，比起孩子的親生父母，小矮人說不定是個更稱職的家長。小矮人失去孩子，是因為皇后完成他看似難以達成的條件。萬一他想擁有孩子監護權的原因，跟他和皇后的協議無關呢？畢竟，那三個晚上，在小矮人把所有的稻草紡成金線後，他們在空房間裡是否還做了些別的事呢？

想一想

1. 你是否發現故事一開始就有角色許願的例子？舉例說明，並告訴我們故事有沒有允諾這個願望？
2. 在你的人生中，許願扮演什麼樣的角色？你學會「許願時要想清楚」的道理嗎？可談談那段經歷嗎？
3. 你的短期願望和長期願望是什麼？如何把願望化為實際行動？在你的故事中，願望對你筆下角色有何影響？
4. 你能想到「以出乎意料的方式回應角色願望」的例子嗎？試著寫一個某人盼望得到

某件東西的故事。

5. 在其他童話故事或神話中，是否有祈求或暗指願望的情節？這些願望是被應允，還是遭到拒絕？運用許願的概念，寫一篇現代版的童話或神話。

6. 讀一則神話故事、看一部電影或讀一本書，分析故事滿足了哪些世上常見的願望。你的故事表達了哪些人類的願望？

7. 世上有所謂的命運和天意嗎？這些字眼對你有何意義？當前這個時代，它還有影響力嗎？

8. 想一想「願望」這個概念。在白紙中間寫下這個字，在字的旁邊寫下你的盼望、當下的希望或將來能達到的願望，看看是否浮現某種模式。這些願望都可行嗎？願望實現有發生什麼事嗎？是什麼因素導致你無法如願？把同一套方式用在某個角色上，他／她的願望是什麼？他／她如何把願望轉化為意志，藉以達成目標？

POLARITY

極性

「臻於單一性的學生，將會轉成二元性。」

——伍迪．艾倫

英雄旅程恆久不變的特色，就是它的故事猶如電力和磁力兩股大自然的基本力量一樣，都會呈**兩極化**。故事同樣藉著極性創造出精神力，或施以作用力。極性能把各種元素組織起來，把南轅北轍的特質及觀點灌注到對立的陣營。在寫作中，極性不可或缺，它單純受到若干簡單的定律規範，卻引出無窮的衝突和難題，讓觀眾沉醉於故事情節中。

故事需要一體性，也就是單一性，才能充分呈現一個故事。故事需要單一主題，也就是骨幹，藉以把故事連結起來，成為前後連貫的作品。故事也需要二重性，亦即二元性，藉以製造緊張局面，讓故事有所進展。一旦你選出某個中心主題或角色，把故事連結起來，就不自覺地為故事製造出對立面，如相反的概念或敵對的角色，就會在兩派人馬的二元性或極化體系之間展現出精神力。

極化體系

只要在空間中想像出兩個點，就能在兩者間架設一條力線，產生可能的互動、溝通、打交道、活動、感受和衝突。

如果你的故事是信任，那麼故事中猜忌的可能性就會升高。如果要測試並質疑「信任」這個概念，就需要猜忌。如果主角想要某樣東西，一定有某個人不希望他拿到，有某個角色跟你的英雄作對，就會引出英雄不為人知的特質。如果不這麼做，故事就無法進行。我們都喜歡兩個極化角色發生衝突的故事，像《非洲皇后》（*The African Queen*）或《溫馨接送情》（*Driving Miss Daisy*）。故事若讓角色天人交戰，我們同樣看得津津有味，比方說，讓他們在愛與職責間拉扯，或在復仇與寬恕間掙扎。許多以演藝圈為主題的故事，如《巴迪霍利傳》（*The Buddy Holly Story*）就是忠心和野心的對決。英雄對一手提拔他的團體忠心耿耿，但是當英雄更上層樓邁向成功時，卻必須為了遠大的夢想而拋棄故人。

英雄旅程的各個層面，至少被極化成兩條線：內在和外在面，每種元素也各有正面與負面。這些截然不同的對立，營造出對比、異議、衝突和學習。磁場兩極化的原理能用來產生電能，故事的兩極也能充當發動機，在角色身上製造緊張和變化，同時撩撥觀眾的情緒。

我們住在一個兩極對立的世界，這句話不僅是實際情況，也是根深蒂固的思維習慣。以實際觀點來看，我們的生活圍繞著兩極：日與夜、上與下、天與地、內與外。人類的身體也呈兩極化，四肢和器官分布在左右兩邊，大腦的左右邊也各有不同功能。人類同樣兩極化，分成兩種基本模式：男與女。其他呈兩極化的類別，像是老與少或生與死，都是不容忽略的現實。

宇宙本身也二分成物質和能量：物質和反物質、帶正或負電荷的原子、磁力和電力的陰或陽極。我們的銀河系被極化，是旋轉圓盤狀的星、塵與氣體，它有明確劃分的南北極，還有對立的磁場。當然，現代電腦科技世界，也是由簡單的二進制衍生而來，它只有0與1兩個數字，對立的狀態只有開與關兩種，看似如此微渺的二進制，卻能產生無窮的運算力量。

極性和思考習慣一樣，也是一種隨處可見的力量。我們的行為舉止，彷彿認定凡事都有對或錯的解答，所有的陳述不是正確就是謬誤，人也只有好人或壞人、正常或不正常。一件事非真即假，你不是支持我，就是反對我。這種分法有時派得上用場，有時卻可能過度狹隘，無法適切地反映現實。在政治和修辭上，兩極化極具影響力，它讓領袖和文宣高手特意地把世界分割成「我們」和「他們」，藉此煽起群眾的怒火，把世事簡化。這種方式忽略了中間地帶，或其他可供選擇的替代論點。

不過，人與人之間的關係中，極性是種不可思議的現象，也是寫作中引爆衝突的重要原動力。在歷經衝突、逐漸成長的學習過程中，關係中的各角色容易傾向一邊。極性有幾種定律，而擅長說故事的人本能地就能善用其中的戲劇效果。

兩極化的定律

1．異性相吸

兩極化的第一條定律就是：異性相吸。某種程度上，故事猶如一塊磁鐵，具備神祕且肉眼無法看見的強大吸引力。把兩塊磁鐵擺好，一塊的南極對準另一塊的北極，這兩塊磁鐵會緊緊相吸，就像兩個南轅北轍的角色會被對方強烈吸引。雙方差異所迸發的衝突能吸引觀眾，讓觀眾的興致盎然。

一對愛侶、兩個朋友或盟友，也許能使對方臻於完美而互相吸引。不過，情侶一開始可能因為截然不同的特質而相看兩厭，之後卻發現雙方可以互補。人們常在無意中找到讓自己截長補短的人。

英雄與壞蛋對抗時，可能迫於情勢，被拉到同一方，但兩人採取的行動卻天差地遠，顯示人們在碰上艱鉅的情勢時，回應方式有多麼不同。國家與國家之間，也會因為對真相的解讀相左，而捲入對立衝突。

2．觀眾愛看對立雙方的衝突

截然不同的兩個角色，向外探索對方的地盤，質疑對方對世界的觀感及求生的策略，這時對峙的關係很自然會引爆衝突，讓人覺得這類情節真的太有意思了。衝突一如磁力有吸引力，自動勾住觀眾的注意力。磁鐵或富磁性的物體可以吸住鐵和鎳等金屬，充斥衝突的局勢也能吸引觀眾、讀者的注意，讓他們目不轉睛。

3．極性能營造懸疑氣氛

對立不但製造衝突，還讓人無法猜定結局。究竟哪一方的觀點才能一統江湖？哪個角色能逐鹿天下？誰能熬過難關？誰才是對的？誰會成為贏家？輸家又是誰？英雄選了這一方或對立的一方會有什麼後果？兩極化的體系一開始就引人注意，原因在於大家認為人生被類似的矛盾與衝突拉扯，多條兩極化的路線同時牽扯（如男人和太太、家長和孩子、員工和老闆、個人和社會），把我們帶往不同方向。觀眾想知道最後結果，便興味盎然地尋找線索，繼續往下看，藉以因應個人生命中的其他挑戰。

4．極性能自行反轉

在兩極化的戲劇中，雙方經歷好幾回合衝突後，彼此間的分歧日趨白熱化，此時，把兩個角色拉在一塊的那股力量，也許會自行反轉，從引力變為斥力。兩塊黏在一起的磁鐵，若其中之一遭到硬壓，兩塊磁鐵就會散開，極性因此反轉。不久前還緊緊相黏無法拆開，但沒多久卻沒辦法強制讓它們吸在一塊，原因就出在強大的斥力。

電場與磁場的古怪特性之一，就是這體系的極性會突然自行反轉。在交流電的電力系統中，能量流動的方向會在正極和負極之間，每秒反覆來回五十至六十次。天體的磁場也會常常反轉，發生的時間卻無法捉摸。由於某些人類無法了解的原因，大約每經過十一年，太陽浩瀚的磁性就會反轉一次，引發劇烈的輻射風暴，猶如隱形的海嘯席捲地球，干擾全球通訊和電器設備。科學家相信，幾千幾萬年來，地球的磁場出現多次翻轉，或許是導致磁鐵和羅盤大半指向南方的原因。如此大規模的極性反轉（逆極），似乎已成為恆星與行星生命週期的一部分，猶如劇烈震動的心跳。

這類逆轉也是故事生命週期的重要特色。它們也許只有短短的一場戲，也許是注意力或力量短暫、轉瞬即逝的反轉，也可能是故事的重大關鍵或轉捩點。在短短一個場景中，會發生極性瞬間轉變，也許是因為新獲得的愛人背景資料改變了她或他的態度，比如從信任轉為猜疑，或從迷戀對方的肉體變成憎惡。打聽到的消息可能子虛烏有，只是暫時考驗彼此的吸引力，即便如此，這消息卻能製造緊張氣氛，也讓連結兩個角色的精神力產生矛盾，戲劇也愈發精彩好看。

5・逆運

故事中的極性反轉，意味角色的命運可能突然發生劇烈逆轉，導致運勢或情況的改變，讓原本狀況由負轉正，或由正轉負。精彩的故事中，主要角色至少經歷三到四次這類遭遇，有的角色經常轉運，有的甚至被塑造成每次出場就引來逆運。故事進展到特定階段時，在某個場景中，為某個角色安排最少一次逆運，是基本要求。權力移轉、弱者挺身反抗、體壇常勝軍遭到重創、時來運轉或突然碰上挫折，這些極性反轉加強了故事的張力，讓人感受多樣的變化。命運逆轉時刻會扣人心弦，令人難忘，比方電影《諾瑪蕾》（*Norma Rae*）中，主角在工廠挺身而出，號召工人的那場戲。

亞里斯多德的反轉觀

亞里斯多德在著作《詩學》中，詳述了反轉的基本戲劇手法。他稱之為「突轉」（peripeteia），這個字是參照「逍遙學園」[1]而來。亞里斯多德和門生們，在這座名為「呂克昂學院」（Lyceum）的走道上，邊走邊聊，集思廣益。或許，這一行人穿過廊柱往某個方向走去時，就是藉著這個架構闡述自己的思維，並強力建構出自己的論點，等掉轉方向回頭時，卻又推翻自己所建構的這個論點。

亞里斯多德說，主角的情勢突然來個大逆轉，可以讓觀眾心生憐憫和畏懼。他們同情無端遭逢不幸的角色，心想自己如果碰到這類衰事也會非常恐懼。若讓經歷相像的英雄置身險境，並遭遇多次逆運，這樣的故事一定能緊捉觀眾的情緒。回顧《惡魔島》（*Papillon*）、《莎翁情史》（*Shakespeare in Love*）或《怒海爭鋒：極地征伐》（*Master and Commander: The Far Side of the World*）等電影中逆運降臨的時刻，想想那些令人同情的角色，時而自由，時而狂喜，時而感受威脅，時而失望、挫折的心情。

---

1 Peripatos，亞里斯多德在雅典創辦的哲學學校。

在英雄的一生中，逆運的發生勢必能讓故事更精彩，也更能吸引觀眾注意。我們一心想知道接下來的情節，好奇故事最後獲勝的究竟是正面還是負面的精神力。即使早知道結局（如《鐵達尼號》），正負勢力的競爭過程，以及故事角色在命運或編劇安排下，面臨浮沉榮辱時的反應，還是讓我們看得津津有味。結構完整的故事中，這些不斷重演的反轉聚積能量，達到亞里斯多德所稱的情緒衝擊最高點：滌淨，也就是身心的大爆發。大爆發也許是同情之淚、恐懼的顫抖，或突然的大笑。反轉，一如陣陣鼓聲衝擊著我們的情感，激發身體所產生的反應。依照亞里斯多德的理論，這鼓聲會提升觀眾的緊張情緒，等到故事進入最高潮，這最強大的一擊會讓人盡情釋放出震顫的快感，把心靈中有害的思想和感覺淨化一空。在故事中宣洩情感，同時保留故事的能量，乃是人類重要的需求。

劇變式反轉

亞里斯多德的時代，也是希臘戲劇的開端，戲劇角色遭逢的最大命運轉折，稱為「劇變」（catastrophe）。在希臘文中，字首「kata」意指「翻覆」或「倒下」，「strophe」意謂「翻轉」或「扭轉」，所以「catastrophe」這個字指的就是「傾覆、顛倒」或「扭轉糾纏」。「Strophe」還代表編成籃子的布帶、皮帶或植物纖維，這個字也是strip（條、帶）、stripe（條紋）、strap（皮帶）及strop（磨刀用的皮帶）的字根。它告訴我們，戲劇如同編織，情節絲絲縷縷，各角色的命運環環相扣，縱橫交錯。一般而言，反派人物運勢大好，英雄倒楣透頂，不然就是情節相反。古希臘戲劇中的翻轉，由歌隊擔綱，在舞台上從左到右旋轉，一邊轉動一邊朗誦一段關鍵文字。而對面的另一群歌舞隊則朝相反方向旋轉（右到左），扮演平衡的角色，把應答的台詞朗誦出來，稱為「回舞歌」。一齣戲劇變成對立之舞，搭配的動作與台詞都象徵社會中互相衝突的思想與情感。故事的「轉捩點」通常是反轉的典型，其中最大的轉折點就是結局，在正統架構的戲劇落幕前登場，大家都希望它能產生亞里斯多德所說的滌淨效果。

6・真相大白式的反轉

古代，最能引發扣人心弦的反轉手法，就是識出真相的場景。某人的假冒身分或某個角色不為人知的關係被揭穿，角色的命運也因此反轉。這類場景包括：離散多年的愛侶再次團聚；殘忍的暴君得知自己即將處決親生兒子；戴面具的超級英雄身分曝光；王子把玻璃鞋套上灰姑娘的腳，發現她就是他的夢中情人。羅賓漢電影中，最大的賣點就是英王李察脫掉罩袍，露出外衣上躍獅圖案的那一幕。之前，他不斷變裝改扮，躲在英格蘭，暗中觀察他不在朝廷期間的國家局勢。羅賓漢和手下馬上認出眼前這位就是國王，畢恭畢敬地屈膝下跪。這一幕，代表故事走向的關鍵轉變。

若某個角色一直以假扮的身分現身，他身分大白的場景就會產生震撼的高潮式反轉，比如《窈窕淑男》（*Tootsie*）和《窈窕奶爸》（*Mrs. Doubtfire*）。它代表英雄害怕撕下假面具的劇變，也是感性誠實與自我接納的契機。表面上是大難臨頭，實質上卻成為促成雙重反轉的戲劇性滿足感。

7・愛情的反轉

有一種趨勢就像電流或電磁流貫穿故事，它是看不見的絲線，連接各角色，也連接著戀人。我們覺得和某些人之間流動著能量，想和他們在一起，當這股能量遭到抑制、阻攔、挫敗或徹底被斬斷時，我們也意識得到。我們可以感受到愛情片的愛侶、喜劇片的好哥們或冒險動作片的死對頭互相激盪出的火花、愛意和怒火。在任何一段關係中，缺乏足夠的電流，就會讓人失望不已。當友誼極化或愛情自行反轉，從強烈相吸轉為互斥時，我們也感受得到。

在愛情故事中，情人可能經歷好幾段反轉，一會兒愛得要死不活，一會兒厭惡至極，一下子信任，一下子猜疑，就像希區考克的愛情諜報驚悚片《北西北》和《美人計》，或《體熱》、《賭國風雲》（*Casino*）、《致命的吸引力》等電影。愛情也許從互相吸引開始，膚淺地發現對方和你的品味相仿，或覺得雙方的個性可以互補。接著，我們故意上演反轉情勢，愛侶們勢必會發現另一半和剛認識時完全不一樣，兩人因此暫時分開。經過幾次愛恨糾葛的反轉之後，愛人們通常會言歸於好，雙方的化學作用升溫，關係更上層樓，除非你筆下描述的是無法修成正果的悲慘愛情故事。

有些愛情故事，雙方一開始可能相看兩厭，心存猜忌，但隨著愛人們克服彼此間的歧見，找到共同點，厭惡與疑慮漸漸轉為愛意。不過，愛的旅程上仍會有多次極性反轉，以及好幾段愛恨交織的過程。

8・角色兩極化對比的反轉

最老梗的兩極化情節是死黨喜劇和冒險故事。兩個完全不相關的英雄，一起走過一段內外階層的冒險歷程。外在上，他們是警察、間諜或凡夫俗子，彼此努力對抗外敵，在正邪之間苦苦掙扎。在內心或情感上，兩人卻呈兩極化對比，無論生活方式、處世態度或出身背景都南轅北轍。他們也許抱持相同的整體及外在目標，追求目標的方式卻大相逕庭，這些極端的對比釀成衝突，引爆戲劇張力，營造出懸疑和笑點。這類例子有《你整我，我整你》、《致命武器》系列、《名模大間諜》（*Zoolander*）及《尖峰時刻》（*Rush Hour*）。

在一九八〇和九〇年代，這類故事十分公式化，我審查過不少迪士尼和福斯電影打算拍攝的劇本，但這些故事老套乏味，我們可以從中研究作家處理這類故事的無數方法。他們把這類故事稱為「雙人秀」，也就是故事中有兩個完全對立、互有敵意的主角或英雄。

據我們所知的史上第一篇故事《吉爾伽美什史詩》，就是所有兩極化死黨冒險故事的濫觴。玩世不恭的國王吉爾伽美什荒淫無道，他的子民向眾神祝禱，祈求上天派人轉移他的注意力。眾神派遣了化身為森林中龐然野人的恩基都，他們一開始互相爭鬥，但隨即成為朋友，合作對抗怪物，把兩個截然不同之人的極性發揮得淋漓盡致。恩基都死去時，這個冒險故事走向悲傷、壯烈的轉折，吉爾伽美什踏上心靈旅程，尋覓永恆生命的難解祕密。

兩極化的關係，可能是友誼、夥伴、同盟或戀愛關係，它讓我們徹底探究這兩個舉止完全相反的人，發現自己的規範和習慣剛好受到完全相左的另一方嚴厲考驗，可能是外向善交際的對方，對上內向靦腆的自己，或做人做事有條有理的自己，碰上日子過得亂七八糟的對方。以下是兩人關係中常見的兩極化組合，你的故事可以在這兩個極端展開，當然你也可以創造出更多對比的組合。

草率雜亂	vs.	整齊有序
勇敢	vs.	怯懦
陰柔	vs.	男子氣概
開放	vs.	封閉
多疑	vs.	信任
樂觀	vs.	悲觀
依計畫行事	vs.	船到橋頭自然直
被動	vs.	積極
低調	vs.	大張旗鼓，引人注目
健談	vs.	寡言
活在過去	vs.	展望未來
保守	vs.	自由開放
狡詐	vs.	有操守
誠實	vs.	不正直
刻板	vs.	富想像力
笨手笨腳	vs.	優雅
幸運	vs.	倒楣
預先計畫	vs.	直覺反應
內向	vs.	外向
快樂	vs.	悲傷
貪圖享樂	vs.	崇高純潔
客氣	vs.	無禮
自制	vs.	衝動
神聖	vs.	世俗、猥褻
渾然天成	vs.	後天培養

變動之道

兩個個性完全相反的人所建立的對立關係，也許能暫時臻於平衡狀態，但最兩極化的體系維持均勢的時間不會太久。能量永遠都在流動，帶來改變。兩極其中之一對另一極產生引力。當情勢極度對立，雙方都被拉扯到最極端的位置時，極性就會傾向自行反轉。中國《易經》提到：「變動之道，物極必反。」一極端的理想主義者，可能變成憤世嫉俗的人；熱情如火的愛侶，可能翻臉無情，由愛轉恨；安靜自卑的懦夫，搖身變為英雄；許多聖者起初都是罪人。道家的陰陽符號，描繪出現實永恆變化的特質，代表陰陽、相勾的兩個逗號形體，不斷流向對方，雙雙深入對方的中央地帶。

體系愈兩極化，極性就愈可能反轉。反轉也許是一點一滴逐漸發生，也可能驟然降臨。在對立衝突的刺激下，故事角色如鐘擺晃動，有時離對立面更遠，有時靠得更近。如果刺激物持續增至某個引爆點，角色極性可能就會翻轉，暫時向另一端靠攏。

在多次受到外向的人影響下，內向的人會退縮，也會前進；若是刺激持續，他就會開始搞笑或突然轉性，嘗試原本不熟悉的性格，變得極度自信，長袖善舞。像《隨身變》（*The Nutty Professor*）或《愛在心裡口難開》（*As Good as It Gets*）等電影，就運用這種手法探討極端相左的行為，讓我們看到故事的角色逐漸改變，然後驟然反轉其極性的過程。

起初，反轉幾乎小得感覺不到，但它就像沙漏的沙子，慢慢聚積。比如說，在經典怪咖喜劇《逍遙鬼侶》[2]中，向來死板、重紀律、一輩子都懦弱溫順的陶伯，和好玩鬧的鬼魂柯比夫妻，建立了對立的關係。夫妻倆放蕩，自由自在，桀驁不馴。為了跟無法無天的柯比夫婦對槓，一開始陶伯變得更固執。這樣極端的處境，不但不合常理，也非常不穩定。不斷遭到這對鬼伉儷挑釁

2 *Topper*，一九三六年上映的老片，曾入選美國百大經典喜劇。

的陶伯，在勉為其難嘗試對立面的放蕩行徑後，退回令他自在的死板模式，同樣的程序重複好幾次，直到碰上引爆點，他才不再抗拒，完全屈服於鬼夫妻魯莽的生存之道，徹底反轉他的極性。最後，他卻故態復萌，變成以前那個沒骨氣的人，但現在的他很高興自己知道該如何放輕鬆。

不過，有時候故事初期就發生極性反轉，它來得很突然，為了努力保有極端、極化的狀態。電影《冰血暴》（*Fargo*）中，威廉·梅西[3]飾演的角色，一輩子循規蹈矩，他卻反轉極性，顛覆以往的自己，成了綁票案首腦，後來還鬧出人命，把事情愈鬧愈大。《王牌大騙子》（*Liar Liar*）中，有個跟所有人扯謊、終其一生從沒正經過的人，忽然被迫隨時都要講實話，因為他誠實正直的兒子許了個強大無比的生日願望。在這兩個例子裡，我們看到這兩個角色在舊有的偏極和光譜另一端的突發狀況間苦苦掙扎。

9．走向光譜的另一端

當某個角色經歷極性反轉，對立關係中的另一半會有何等遭遇呢？有些伴侶只是扮演催化主角改變的角色，本身沒什麼變化。《逍遙鬼侶》中的鬼魂柯比夫婦，不會突然變得像陶伯那樣窩囊，但他們也許會稍微改變觀點，意識到自己對陶伯太壞，或認為可能都是因為他們的窮攪和，才害他惹上麻煩，他們必須出面擺平。當角色反轉極性時，極性定律告訴我們，對立面的另一個角色或力量一定會出現交互的活動。

當角色A演出驚天動地的乾坤大挪移，另一端的角色Z則離開舒適小窩到外頭度個小假，或在某種力量驅使下，徹底變了一個人。如果這段關係的雙方突然表現出一樣的精神力，那麼其中一邊一定會擠成一團。

向來懶洋洋的角色Z，老是依賴積極的角色A來完成所有事情，如果有朝一日角色A突然想嘗試一下怠惰的滋味，那麼大勢就不妙了。沒有人幹活，天生慵懶的Z被迫擔起不熟悉的勞動者角色，如此便可能鬧出不少笑話。在電影《你整我，我整你》中，各角色必須互換身分，體驗全然陌生的世界，經歷短暫的反轉，同時嘗試不熟悉的行為模式。《老大靠邊閃》（*Analyze This*）則是繞著反轉極性的兩個相反角色打轉，勞伯・狄・尼洛[4]飾演的黑幫老大，發現自己也有軟弱的一面，比利・克里斯托[5]飾演的溫和心理醫師，為了活命，只好被迫擺出硬漢的模樣。

10・走向極端

體驗兩極化的體系，需要走向極端。喜劇或悲劇中，原本傾向極性某一邊的人，可能嘗試不熟悉的相異處境，甚至達到極致，才會導致這樣的結局。原本內向害羞的人，建立了信心，卻過

3 William Macy，活躍於電視和好萊塢的硬裡子演員，其他作品包括《空軍一號》、《不羈夜》。

4 Robert De Niro，好萊塢著名演技派演員，以《蠻牛》榮獲奧斯卡影帝，另外以《教父第二集》奪得奧斯卡最佳男配角。

5 Billy Crystal，除了是演員，也曾擔任編劇、導演、製片，作品包括《當哈利碰上莎莉》、《忘情巴黎》、《美國甜心》等。

猶不及地變得臭屁惹人厭。他們不清楚平衡的真諦，若矯枉過正，也許會退縮至另一個極端，變得陰沉或重拾原來的行徑，但稍微誇大些，經歷過一連串搖擺不定的局面後，他們終究會在某個中間點學會新的行為方式。

人要從試驗中尋找界線，才能學會應付諸如身分、地位、情勢等特質。在許多對立的關係中，比較年老有經驗的人，因為以前嘗試時出過洋相，所以現在很清楚怎麼面對女人，對牌局、槍、汽車或金錢也應付裕如。較生澀的另一個人，眼前所見的都很陌生，我們可以好好看他犯下新手常見的可笑錯誤。

這類交互關係經常出現，歷練豐富的那個人不擅此道，為了駕馭不熟悉的特質（如文雅、真心或憐憫），被整得手忙腳亂。不過，老道的那一方不像生澀的新手那樣在學習道路上跌跌撞撞。

11．反轉再反轉

實際上，角色間會互相學習，與行為舉止完全顛倒的人來往時，可能會被嚇到。他們為了嘗試安全區域之外的行為模式，因此反轉極性。不過，故事很少就此畫下句點，至少還會再經歷一次反轉，讓故事角色從故事加諸在他們身上的荒唐行徑中恢復，回歸到本來的面貌。這是戲劇中極具影響力的定律；在人生中，人們則忠於天性。他們會改變，對戲劇來說，改變不可或缺，但其實僅有一丁點改變，僅僅跨出一小步，稍稍把被遺忘或抗拒的特質融入自己的本性中。

他們從第一次反轉學到有用的東西後，也許會退回代表他們本性的那一端，直到最後他們身處的位置已經和一開始時略微不同。這是真正的角色轉換，是一種漸進式的移轉，而非一百八十度的大逆轉。在故事與人生中，非常少見到徹底且永恆的極性反轉。

如果故事完成它的工作，其中的角色都嘗試了陌生的領域，將了解到他們所缺乏的某些特殊特質，把那些特質的某些部分納入他或她的生命中。之後他或她會重回安全區域，他們的位置會比較靠近中央，幾乎左右平衡的點，而不會偏向兩極。

在故事進行中，角色與觀眾得以體驗到光譜沿線的所有點、兩個極端，以及其間的各個位置。大多數情況下，讓兩

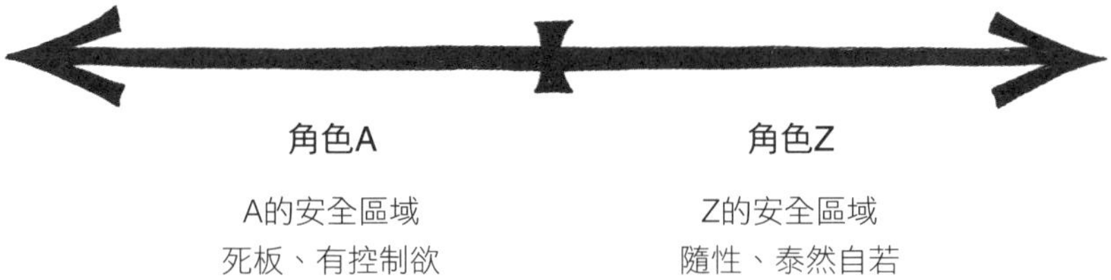

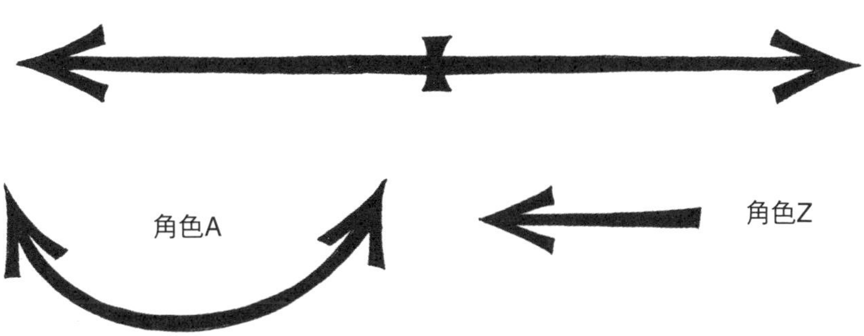

在角色Z的擠壓下，A開始擺動，嘗試行為的極致。

個角色剛好落在正中間位置的情況，沒有必要，也不符現實狀況。大部分故事中，角色最後都會回到故事一開始時的偏極，但位置比較靠近中間與另一端。角色的行為模式可能避開極端的位置，並與對立面的領域略微重疊，使這個角色的性格更加平衡，讓過去未能展現出的特質有機會展現。這是很好的落腳點，因為一旦遇上威脅，角色就可以從這裡退回他的安全區域，也能跨區體驗身處對立面的滋味。

中國《易經》中，這個點被認為是比極端極化更穩定、更合人意的狀態。同時拋三枚硬幣時，兩正一反或二反一正，代表一種穩定的情況，更

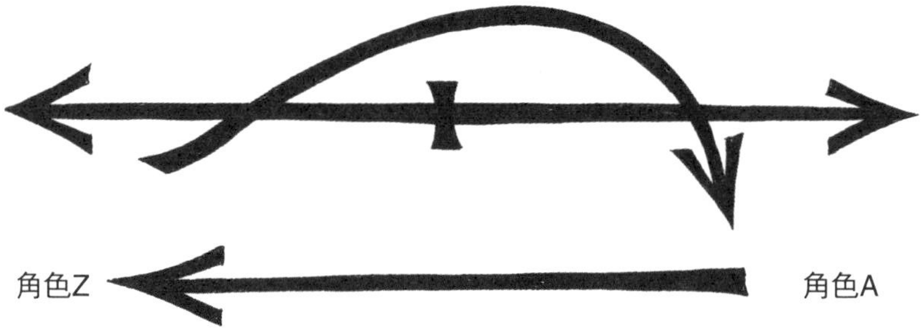

角色A短暫體驗極性反轉，把角色Z推向另一端。

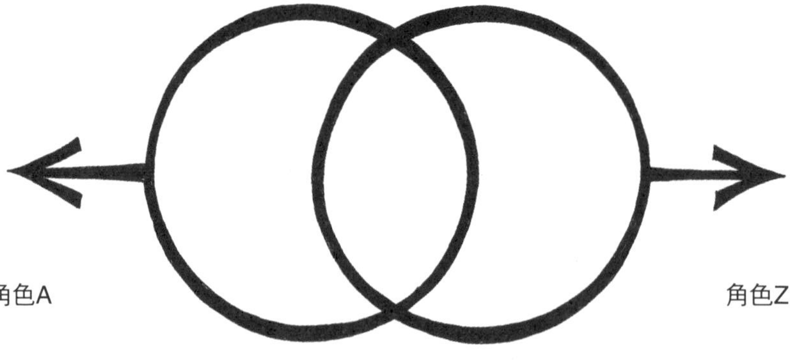

角色A與Z回到原本的安全區域，但位置靠近中間，
有機會向外發展，體驗極性的兩端。

加平衡且趨近真實。若三枚全部正面，或三枚全部反面，反倒太過極化，太過頭了，這種情況一定很快就會瓦解或逆極，變成其對立面。

一開始身在極端，或者被帶往極端的角色，在經歷極性反轉的過程中，都會逐漸成熟。

12・從極性尋求解決方法

有時候，在故事從頭到尾都相左的兩大概念或生活方式，將會改頭換面，讓兩大元素互相抵觸的無解局面也得到解決之道。

經典的西部片《紅河谷》中，出現兩種極端對立的生活模式，一個是約翰・韋恩詮釋的老人（唐森），另一個是蒙哥馬利・克里夫飾演的年輕小伙子（賈斯）。唐森勇敢、頑固，把剛毅的大男人氣概發揮到極致，比他溫和的賈斯，作風跟他天差地遠，他寬大仁慈，唐森卻殘酷無情。他們的對立彷若《聖經》故事的翻版，猶如《新約聖經》中易怒善妒的「舊約神」（Old Testament God）與仁慈熱情的「上帝之子」（Son of God）間的對立。兩人之爭演變為不共戴天的對抗，唐森信誓旦旦要打垮曾經視如己出的賈斯，取他性命。他們的戰鬥達到高潮，眼看就要出人命，卻因女性精神力的介入，化解生命中的悲劇。喬安・杜露飾演的年輕女孩（泰絲）開了一槍，制止了這場戰鬥，她一語驚醒夢中人，告訴他們「任誰都看得出，他們深愛對方」。兩人這才意識到事實，不再互鬥。唐森宣稱，他會更換牛隻的烙印，反映出他接納了賈斯，雙方對峙化為無形。兩種截然不同的生活方式演變成第三種：女性的情感與熱情抵銷了唐森極端的男性氣概。在戲劇上，這種手法完全可行，因為電影一開始，唐森拒絕接受女性的嬌柔面，不讓他的摯愛跟隨他到德州，故事的情節就此展開。

主角的看法或生活方式，等於是故事的論點（thesis）。對立面（anti-thesis）則是對手的相反觀點和風格。最後化解極化衝突的，稱為綜合體（synthesis）。這也許是指主角從衝突中學到的新知或力量，藉而重新陳述自己的願望或人生觀。它也可能是英雄看待人生的全新態度，或意味英雄回歸原位。即便如此，英雄經歷的兩極化掙扎，還是會讓英雄的原位稍微移動。大體上，英雄會從對立面身上學得教訓，並把它納入自己新的行為模式中。

在某些極化故事中，紛爭最後得以化解，完全是因為雙方可能意識到，所謂的極化（對立）只是毫無根據的誤會一場，表面上爭鬥的雙方，只要一開始好好溝通，就可避免不必要的對立。兩極化的浪漫喜劇多以誤會為主軸，讓觀眾看到男女雙方溝通出現問題，直到故事最後，雙方發現彼此始終心意相通。

13・利用極化世界製造衝突

極性是一種後設模式，在故事每個層面都能運作，從大規模的文化衝突，到人類的親密關係，一直到個體之間的對立皆是。廣義來說，故事可以表現出兩種文化、世代、世界觀或人生觀之間的極化衝突。古代神話都極化了眾神與巨人、冰與火等基本元素之間永無止境的鬥爭。大部分的西部故事，讓英雄置身某個小城鎮，或遇上極端對立的兩股勢力：比如說印地安人vs.騎兵、畜牧大王vs.外來農人、前南軍vs.前北軍等。黑色電影和官兵捉強盜類型的影片，把世界分成好幾個對立的層級：陽光普照、守法的上層社會，以及不見天日、罪犯雲集的下層社會。電影《鐵達尼號》，讓上下層甲板一分為二，代表社會階層間的分歧，以及控制欲和追求自由之間的衝突。《魔鬼終結者》和《駭客任務》（*Matrix*）則是人類和機器的對立。《星際大戰》系列電影是原力的光明與黑暗面間的對峙。《前進高棉》（*Platoon*）中，經歷戰爭洗禮的年輕士兵，面臨該殘酷無情還是要展現人性的兩種抉擇，電影中以兩位性格迥異的軍中老鳥代表這兩種生存之道。

14．運用極性激化內心交戰

故事也可以某人心中的掙扎為主軸，比如《化身博士》、《鬥陣俱樂部》（*Fight Club*）都是典型的例子。《驚魂記》中，有個男人內心吸納了亡母的女性特質，有時會以母親的口吻講話。這類故事把不被察覺的雙面人格具體化，並讓其顯露出來。把角色內心天人交戰的戲劇效果發揮到淋漓盡致的，莫過於電影《魔戒二部曲：雙城奇謀》（*The Lord of the Rings : The Two Towers*）中，咕嚕的善良與邪惡人格輪番現身，是一場令人不寒而慄的戲。善良的一面屬於本尊，是單純的哈比人史麥高，他勇敢地抗拒誘惑，記得主人佛羅多展露的寬容與仁慈。直到最後，舌燦蓮花、詭計多端的邪惡面大獲全勝，讓咕嚕憤恨滿腹、善妒，打破這個角色內心原本的平衡。這個角色的極性，一直都朝向希望救贖咕嚕的一端；但如今，卻偏向貪圖魔戒的另一方，他將無可避免地背叛哈比人主人。在這裡，極性用來展現內心分裂時的掙扎。

15・營造對抗、爭鬥

世人把創造天地想像成一種兩極化的情勢。神分隔光亮與黑暗、天堂與塵世。最早的創世故事中，上古之神與混沌怪物搏鬥。最早的戲劇重現兩極化纏鬥的宗教儀式。古代世界中，運氣、愛、戰爭與勝利等抽象特質都被具體化和人性化，並被視為眾神膜拜。在希臘的阿貢神（Agon）身上，我們看見極性的強大力量。衝突與對抗的力量主宰運動競技和各種比賽，甚至法律糾紛，因為agon同時意味著裁決。在運動賽事和法庭上，裁判斷定誰最好、誰最正確。

阿貢神被描繪成手持一對跳遠用啞鈴[6]的年輕運動員。這兩只啞鈴，讓跳遠選手跳得更遠，象徵與阿貢神相關的特質，或阿貢神賜予那些向他祈求、自願犧牲小我的運動員的額外優勢。在舉辦奧林匹克運動會的奧林匹亞，有個專門奉祀阿貢神的祭壇。關於阿貢神的淵源，或他的「背景故事」，我們所知有限。他可能是宙斯子女的家族成員，主司運動員生命中的重要特質，諸如速度、勝利、鬥志，甚至混亂。

阿貢神的精神，深植在「主角」與「對手」這兩個截然對立的單字中。競爭或比賽中，我們為「主角」加油打氣，希望「對手」一敗塗地。

英文中的「agony」（極度痛苦）是由agon演變而來，意味在對抗的過程中，有時會遭遇痛苦和困難。這個字有時也代表南轅北轍的情感，比如說電影《萬世千秋》（*The Agony and the Ecstasy*），或者電視奧運會特別報導常用的「勝利的震撼，挫敗的痛苦」，這些措辭刻畫出對立的衝突，可能引發人在情感上的極端。敵視某人，等於與那個人營造出前所未見的戰鬥或衝突。

戲劇中的辯論

在古希臘戲劇中，agon是指兩個角色間的正式辯論，雙方針對當時的公共事務，發表截然不同的看法，並由歌舞隊判定勝負。在舞台劇、小說或電影劇本中，仍然看得到以這個字描述的哲學論證或生活衝突。在《華爾街》（*Wall Street*）、《軍官與魔鬼》（*A Few Good Men*）等電影及電視影集《白宮風雲》（*The West Wing*）中，針對當前時勢的辯論，就是把agon戲劇化。

現代的公開競賽

對古希臘與古羅馬人來說，agon還代表決定何者技巧最高超（如歌唱、編撰戲劇、音樂或演說）的正式競賽。像現代的頒獎儀式一樣，年度最佳者將獲頒獎品。這類「對抗式」比賽和今日的運動聯盟大同小異，先經過地區初賽，晉級全國大賽，然後參加在首都盛大舉辦的年度慶典。直到現在，我們每年都還是安排類似的比賽，藉此決定哪支隊伍或選手是分區、全國、世界第一。競技體系的每個階段、兩支隊伍或個人要互相競爭，對立的競賽將一再重現，直到最後兩隊或兩人進軍決賽。在永不退燒的猜謎節目及當今熱門的真人實境秀中，競賽都是最佳的賣點。

---

6 古希臘跳遠選手會雙手持重物立定跳遠。

個人的對峙

若範圍縮小到個人，agon是指一個人的某種性格與另一種互相對抗。比方說，我們的大腦老想掌控偷懶的身體。藝術家對創作的掙扎，也是一種agon，他想要排除萬難，把創意融入作品中，卻只能事倍功半。Agon也可能是指某個人對抗人生外來狀況的考驗，比如先天缺陷、意外或不公不義的遭遇。

古代的所有娛樂都取材自agon的兩極對立原理，即便現在，無論是運動、政治或娛樂各方面的競賽，還是對我們產生很大的吸引力。

16・極性能指引方向

磁鐵經常被用來代表方向。羅盤自動指北，就可以斷定南方、東方、西方，以及各方向間的所有區域。故事中，極性也扮演著類似的角色，從最簡單的以白帽、黑帽代表角色的好壞，到錯綜複雜的心理劇，讓觀眾對角色與情勢有所概念。極性讓我們知道誰掌控權力，還有權力移轉的過程。極性指引我們，在故事裡要贊同誰，同時也幫助我們了解所有角色和局勢，該向哪一股力量靠攏。

大多時候，你必須開誠布公地面對觀眾，讓他們輕鬆進入狀況。設定兩極化對立的城鎮、家庭、社會、對峙敵手進行戰鬥，或是安排即將自行反轉的對立性格，這些都能幫助觀眾了解故事的走向，嗅出其中端倪。觀眾可能很快就贊同或反對某些角色，這完全看他們在對立狀態中選擇哪一方而定。之後，作家便可把正面或負面能量灌注到各個場景中，在結局登場之前，讓角色贏得暫時的勝利或受挫。

當然，有些故事是針對灰色地帶創作，這種角色和情勢之所以出色、有趣，完全是因為它們沒有明顯的極化。有些藝術家不想選邊站，不願把角色歸入過分簡單的範疇中。這種藝術手法亦有其發揮空間，當兩個角色同時出現，極性就隨即產生。

結語

如前所述，極性是故事中相當實用的手法，也是鋪陳真相的有利途徑，卻被誤用，把複雜無比的情勢過度簡化。現在的觀眾都有一流的鑑賞力，儘管熱愛涇渭分明的故事，其實他們更喜歡雙方反差和矛盾不太明顯的故事，因為這樣能讓故事本身和角色更加貼近現實，即使以奇幻世界為主軸的故事也一樣。如同其他說故事的技巧，有些人可能過度應用極化，缺乏灰色地帶或轉圜餘地的極化，兩個人從頭到尾互相叫陣的故事，讓人很快就厭倦了。互相對立的角色或情勢，其有趣之處在於可以看到對立活靈活現的特質。也許，它瞬息即逝，稍微顯現一丁點反轉的可能性就消失得無影無蹤，它也可能慢慢作用，直到角色或情勢突然出現戲劇性的大逆轉。

無論是在政壇、體壇、戰爭或人際關係，極性讓我們產生隔閡，但經過一場搏鬥後，反倒能團結一心。老兵與過去敵人的共同點，恐怕比自己和孫子還多。對立的家庭，最後之所以能化解長期的不和，有時是因為雙方多年後早忘記當初爭端為何引發。

故事裡的極性，讓概念的框架成形，藉此規畫概念與精神力，以特定的角色、文字和概念為中心，為正反雙方營造出互相激盪的火花。極性也許有助於我們以生花妙筆描述行為的特點，並識別人與人關係的模式。極性還可煽惑人心，讓人投入情感，使身體各部分產生反應，製造不可或缺的戲劇效果。書頁上的字句、舞台上的演員、螢幕上的影像，牽著我們的鼻子，直到我們出現微小但後勁十足的情緒反應。看爆笑片被某個角色逗笑時，其實我們另一方面也在嘲笑自己。看悲劇或愛情片落淚時，我們有幾分是在為自己哭泣。看恐怖片或恐怖小說，嚇得渾身發抖時，我們更多是為自己顫抖。我們感覺身處於極大的對立中，在精神與物質、男與女、生與死、好與壞當中扮演何等角色。藉由探究極性對抗的故事，我們也能找到發洩情緒的有益方法。

想一想

1. 「存在與否，那才是問題。」莎士比亞在劇作和十四行詩中，大量使用了二元性和極性手法，諸如雙胞胎、幾對戀人和互相對照的概念，例如《亨利四世》的第一部和第二部中，哈爾王子和浮士塔法就代表兩種截然不同的騎士風格，哈爾王子代表的是正義、節操，浮士塔法則是不名譽。閱讀莎士比亞劇作，看看能從中找到多少極性。這些極性對讀者或觀眾產生何等效果？
2. 重溫《黑色追緝令》和《魔戒首部曲：魔戒現身》（*The Lord of the Rings : The Fellowship of the Ring*）。從這兩部影片中，你看出多少二元性與兩極化的對立關係？它們有為戲劇體驗增色嗎？或只是拖延劇情？

3. 列出你的極性對照表，隨便挑選一個組合，試試能否寫出一個故事，創造出幾個角色。

4. 「Agon」意味競賽或衝突，同時解釋某人人生中的終極挑戰，它也許稍縱即逝，也可能是終其一生必須奮力對抗的大事。在你的人生中，現在及長期以來的agon是什麼？你筆下角色的agon是什麼？

5. Agon也可用來描述戲劇最重要的辯證或議題。以此而論，你的舞台劇腳本、電影劇本、電玩、短篇故事或小說的agon（或主要論證）是什麼？你使用了哪些特質來做對照？雙方的論點是什麼？

6. 請參閱本章提過的兩極化關係表，想想看，有哪部電影或故事以此作為鋪陳情節的手法？

7. 你家的極性是什麼？如果你住在西部城鎮，一個策馬入城的外人，會發現這地方是如何兩極化？以國家的層次來說，該如何運作極性？

8. 你或周遭親朋好友的人生中，是否經歷過極性反轉（逆極）？試描述之，並說說你的感受。

9. 在半小時的電視節目中，如何製造極性的效果？挑一齣影集來看，點出極性及反轉的時刻。

10. 挑選兩支最熱愛的運動團隊或兩名運動員，觀察他們競逐冠軍的狀況。他們的相異處、優點和弱點為何？贏家如何利用這些極性？

CATHARSIS

宣洩

「我們行將激發出驚人之舉，
我們會得到些許滿足，
我們會把原委摸透，
午夜過後，我們就能完全拋開束縛。」

——J．J．卡爾的《午夜過後》[1]

我們在書中用了很多次宣洩（洗滌，catharsis）這個字，這是亞里斯多德研究出來的概念，這個專有名詞流傳至今，成為戲劇和敘事普遍的理論。亞里斯多德認為，它是戲劇的核心，是不可或缺的概念，它的起源可追溯至語言、藝術和慶典儀式的起源。

亞里斯多德所指稱的catharsis究竟是什麼，我們無從得知。如今，他的作品所剩無幾，流傳至今的剩不到一半，其中大多數都是從某幢建築物下找到的殘破手稿。對亞里斯多德定義的catharsis，學者專家各說各話，甚至還有揣測聲稱，這個字是被某個熱心過度的繕寫員勉強插入亞里斯多德的《詩學》中，因此遭到斷章取義，因為稍早的作品中，亞里斯多德曾承諾會抽時間為這個字下定義。

不論亞里斯多德如何解釋這個字，對我們來說，它的定義如下：它是藉由精彩的娛樂演出，來探究偉大的藝術或內心深處瞬間引發的情感宣洩。它早已根深蒂固，深植心靈及人類歷史中。回顧戲劇的起源，我們可能會發現，其實宣洩一直是一種預期的效果，也是戲劇體驗的主要動力。

為了尋找戲劇、故事、藝術、宗教和哲學的根源，必須先回憶人類發展最初階段的那個時代。還好奇蹟出現，有些古物保存下來，靠著這些遠在四萬年前繪製的不可思議壁畫，我們得以一窺當時人們的生活概況。這些壁畫把獵人與動物描繪得栩栩如生、令人驚豔，我們從這些繪畫得知，當年人們深入地底進行朝聖之旅，也得知他們進行了某些儀式，有人扮演他們獵捕的動物，有人扮演身處的大自然。他們曾想藉著種種儀式（也就是說寫故事和戲劇的開端），掌控或平息這些外力。坎伯指出，壁畫中某個戴著鹿角的人物就是巫醫，他是「中間人」，代表人類賴以維生的動物靈魂。

跨入洞穴深處時，身體難免會出現宣洩或情緒的反應，即使現代人也一樣。如果你像很久以前的古人走在狹窄的地道中，手上只有忽明忽暗的蠟燭指引方向，你將會不自覺地感受到洞穴所帶來的壓迫感，想像著火光照耀不到的地方是否有什麼看不見的力量和生物，潛藏在無盡的黑暗中。在穿過小洞，跨入更深的巨大洞穴之際，你仍會心生好奇，繪在牆上的巨型動物彷彿躍過閃爍燭火，令你的感受更為深刻。這是讓年輕人開始了解部族奧祕、宗教信仰和大自然本質的大好機會。

我可以證明，在伸手不見五指的黑暗中，燭火仍有震撼人心的力量。它是最不花錢卻最有用的特效。我去赫爾辛格[2]造訪哈姆雷特的城堡，它位於丹麥的最頂端，與瑞典隔海相望。冷冰冰的城堡地下室中，有一尊正在沉睡的雕像——相當於丹麥的亞瑟王或熙德[3]，這位堅毅的維京人坐在王位上，膝蓋上擱著一把出鞘的劍。這位仁兄是「丹麥人霍爾格」[4]，他是查理大帝[5]麾下的十二大勇士之一，也是丹麥的傳奇守護神。一批批丹麥學童和觀光客魚貫地走過雕像，望著它渾身打哆嗦。似幻似真、栩栩如生的雕像，令人讚嘆不已。雕像的底部放了一根微弱閃爍的蠟燭（或現在的電動假蠟燭），身處漆黑的地窖，猶如置身洞穴裡，飄忽不定的光線在雕像的輪廓上投射出一抹令人不安的光芒，影子在地下室的牆上遊移舞動，令人毛骨悚然，手臂和頸背爬滿雞皮疙瘩，對你的雙眼及神經系統來說，這座石雕宛如真的一般。你幾乎想對天起誓，這位睡著的維京大頭目應該還有呼吸，而且隨時會從基座上一躍而起。這讓人信以為真的戲劇幻象，讓人以

---

1 J.J. Cale是美國知名歌手，〈午夜過後〉（After Midnight）是他的代表作之一，吉他之神艾瑞克・克萊普頓（Eric Clapton）也翻唱過這首歌。

2 Elsinore，位於首都哥本哈根北方，丹麥文叫Helsingor。

3 El Cid，十一世紀的西班牙英雄，最大功績是攻陷瓦倫西亞（Valencia）。

4 Holger Danske，又名Ogier the Dane，傳說霍爾格雕像平常都在沉睡，一旦丹麥有難，他便會醒過來，拔刀護國。

5 Charlemagne，在第八世紀時擊敗撒克遜人與倫巴底人，並與西班牙的阿拉伯人作戰，控制了西歐信奉基督教的大部分地區，在公元八〇〇年由教宗加冕為皇帝。

為儘管國家永恆的戰神正在沉睡，但必要時他一定會醒來。也難怪，古人看到忽隱忽現的火炬和油燈在洞穴牆上照映出巨大的馬匹和野牛時，會跟我們一樣害怕。

目前，有些收費的洞穴導覽，在經過特定地點時，會把電燈關掉，讓參觀的人體驗洞穴中暗無天日的滋味。我們的老祖宗在洞穴中舉行儀式時，大概也用了類似的戲劇手法，把油燈和火把全部熄滅，讓新入會的年輕人體驗漆黑的感覺。對某些人來說，這種經驗很嚇人，對有些人卻是心靈舒展的過程，有人也許還會產生幻影，感覺自己與牆上的動物及創造世界的力量有所牽繫。壁畫或許是體驗幻象所留下的紀念，一代代修改繪製而成。跨出洞穴，又是另一趟危險之旅，沐浴在明媚的陽光下，重回開闊的空間，如釋重負的感受臻於頂點。對某些人來說，有一種判若兩人的感覺，因為在地底下時，你彷彿死去，或很接近死亡和其他永恆的力量，而現在卻回到地面，宛如重獲新生。

無庸置疑地，古人一定還有其他加強戲劇效果或喚醒宗教認知的場所，諸如隱密的樹叢、四面環山的平地（天然的露天劇場）、卓然聳立的山峰（如奧林帕斯峰[6]）、神聖之牆與噴泉，或排列組合的巨石。古人把樹種成一排一排或一圈一圈，營造出讓人敬畏、驚嘆的空間，並覺得自己與更崇高的力量有所牽連。在這些地方進行的儀式，用意就是讓世人直達天聽，與所有的神祇搭上線。人們扮演眾神、英雄、怪物，演出上天創造萬物的情節，以及老祖宗的故事。最早的戲劇可能就是這類儀式的腳本，一開始由歌舞隊朗誦出來，之後才漸漸改由演員擔綱戲中的角色。

在埃及、美索不達米亞、印度河等文明社會中，在人類從游牧狩獵轉為定居的農耕生活時，戲劇找到不同的表現方式與形式，同時更加著重於時序與星象曆法。

在肥沃泥濘的大河岸上，人們建立了古文明，這些古文明以戲劇性的儀式為廣大人群帶來秩序、凝聚力和共同目標。在眾人的努力下，他們把河泥製成磚塊，建造出一座座猶如人造山的巨型神廟群，讓上天與他們的社會相通，打造出一條通往神界的天梯。

這些神廟金字塔或塔廟[7]，更充當戲劇表演時的背景，勾起大眾濃烈的宗教意識。這些宗教場面還會把一座精準無誤的巨大天體鐘搬上舞台演出，觀看太陽、月亮與星辰的軌跡。生命苦短，人類觀察天象累積好幾千年的心得，早已藉由各種記載方式一代代地傳下去。他們對一年中時節變換的確切時刻觀察得非常仔細，因為春分、秋分、夏至、冬至這四個日子剛好代表季節轉換。每年這時候，他們都會舉行盛大慶典，新年伊始那一天，還會舉辦規模更大的慶典。

他們會關注四季循環，其實很實際，因為這是生死交關的大事。如果稍微延遲個幾天播種或收成，作物可能會死光光，整個冬天就沒有食物可吃，大部分的人恐怕都會沒命。當年的獵人遵循天曆，對動物的行蹤及果樹結實的時間都瞭如指掌。

在季節轉換的慶典上，奉獻給上天的重頭戲，就是演出精心設計的冒險故事。國王或眾神的雕像「憑空消失」，他們可能遭到暗黑混亂之力綁架、偷走、殺害或支解。大家裝出哀悼的模樣，放棄一陣子的享樂，對死掉或被綁架的國王或眾神表達由衷之情。

---

6 Mt. Olympus，最高峰海拔二千九百一十七公尺，傳說是宙斯神族居住之所。

7 Ziggurat，呈山狀的廟塔，在古巴比倫、亞述等地都有這類塔廟，建築特色是高聳的金字塔形多層高台，頂端則築有一座神殿。

古巴比倫某些季節性慶典中，眾神的雕像真的遭人從神廟移除，埋在沙漠中，甚至遭到摧毀。之後，這些雕像會被擺回原本的位置，或以新的雕像代替，人們如釋重負，大肆慶祝。

英國人類學大師傅雷哲（Sir James Frazer），在經典作品《金枝論》（*The Golden Bough*）中陳述：早期許多社群都經歷過「國王為短期職務，不能永遠占據，在位時間可能只有一年」的階段。大多數最原始的社會中，舊王不是遭到處決，就是要跟新候選人來一場格鬥儀式（有時是佯鬥）。舊王獻身領死，意味把過去一筆勾消，也為前一年犯下的錯誤負責。之後，受到萬民擁戴或權高勢重的國王，逐漸延長統治任期，然而，賜死舊王獻祭的風俗早已深植人心，在築墩文化（mound-building cultures）的習俗、傳統和盛大場景中，經常被當成一種象徵。拿舊王當祭品，繼任者接任王位的儀式，則由神話故事中的死亡與重生取代，埃及神話的歐西里斯[8]故事就是其一。歐西里斯王被視為死亡後的復活之神，在戲劇儀式中，把他死亡、被支解、重生的過程演出來，但舊王不是真的死掉。

美國學者加斯特[9]，曾描述古代近東世界中，四種隨季節順序一個接一個登場的儀式：苦行（mortification）、煉淨（purgation）、煥發（invigoration）、歡慶（jubilation），這些儀式與眾神或國王的死亡及重生息息相關。一場精心設計的戲劇化儀式，把這四大要素合而為一，所有社會成員都參與表演，場景就是整座城邦，演出的題材就是國王與眾神的死亡和重生。加斯特認為，古代的儀式只有兩種，一種是希臘文的kenosis[10]，就是「放空」；另一種plerosis[11]，也就是「充填」。苦行和煉淨放空人們的身體與心靈，讓人在品嘗死亡滋味的同時，洗滌並淨化身心。歡愉與慶祝的儀式，一方面重新喚起眾人的生命之源，同時填補並滿足人們的身心。

在季節交替之際，這類儀式是深具象徵意味且很實用的手段，因為它讓所有百姓在工作了一整季之後，可以稍作放鬆。就像一年當中，我們會允許自己放幾次長假，把一整年的工作時間拆成好幾段，讓你更容易掌控和忍受工作。我們的老祖宗也一樣，他們不時就會刻意、有目的地打斷例行的工作節奏。

在苦行及煉淨階段，老祖宗們盡可能關閉諸多生活體系，為不在的眾神或國王哀悼神傷，順道找藉口暫停所有生意往來、勞動和訴訟。商店、倉庫、工廠全部關閉。家家戶戶澆熄爐火，神廟中終日不熄的永恆之火也被熄滅。甚至中止人們的身體機能，大家開始禁食，不再開口說話，放棄享樂，人們一連好幾小時安靜地潛心沉思。這段期間被視為「暫停時間」，也就是時空之外的時空，要粉碎碩大的天體鐘。在某些曆法中，舉行節慶的日子沒有數字或名稱，僅僅標示這天是神聖的轉換時節，不受日常生活模式規範。

苦行，意指藉由禁食把身體引導至瀕死的境界，讓身體摒棄任何享受的機會。他們相信，人的身體偶爾必須被壓低身分或吃點苦頭，讓身體知道心靈才是真正的主宰。平時，被視為理所當

8 Osiris，埃及國王，教導人民農耕技術，備受擁戴，但遭到善妒的親弟弟設計害死，並把遺體大卸十四塊。他死後，繼任王位的妻子把他的遺體拼湊起來，歐西里斯因此復活。在埃及神話中，歐西里斯是智慧和死而復生的象徵，也是冥神。

9 Theodor Gaster，美國學者，最著名作品為《死海古卷》。

10 這個字如今最普遍的用法，是指耶穌放棄神性，降生為人，並遭遇磨難死亡的過程。

11 kenosis的反義，指修補。

然的東西一旦消失，反倒重新激起人們的感恩之心。禁食，讓人更專注，並提醒人們，死亡永遠都在不遠處。

儀式進行至此，哀悼成為重要的片段。人人都要為英雄─神─國王之死，醞釀哀傷之情，直到淚流滿面。激發眾人悲痛情緒的歌曲也就應運而生。悲劇這種戲劇類型，就是從為落難之神或國王哀悼的儀式、吟誦與舞蹈逐漸演進而來。「Tragedy」（悲劇）一字源於tragos這個字根（意思就是山羊），因為一年一度的獻祭中，山羊常被拿來當作代替國王的牲禮。

季節儀式的煉淨階段，最重要的就是徹底淨身，清理環境。人們會沐浴，在身上抹油，象徵褪去前一季殘留的老繭。家家戶戶及各神殿都以水清洗，並香燻消毒。鐘鑼齊響，驅走邪靈惡鬼。在中國，則以施放爆竹達到相同目的。

在古代社會中，煉淨是一種比喻，具有字面的意義。從心理及比喻上的觀點，人們應該把身上的乖戾之氣、怨念、妒意全部清乾淨。他們藉由禁食，甚至催吐等方式，去除體內的雜質。

在亞里斯多德的時代，catharsis是個醫學術語，意指身體排除毒素和排泄物的自然過程。這個字源自katharos，意為純淨，所以catharsis是指淨化及煉淨的意思，也就是把不潔之物嘔出或強行排出。比如說，打噴嚏就是一種清除鼻腔雜物的淨化反應。

亞里斯多德在《詩學》中，曾以「情感淨化」為例，對照戲劇引發的情感影響力，以及身體排除毒素與雜質的方式。希臘人深知人生苦短，生命中有太多委屈退讓，還要承受諸多羞辱。情感上的雜質和毒素與身體裡的壞東西一樣，會逐漸堆積，如果沒有經常清理，可能會產生劇烈變化。他們認為，無法藉由藝術、音樂、運動或戲劇抒發情緒的人，必定會受到好鬥、敵意、墮落或瘋狂等危害社會的邪惡情緒影響。因此，他們以季節性的慶典，把洗滌和淨化身心等過程制度化，以人為的方式，每季依照計畫，讓人們暢快淋漓地發洩一次。戲劇是聖物，不能天天上演，僅限於每年重要的轉換時節。

禁食和淨化，在人群中營造出超乎尋常、戲劇性的暗示。所有人都聚集在城邦的廣場和街道上，觀賞這齣把著名史實搬上舞台的精彩表演。這群人不是被動的觀眾，反倒積極投入。城邦本身就有出入口，行經的街道和高聳的神殿，都成了這龐大群體重現和諧之神與紛亂之神大戰，或神—國王的死亡與重生等戲劇的舞台背景。

希臘人沿襲這種常見的季節性戲劇表演模式，將其納入年度宗教節慶中，以阿波羅與戴歐尼修斯的作為打造故事[12]。希臘悲劇和喜劇都是從儀式重現及歌詠眾神與英雄的詩歌逐步演進而來。一開始，戲劇被視為宗教儀式與聖禮，專門用來滋養心靈。古希臘壯麗的戶外劇場，原本是為死而復活的酒神戴歐尼修斯所建造的神殿。這類劇場的戲劇，用意是導向盛大宗教慶典的高潮，故事情節經過精心構思，目的是引發觀眾的情緒反應，也就是亞里斯多德指稱的「catharsis」——觀眾眼見英雄的命運逐漸開展時所產生的憐憫與恐懼。希臘的悲劇英雄就是古代神、王的替身，在獻祭儀式中，他們是為整個社會受死的祭品，觀眾透過對角色的同理心，進而想到自己的痛苦經歷，讓他們得到發洩。

---

12 在希臘神話中，阿波羅是詩歌與音樂靈感之神；戴歐尼修斯則是酒神，專司音樂與戲劇節慶活動。在雅典，酒神節（Dionysia）時都會舉辦年度戲劇競賽。

除了尊崇阿波羅和戴歐尼修斯的戲劇儀式外，雅典人還會為狄蜜特[13]與科蕊[14]（又名波瑟芬妮）舉辦季節性慶典。這對原始的母女主宰豐饒的夏季，她們的故事告訴我們季節起始的由來，慶典的時間剛好契合播種、照料作物、收成、過冬的季節律動。戲劇中的「歷險召喚」，就是冥界之王黑帝斯[15]挾持波瑟芬妮。每年十月，希臘人會舉辦為期三天只有女性可以參加的「地母節」（Thesmophoria），重現波瑟芬妮遭挾持的過程。這是所謂放空階段，展開苦行和煉淨。

神話中，女兒的失蹤讓狄蜜特哀痛不已，她只顧著傷心，四處尋找女兒的下落，完全忽略豐收女神的職責，導致作物嚴重欠收，大地一片荒蕪。狄蜜特成了史詩中踏上尋覓之旅的英雄，扮演好幾個不同角色，她進入冥界找尋女兒，勸誘眾神與黑帝斯簽下協定，至少每年有段時間，能讓波瑟芬妮可以重回光明與生機盎然的世界。

為了慶祝科蕊／波瑟芬妮的回歸，每年二月，人們會舉辦「小厄琉西斯節」（Lesser Eleusinia），代表大地回春。

希臘曆法中，規模最大的「大厄琉西斯節」（Greater Eleusinia）慶典，每隔五年，在九月盛大舉行。帕德嫩神廟山形牆的壁畫描繪了這些喜氣洋洋的慶典，雅典的年輕騎士前去狄蜜特的神殿取來聖物，快馬加鞭地把它們送達位於衛城下方的厄琉西斯神廟。狄蜜特與科蕊母女震撼人心的故事，將在祕密儀式中上演，他們運用各種特效，如閃電、音樂、舞蹈、儀式和演出風格，刺激獲選參加入門儀式者產生渴望得到的宣洩。

現在，我們對「宣洩」一詞的定義更廣，泛指任何情緒抒發或突破。心理學把宣洩當成一種療程，刻意將受壓抑的想法、恐懼、情緒或回憶帶進意識，激發或釋放出緩和焦慮、舒緩緊張的情感。電影、故事、美術作品和音樂都有宣洩心理反應的功用。

喜劇的情感宣洩

在古希臘社會中，人們清楚戲劇表演需要保持平衡，否則將流於過與不及。他們在儀式中添加詼諧搞笑的元素，藉由大笑來營造反差，舒緩悲劇引發的激烈情緒。

喜劇屬於前面提到的plerosis（充填），是填滿儀式的空缺。人們一旦徹底經歷放空和淨化階段，就表示必須補滿一些有益健康、有吸引力且對人生有正面意義的東西進來，刺激歡愉和慶祝降臨。

「Comedy」（喜劇）這個字源於komos，原意指的是歡宴鬧飲或縱情聲色。在古代，煥發階段的儀式包括盛宴，你可以恣意地大吃大喝，相較於之前陰沉的苦行與煉淨儀式，形成鮮明的對比。狂歡的特色之一，就是煽惑人們的性慾。希臘喜劇經常涉及男女之間互相較勁，以誇張的裝束和情境頌揚性的美好。佛洛伊德認為，大笑和性行為之間有著密切的關連，性當然是一種抒解緊張的宣洩方式。

13 Demeter，希臘女神，專司農業，尤其是穀物。

14 Kore，在希臘神話中，她是宙斯和狄蜜特的女兒，也是冥國皇后，這位春之女王，每年有一半的時間會回到人間，意指大地回春。

15 Hades，在羅馬神話中名為普路同（Pluto）。

希臘人認為，看兩三齣悲劇可以讓人克制、滌淨自己；此時再來一齣喜劇，就能為整套儀式流程圓滿畫下句點，讓你能重拾精神，心靈煥然一新，生龍活虎，心情愉快地迎接下一個農耕季節來臨。這跟他們在諷刺喜劇中老掛在嘴邊的「讓他們永遠笑口常開」不謀而合。

光明重現

古代季節性儀式的一大特點，就是重新點燃神殿中的聖火，象徵生命戰勝死亡。人們會一個接一個地把聖火傳遞下去，把蠟燭或小型油燈帶回家，然後再引燃家中的壁爐，讓自己生氣煥發。壁爐裡的火可以用來烹調盛宴，供大家在歡慶時享用，讓季節週期順利落幕。

當年的儀式中，有不少沿用至今。我在紐約的希臘東正教復活節儀式中，見過援用殘存的習俗。復活節前夕的四旬齋，部分儀式是把紫布覆在色彩鮮豔的雕像和圖騰上，暫時熄滅燭火，象徵性地喚起眾人對耶穌受難、死亡、下葬的哀痛之情。接著，在象徵復活的那一刻到來時，漆黑的教堂中，一支巨型的巴斯卦蠟燭[16]被點燃，而紐約東正教教堂的這群信眾，則手執從大蠟燭引火點燃的小蠟燭。在儀式尾聲，所有人步出教堂，此時儀式還沒結束，眾人走回家或鑽進車子時，要小心護住蠟燭，避免燭火被風吹熄，他們像幾千年前的古人一樣，保住來季的光明之火，讓這象徵健康的火光在家中生生不息。在耶路撒冷也有類似的儀式，希臘朝聖者甚至會租下飛機，把聖火運回家。

在創作戲劇或說故事時，我們其實是把四萬年前的習俗與傳統發揚光大。人類一直都藉由戲劇找尋方向，抒發情感。儘管一年到頭都有娛樂活動，我們還是保留了某些季節性儀式所遺留下來的影響力。電視台的新節目通常都在九月，也就是秋分時節上檔。對許多人來說，假期跟家人去看電影，或者每年跟家人一塊觀賞某一部假期電影（例如闔家觀看《風雲人物》[17]），已經成為情感上不可或缺的習俗。有些電影和特定季節扯上關係，在春夏兩季，我們通常比較喜歡看愛情片與運動電影，比較要動腦的劇情片，大多在秋冬兩季上映。冬至接近耶誕節與新年假期，則是大製作奇幻電影（尤其是連著幾年都在歲末登場的三部曲型電影）的上檔良機。票房大作與動作片則霸占暑假檔期。

季節的影響力

而今，我們對季節沒有那麼關注，因為我們不太受季節變動的影響，多數人早就不按照四季律動來種植和收穫。不過，季節還是有其影響力，以顯而易見或不易察覺的方式影響著我們的生活與情緒。對作家來說，寫作時，四季與季節性的假日可派上用場，藉以提供天然的轉折點，用來估量時光流逝，以及清晰明瞭的情感聯繫。在電影裡，一季是很好用的一段時間（比如說《灌籃歲月》，*That Championship Season*，以及《愛情捕手》，*Summer Catch*），或者一個故事的四

16 Paschal，又名復活蠟燭、五傷蠟（象徵耶穌所受的五傷）。

17 *It's a Wonderful Life*，一九四六年出品的經典勵志片，堪稱美國家庭的假日電影首選。

個樂章可以圍繞著季節做變化（如《四季情》，*The Four Seasons*）。故事藉季節變換，交代英雄的運勢或心情。故事也能以與季節律動不對盤的某個角色為中心。

記住，寫作時所有的用意都是為了讓讀者或觀眾產生某種情緒反應。雖然不一定都是突然迸發的宣洩反應，但是英雄所遭遇的一次次衝突和挫折，都會刺激人們的五臟六腑，衝擊讀者與觀眾的身心。升高或減緩故事的緊張氣氛，不斷為故事和角色注入能量，讓笑聲、眼淚、顫抖或體諒之情不由自主地宣洩出來。我們還是需要宣洩，而精彩的故事就是刺激宣洩最可靠、最有趣的方式。

想一想

1. 在你的生活中，假期和季節扮演了何種角色？你會把假期與情感宣洩聯想在一塊嗎？你筆下的角色會這樣做嗎？
2. 抗拒或忽略四季的更迭會發生什麼事？沒有參與季節性儀式會有什麼後果？
3. 在運動場上，如何呈現季節週期的宣洩？參加比賽或純粹觀賞競技，哪一種讓我們得到較多的宣洩效果？
4. 為什麼真人實境秀和選秀競賽能夠風靡各地？這類節目提供我們什麼樣的宣洩效果？
5. 集體體驗戲劇上的宣洩會有什麼效果？在爆滿的戲院看電影或舞台劇，跟在家看書、打電玩或看電視有何不同？你比較喜歡哪一種？為什麼？

6. 讀書、看電影、看舞台劇或運動競賽，是否能激起你近似於宣洩的感受？請描述自己的經驗，並試著讓讀者感受到你的經驗。

7. 你度過最難忘的假期是什麼？那次經歷可否寫成短篇小說、獨幕劇或短片的劇本？故事裡的角色是否體驗到宣洩的滋味？

8. 流行時尚在季節週期中扮演何等角色？我們到底是受到時尚業操縱，還是每一季穿著不同材質、不同色彩的服裝本來就是理所當然的事？

9. 在你的周遭，有哪些季節性的儀式至今仍繼續沿用？這些儀式是否運用了戲劇來達到宣洩的作用？這些儀式會產生什麼樣的感受？

10. 從何時起，電影尋覓能夠觸動某種心理或身體上反應的情境？現在想刺激觀眾或讀者是不是愈來愈難？未來的編劇、導演或作家會運用什麼方式來刺激宣洩反應？

THE WISDOM OF THE BODY

身體的智慧

「身體中蘊藏的智慧，更甚於深刻的哲理。」

——尼采[1]

心靈雖然可以思索和解讀故事，但我們大多還是依靠身體與故事進行互動。對於與萬物相關的藝術作品或故事，我們的五臟六腑都會有反應。事實上，從皮膚、神經、血液、骨骼到器官，全身都投入其中。

坎伯指出，各種原型都是透過器官直接傳達意思，彷彿我們被設定好，對特定的刺激物就會產生化學反應。譬如說，眼睛骨碌骨碌轉的嬰兒和初生小動物，總會激起大家的愛憐之心和想要保護他們的念頭，甚至忍不住喊道：「噢，好可愛喔！」動畫電影《史瑞克》（*Shrek*）中的鞋貓就深諳此道，充分利用這種情感觸發，當牠想要博取同情時，就會睜著無辜的大眼睛。情感是複雜難懂的現象，就某種程度來看，情感就是讓刺激物產生簡單的化學反應，作家一直運用它來創造出情感上的效果。

某些影像或場面，自然就會讓我們的身體與器官感受到情緒上的衝擊。畫面呈現的是一個或多個角色在特定場景中，以幾近獸性的層次，重新演繹那些流傳多年、影響我們、令人激動莫名的原始景觀。《最後的晚餐》是聖母與聖子的影像，《聖母哀子像》則描繪耶穌母親懷抱著兒子的屍身，兩幅畫都是情感豐沛的宗教場面。衝擊力同樣強烈的類似影像，在更早的文明中比比皆是，例如埃及的哈索爾女神[2]哺育孩子，或伊西斯[3]溫柔地將丈夫歐西里斯散布各地的身體一一拼湊起來。生靈相殘、人類互鬥或諸神、英雄和怪物肉搏的影像，讓胃部緊抽，因為我們把戰鬥的一方當成自己。守護神或慷慨者（如慈愛的祖母、天使、耶誕老人）的圖像，則讓人感受到溫暖與寬慰。作品中，令人同情的角色飽經折磨時，我們身體會有所反應，如同看到中古時代耶穌被釘死在十字架上，以及多位聖徒殉難的畫作（如聖賽巴斯蒂安[4]遭到萬箭穿心）一樣。

在舞台上，古希臘戲劇運用了令人瞠目結舌的感官效果，伊底帕斯亮相時，雙眼被挖出來，就是要博取觀眾的強烈反應。希臘戲劇的表達方式大膽而殘酷，以鮮活生動、暗示暴力和鮮血飛濺的字詞對觀眾疲勞轟炸。血腥的場景通常不會演出來，卻會描述一些讓人極其痛苦的細節，秀出沾滿血跡的衣服，或由演員扮演屍體。

隨著羅馬帝國逐步潰亡，羅馬人把希臘露天劇場墮落與殘酷的特色發揮到極致，原本象徵性或模擬的暴力情節，此時都來真的，虛擬角色的悲慘命運全由被定罪的犯人承擔，他們血流成河，命喪舞台，以娛樂羅馬市民。角鬥士[5]在劇場登台，重現神話故事中的戰役，肉搏至死。

在十八世紀晚期，法國偶戲從里昂傳入巴黎，其要角吉諾爾[6]莽撞、殘暴的極端性格，孕育出所謂的「恐怖劇」[7]新風潮。這些戲劇的用意，是以幾可亂真的凌虐、斬首、分屍等羞辱身體的行為，讓觀眾驚恐懼怕，甚至不寒而慄。

談到電影對大眾帶來的衝擊，專家都認為電影《火車大劫案》（*The Great Train Robbery*）中逼真的銀幕影像，讓觀眾第一次看見火車朝著他們而來，或有人拿槍比向他們時，著實會嚇得倒退三步。

到了一九五〇與六〇年代，恐怖大師希區考克以引發觀眾的身體反應而知名。他是操弄感官的箇中高手，在《驚魂記》、《鳥》（*Birds*）、《迷魂記》等緊張刺激、絕無冷場的電影中，他像無所不能的劇院管風琴，把人們的感官和身體玩弄於股掌之間。但是善用此道的不止希區考克，優秀的導演都懂得善用自己的工具，讓觀眾身有所感。他們的工具箱裡應有盡有：故事、角色、剪輯、燈光、服裝、音樂、布景設計、動作、特效和心機。當銀幕上出現緊張情勢時，導演利用這些工具觸發觀眾的身體反應，例如不安而屏息、驚訝的喘氣，還有如釋重負般的大鬆一口

---

1 Friedrich Nietzsche，一八四四～一九〇〇年，德國哲學家。

2 Hathor，埃及的愛神，也是喜慶音樂和舞蹈女神。

3 Isis，埃及王歐西里斯之妻，他過世後，她把他的遺體拼湊起來，歐西里斯因此復活。

4 St. Sebastian，羅馬殉教者，因為暗中信奉基督教，遭羅馬皇帝下令以箭射死。

5 Gladiator，古羅馬時代，配備武器的鬥士在競技場為公眾進行戰鬥表演，通常都戰鬥至死。角鬥士都是奴隸、戰俘或被判刑的罪犯，奪得二〇〇〇年奧斯卡最佳影片的《神鬼戰士》，就是以角鬥士為題材的電影。

6 Guignol，這個字在法文中就是木偶的意思。

7 Grand Guignol，原指巴黎的「木偶大劇場」，此劇院專門上演恐怖劇。

氣等。事實上，戲劇的奧妙之處在於它掌控了觀眾的呼吸，而呼吸確實掌控了身體的其他器官。

到了七〇年代，歐文．艾倫[8]執導以特效掛帥的電影，如《海神號》（*Poseidon Adventure*）、《火燒摩天樓》（*The Towering Inferno*）等，開始闖出名號，有時這些電影會被認為是引領感官娛樂風潮的罪魁禍首，它們耍弄觀眾的身體，而非精神。隨著史蒂芬．史匹柏、喬治．盧卡斯等現代特效的大師級人物駕到，電影更有說服力地誘惑觀眾的視覺與五臟六腑。

多年來，影壇進行了很多嘗試，從古希臘儀式中的焚香，到3D、IMAX寬銀幕的攝影系統，以及隨著銀幕上的槍戰震動的機械化座椅等，令人嘆為觀止的現代高科技在在提升娛樂和戲劇對身體的影響。古羅馬劇場和競技場會噴灑香氣和花瓣，暗示諸神現身。到了一九五〇年代，開始試驗3D、「嗅覺電影」[9]及「知覺電影」[10]。知覺電影是導演威廉．卡索（William Castle）在作品《奪命第六感》（*The Tingler*）中玩的花樣。座椅接上小型震動器，當銀幕上出現嚇人情節時（如怪物爬上背脊），座位就會震動。

以身體為評斷的指引

評判自己或他人的作品並非易事，對於作品哪裡不對勁、對故事的看法、故事有哪些缺失，往往難以用言語表達清楚。要評估故事的影響力、剖析其中的弱點，最好的方式就是問：「這個故事讓我的身體感覺如何？我感受到的是身體還是精神上的反應，除了動腦沒有任何情緒波動嗎？這故事有沒有讓我不寒而慄？我的腳趾有因為害怕或愉快而蜷縮起來嗎？故事有沒有讓我提高戒備、神經緊繃？英雄面臨的險境是否讓我也有身歷其境、備受威脅的感覺？」如果沒有，那麼故事可能少了什麼，也許是缺少了人身威脅或情緒張力的感染力。

身為專業的故事分析人，我強烈地了解到原稿對情感與身體的影響。我開始仰賴身體的智慧來判斷故事的優劣。如果故事無趣，我的身體就會懶洋洋，稿件的每一頁都像幾千斤重。眼睛瀏覽稿件時，如果腦袋愈垂愈低，開始打瞌睡，我就知道這個故事不及格。那些後來拍成精彩好片的優秀故事，在我身上都產生不同的反應。好故事讓我精神一振，五臟六腑一個接一個甦醒。身體變得有精神、輕鬆、愉快，並噴發出液體進入大腦的愉悅中樞，這就是亞里斯多德所稱的「理性喜悅」（the proper pleasure），從一個生動且具滌洩作用的故事中，體驗釋放身心的滋味。

當我們看一部好電影或一本好小說時，便進入意識上的異境，腦波變化甚至可用科學儀器測量出來。由於呼吸節奏的改變，加上專注於故事中的異想世界，也許會引發幾近催眠的效應。

開始以評論劇本和故事為業不久後，我發現我呈交的評估報告，其實是關於故事能對身體各器官激發何等化學反應。我們的五臟六腑遇上各種情緒時都會噴發出液體，觀賞電影、揣摩小說情景時也一樣。承受壓力或驚恐時，腎上腺會把強烈的情緒傳遍全身，送出訊號，導致呼吸、心跳加快。看到不舒服或讓人害怕的景象時，身體就會送出訊息，讓某些器官停止運作，以免生命岌岌可危。

---

8 Irwin Allen，災難電影大師。

9 smell-o-vision，會釋放氣味的電影放映系統。

10 Percepto，指的是觀眾在身體上能實地感受到演員的感受。

「Horror」（驚恐）源自拉丁語，意思是毛髮倒豎（bristling），指身體對異常事件（會打亂常規的事情）的自然反應。這類討厭的事，讓手臂皮膚產生猶如置身冷空氣中的反應。小肌肉群導致手臂汗毛站立，這種反應稱為「毛骨悚然」（horripilation），就是指「汗毛倒豎」。「驚恐」一詞代表緊張刺激，有些科學家認為，這個詞是人類發展史中全身毛髮茂密時期的產物，當你備受威脅、身上厚實的毛髮直豎時，會讓你看起來更龐大嚇人，這和許多動物遭逢威嚇時，身體會隆起、毛髮豎起的原理一樣。

提供給想設計感官經驗的諸位一點小撇步：突臨的寒氣會讓觀眾直打哆嗦，如果再來點耍弄情感的情節或配樂，就能把他們的情緒推至頂點。這股寒氣會令嚇得半死的人全身發抖，或引發更忘我的行為反應，比方說畏怯、疑惑或心靈重生。

發抖除了與恐懼脫不了關係外，也與其他情感息息相關。身體的肌肉（尤其手臂和背部）在發抖時，會不自覺地一陣蕩漾及痙攣。對宗教的敬慕或深刻的領悟，也許會令人興奮到狂喜，這是天賜的神蹟，代表身體為貼切的思路背書。在法文中，這類激動的情緒稱之為「frisson」，當我專注地思索故事的問題，尤其和其他人共同討論時，我發現了這種現象。在嘗試不同想法的過程中，某個人也許會說，某件事讓我直打哆嗦。我覺得一陣刺痛沿著背脊而下，彷彿有好幾千顆小石頭滾下我的脊柱，那感覺和雨聲棒[11]的聲音一樣——裝在中空木管中的乾燥豆發出如落雨般的聲響。有時候，有些人也有相同或類似的感覺，我看得出他們的身體也因此震動，屋內瀰漫著震顫的氣氛。

我學會了評估這些心理反應，它們讓我明白自己親睹某件真實、正確且美好的作品。在評估故事期間，有時問題的解答回響在我身心的諸多角落，送出不可思議的信號，各種要素排列妥當就能創造出想要的結果，或讓故事變得更寫實有趣。我發現，藝術與情感有個正確的隱形網絡，當我們創作出契合這個網絡的作品，我們的身體就會愉悅，感召力如電流般快速流動。故事中對於問題的解決方式，也許具有美好或簡潔的特質；誠如有人說，物理或數學的解答簡潔有力一樣。我們或許察覺到，故事的解決方式和某些普遍的真理，以及宇宙中的基本現實，非常和諧。

故事以不同層次來激活器官，印度的「脈輪系統」[12]概念反應出情感發展的遞增順序。他們把這些層次想像成身體中許多看不見卻真實存在的生命中心，它們多半分布在脊椎上。這個體系中，有七種主要的脈輪，每一個專司一種不同的功能，從最原始的生理需求，遞增到最高層的心靈渴望。脈輪指的是環或圓圈，它是靠近身體重要器官的環狀能量中心。依據個人心靈的開發程度，繪製成可展開或閉合的蓮花，描繪出某人成長或潛能開發的各個階段。不過，能超越前三階段（位置都在肚臍下方）的人並不多，因為一般人只求活下來，滿足對性和權力的欲望。運氣好的就能進到脈輪的核心，體會到愛，少數人能臻於表達其他欲望的喉輪，作家與藝術家就屬於這一類。心靈啟迪達到第六脈輪時，「第三隻眼」區域就會張開，有時會有通靈能力，第七脈輪或頂輪只有少數高尚聖潔者能打開，源源不絕的神恩便顯現在這個全然覺醒的人身上。

---

11 rain stick，樂器的一種。

12 chakra system，又稱為氣輪系統。印度人認為，人有七個脈輪，代表七個能量中心，從脊椎的尾端，一路直線分布到頭頂。

作家在刻畫角色的演進時，這類象徵也許能派上用場，以譬喻的手法代表各階段的轉變和成長。有些人不會依序攀爬情感的階梯，而是略過往上跳。在不同階層，打開兩個或更多脈輪，對每個人都有不同的影響，產生多種可能的組合。依據某些現代印度哲人的看法，希特勒也許對臍輪及喉輪可以來去自如，所以造就他成為成功的交際家，讓他得以利用聲音撩撥聽眾的情緒，贏得統御政權的力量，但對其他脈輪，他也許就不得其門而入。

依據這個理論，以不同方式刺激脈輪，每個脈輪會對特定的顏色和味道，尤其是聲音產生反應。不健全的脈輪若接觸到鑼、鐘、鼓和喇叭的共鳴，據說就會被滌淨或打開。電影中，情感上的重大突破相當於綻放更高階脈輪，因此在電影高潮時，會再三加強與凸顯音樂和情節。

在為好萊塢電影公司評估故事素材時，我開始思索，現代娛樂事業該如何利用人體的各種情感與身體中樞，我進一步發現，如何用好故事同時影響兩個器官。我會由於緊張而心跳加速，對死掉的角色心生同情，喉頭哽住。我需要大哭、嚇呆或狂笑，能觸發的身體反應愈多，就代表故事愈精彩。理想而論，在探索某個情緒的所有可能性時，身體的所有器官都應該受到好故事的刺激。身為故事評估者，我的座右銘變成：「如果這個故事無法同時讓我的兩個器官產生反應，它就不是好故事。」

書中討論過的宣洩，是最重要的身心觸發點。我們從觀看的每齣戲劇或故事中，幾乎都能得到些許的宣洩。但要清光體內所有毒素，引發身心震撼，或全面改變觀點的重大宣洩，就非常罕見了。你不會希望每天都經歷這種干擾，因為發洩通常代表當務之急和價值觀發生劇烈的重整。故事和聽眾偶爾仍會出現一拍即合的時刻，這也是許多人想進入影劇圈和藝術界的誘因。他們感受到它的存在。眼前那美好、真實、誠懇與逼真的作品，如槌子敲碎玻璃般把你打醒，瞬間讓你把自己的經歷置入適切的新視角。你或許體驗過頓悟的深刻震撼，那是你與家人、國家、人群、上蒼，或你所信仰的事物，建立深刻連結的時刻。在準備完成，讓特定故事陳述真相時，故事或許能直入我們心靈深處，教導我們，賦予我們全新的看世界角度，給我們活下去的全新理由。難怪有人會想成為藝術工作者和作家，他們想參與那不可解的奧祕，並為他人營造出類似的體驗。

想一想

1. 在經歷強大的戲劇體驗、欣賞歌手或其他藝術家的動人演出時，你有什麼感覺？
2. 想出一個讓你特別樂在其中或對你意義深重的故事，它對你的身體感觀有何影響？
3. 哪些象徵或場面會感動你，或對你別具意義？你如何讓他人感同身受？
4. 面對令人驚恐或造成人身威脅的情境時，你的身體有什麼反應？寫一篇表達這類體驗的短篇故事或短片劇本。
5. 看一部恐怖片，仔細觀察導演如何藉由剪接製造懸疑氣氛，或利用音樂節奏、色調來操弄你的呼吸節奏。
6. 哪種場景最能撩撥你的情緒，激發出你最強烈的身體反應？寫幾場勾起特定情感或身體反應的場面：讓人背脊發涼、手臂爬滿雞皮疙瘩、落淚或大笑。

IT'S ALL ABOUT THE VIBES, MAN

一切都是能量，大哥

「那些古老的規則是被發現的，而非創造出來的，自然仍然存在，但自有其規範。」

——《評論集》亞歷山大．波普[1]

「一切都是能量，大哥。」在我的青春黃金歲月裡，我們如此交談和思考。憑藉我們的迷幻視覺，看到宇宙中的一切都在以不同的頻率振動，我們能看到和聽到的一切都是光波和聲波振動的結果，我們能觸摸到的每個物體都是次原子級能量包共振的結果。就像海灘男孩一樣，當房間裡的感覺是積極的，我們會說，「我們得到了正能量。」當氣氛變得不舒服或充滿敵意時，我們會問，「你有沒有感覺到房間裡的負能量？」

至今，我仍認為這一切都與能量有關，特別是牽涉到故事，我開始相信故事設計的目的是改變觀眾或讀者的振動頻率。每時每刻，我們都以不同的節奏振動，這些節奏表達了我們的基因遺傳、周圍環境、過往的心情和做過的選擇。這些振動可以通過有意識的意圖或對環境變化的無意識反應來改變，包括在情感上參與一個強而有力的故事。無論我們是否意識到這一點，透過進入一個故事的世界，我們能夠改變我們的振動模式。

故事能夠鎮靜和撫慰我們，帶來更平靜的振動，或者它們可以激起我們的情緒，並增加身體某些部位的振動，在這些部位，我們會因緊張和恐懼而感到興奮。有些故事兩者兼具，其中最好能微調我們的振動，鼓勵我們與世界更加同步、感受保持更多的連結，並有更多的覺醒，以發現更高意識可能性。一個好的故事可以透過引導來調整我們的振動範圍，讓我們變得更加完整。

脈輪

這種振動的思維方式與古老的精神傳統——脈輪的概念重疊，這個詞的梵文意指輪子、圓圈或環，以此來看，脈輪據說是分布在人體內部的無形能量中心，根據理論，它們以不同的模式振動，具體取決於人的身體、情感和精神健康狀況。

我和我的朋友們在大學畢業後研究脈輪，作為我們心靈探索的一部分。我們向頑童似的錫克教手相師獅子穆迪（Singh Modi）先生學習，他教我們如何冥想，給我們咒語，並解釋脈輪如何運作。他以熱情幽默的方式鼓舞我們，進而讓我們激勵脈輪蓬勃快樂地發展。

然而，當我在好萊塢擔任開發主管時，脈輪對我來說不僅僅是理論而已，在週一的晨間會議上，工作人員就我們週末閱讀的劇本優點進行了辯論，我發現自己指著身體的不同部位來解釋一個故事給我的感受，也許是因為同情一個陷入困境的角色而使喉嚨哽咽，也許它讓我的心因角色的勇氣而膨脹，也許它讓我的胃因懸念而收緊，而好事甚至不止在一處影響了我。某天，我意識到我正指著自己的脈輪，彷彿創作者以說故事技巧撩動我的脈輪和相應器官，使我的振動頻率發生了微妙的變化。

我的結論是，脈輪理論或許有助於辨認觀眾的思想、內在情感和精神狀態。在寫作上，讓我更能有意識地判斷要激發或治癒哪些脈輪，以及嘗試如何改變讀者或觀眾在這些區域的振動率。我還意識到，脈輪也可以用來描述角色的精神和情感發展脈絡，因為故事中的衝突和挑戰，將迫使他們面對被封閉或無意識的區域。脈輪還有助於考量創造角色時需注意的全部事項——觀察我們認識的人、心理學理論、原型、文學和電影中的模型，以及自己的想像力。七個脈輪提供了另一種方法，用來思考角色的優勢、劣勢、阻礙，以及呈現角色如何成長和變化。

幾個世紀以來，脈輪概念一直指導並啟發著精神探索者，在印度教、佛教和耆那教傳統中都找得到，具有多重複雜性和地方差異性。在這本書裡，我們將以廣泛認同的版本來論述，依照這個版本的說法，指出身體中有七個主要能量中心，位於脊椎的各個點。理論上，人體中分布了數百個這樣的能量中心，但人們普遍認為，尤其是在西方招魂術中，這七個能量中心最重要，代表著一步一步通往更高意識的途徑。

從尾骨往上到頭頂，依序是海底輪、生殖輪（creative chakra，創造輪）、臍輪（power chakra，力量輪）、心輪、喉輪、眉心輪（第三隻眼）和頂輪。

1 Alexander Pope，十八世紀的英國詩人，《評論集》（*An Essay on Criticism*）是他一七一一年出版的作品。

想像一下，從尾骨一直到頭頂，你的身體有七個看不見的能量中心分布在脊椎上，如果你能看到和聽到它們，或許能體驗到它們是嗡嗡作響的發光球體，輕輕振動著能量，就像光芒四射的花朵，有的呈閉月羞花貌，有的如盛放的蓮花，每一個都與身體的某個區域相應，並執行重要任務。練習脈輪體系的學員提到，每個脈輪都有相應的顏色、寶石、幾何形狀、食物、音樂類型、咒語等，彼此能夠在互相共鳴時發揮作用。例如，心輪的顏色是粉紅色和綠色，以此來振動治癒和支持，可以使用玫瑰石英和祖母綠等綠色寶石，吃綠葉蔬菜，如羽衣甘藍和菠菜，嗅聞薄荷、尤加利和松樹的氣味，透過某種音頻震動，並頌唱梵咒「Yam」（與心輪相映的發聲）。

根據傳統，脈輪是由一種叫做普拉那（prana）的神祕生命力量開啟充實，某些冥想流派的目的是通過正念和有意識地控制呼吸來刺激這種生命力，使它能往上依次激發每個脈輪，在一系列愈來愈精細的能量量子跳躍中，直到頂頭的頂輪被打開，幸運的人可以體驗到神性啟蒙，最後所有的脈輪都會完全打開，對齊並相互協調工作，直接連結到天頂。冥想、瑜伽、禁食和誦經等許多靈性實踐的作用便是治癒、清潔、協調和調整脈輪，以達到最佳的情緒和身體健康。

就我們而言，脈輪系統是一種集中注意力的方式，作用於生活中所經歷的情感和精神意識，讓你思考身體各部位如何感受情緒。像蓮花一樣的脈輪形象，能讓你了解我們不同的情緒中心是如何打開或關閉的；它們可能是健康、強壯、容光煥發或病態、虛弱和遲鈍的，諸如愛、希望和信任，可以盛放繁榮，也可以枯萎消亡。

以下是七個脈輪的介紹，包括它們在身體中負責的位置、管轄的區域，以及如何在創作故事中發揮作用。

七大脈輪

海底輪（Muladhara）

位於脊椎底部。海底輪打開並蓬勃發展時，我們會感到踏實和舒適，能夠相信腳下的大地，有居住的所在，有足夠的食物，所有的基本生存需求都得到了滿足。

當我們感到壓力時，海底輪會保護性地關閉。當生存受到威脅時，當我們飢餓或無家可歸時，當地球在顫動搖晃時，當戰爭和動盪襲擊我們的安全感時，它就會受到影響。

失去信任和信心，可能需要長時間才能痊癒。一些在幼年就受到威脅的成年人，即使人身安全都得到了照顧，也永遠不會感到安穩。

海底輪就像一棵樹的根部，與地球的能量相連，並從中得到養分。這些自然能量常被視為理所當然，以至於人們沒意識到它們有多脆弱，尤其是在現今癡迷於技術的世界裡，人們可能會發現自己與這些自然力量和支撐來源脫了連結。另一種海底輪出現問題的情況，可能是忽略重力規則，或對生活漫不經心，沒有基礎，沒有核心。這樣的人被認為反覆無常，可能必須學習人生有起有落、物極必反的道理，但有時的確是知易行難。

在講故事的過程中，可以刻意努力激發或攪動海底輪。就像許多故事一樣，可以從攻擊主角的安全感開始，或者先哄騙觀眾和故事主角，讓他們以為這世界是安全穩固的，也就是先讓他們放鬆，然後打亂那些令人欣慰的假設，待其體驗到英雄失去安全感時，便會引發緊張，使脊椎根部收緊。

諸如希區考克等懸疑大師，深諳如何破壞基本事物的安全假設，像是自由和對我們腳下土地的信任。希區考克筆下的英雄（如《迷魂記》和《北西北》）可能會發現自己確實處於懸念之中，以他們的指甲將自己吊掛在某個高危之處。這種不安全感使他們對周圍的人失去信任，導致身體和情感上都處於焦慮之中。

恐怖電影透過我們認同的角色遭受嚴重的安全威脅，將情緒發洩直接瞄準了海底輪。史蒂芬．金（Stephen King）特別擅長將狗（如《狂犬庫丘》，*Cujo*）或汽車（如《克麗斯汀》，*Christine*）等普通事物變成邪惡意圖的代理人。在許多鬼屋類型的電影中，房子原本是安全與舒適的原始象徵，搖身一變成了吞噬海底輪安全的怪物。

《綠野仙蹤》從摧毀桃樂絲的海底輪開始，龍捲風將她的家從讓人舒適的地球表面連根拔起，並將她和房子都拋向天空。一路向前走，她必須掌握其他脈輪的能量，開發她的創造力，聲張她的力量，向他人的痛苦敞開心扉，並找到自己的聲音來反對不公正。最後，隨著桃樂絲從發燒夢想中恢復過來，並接受了「沒有任何地方能像家一樣」的想法，海底輪才恢復了穩定。

生殖輪（Svadhisthana）

位於骨盆，性器官的根部，又稱作本我輪或薦椎輪（sacral chakra）。因為位於有五塊薦椎組合而成的三角形骨附近，作用類似於佛洛伊德「慾力」（libido）的性慾概念，所以生殖輪是通往各種形式創造力的關口，包括藝術表達、解決困惑和性能量。

一如所有脈輪，有創造力的運作最能與其他脈輪共振。好故事可以從每個脈輪所代表的不同驅動力之間激盪而出，或者看到一個角色學會以兩個或更多脈輪一起運用，可能很有趣，也具有啟發性。例如，第一個脈輪安全受到威脅的角色，或許會利用第二個脈輪的創造能量來獲得權力，達到第三個脈輪自我掌控的領域。喉輪是創意的天然盟友，為創意欲望找到公開表達的渠道。當通過心輪引導時，生殖輪在性方面的潛力得以達到最高。

當生殖輪關閉或阻塞時，創造力和自我表達會像種子一樣處於休眠狀態，等待有合適的條件才會萌發；如果受挫太久，就會像被忽略的植物一樣枯萎。但創造力是一種強大的驅力，當它被某條路徑阻擋時，也許會透過其他脈輪尋求表達。例如，一個人的創造力被忽視或否定時，可能會從喉輪爆發出令人震驚的言語，來表明其不會再被阻擾。

用充滿性慾的場景和情境來刺激觀眾，是激發生殖輪創造力的一種簡單方法，但觀眾也可透過解謎和哲學思考在鬥智中找到樂趣。像是泰倫斯・馬力克[2]、克里斯多福・諾蘭[3]、史丹利・庫柏力克[4]或戴倫・艾洛諾夫斯基[5]等級的電影人，建立了具有多重意義的複雜結構，觀眾似乎樂於

2 Terrence Malick，美國導演、編劇、製片人，以《紅色警戒》入圍奧斯卡最佳導演和最佳改編劇本獎。

3 Christopher Nolan，美國導演、編劇、監製，作品有《記憶拼圖》、《全面啟動》、《星際效應》等，多次入圍奧斯卡獎。

4 Stanley Kubrick，美國導演、編劇、監製，被公認為影史上最具影響力的電影人之一，作品有《2001太空漫遊》、《發條橘子》、《鬼店》、《大開眼戒》等。

5 Darren Aronofsky，美國導演和編劇，曾榮獲威尼斯影展金獅獎肯定，作品有《珍愛永恆》、《力挽狂瀾》、《黑天鵝》等。

接受挑戰，讓自己在娛樂中偶爾燒腦一下。創造性解題模式（Creative Problem Solving，CPS）正是生殖輪培養的技能之一。

偵探、懸疑和驚悚等類型的故事，對引起注意力的海底輪提出了挑戰，但我們發現利用生殖輪解開謎題是一種樂趣，尤其是當謎題中帶有一點性的意味時。

臍輪（Manipura）

位於肚臍和胸骨底部之間。臍輪是關於身分和自我，生成我們需要的力量，來證明自己是獨特的人。對兒童來說，脈輪就像花蕾，在兩歲左右開始感受到獨立的特質時會自然綻放，待青春期時會完全盛放，隨著人格發展，測試他們的極限和力量的可能性。

在童年和成年之間的過渡期中，臍輪可能會隨著無法控制的能量洪流而爆炸。由於能以健康方式引導剩餘力量的上層脈輪尚未被喚醒，年輕人不知道該如何處理不安、漫無目的、野蠻的力量，這可能會讓他們在面對自己的狂野衝動時感到無助。受挫之力會在不受控制的憤怒中自尋出路。蜘蛛人（Spider-Man）系列電影就是關於馴服青少年能量的作品，彼得．帕克（Peter Parker）的超能力代表了每個青少年難以控制的衝動。

當我們對自己的命運頓失掌控力時，會有胃部下沉的感覺，這與臍輪的保護性關閉相吻合。突然傳來壞消息或目睹某些災難，會在臍輪周圍出現令人痛苦的生理反應，這是因為身體面對突發創傷時，會關閉基本維生器官外的所有血液流動，所以情緒衝擊會導致一個人的膝蓋變得虛弱，以致突然崩潰或昏厥。

若某人在很長一段時間內不斷受挫，並拒絕行使自己的權力，就可能會有上述不愉快的反應。因受挫的力量就像水流一樣尋找出路，可能表現出被動攻擊行為、敵意、諷刺或突發性暴力。

學習如何控制臍輪帶來的原始力量，對某些人來說是畢生的任務，他們的人際關係問題，例如國家、派別、家庭或婚姻，都可能成為史詩級的權力鬥爭舞台，只關注權力的人可能是危險分子，除非其他脈輪被喚醒，尤其是心輪，方得以平衡控制和支配的驅動力。

心輪（Anahata）

位於胸部中央莫約心臟的位置。心臟是生命不可缺少的器官，如果沒有功能齊全的心臟，人體就無法運作或長時間生存，它要將富含氧氣的血液泵送到四肢，一旦毀壞，可能導致死亡，但心臟還有其他象徵性的意義，與我們的愛和勇氣有關。

在西方的思想中，心是感受愛的快樂和痛苦的器官，是我們想到所愛之人時情緒波濤洶湧的地方，是我們感到嫉妒時刺痛的地方，也是當愛人離去時感到冰冷的地方。

雖然心可能是感受愛的地方，但眼睛卻被認為是通往心的途徑。坎伯引用十二世紀詩人吉勞特（Giraut de Bornelh）的話提醒我們：「愛通過眼睛到達心靈，因為眼睛是心靈的偵察兵，眼睛會探查內心想要擁有的東西。」尤其是在電影中，我們頌揚「一見鍾情」，即愛情始於對一個特別的、命中注定的人的初次一瞥，通常是有意義的眼神交流，閃爍著複雜的感情、衝動和信號。

交換禮物是另一種溫暖心輪的方式，是鼓勵友誼或促成愛情發展的渠道。在電影中，禮物可以是內心渴望聯繫的外在標誌，在《鋼鐵英雄》（*Hacksaw Ridge*）中，將成為英雄女友、最終成為他妻子的護士，給了他一本《聖經》作為禮物，讓他隨身攜帶進入地獄般的戰區，藉由有形的提醒來維持她的愛和支持。

在《力挽狂瀾》（*The Wrestler*）中，細述交換禮物傳達了人類對連結的渴望。冠軍摔跤手希望與被他忽視多年的女兒建立聯繫，於是請脫衣舞孃幫忙挑選適合女兒的生日禮物。為了表示感謝，摔跤手送給脫衣舞孃一份禮物，那是一個以他輝煌歲月為原型的可愛公仔，送給她年幼的兒子，象徵著他渴望與她建立聯繫，並成為一個有家室的男人。這些禮物暫時打開了心輪的大門，並產生了一些令人難忘的場景，因為摔跤手的努力，逐漸和曾經與他疏離、對他有戒心的女兒又重新建立起關係。

心與勇敢都和愛有關，英文單字「勇氣」（courage）的語源來自法語和拉丁語中的「心」。《王者理查》（*King Richard*）中的理查一世有「獅心王」的稱號，描寫蘇格蘭領袖威廉・華萊士（William Wallace）的電影《梅爾吉勃遜之英雄本色》以「勇敢的心」（braveheart）來命名，都是因為他們的非凡勇氣贏得了名號。「振作起來」（take heart）是「有勇氣」（have courage）的另一種說法。許多戰鬥演變成災難，往往是人們因為潮流逆轉或心愛的領袖被撂倒，而一下子「失去了信心」。

同情心是心輪的另一個面向。擁有一顆開放的心，意味著你對他人的苦難很敏感，並且對他們產生同情，就像馬丁・史柯西斯的《基督的最後誘惑》（*The Last Temptation of Christ*）中描繪的基督，能對人類的苦難感到同情。心輪緊閉的人物，像是《聖誕夜怪譚》（*A Christmas Carol*）中的史古基或《鬼靈精》（*The Grinch Who Stole Christmas*）中的格林奇，因為回應家庭和群體的呼喚，可能會經歷一種意外的、千載難逢的惻隱之心。

喉輪（Vishudda）

位於喉嚨，與喉結相近，但靠近脊椎。據說喉輪可以促進各種形式的自我表達，喉輪打開，才能以良好的溝通維繫關係。若想從事歌唱、表演或任何需要語言技能的行業，像是銷售員、教師或律師等，不是幸運地天生就有一個自然開放的喉輪，就是必須努力打開通道，並微調其振動來獲得動人的聲韻。

雖然作為一個孤獨的作家，你可能不會每天都需要用到喉嚨說話，但每位作家都必須「發聲」，這意味著得找出獨特的方式來表達自己的想法，並透過角色的對白發出聲音。

有些作家確實在日常練習中會利用到聲音，有些人會大聲朗讀自己的文字，有些人自言自語，有些人大喊大叫，無論如何都可以！

在充分利用喉輪的力量之前，需要掌握許多技能。在這個嘈雜的世界中，害羞和說話輕聲細語的人可能聲音難以被聽見，所以得找個不會打擾任何人的地方，打開喉輪，練習用肺部尖叫，直到暢快說出為止。有的人可能聲音宏亮，則需要進行調整，以免聽起來太刺耳。喉輪打開之後，還需要發展其他技能，包括清晰的措辭、從橫膈膜呼吸、將聲音傳到室內的最後面、與聽眾進行眼神交流，以及演說技巧、唱歌、演戲等。

打開的喉輪允許角色說出真相。許多電影都是圍繞在角色於關鍵時刻取得溝通上的突破，像是《海倫凱勒》（*The Miracle Worker*）和《王者之聲》，或者講述一個故事的真相帶來社會變革，像是《大陰謀》（*All the President's Men*）、《驚爆焦點》（*Spotlight*）或《郵報：密戰》（*The Post*）。愛爾蘭劇作家蕭伯納（George Bernard Shaw）的舞台劇《賣花女》（*Pygmalion*）

和音樂劇《窈窕淑女》（*My Fair Lady*），戲劇化地微調了伊莉莎．杜立蒂（Eliza Doolittle）的喉輪，透過調整濃重的倫敦口音和糟糕的裝扮，把一位活在自我中心的淑女推上高峰。

當人們「哽咽」時，喉輪可能會暫時收縮。當我們情緒高昂、無法找到表達的詞語或情緒被長期壓抑時，看著一個角色努力說話，很可能會覺得非常感動。我童年娛樂中最令人心碎的時刻之一，是在流行的兒童節目《你好，杜迪》（*Howdy Doody*）最後一集，永遠沉默的小丑克拉貝爾打開了他的喉輪，終於找到了一個聲音發出：「再見，孩子們！」

眉心輪（Ajna）

位於兩眉之間，稱為眉心。根據靈學的傳統說法，額頭中央有一個看不見的器官——第三隻眼，能夠感知一般雙眼和其他感知器官無法察覺的現象。第三隻眼可以「看到」過去和未來，可以探察他人的想法（心靈感應），可以感知個人氣場和其他無形現象。千里眼和通靈者可能出生時眉心輪就打開了，隨時可以使用，但對於普通人來說，第三隻眼大部分時間都是關閉的，只有在我們閃現一絲直覺時才偶爾打開，在極少數情況下，可能會因為情緒衝擊，甚至是頭部受到打擊時，才突然打開。

幾乎每個人都曾經歷過一些湧現神奇洞察力或預感的瞬間，當我們似乎提前知道某事即將發生，或者感覺到遠處發生了一些戲劇性的事情時，雖然有可能只是巧合，但體質敏感的學員（或稱靈體）將此解釋為眉心輪的開啟。

哲學家和神祕主義者試圖將第三隻眼的概念與身體器官的某處聯繫起來，而此處就是位於大腦深處與脊髓相連的神祕松果體。科學研究得知，這個不比米粒大的地方透過眼睛接收到每日明暗週期循環的訊息，並產生褪黑激素來調節睡眠和清醒的時刻，並依季節性節奏生活。哲學家笛卡兒認為松果體有一些特別之處，認為它是靈魂的所在地，是大腦和身體之間的中介，是一個坐在駕駛座上控制人類有機體的微小實體。正如我們的兩隻肉眼向松果體發送感覺信號一樣，有人推測第三隻眼也會傳遞超感官知覺，以便在那裡進行處理。

第三隻眼的概念是有用的，即使只是想像在身體某中心位置完成心理感知的工作。在一些傳統的心靈課程中，學生會努力冥想第三隻眼，並將他們的思想集中在那裡，藉以努力提高其心靈能力。在眾多精神學科中，將所有脈輪的積極冥想當作是一種練習。

根據靈學的傳統說法，很少有人體驗過第三隻眼完全打開，主要的理由是：它可能會讓你無法承擔。當來自其他生靈和現實世界的感應，未經過濾地不斷轟炸，肯定會讓人迷失錯亂，而學習如何調節和過濾源源不斷的超感官訊息，則必須接受訓練和練習。

第三隻眼被打開不一定與超自然有關。在一個故事中，可以簡單地將其描述為發展洞察力或學習相信自己的直覺。人們可能得先在四個較低脈輪中有所發展，取得一定程度的進步，然後才能夠相信自己的直覺。

電影經常暗示相當普通的角色正在經歷打開第三隻眼，因為他們表現出靈光乍現的模樣（如「哇！啊！」的時刻）、預知「我有一種不好的感覺」、心靈感應到「你在想我在想什麼嗎？」和遠觀到「我感到原力受到干擾」。

通常，擁有這些短暫的心靈能力並非免費取得，而是必須通過一連串嚴厲的挑戰才能獲得，例如，與死亡擦肩而過、遭受安全威脅或幸福被打擊，甚至受到震懾或慘敗。第三隻眼效應多半在角色經歷英雄旅程的磨難後就會立即生效，就好像宇宙被連接起來，以提升敏感度來獎勵我們，因為我們已經接近了危險，卻沒有落荒而逃。在探案的故事中，主人公可能不得不被毆打或綁架、下藥，然後才能深入謎團，提出解決方案。

目睹第三隻眼的活動可以觸發身體反應，當我們看到與現實世界不符的離奇事物時，身體的反應是向後發抖或頭髮豎立。我們常說的「起雞皮」便是一例。

頂輪（Sahaswara）

所有脈輪中最清高精妙的是頂輪，就像看見在頭頂盛開的重瓣蓮花。透過積極的靈性修行或閃現深刻的洞察力時，據說會湧出神聖恩典的噴泉，為開悟者帶來強烈的震撼。在這些條件下，氣場被認為會延伸到頭頂，超過身體的極限，然後所有的脈輪都打開並對齊，個體自我的邊界被溶解，個人意識以神聖源頭為中心，進行最後一次量子跳躍。

有些人一生中只經歷過一兩次在頂輪中的短暫覺醒，只有最偉大的精神導師才能永久打開這個脈輪。然而，幾乎每個人都有偶爾感受到靈性、與神聯繫的時刻，或者是對比人類和物質世界中更強大的力量感到敬畏，而電影非常善於傳達這種心態。

在能夠震撼人心的大自然展現中，像是強大的風暴和瀑布、絢麗的日落和月出，或令人敬畏的彩虹和佇立的雲朵，我們可能從中體驗到類似於因第三眼觸發的身體感覺，例如，背部發抖或起雞皮疙瘩，這是一種本能的、不由自主的反應，是一種當我們靠近非凡之物時，對其超凡脫俗或不可思議產生無法解釋的不自覺反應。

音樂有能力讓我們體驗開放頂輪的崇高經驗。貝多芬希望在第九號交響曲的高潮部分喚起人們進入神聖臨在的感覺，而教堂合唱團、管風琴音樂和搖滾樂也都有能力模擬一種超然的、宇宙的體驗。

打開的頂輪，其輻射能量在東西方宗教藝術中，經常被描繪為開悟者的光暈，如聖人、天使、佛陀，以及聖父、聖子和聖靈等。一幅畫或聖人雕像上的光暈表明該主題已獲得啟蒙，並已開發出與神靈交流的超完美渠道。

國王、王后和貴族頭上的黃金冠冕鑲綴了寶石，而此一設計也隱藏了光環的概念。金色皇冠是頂輪輻射能量的物理表現，意在表明佩戴者已得到上帝的祝福，並被視為上帝在地球上的代表，所依憑的是他／她的自動開悟、半神狀態。

電影通常旨在刺激較低的脈輪，吸引我們對安全感的需求，得到性和創造力的驅動力，啟迪對權力和愛的渴望，滿足需要被傾聽和理解的願望。但有時娛樂也能夠帶領我們達到人類潛能的極限，讓我們領略到崇高的境界。電影善於利用令人信以為真的幻覺力量，來引發精神狀態到達極致，從《十誡》（*The Ten Commandments*）和《賓漢》（*Ben Hur*）起，一直到後來的《受難記：最後的激情》和艾洛諾夫斯基的《挪亞方舟》（*Noah*），藝術家以具有強大能量的宗教類影片為基礎，運用燈光和聲音，來呈現非常適合再造心靈體驗的強大特效，可與人類思維在狂喜或精神幸福狀態下產生的效果相媲美。《2001太空漫遊》（*2001: A Space Odyssey*）使用特效和怪誕音樂重現激烈的心理事件，探討與先進外星種族的接觸，可能是與神或天使進行改變現實的對抗。由科幻小說改編成的電影，像《接觸未來》（*Contact*）、《星際效應》（*Interstellar*）和《普羅米修斯》（*Prometheus*），則帶領我們體驗了高功能精神狀態的模擬。電視影集《頓悟人生》（*Enlightened*），探討一個人在精神上取得突破且完全打開脈輪後，試圖恢復正常生活時，會發生什麼狀況。

頂輪比較像是你在琴鍵上很少彈奏的音符之一，但對於觀眾來說，見證角色崇高卓越的一面，或站在眾神面前的時刻，可能都是一種強大的體驗。

將脈輪概念應用在故事上

在扼要地理解七大脈輪的作用之後，該如何運用脈輪系統來講一個更好的故事呢？

你可以將脈輪系統看作是能量發展愈來愈精妙的階段形式，大致能與英雄旅程相對應。海底輪是每個英雄與平凡世界的關係表現，英雄在打開生殖輪和臍輪時，可能會遇到召喚、拒絕召喚和導師。脈輪系統有一個明確的門檻，當英雄們跳進更高門檻的心輪振動時，可能會有精妙繁複的舞動，幾乎接近戲劇性的考驗磨難。打開喉輪，通常與獎勵階段相對應，因為英雄們有勇氣說出自己的真相，並且隨著英雄們在回歸之路上獲得更深入的洞察力，可能會有眉心輪的感應來應證。所有脈輪的力量都可能在復活階段的高潮中被調用，並且帶著靈藥回歸的餘輝，讓我們得以窺見頂輪。

神話和文學中的英雄旅程渴望啟動和協調所有脈輪，以通向能打開頂脈輪代表的完全啟蒙和擴展意識，使我們成為坎伯所說的「兩個世界的主人」：回到平凡的生活，卻因為與超然事物的相遇而深刻地改變。

英雄的轉變可以透過簡單清除一個或多個脈輪中被阻塞的能量來完成，或者從較低的脈輪提升到較高的脈輪，或者藉由連接久已失去聯繫的脈輪來完成。

當然，為了身體上遭受的恐懼、性興奮或沉迷於權力的幻想，直接瞄準較低的脈輪說故事也可行，許多成功的電影和系列，都只需要聚焦這些地方來建構故事，沒有愛、自我表達、精神洞察力或啟蒙的可取之處。

你可能會認為脈輪是你的情緒投射之處，可以瞄準高或低，但你應該意識到自己想要達到的效果。試想一個深深影響你的故事，藝術家們瞄準的是什麼脈輪？你在身體的哪些部位（哪個脈輪）感受到了情緒？講故事的人是如何展現人物？他們在哪個脈輪中被阻塞，又在什麼脈輪中被打開？

想一想你的故事，你將致力於哪個脈輪創作。若想邀請觀眾體驗這些地方的開啟，該如何做：在臍輪打開時，讓角色分享提高自我能力，透過心輪感受愛的痛苦和喜悅，透過喉輪說出真相、爆發出歌聲或哭泣？

脈輪概念表明我們的意識被劃分在這七個中心，每個脈輪代表人的每一個次人格。因此，一個人的生活可能主要透過一個脈輪表現，而其他脈輪則在其心理層次中扮演著較小的角色。這可以成為故事的戲劇性事件，也許角色在壓力下重新評估脈輪的層級，並重新分配優先順序，以加強曾被忽略的領域。或者，在悲劇模式中，你可以描繪重組層次結構的失敗。《大國民》中凱恩的角色，一生只透過臍輪和生殖輪來表達，直到為時已晚，他才承認自己真正渴望的是心輪的安慰。

就像一個家庭的成員一樣，有時脈輪會互相爭鬥，爭奪權力，甚至背棄對方，但他們可以學會以一種益於整體的方式一起工作。

身為講故事的人，你的工作是將觀眾隨機、混亂的振動情緒有意識地編織到你的故事脈絡中，這樣他們的振動頻率和意識狀態就會發生明顯的變化。這種轉變是由目睹角色的情感挑戰而觸動的，當他們與反對派鬥爭，同時更深入了解自己時，他們的振動頻率也會發生變化。

當你講完一個故事，觀眾應該會產生不同的感受，應該會意識到自己的振動頻率已經改變。在極少數的情況下，一件藝術品能帶來令人震驚的感受，甚至重新定義你的人生；更多時候，藝術給我們的是一些生活洞察，或對自身狀態發出一聲：「啊哈！」坎伯曾說，「意識的擴展就像漫步在日本寺廟的庭院中，從一個層次上升到另一個層次時，所經歷的感受……你正在往上爬，突然間，一個全新的景像躍然眼前。如此安排，是為了讓你透過漫遊庭院來體驗意識是如何擴展的。」（《英雄的旅程：約瑟夫．坎伯談他的生活和工作》[6]）

此時此刻的你，正以一種獨有的方式在許多層面上振動著，而這種獨有總和了你的環境、你的遺傳和你的生活選擇。振動頻率是可以改變的。脈輪系統指出，可以有意識地著手提高你的振動率，並且更和諧、更自如地生活在你的世界中，探索心靈與身體的所有可能。

切記：一切都與能量有關。

6 *The Hero's Journey: Joseph Campbell on His Life and Work*, by Joseph Campbell & Phil Cousineau, 1990, p. 150。中文版為立緒出版的《英雄的旅程》，作者約瑟夫．坎伯，譯者梁永安，編者菲爾．柯西諾。

想一想

1. 想想你喜歡的電影或故事，講故事的人瞄準的是哪個脈輪？角色是否經歷過某些脈輪的打開？
2. 如果在觀看或閱讀故事時有任何感覺，你的身體是從哪裡感覺到的？請描述那些感覺。
3. 說故事的人如何傳達意識的轉變：實現的時刻、洞察力、直覺、情感發展、心靈成長？它們如何代表某人性格發展的障礙？
4. 寫一篇短篇故事，關於當你感到生存（海底輪）受到威脅時，有沒有感覺到任何其他脈輪的力量在幫助你？
5. 以生殖輪來思考，是什麼阻礙了你的創意表達？該如何解鎖？你喜歡的故事人物如何解決創造力的障礙？
6. 哪些故事描述了人物掌握自己的力量？從這些故事中你有得到靈感嗎？寫下你的感受。
7. 哪部電影對墜入愛河（打開心輪）的描繪能讓人心服口服？你的戀愛經歷怎麼樣？你是否有從哪些部位探知身體的感覺？請描述這些感受。
8. 你覺得自己的喉嚨是開還是關？如果關了，能做些什麼來打開它嗎？
9. 你有過超感官知覺的眉心輪體驗嗎？描述該經歷，以及它給你的感受。
10. 你能想到一些電影或故事是關於人物經歷類似頂輪打開、某種欣喜若狂的體驗，或置身於神聖存在中的感覺嗎？你怎麼看這些故事？

TRUST THE PATH

一步步走下去

「在人生旅程中，我發現自己置身幽暗林間，因爲正途消失了。」

——但丁《神曲》

這是但丁《神曲》〈地獄篇〉（Inferno）的開場白，我發現自己也走在人生旅途的某段旅程中，孤身在加州大索爾[1]附近的森林中健行。沒錯，我置身在陰暗的林間，而且迷路了。我又冷又餓，筋疲力盡，全身發抖，想到黑夜將至，我驚慌失措。

那是個多雨的冬季，多年乾旱後，暴風雨接踵而至，小山坡吸飽了水氣。我覺得這輩子受盡苦難折磨，因此北上到大索爾這片人間聖土，尋覓某些失落的東西：獨處、內心的寧靜、清晰的思路。我在工作與人際關係等重要領域一事無成，下一步何去何從，我一片迷惘。對於未來要走的方向，我要做出抉擇，憑直覺就知道，投入荒野的懷抱，能為我刻畫出未來遠景，帶領我脫離當前的困局。

我踏上有明顯路標、蜿蜒沒入大索爾荒涼峽谷的森林服務區步道，發現一塊警告步道崎嶇難行的小指示牌。由於近日的雨勢，我可以預料步道會很泥濘，卻發現我低估了冬季風暴對脆弱山坡帶來的驚人影響。整座山變成一塊巨大的海綿，雨水注入峽谷裡，難以置信的水量鑿出新的峽谷與溪流。我一次次繞過轉彎處，才發現整片山坡把步道沖刷一空，前方的步道憑空消失了五十公尺，只留下碎裂頁岩上的裸岩，以及從原岩傾瀉而下的瀑布。這塊剛剛才袒露的岩石，一下子裂成小石子碎片，如水一般往下流去，有如流沙般變幻莫測。放眼望向山坡塌陷處的後方，我看見步道又接起來了，我別無選擇，只能像螃蟹一樣，奮力爬過不穩、濕滑的岩石表面。我手腳並用，指尖緊貼著地，腳趾探入顛簸的碎石裡，終於回到柔腸寸斷的步道路面上。環繞著山肩的步道繼續蜿蜒了幾百公尺，路因土石流再度消失，我只好再使出手指、腳趾設法爬過去。

接受這類不算太難的荒野挑戰，剛開始挺振奮的。但在第三、第四次慢慢爬過陡峭且不牢靠的峭壁，頭頂還有泥濘的污水奔流而過，這過程開始對我造成傷害。我的手臂和雙腿因為不習慣如此操勞而開始顫抖，我的手指和腳趾陣陣抽痛；我的衣服和皮膚不斷被打濕，冷冽空氣把身上的水氣蒸發掉，導致體溫驟降。有時候，我覺得腳下整片山坡的土黃色爛泥與頁岩都在震動滑行，匯聚成一道緩慢流動的土石流。第十度跨越障礙時，我開始擔心了。這趟應該一小時便可完成的健行，已經耗掉三小時，而且還看不到盡頭。我陷入污泥中，失足好幾次，幾乎無法站穩，抽筋的手指死抓住碎裂的岩石，手臂顫抖著，我清楚自己可能會墜落好幾百英呎，然後撞上硬梆梆的平地。

這趟歷險把我領到這座山濕冷、陰暗的另一面時，我抵達一片遼闊、潮濕的裸岩，大片山壁墜入一座深不見底的峽谷中，剩下一整片傾斜、滿布凹凸不平巨礫的地面，想要通過頗有難度。我不知道該掉頭，還是繼續前進。我開始確切估量自己的體力，意識到人在瀕死時會碰上的本能超意識狀態。當我看見太陽沉入林木線（tree-line），覺得自己的生命能量正一點一點流光，發現自己的處境，跟在報上看到的，某人在加州荒野落難的悲慘遭遇一模一樣。例如某個笨蛋夜裡受困林間，墜落至峽谷裡扭斷頸子，要不就是迷路好幾天後餓死。這種事一天到晚都有。難道，這次輪到我了嗎？

我的專注力提升了，我知道自己吃進多少卡路里，身體還保存多少能量。我帶在身邊的幾包堅果早就吃光了，若要計算這些堅果和葡萄乾能馬上補充多少能量，只會讓我崩潰。幾分鐘後，我攀越危機四伏的頁岩時，就把這些熱量燒光了。保命的備用能量竟然這麼少。我很清楚，從現在起，我的每一步都在消耗自己貯存的能量。我幾乎看見自己生命沙漏中的沙粒正快速地漏光。

該解決的問題是，到底要掉頭還是繼續前進。前方的道路難以預料。我看不見坍方的另一端有沒有步道，我知道穿過崎嶇不平的裸岩非常困難，但是想要繼續向前，只有這條路能走。它耗掉的精力和之前的一樣多，也許更多。我沒把握能在另一頭的樹林找到步道。夜晚將至，說不定我只會讓自己更深入荒野而無法脫身。

我也考慮要掉頭，再次循著之前千辛萬苦好不容易跨越的破碎步道折返。但我非常確定，這麼做，我可能會送命。我的雙手抽筋，僵硬得像爪子，幾乎快失去功能。我的手臂和雙腿不斷顫抖。如果回頭，再爬過三四處泥濘的陡峭岩壁，我確定自己一定會墜崖，尤其現在天色已黑。

1 Big Sur，位於北加州舊金山南方濱太平洋的小鎮，也是著名的觀光景點。

所以，我重整旗鼓，繼續攀過那片巨石堆，如螞蟻般匍匐前進，在山的側面，我的身影猶如一枚微不足道的小點。當初讓這些巨石佇立在幾千英呎半空中，如今又把整片山坡推倒的巨大力量，著實令我嘆為觀止。我總算氣喘吁吁地跨入林間，全身冷得氣力放盡，現在又碰到另一個難題：步道在哪裡？我完全沒看到。模糊不清的小徑，似乎領著我漸漸深入黑暗，沒入神話故事裡那些環繞受詛咒城堡的刺藤，以及無法穿越的樹叢。我在山坡上跌跌撞撞蹣跚而行，臉和雙手都被樹枝劃破，巴望著能碰上可以通行的小徑。隨著夜幕低垂，我愈來愈迷惘，手腳愈來愈慌亂。我必須離開這裡才行。我很清楚毫無準備就想在森林裡過夜是個爛主意，這裡經常有人凍死。我頭一次注意到山上的氣流就像大水一樣，一天內變幻莫測。冷空氣就要直朝我而下，灌入深不見底的峽谷，令人恐懼到極點，讓我更加洩氣。

我害怕「迷失」，想盡辦法抗拒它，但我必須承認，我真的很害怕。看著漆黑樹影籠罩的峽谷，腦袋裡冒出許多未曾有過的感覺和想法。我的心狂跳，雙手發抖。森林彷彿在對我說話，同時召喚著我。「來吧！」上百萬片葉子摩娑地發出女巫般的聲音。「來這裡可以輕鬆的了百了，加入我們吧！跳吧！奔跑吧！跳下懸崖，躍入峽谷裡。很快就結束了，其他的我們會搞定。」詭異的是，我身體的某個部分雖然害怕，期盼這可怖時刻快快過去，但另一部分的我，卻覺得森林的聲聲懇求聽來既吸引人又合理。

不過，我大腦的確旁觀者清，意識到我正經歷一種稱為「恐慌」的常見心理狀態。希臘人真是命名高手，他們把它喚作「panic」（恐慌），認為這是自然之神潘神（Pan）來訪。潘神生著兩條羊腿，擅吹蘆笛，他能啟迪凡人，也能嚇壞凡人，他能隨心所欲運用令人驚嘆的力量，壓垮人們的意識，讓他們做出蠢事、命送黃泉。

我覺得，歐洲和俄國古老民間故事的巫婆也在附近，這些讓人害怕的角色代表原始森林的兩種面孔。民間故事中的英雄都知道女巫和森林一樣，很快就會傷害、摧毀你，如果學會安撫、尊重他們，他們就會像慈愛的祖母般支持、保護你，提供你吃住，幫助你避開敵人。這時，森林對我擺出最凶惡、最魅惑人的巫婆面孔。活生生、邪惡與飢腸轆轆的東西就在森林裡，猶如童話《糖果屋》中的那個女巫，這回她盤踞了整座森林。我麻煩大了。

我停下腳步，吸了一口氣。這個簡單的動作，卻讓我驚惶不安的腦袋頓時清晰起來，重拾常識，原本的我像頭受驚的動物般橫衝直撞，這下才明白，我一直沒有好好地呼吸，吁氣與喘息導致大腦缺氧。加上筋疲力盡與體溫驟降，我幾近休克，血液湧離大腦與四肢，以保護核心的生命力和熱度。我又深呼吸好幾次，感覺到血液回流到腦部。

我沒有像無頭蒼蠅到處亂轉，反倒融入周遭環境，掌握身體與生俱來的東西——遭逢險境時指引行事的可靠內在感受。

就在這一刻，有個如陽光般清明的聲音鑽入腦海。「相信你走的路。」它說道。我真的聽見了從心底深處發出的聲音。我嗤之以鼻地笑了。我告訴自己，現在的問題是，眼前根本無路可走。我相信森林服務區的步道，如今卻落得這等地步。我花了半小時找這條路，仍一無所獲。以廣義的角度觀之，以我的人生遭遇來看，這麼多年過去，我同樣看不見一條能行走的道路。

「相信你走的路。」那個極富耐性、真實的聲音再度響起。聲音中肯定地告訴我，一定有一條路，我可以仰賴它，藉以完成任務。

我向下望，雜草堆中有一條細溝，那是螞蟻走過的足跡。我一陣驚慌，牠們卻波瀾不驚，只顧著在無垠的工坊裡努力幹活。我雙眼追隨著螞蟻走過的路徑，那是我唯一看得見的一條路。

它領我找到矮樹叢中一道鑿得較深的小溝，那是田鼠與其他小動物走過的路徑，一條穿越刺藤的小地道。不久，它又領我到較寬的小徑，從這條曲曲折折的「鹿」徑可以輕鬆爬上山坡。我一步一步，開始循著這條小徑走。它領我走出迷宮，就像神話中阿里阿德涅拉著毛線帶領特修斯脫離迷宮一樣。走了沒幾步，我到達森林中的空地，山中這一大片草地，依舊陽光普照。穿過草地，我發現一條維護得很好的步道，我這才了解，自己已經回到真正的森林服務區步道，也就是正途，歸返之途。

我終於平靜許多，一邊向外走，內心的混亂也清晰起來。我的聲音曾經說：「相信你走的路。」我認為它指的是「繼續朝人生的下一個階段邁進。不要想回頭，別嚇呆或驚慌，只要繼續前進。相信自己具備與生俱來且優秀的直覺，信任它能領你到達更快樂、更安全的地方。」之後，這條健行步道與一條可容納兩輛消防車並行的防火道合而為一，不到一個半小時，我回到高速公路上，我的寶貝福斯轎車就停在那裡。西方地平線上的陽光仍然閃耀，我知道山裡的峽谷早已籠罩在黑暗中，而我很可能死在那裡。

回首方才差點吞噬我的山林，才懂得有人送我的那句金玉良言——相信你走的路。現在，我把它轉送給各位。它指的是，當你迷失困惑時，你要相信自己的選擇或你選擇的那段旅程。它代表了在你之前，其他人也曾踏上這段作家之旅，以及說寫故事之旅。你不是破天荒的第一位，也不是最後一人。你的旅程體驗是獨一無二的，你的觀點自有其價值，你更是深遠傳統的一部分，這傳統甚至可追溯到人類開天闢地的時代。這趟旅程有其智慧，故事懂得該何去何從。相信旅程。對故事抱持信心。相信你走的路。

但丁在《神曲》〈地獄篇〉開場白寫道：「在人生旅程中，我發現自己置身幽暗林間，因為正途消失了。」我們在寫作生涯中，都會以不同方式發現自己碰上這樣的遭遇。在幽暗林間尋找我們的真我。祝各位好運，放膽冒險去，希望你們能在自己的旅程中找到自我。一路順風。

另翼文學 BA6320

作家之路 【25週年紀念版】從英雄旅程學習說一個好故事

原文書名 / The Writer's Journey : Mythic Structure for Writers (25th Anniversary Edition)
作者 / 克里斯多夫・佛格勒（Christopher Vogler）
翻譯 / 蔡鵑如、蕭秀琴
責任編輯 / 何若文
特約編輯 / 潘玉芳　版權 / 吳亭儀、江欣瑜
美術設計 / 謝富智　行銷業務 / 黃崇華、賴玉嵐

總編輯 / 何宜珍
總經理 / 彭之琬
事業群總經理 / 黃淑貞
發行人 / 何飛鵬
法律顧問 / 元禾法律事務所 王子文律師
出版 / 商周出版
台北市104中山區民生東路二段141號9樓
電話：(02) 2500-7008　傳真：(02) 2500-7759
E-mail：bwp.service@cite.com.tw
Blog：http://bwp25007008.pixnet.net./blog
發行 / 英屬蓋曼群島商家庭傳媒股份有限公司城邦分公司
台北市104中山區民生東路二段141號2樓
書虫客服專線：(02)2500-7718、(02) 2500-7719
服務時間：週一至週五上午09:30-12:00；下午13:30-17:00
24小時傳真專線：(02) 2500-1990；(02) 2500-1991
劃撥帳號：19863813　戶名：書虫股份有限公司
讀者服務信箱：service@readingclub.com.tw
城邦讀書花園：www.cite.com.tw
香港發行所 / 城邦（香港）出版集團有限公司
香港灣仔駱克道193號超商業中心1樓
電話：(852) 25086231傳真：(852) 25789337
E-mailL：hkcite@biznetvigator.com
馬新發行所 / 城邦(馬新)出版集團【Cité (M) Sdn. Bhd】
41, Jalan Radin Anum, Bandar Baru Sri Petaling,
57000 Kuala Lumpur, Malaysia.
電話：(603)90578822　傳真：(603)90576622
E-mail：cite@cite.com.my
封面設計 / COPY
印刷 / 卡樂彩色製版印刷有限公司
經銷商 / 聯合發行股份有限公司　電話：(02)2917-8022　傳真：(02)2911-0053

2013年04月23日初版首刷
2023年05月09日二版一刷
定價650元　Printed in Taiwan
ISBN 978-626-318-609-5　　城邦讀書花園 www.cite.com.tw

線上版讀者回函卡

國家圖書館出版品預行編目（CIP）資料

作家之路：從英雄旅程學習說一個好故事/克理斯多夫.佛格勒（Christopher Vogler）作；
蔡鵑如, 蕭秀琴譯. -- 二版. -- 臺北市：商周出版：英屬蓋曼群島商家庭傳媒股份有限公司城邦分公司發行,
2023.03　552面；17*23公分. --（另翼文學）25週年紀念版
譯自：The writer's journey : mythic structure for writers. (25th anniversary edition)
ISBN 978-626-318-609-5(平裝)　1. CST：電影劇本　2. CST：神話　3.CST：寫作法　812.3　112002163

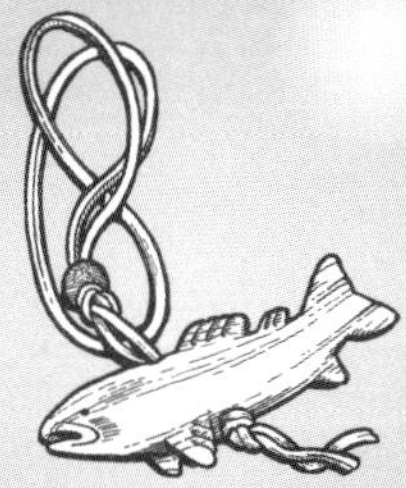

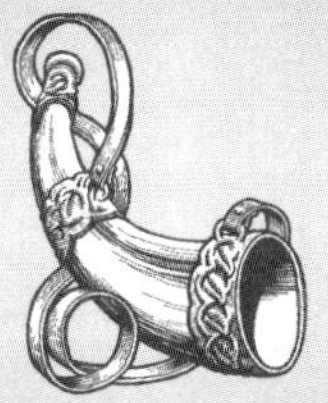

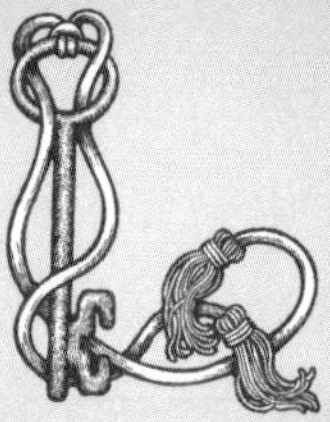